Nun ruhet sanft

Das Buch

Noch nie hat Kommissar Dühnfort etwas Vergleichbares gesehen: ein abgebranntes Haus, darin eine Mutter und ihre zwei Kinder, im eigenen Zuhause brutal ermordet. Selbst vor dem Familienhund hat der Mörder nicht haltgemacht. Nur der Ehemann und Vater ist wie vom Erdboden verschluckt. Ist er der Schuldige? Wie kann jemand so grausam sein und seine eigene Familie auslöschen? Dühnfort ist erschüttert wie nie zuvor – besonders, da er gerade erst erfahren hat, dass seine Freundin Gina schwanger ist. Er ist fest entschlossen, den Vater hinter Gitter zu bringen. Doch als der in katastrophalem psychischem Zustand wieder auftaucht, ist gar nicht mehr so sicher, was eigentlich geschah. Verdächtigt Dühnfort den Falschen? Je tiefer der Kommissar in diesen Fall eintaucht, umso mehr menschliche Abgründe tun sich auf …

Die Autorin

Inge Löhnig studierte an der renommierten Münchner Akademie U5 Graphik-Design. Nach einer Karriere als Art-Directorin in verschiedenen Werbeagenturen machte sie sich mit einem Designstudio selbständig. Heute lebt sie als Autorin mit ihrer Familie und einem betagten Kater in der Nähe von München. *Nun ruhet sanft* ist der siebte Fall ihrer erfolgreichen Kommissar-Dühnfort-Reihe.
Besuchen Sie Inge Löhnig auf ihrer Homepage: www.inge-loehnig.de

Von Inge Löhnig sind in unserem Hause bereits erschienen:

Die Kommissar-Dühnfort-Serie:

Der Sünde Sold · In weißer Stille · So unselig schön · Schuld währt ewig · Verflucht seist du · Deiner Seele Grab · Nun ruhet sanft

Außerdem:

Mörderkind

Inge Löhnig

NUN RUHET SANFT

Kriminalroman

List Taschenbuch

Besuchen Sie uns im Internet:
www.list-taschenbuch.de

MIX
Papier aus verantwortungsvollen Quellen
FSC® C083411

Originalausgabe im List Taschenbuch
List ist ein Verlag der Ullstein Buchverlage GmbH, Berlin.
1. Auflage Mai 2015

Umschlaggestaltung: bürosüd° GmbH, München
Titelabbildung: plainpicture/BY
Satz: Pinkuin Satz und Datentechnik, Berlin
Gesetzt aus der Sabon
Papier: Holmen Paper Hallsta, Hallstavik, Schweden
Druck und Bindearbeiten: CPI books GmbH, Leck
Printed in Germany
ISBN 978-3-548-61227-0

1

Genau genommen war es kein Mord. Nicht einmal Totschlag. Eher ein Unfall. Eine Art Glücksspiel oder Roulette. Meine Güte, ich war damals zehn und sowieso nicht strafmündig. Ich war ein Kind, das sich wehrte.

Es war ein grauer Sonntagvormittag. Die Sonne verbarg sich hinter der geschlossenen Wolkendecke, und der Wind war ein wenig zu frisch für einen Sommertag. Wir machten einen Ausflug zu den Wasserfällen, und ich trottete hinter meinen Eltern und Babsi her. Es fiel ihnen nicht auf, dass ich langsamer wurde und zurückblieb. Natürlich nicht. Ich war unwichtig. Ganz und gar unwichtig. Mit jedem Schritt stiegen böse Worte in mir auf, ballten sich in meinem Kopf, bis er schier platzen wollte.

Ich. Hasse. Sie!

Sie stauten sich darin, wollten aus meinem Mund quellen wie das Weiße aus Maiskörnern, wenn sie zu Popcorn zerplatzen. Ich presste die Lippen aufeinander, damit das nicht geschah. Wie konnte ich das nur denken! Aber dieser Gedanke war einfach da, dachte sich von allein, begann durch meinen Schädel zu tanzen wie die Fledermäuse in der Villa Dracula, die wir eine Woche zuvor im Tierpark besucht hatten. Dunkel und gespenstisch. Man konnte sie nicht sehen, nur spüren. Sie streiften uns beinahe in der Finsternis. Es war zugleich schaurig und schön. Es verursachte mir ein Kribbeln. Genau wie dieser Gedanke.

Ich hasse sie, hasse sie, hasse sie! *Ja, ich hasste meine Schwester. Meine behinderte, blöde kleine Schwester. Auch wenn ich sie nicht hassen durfte, sondern Mitleid mit ihr haben sollte. Ich habe es versucht. Es ging nicht.*

Der Druck in mir wurde stärker und stärker. Die Worte wollten raus. Sie mussten! Ich flüsterte sie so leise, dass selbst ich sie kaum hören konnte, nur der Wind, der sie schnell forttrug: »Ich hasse sie.«

Der Druck ließ nach. Ich blieb stehen und probierte es noch einmal. Diesmal lauter. »Ich hasse sie.« Meine Stimme klang kalt und erbarmungslos. Erschrocken duckte ich mich. Heute lache ich darüber. Es war eine Befreiung. Doch damals fürchtete ich Strafe.

Ich wurde verschont. Kein Blitz krachte donnernd vom Himmel. Die Erde tat sich nicht vor mir auf, um mich zu verschlingen. Ich richtete mich auf, blickte in die grauen Wolken und schrie: »Ich! Hasse! Sie!« Der letzte Rest Scham löste sich wie Schorf von einer Wunde, und ein Lied fiel mir ein, das wir in der ersten Klasse gelernt hatten. Die Gedanken sind frei. Kein Mensch kann sie wissen, kein Jäger erschießen. *Erst jetzt verstand ich, was es bedeutete. Ich durfte das denken. Niemand konnte es mir verbieten. Ich fühlte mich leichter und kickte einen Stein in den Bach, der neben dem Weg dahinrauschte, und warf einen abgebrochenen Ast hinterher. Er wurde mitgerissen, verschwand in einem tosenden Strudel.*

Die Wolken hingen noch immer tief. Gegen Mittag sollte das Wetter schön werden. Das hatte mein Vater gesagt. Der Umriss eines Berges erschien im Dunst, als wir der Biegung des Pfades folgten, der zu den Wasserfällen führte. Ich zuckelte im Schneckentempo hinter den dreien her. Der Abstand zwischen uns vergrößerte sich Schritt für Schritt. Meine Mutter redete. Ich konnte sie nicht hören, aber ich sah es an den Bewegungen ihrer Arme und ihres Kopfs. Bla, bla, bla. Mein Vater trug Babsi huckepack.

Das Unglück hat sie zusammengeschmiedet. Drei wie Harz, Pech und Schwefel, wie Glut, Feuer und Rauch. Seit Babsi vor einem Jahr von einem Laster überfahren wurde, drehte sich alles nur noch um sie. In ihrem Kopf ist etwas kaputtgegangen, hatte meine Mutter mir erklärt. Das ließ sich nicht heilen. Was ja wohl nichts anderes bedeutete, als dass sie geistig behindert war. Ein Vollspast, wie Michi aus meiner Klasse es nannte. Mir erschien sie mehr wie ein Vampir, der meine Eltern aussaugte. Ich war ihnen völlig gleichgültig geworden. Babsi hier, Babsi da, Babsi dort.

Der Weg führte stetig bergauf. Früher hat mein Vater mir bei unseren Ausflügen immer alles Mögliche erklärt. Einmal hat er mir aus einer Weidenrute eine Pfeife geschnitzt, und ein andermal zeigte er mir, wie man mit einem Grashalm Musik macht. Man muss ihn in die schmale Öffnung spannen, die entsteht, wenn man die Daumen aneinanderlegt, dann die Hände dahinter zu einem Hohlraum formen und durchpusten. Ein weiterer Stein landete im Wasser. Seit Babsis Unfall war ich so unsichtbar wie eine Qualle oder ein Urzeitkrebs, ganz durchsichtig.

Sie überquerten die Brücke über den Bach und redeten und redeten und sahen sich nicht einmal nach mir um. Ich zog das Schweizer Taschenmesser hervor, das mein Vater mir geschenkt hat. Die Klinge war scharf. Meine Mutter hat deswegen mit ihm geschimpft, das wäre angeblich nichts für ein Kind. Zu gefährlich. Ständig hatte sie Angst, etwas Schlimmes könnte passieren. Nicht ganz unbegründet. Zugegeben.

Ich suchte nach einem Stock und spitzte ihn an. Vielleicht gelang es mir, einen Fisch zu fangen, so wie die Indianer es taten. Mein Vater würde Augen machen. Als ich den Kopf hob, waren sie weg. Wirklich weg. Ein Klumpen rutschte in meinen Hals. Wenn ich in den reißenden Bach fiel, würden sie es nicht einmal bemerken.

Auf der schmalen Brücke blieb ich stehen. Tosend schoss das Wasser unter den Brettern hindurch und rauschte über scharfkantige Steine ins Tal. Mit beiden Händen hielt ich mich am Geländer fest, wippte mit den Beinen, versuchte die Brücke zum Schwingen zu bringen und stellte mir vor, wie das morsche Holz unter mir brach und ich ins Wasser stürzte.

Hilfe! Papa! Hilfe! *In meiner Vorstellung vervielfältigte das Echo meine Schreie und warf sie in der engen Schlucht hin und her. Ich malte mir meinen Vater am Ufer aus, mit schreckgeweiteten Augen.* Gib mir deine Hand!, *brüllte er und streckte mir seine entgegen. Unsere Fingerspitzen berührten sich für den Bruchteil einer Sekunde, dann riss mich die Flut mit sich, schlug meinen Körper gegen die Felsen, brach mir alle Knochen, mein Blut färbte es rot. Das Letzte, das ich hörte, war der verzweifelte Schrei meines Vaters. Dann ging ich unter, Wasser drang durch Mund und Nase. Schwarzsamtene Stille umfing mich.*

Die Brücke brach natürlich nicht. Aber ich malte mir das Unglück weiter aus und stellte mir vor, wie sie alle ein paar Tage später an meinem Grab standen. Mit verheulten Augen. Nur Babsi weinte natürlich nicht. Sabbernd sah sie sich um und kapierte gar nicht, was los war, während meine Eltern sich mit Vorwürfen quälten. Unser geliebtes Kind! Warum haben wir nicht besser aufgepasst? *Ach, jetzt tat euch das leid! Jetzt war es zu spät. Jetzt mussten sie ohne mich leben. Mein Sarg war weiß und mit Blumen geschmückt. Er wurde in die Grube hinabgelassen, während meine Mutter sich in ihrem Schmerz die Haare raufte und mein Vater sich die Hand schluchzend vor den Mund schlug. Babsi glotzte nur doof in die Runde.*

Kinderphantasien eben. Natürlich wollte ich nicht sterben. Nicht wirklich. Ich riss mich also los und holte die drei bei der nächsten Brücke ein. Sie hatten sie schon überquert und stiegen über Felsen zu einem Plateau hinauf. Von dort hatte man eine tolle Aussicht über die Wasserfälle. Zu Weihnachten hatte mein Vater sich einen Camcorder gekauft. Seither filmte er ständig. Nun richtete er ihn auf die Wasserfälle. Dreißig Meter stürzten sie in die Tiefe. Ich lief über die Brücke, stieg die Treppe nach oben und gesellte mich zu ihnen. Niemandem war aufgefallen, dass ich weg gewesen war. Ich hatte wirklich tot sein können.

Meine Mutter teilte Brotzeit aus. Die Sonne kam heraus. Nachdem wir gegessen hatten, kletterte mein Vater ein Stück höher, um besser filmen zu können. Er fragte nicht, ob ich mitkommen wollte. Meine Mutter lehnte sich an einen Felsen und schloss die Augen. »Kannst du einen Moment auf Babsi aufpassen?«, fragte sie, ohne mich anzublicken. Mein Nicken kann sie also nicht gesehen haben. Sie dachte einfach, dass ich es tun würde. Der Klumpen war wieder da. Er drückte in meinem Hals. Früher haben sie mich geliebt. Früher war ich ihr Sonnenschein und nicht unsichtbar.

Die blöde Babsi saß auf einem Stein und beobachtete sabbernd einen Käfer. Ich ging bis zur Absperrung, hinter der die Felsen und der Bach senkrecht in die Tiefe stürzten. Das Geländer bestand lediglich aus einigen Stützen und einem waagrecht darübergenagelten Baumstamm. Er reichte mir bis zur Schulter. Eine wirklich gefährliche Konstruktion. Ich nahm Anlauf und sprang ab. Meine Hände umklammerten das Holz. Ich schwang mich unten hindurch, weit hinaus, spürte den Abgrund, der mich einsaugen wollte wie ein schwarzes Loch. Ich klammerte mich fest, ließ nicht los, pendelte zurück und landete mit wackligen Beinen im Gras.

Die Brotzeit wollte raus. Ich würgte sie wieder hinunter. Im Brustkorb flatterte mein Herz wie ein irrsinnig gewordener Vogel, und die Spreißel in meinen Handflächen brannten wie Feuer. Erst jetzt bemerkte ich, dass Babsi mich beobachtet hatte. Eine Idee stieg in mir auf. Ich ging in die Hocke, winkte sie zu mir. Neugierig kam sie näher. Mama döste in der Sonne. Von Papa war weit und breit nichts zu sehen. Ich senkte meine Stimme. »Komm, Babsi«, sagte ich. »Was ich kann, kannst du auch. Du wirst sehen, es macht Spaß.«

2

»Guten Morgen, München!« Die Stimme des Radiomoderators vibrierte vor Fröhlichkeit. »Es ist Sonntag, der siebzehnte August, sechs Uhr fünfzehn. Vor vier Minuten ist die Sonne aufgegangen, und der Wetterfrosch sitzt bereits auf der obersten Sprosse seiner Leiter. Ein wahrhaft traumhafter Sommertag mit Temperaturen um die dreißig Grad erwartet uns. Mit dem nächsten Song wünsche ich allen Frühaufstehern einen wundervollen Morgen.« Die ersten Takte erklangen und mit ihnen das spröde Timbre Billie Holidays. *Summertime and the livin' is easy.*

Dühnfort drehte das Autoradio lauter und sang mit. »Fish are jumpin' and the cotton is high.« Er wollte das Hochgefühl, das ihn seit Freitag begleitete, nicht loslassen. Ein paar Minuten noch, bis ihn der Alltag seines Berufs einholte. »So hush, little baby, baby, don't you cry.«

Die Sonne stieg als orangeroter Ball hinter den Wipfeln des Waldes auf, der die Rodungssiedlung umgab. Rotes Morgenlicht fiel auf Getreidefelder und Häuser mit weißem Rauputz, auf dunkle Holzbalkone voller Geranien und mit Solarpaneelen besetzte Ziegeldächer, auf die Kirche St. Georg, die auf einem Hügel im Zentrum des Ortes thronte, und auf das Ortsschild: Schäftlarn, Landkreis München. Er folgte der Route durchs Dorf, die das Navigationsgerät vorgab, und entdeckte die Löschfahrzeuge und Streifenwagen am Ortsrand vor der rauchenden Ruine eines alten Bauernhauses, das als Wohnhaus für gehobene Ansprüche umgebaut worden war.

Das Gefühl von Leichtigkeit und Freude, das ihn begleitete, seit Gina ihm am Freitag den Teststab gezeigt hatte und er wusste, dass er Vater wurde, verflüchtigte sich, gab dem Raum, was ihn erwartete. Er schaltete das Radio aus und stoppte neben einem Löschfahrzeug.

Der Morgen war noch kühl. Er nahm das Sakko vom Beifahrersitz und zog es an. Auf dem Gehweg entlang des Zauns hatten sich trotz der frühen Stunde Schaulustige versammelt. Jemand fotografierte. Zwei Kollegen von der Schutzpolizei bewachten den Zugang. Er wies sich aus und konnte passieren. In der Luft lag der beißende Geruch von Rauch und Qualm. Das Feuer war beinahe gelöscht, die Männer der Feuerwehr verhinderten ein erneutes Aufflackern des Brandes. Dühnfort betrachtete das Haus mit der angebauten Doppelgarage. Verrußte Scheiben, verkohltes Holz. Rabatten und Beete im Vorgarten waren zertrampelt. Löschwasserpfützen überall. An Spurensicherung hatte hier niemand gedacht. Neben dem Mülltonnenhäuschen ein Kinderfahrrad. Himmel! Was kam da auf ihn zu?

Er ging ums Haus. Die angesengten Reste einer Markise bewegten sich träge im Morgenwind. Am Wintergarten und den Terrassentüren waren zahlreiche der Sprossenfenster geborsten, der Rauputz war verrußt. Pia Cypris mit ihrem graumelierten Lockenkopf entdeckte er zwischen den Männern der Feuerwehr. Sie war eine Kollegin vom Kriminaldauerdienst und hatte ihn und seine Leute angefordert, weil es zwei Tote gab und das Ganze nicht nach Unfall aussah.

»Guten Morgen, Tino.« Sie nickte ihm zur Begrüßung zu und wies auf ihren Gesprächspartner. »Darf ich vorstellen? Johann Geiß. Er leitet den Einsatz der Feuerwehr. Kriminalhauptkommissar Dühnfort. Er wird den Fall übernehmen.«

Geiß war das, was man in Bayern ein Brackl Mannsbild

nannte. Ein Schrank. Um die vierzig. Rotblonder Vollbart, blaugraue Augen. Einer, der auf den ersten Blick Autorität ausstrahlte. Dühnfort reichte ihm die Hand und wandte sich dann an Pia. »Zwei Tote, sagst du. Müssen wir mit weiteren rechnen? Das ist das Haus einer Familie.«

»Geiß und seine Leute waren in jedem Raum. So wie es aussieht, sind der Eigentümer Thomas Sassen und sein Sohn Leon nicht zu Hause. Sassens Auto steht jedenfalls nicht in der Garage. Bei den Toten handelt es sich – unter Vorbehalt – um die Ehefrau Nina Sassen und die sechsjährige Tochter Sophie. Noch sind die Leichen nicht identifiziert.«

Dühnfort schluckte. Seit er das Kinderrad gesehen hatte, hatte er es geahnt. »Wer hat das Feuer entdeckt?«

»Ein Nachbar. Harald Schäfer.« Sie wies auf einen hageren Mann mit Stirnglatze, der zu den Schaulustigen gehörte. Seine Hand lag auf der Schulter eines Jungen mit blonder Igelfrisur, der dem Geschehen mit hängenden Mundwinkeln folgte. Er sollte sich das nicht ansehen, dachte Dühnfort. Was waren das für Leute, die sich anhand des Unglücks ihrer Nachbarn vergewisserten, dass es ihnen gutging, dass das Schicksal sie verschont oder wenigstens vorläufig aus dem Blickfeld verloren und anderswo zugeschlagen hatte? Und dazu schleppten sie auch noch ihre Kinder mit.

»Sein Notruf ging um zwei Uhr siebenunddreißig ein«, fuhr Pia fort. »Die Kollegen der Streife waren ein paar Minuten vor Feuerwehr und Notarzt hier. Da stand das Erdgeschoss bereits in Flammen.«

Geiß übernahm. »Verschiedene Brandherde. Das war sofort klar. Das Feuer wurde gelegt. Ich tippe auf Benzin als Brandbeschleuniger.«

»Wie kommen Sie darauf?«

»Etliche Fenster sind geborsten. Das passiert bei Verpuffungen.« Mit der Hand strich Geiß sich über den Bart. »Mir hat gleich nichts Gutes geschwant. Keine Personen zu sehen. Weder vorm Haus noch an den Fenstern oder auf dem Balkon. Niemand hat sich irgendwo bemerkbar gemacht. Die Garage war offen. Es stand nur das Auto der Frau darin. Das des Mannes ist weg. Meine Leute und ich haben gehofft, dass niemand zu Hause ist, dass sie weggefahren sind. Wir haben uns an mehreren Stellen Zugang verschafft und sind mit vier Trupps rein. Im Wohnzimmer lag der Hund. Lucky heißt er. Er war tot. In der Diele haben wir Frau Sassen gefunden und oben im Flur die Kleine. Das Obergeschoss war voller Rauch. Man sieht nicht weit. Im Licht der Stablampe lag sie plötzlich vor mir.«

Geiß verlor die Kontrolle über seine Gefühle. Seine Kiefer mahlten, die Augen wurden feucht. »Die Sophie ... Sie geht ...« Verärgert räusperte er sich. »Die Sophie ging mit meinem Sohn in dieselbe Klasse. Ich kenne die Familie. Alle kennen die Sassens hier.«

Damit erübrigte sich Dühnforts Frage, woher Geiß wusste, wer welches Auto fuhr. »Vier Personen also.«

»Nina und Thomas Sassen. Er ist Arzt. Hat eine Praxis in der Stadt. Sophie und Leon, ihr Bruder. Acht Jahre alt.«

»Vater und Sohn sind sicher nicht im Haus?«

»Wir waren in jedem Zimmer. Auch im Keller. Keine weiteren Personen im Gebäude.«

Pia klappte den Notizblock zu. »Im Garten haben sich die Kollegen von der Streife umgesehen. Da ist niemand, und das Auto ist ja weg.«

»Hast du eine Handynummer von Thomas Sassen?«

»Ein Nachbar hat sie mir gegeben. Er hat mir auch erzählt, dass es am Abend lautstarken Streit bei den Sassens gab. Kam wohl häufiger vor, dass bei denen die Fetzen flogen.« Sie reichte Dühnfort einen Zettel. »Ich habe noch nicht versucht, ihm das beizubringen.« Mit dem Kopf wies sie Richtung Haus.

Dühnfort zog sein Smartphone hervor und wählte die Nummer. Nach dem ersten Läuten sprang die Mailbox an. Er legte auf. Eine solche Nachricht sprach man besser nicht auf Band.

»Wo sind sie?«

»Dort drüben.« Pia deutete auf zwei signalrote Tragen der Feuerwehr, die unter einem Haselnussbusch standen. Fernab von den Blicken der Schaulustigen. Jemand hatte die Leichen mit einer schwarzen Plane abgedeckt. »Der Notarzt konnte nicht warten. Er musste zum nächsten Einsatz. Er hat den Tod festgestellt und die Totenscheine ausgestellt. Ursache unklar. Bei dem Mädchen könnte es ein offener Schädelbruch sein, meinte er, und bei Nina Sassen vermutet er eine Rauchgasvergiftung. Ich habe den Leichenwagen bereits angefordert. Er müsste längst da sein.«

Dühnfort sammelte sich, bevor er in die Hocke ging und die Plane zurückschlug. Es war nicht die erste Brandleiche, die er sah. Er wusste, was ihn erwartete.

Nina Sassens Leiche wies großflächige Verbrennungen vierten Grades auf. Verkohlungen, die weit vorgedrungen waren. An Kopf, Oberkörper und Bauch war das Gewebe trocken und brüchig, an einigen Stellen weißgrau, an den meisten schwarz. Die bei Brandopfern typische Fechterstellung fehlte. Aus der Sakkotasche nahm Dühnfort Latexhandschuhe, streifte sie über und zog die Haut neben dem linken Auge der Toten mit Daumen und Zeigefinger behutsam auseinander. Die feinen Fältchen waren berußt. Nina Sassen hatte die Augen nicht zusammengekniffen, wie man das reflexhaft tat, wenn man Feuer und Rauch ausgesetzt war. Das sah in der Tat nicht nach einem Unfall aus.

Er wandte sich an Geiß, der neben ihn getreten war. »Haben Sie die Leiche geborgen?«

»Zusammen mit einem Kollegen.«

»Wo haben Sie sie gefunden?«

»Unten im Flur, am Fuß der Treppe. Wir haben den Löschangriff sofort unterbrochen und sie herausgebracht. Doch der Notarzt konnte nichts mehr tun.«

»Erinnern Sie sich, wie der Boden unter der Toten aussah? War er verrußt?«

Geiß' Schultern stiegen in die Höhe, blieben allerdings auf halber Strecke stecken. Er ließ sie wieder fallen. »Jetzt, wo Sie es sagen ... Das ist ein heller Steinboden. Ihre Silhouette hat sich darauf abgezeichnet, fast wie ein Scherenschnitt. Sie war also ...«

Dühnfort nickte. »Als das Feuer ausbrach, war sie bereits tot.« Eine dunkle Ahnung streifte ihn, legte sich kühl in seinen Magen. »Und von dem Jungen gibt es wirklich keine Spur?«

»Er ist nicht im Haus. Ganz sicher. Er muss mit seinem Vater unterwegs sein.«

Wo trieb man sich nach einem Streit mit der Frau die ganze Nacht mit einem Achtjährigen herum? Das fragte Dühnfort sich und versuchte die Ahnung abzuschütteln. Noch wussten sie nichts. Vielleicht war Sassen mit seinem Sohn bei Verwandten oder Freunden untergekommen. »Kann ich rein?«

Geiß schüttelte den Kopf. »Nicht bevor alle Glutnester beseitigt sind und die Ruine ein wenig abgekühlt ist. Kann sein, dass wir einen Statiker hinzuziehen müssen.« Einer seiner Männer rief nach ihm. Geiß entschuldigte sich.

Abwartend sah Pia ihn an. »Bist du bereit?«

Ein Kind. Er wappnete sich für diesen Anblick und nickte. Pia hob die Plane an.

Ein Mädchen, etwa einen Meter zehn groß. Kleine Hände mit kurzen Fingern, zwischen verbrannter Haut ein Rest rosa Nagellack. Dühnfort schluckte und presste die Kiefer aufeinander. *Weitermachen! Distanz wahren!*

Brandverletzungen an Armen, Bauch und Hals. Nicht so schwerwiegend wie bei der Mutter. Das Schlafanzugoberteil mit rosafarbenem Blumenmuster war an einigen Stellen geschmolzen und klebte auf der Haut. Angesengte Haarsträhnen. Etwas hing darin. Wie Pech, dachte er im ersten Moment, doch dann wurde ihm klar, dass es getrocknetes Blut war. Die rechte Seite des Schädels war deformiert, wie eingedrückt. Dühnfort hob den Kopf an, um ihn zur Seite zu drehen, und ertastete dabei ein weiteres Loch im Hinterkopf. Ihm wurde schlagartig kalt. Merde! Mist! Er atmete scharf aus.

»Was ist?«, fragte Pia.

»Das ist kein Schädelbruch. Sieht so aus, als ob die Kleine erschossen wurde.« Er stand auf und hob die Plane an, die Pia wieder über die Leiche von Nina Sassen gebreitet hatte, tastete den Schädel ab und fand die Bestätigung seiner Befürchtung. Auch hier eine Schussverletzung.

3

Ein schwarzer Mini stoppte hinter Dühnforts Kombi. Alois stieg aus. Trotz der frühen Stunde war er wie aus dem Ei gepellt. Schmale Designerhose, Poloshirt, Sneaker. Die Wangen glatt. Vermutlich hatte er sich während der Fahrt rasiert. Dennoch bemerkte Dühnfort die Schatten unter den Augen und einen missmutigen Zug um den Mund. Eine Laus war Alois über die Leber gelaufen, und Dühnfort ahnte, welche. Die Koryphäe, die es gewagt hatte, sich Evi zu angeln.

Eigentlich war die Beziehung zwischen Alois und Evi tragikomisch. Beide stammten aus Regensburg. Dort hatten sie sich vor sieben Jahren auf der Maidult kennengelernt. Ein One-Night-Stand mit Folgen. So schnell konnte man Vater werden. Doch von Evi hatte Alois nichts gewollt. Er schätzte seine Freiheit und band sich nie länger als ein paar Wochen an eine Frau. An seinem Sohn Simon hatte er allerdings einen Narren gefressen und daher über die Jahre guten Kontakt zu Evi gepflegt, was sich seit seiner Versetzung in die Landeshauptstadt als schwierig erwiesen hatte, bis Evi eine Stelle als Krankenschwester in München annahm und mit dem Jungen gefolgt war.

Dühnfort war klar, weshalb sie das getan hatte. Sie hoffte, dass aus ihnen doch noch eine Familie wurde. Doch das hatte Alois bis heute nicht verstanden, und schon gar nicht, dass sie die Richtige für ihn wäre. Er brauchte jemanden, der ihn erdete, und genau so eine war Evi. Bodenständig, zupackend, ohne vereinnahmend zu sein, und obendrein eine attraktive Frau. Jetzt, da sie einen Freund hatte, einen

Arzt, den Alois nur *die Koryphäe* nannte, weil er auf seinem Gebiet ein Spezialist war, jetzt also hatte er es endlich verstanden, doch nun war es zu spät.

Er schlug die Wagentür zu, schob die Ray-Ban-Sonnenbrille in die Brusttasche und gesellte sich zu ihnen. »Guten Morgen, Tino. Hallo, Pia.« Sein Blick wanderte zu den beiden Tragen. »Was ist passiert?«

Sein Verstand sagte Dühnfort, dass es zu früh war, um sich festzulegen. Seine innere Stimme flüsterte: *Erweiterter Suizid.* »Eine Frau und ihre Tochter wurden erschossen. Der Mann ist nicht erreichbar und hat den Sohn bei sich. Am Vorabend gab es Streit.«

»Du denkst, er war das? Ein Amoklauf, und jetzt bringt er den Rest anderswo zu Ende?«

Genau das war es, was Dühnfort befürchtete. »Ich kann ihn nicht erreichen. Die Mailbox springt sofort an.« Er wandte sich an Pia. »Hast du das Kennzeichen von Sassens Wagen?«

Sie gab ihm die Nummer. »Er fährt einen silbergrauen BMW X5.«

Bei der Verkehrsunfallaufnahme meldete sich die bekannte Stimme von Horst Beerwein. Dühnfort fragte nach den Unfällen der vergangenen Nacht, während Alois die Planen anhob und sich die Leichen ansah. Sassens Wagen war in keinen verwickelt. Ein Anruf bei der Rettungsleitstelle brachte Dühnfort auch nicht weiter. Kein Einsatz, bei dem Thomas Sassen eine Rolle spielte, keine namenlosen Toten oder Verletzten. Er ließ sich von Pia die Personenbeschreibung geben – zweiundvierzig, eins fünfundachtzig, dunkelbraune Haare, athletische Figur – und veranlasste die Fahndung, nicht ohne darauf hinzuweisen, dass Sassen möglicherweise bewaffnet war.

Dann wandte er sich an Alois. »Checkst du mal, ob

eine Waffe auf Sassen angemeldet ist, und organisierst die Nachbarschaftsbefragung?«

Kaum war Alois weg, traf Kirsten ein. Ihr Wagen rollte neben einem Löschfahrzeug aus. Der Motor erstarb. Sie trug eine türkisgrüne Caprihose, Segelschuhe und eine ärmellose Bluse und erinnerte ihn an Audrey Hepburn in Blond. Eigentlich hatte er erwartet, dass sie zusammen mit Christoph Leyenfels kommen würde. Sie und der Staatsanwalt waren seit einigen Monaten ein Paar, und an diesem Wochenende hatte er Bereitschaftsdienst. Der Fall Sassen würde daher auf seinem Tisch landen.

Mit einem Pappbecher von *Coffee To Go* blieb sie bei ihm stehen. Kaffeegeruch – Duft konnte man das nun wirklich nicht nennen – stieg ihm in die Nase. Er hatte heute noch kein Milligramm Koffein zu sich genommen, da seine Espressomaschine eine halbe Stunde brauchte, bis sie aufgeheizt war. So viel Zeit hatte er heute Morgen nicht gehabt und lechzte plötzlich nach einem Espresso doppio. »Guten Morgen, Kirsten. Christoph kommt nicht?«

»Bin ich seine Chauffeurin?« Im nächsten Augenblick entschuldigte sie sich. »Tut mir leid, Tino. Es wird ohnehin bald die Runde machen. Ich habe mich von ihm getrennt. Es ging einfach nicht mehr. Womit haben wir es hier zu tun?«

»Das ist schade.« Lauter verkorkste Beziehungen. Nur bei ihm und Gina lief alles wunderbar. Er wurde Vater! Ein leises Glück stieg in ihm auf und ein wenig Bedauern für Kirsten. »Lässt sich das nicht einrenken?«

»Menschen ändern sich nicht. Er ist ein Kontrolletti und nimmt mir die Luft zum Atmen, das habe ich von Anfang an gespürt, und leider hat es sich bestätigt. Ist einfach so. Mir tut es leid wegen Kathi. Sie versteht sich gut mit ihm. Und was ist hier passiert?«

Seine Befürchtung, was hier geschehen war, konnte Kirsten nicht gefallen. Sie selbst und ihre Tochter waren vor einigen Jahren einer Familientragödie nur knapp entkommen.

Er setzte sie ins Bild und bat sie, Alois zu unterstützen. »Er hört sich bereits bei den Nachbarn um. Und sorgt dafür, dass das Gelände abgesperrt wird. Ich will hier keine Reporter sehen und keine Kamerateams, geschweige denn Schaulustige, die durch Fenster gucken.«

Kirsten zog von dannen. Dühnfort forderte über die Einsatzzentrale die Brandfahnder des LKA an. Anschließend scheuchte er Frank Buchholz aus dem Bett, den Leiter des Erkennungsdienstes, gemeinhin Spurensicherung genannt.

Pia verabschiedete sich. Er blickte ihr nach und sah sich dann in der Garage um. Ein Van stand darin. Die Familienkutsche. Auf der Rückbank zwei Kindersitze voller Kekskrümel. Daneben Papierchen von Schoko-Bons und eine aufgerissene Tüte Gummibärchen. Auf der Ablage unter dem Armaturenbrett lagen Sonnenbrille, Lippenstift und ein Päckchen Papiertaschentücher. Auf dem Beifahrersitz eine Zeitschrift. Homes & Gardens. Im Handschuhfach fand er ein schwarzes Büchlein und nahm es heraus. Es war ein Foto-Leporello mit zwölf Bildern. Lauter Familienfotos. Die Kinder lachend und vergnügt. Sophie auf einem Pony, Leon am ersten Schultag mit seiner Schultüte, Thomas Sassen vor seinem Auto, Nina bei der Gartenarbeit, mit Sonnenhut und erdigen Händen. Alle zusammen irgendwo an einem Strand, Palmen im Hintergrund. Lucky mit Leon an der Isar beim Stöckchenwerfen. Bilder einer glücklichen Familie.

An einer Seitenwand der Garage befand sich ein Regal mit allerlei Werkzeug und Malersachen. Lammfellrollen, Kantenpinsel, Abdeckfolien, Kreppklebeband, Abstreifgitter und Eimer, eine aufgerissene Packung Einwegoveralls. Als Dühnfort die Garage verließ, war die Sonne wieder ein Stück höher gestiegen, es wurde immer wärmer, und er fragte sich, wo Sassen mit seinem Sohn war.

4

Dühnfort ging ums Haus. Aus der Ruine stieg noch immer Rauch auf. Die abstrahlende Hitze der Wände drang durch die Kleidung, der Geruch von verkohltem Holz und verbranntem Kunststoff begleitete ihn. Auf der Terrasse lagen zwischen den angesengten Korbmöbeln Scherben in Löschwasserpfützen.

Der Garten war groß, geradezu riesig. Staketenzäune und Buchseinfassungen begrenzten Gemüse- und Blumenbeete. Dahlien, Rosen, Sonnenblumen. Zucchini- und Tomatenstauden, Kräuter und Salate. Eine blühende Pracht. Hier hatte jemand viel Zeit und Liebe und Geld aufgewandt, um ein kleines Paradies zu schaffen. Vermutlich Nina Sassen.

Für die Kinder gab es Schaukelgestell und Sandkasten, ein Trampolin und ein kleines Indianerzelt. Er sah hinein. Eine blaue Fleecedecke und eine Wasserpistole lagen darin, sonst nichts. Weiter hinten im Garten befand sich ein Pavillon aus Schmiedeeisen und in den Ästen einer alten Buche ein Baumhaus. Eine Leiter führte nach oben. Dühnfort kletterte hinauf, erreichte eine Plattform, stieß die Tür auf und sah in einen leeren Raum. Für einen Augenblick setzte er sich, ließ die Beine baumeln und den Blick schweifen. Eine Welle von Gewalt war durch dieses Paradies gerollt. Warum? Wo war der Junge? Und wo der Vater? Wo würden sie ihre Leichen finden? In einem zerschellten Auto? Im See treibend? Würden sie sie von den Schienen kratzen oder in einem Hotelbett entdecken, scheinbar friedlich schlafend?

Die Sonne tauchte die Welt in Sommerlicht, als ob sie das Dunkle und Böse verleugnen wollte, als ob nichts geschehen wäre, als ob einfach alles immer weiterging. Immerfort und immerfort.

An den Garten schloss sich eine Streuobstwiese an. Zwischen den Bäumen schimmerte das Dach eines Schuppens auf. Dühnfort stieg die Leiter wieder hinunter. Das taufeuchte Gras streifte seine Knöchel. Der Schuppen entpuppte sich als Stall mit einem weit überstehenden Schleppdach. Auf der Vorderseite war er offen, lediglich von einer hüfthohen Brüstung begrenzt, daneben führte ein Durchgang in einen eingezäunten Bereich mit aufgewühltem Sandboden. Abdrücke von Hufen zeichneten sich darin ab.

Die Tür auf der Rückseite stand sperrangelweit offen. Im Stroh lag ein braunscheckiges Pony. Dahinter Flecken an der hellen Holzwand. Blutspritzer und ausgetretene Hirnmasse. Dühnfort beugte sich über das tote Tier. Sein Fell fühlte sich struppig an und der Leib bereits kalt. Mit einem Auge starrte es ins Leere, das andere war nur noch eine blutige geronnene Masse. Hinter dem Ohr fehlte ein Stück Schädelknochen. Weggesprengt vom austretenden Geschoss, das anschließend die dünne Holzwand durchschlagen hatte. Splitter umrahmten die Öffnung. Der Täter musste einen Schalldämpfer benutzt haben. Anderenfalls wäre das ganze Dorf aufgewacht.

Dühnfort trat an die Wand, sah durchs Loch und direkt auf den Stamm eines Apfelbaums. Die Rinde war abgesplittert. Das Projektil musste darin stecken. Er umrundete den Stall und bemerkte am Rand der Auslauffläche einen Trog mit Wasser. Rundherum war die Erde aufgeweicht und schlammig. Der Abdruck einer Schuhsohle zeichnete sich im Matsch ab. Grobes Stollenprofil. Geschätzt Größe dreiundvierzig bis fünfundvierzig. Nicht weit vom Stall entfernt endete das Grundstück der Sassens. Ein Wäldchen erstreckte sich hinter dem Lattenzaun.

Alois rief an. Sassen besaß einen Waffenschein, aber keine Waffe. Jedenfalls war keine auf ihn angemeldet. Über die Einsatzzentrale forderte Dühnfort weitere Kollegen für die Suche nach der Tatwaffe an und ging wieder nach vorne.

Während er sich hinten im Garten umgesehen hatte, waren zu den zahlreichen Einsatzfahrzeugen weitere gekommen. Die VW-Busse der Spurensicherung parkten auf dem Gehweg und dahinter die Fahrzeuge des LKA. Frank Buchholz war also mit seinen Leuten bereits da und auch die Brandfahnder. Die Sicherung des Geländes kam voran. Kollegen der Streifenpolizei spannten Absperrbänder und drängten die Menge der Schaulustigen zurück, die sich in der letzten halben Stunde vergrößert hatte.

Dühnfort entdeckte Franks massige Gestalt vorm Haus. Er befand sich im Gespräch mit Geiß. Allein die Gestik verriet, dass Buchholz' Laune nicht die beste war.

»Dass das ein Tatort ist, konnten wir nicht wissen«, sagte Geiß. »Wir gehen rein, so schnell wir können und wo wir können. Leben retten, Brand bekämpfen. Das sind unsere Prioritäten und kein Eiertanz, wie Sie ihn sich vorstellen. Und auch für Sie heißt es warten. Niemand betritt das Haus, bevor ich grünes Licht gebe. Und das wird frühestens in zwei Stunden der Fall sein.« Geiß ließ Buchholz stehen.

Bettina Lautenschläger gesellte sich zu Dühnfort. Sie war die Leiterin des Sachgebiets Physik beim LKA und für die Brandfahndung zuständig. Eine sympathische Frau Anfang vierzig mit ausladenden Hüften, stämmigen Beinen und einer tiefen, kehligen Stimme. »Guten Morgen, Herr Dühnfort. So wie es aussieht, dauert es wohl noch, bis wir loslegen können. Ich organisiere mir erst mal ein Frühstück. Wollen Sie auch was?«

Das war ein tolles Angebot. »Sehr gerne. Ein Kaffee wäre wunderbar.«

»Sollte kein Problem sein.«

Dühnfort war sich nicht so sicher. Doch mittlerweile war er bereit, Plörre zu trinken. Hauptsache, Koffein. Lächelnd verschwand Bettina Lautenschläger Richtung Straße.

Buchholz begrüßte ihn. »Servus, Tino. Weißt du, was das hier ist? Ein einziger großer Mist. Ein verdammter Saustall. Wie sollen wir hier verwertbare Spuren finden? Verrate mir das. Ich packe zusammen und fahr heim und lege mich wieder ins Bett. Und überhaupt könntest wenigstens du dir mal angewöhnen, einen Overall anzuziehen, bevor du einen Tatort mit deinen Spuren verseuchst. Himmel, Herrgott, Sakrament! Muss ich das in Kreuzstich sticken und an die Wand hängen oder euch auf die Stirn tätowieren, damit sich endlich jemand daran hält?«

Dühnfort ließ diesen Ausbruch über sich ergehen. »Ihr könnt hinten beginnen«, sagte er, als Buchholz fertig war. »Im Garten gibt es reichlich Arbeit. Ein erschossenes Pony, ein Sohlenabdruck im Matsch beim Wassertrog, und im Baumstamm steckt das Projektil.«

»Na, wenigstens etwas.« Buchholz stapfte zum VW-Bus, um die Alukoffer mit dem Equipment zu holen.

Die Leichenwagen trafen ein, als Dühnfort Kirsten bemerkte, die den Weg zum Haus heruntergelaufen kam.

Atemlos blieb sie vor ihm stehen. »Eine Nachbarin hat mich gerade abgepasst. Stefanie Wagenbach, sie wohnt dort drüben.« Kirsten deutete auf ein Einfamilienhaus, das sich jenseits der Wiese befand, die an das Grundstück der Familie Sassen grenzte. »Sie hat gehört, dass wir davon ausgehen, Sassen sei mit seinem Sohn unterwegs. Stimmt nicht. Kurz nach elf hat sie die Gartenmöbel aufgeräumt, als Sassen mit seinem BMW an ihrem Grundstück vorbeifuhr. Er saß allein im Wagen. Er hat den Jungen nicht dabei. Er muss hier irgendwo sein.«

5

Geiß schüttelte den Kopf. »Er ist nicht im Haus. Wir waren in jedem Raum.«

»Haben Sie auch im Keller nachgesehen? Unter den Betten? In den Schränken? Dort, wo ein Kind sich verstecken würde?«

»Niemand versteckt sich, wenn ein Haus in Flammen steht. Die Leute rennen an die Fenster, flüchten auf Balkone oder aufs Dach. Lieber springen sie, als zu verbrennen.«

»Wenn der Junge nicht im Haus ist, muss ich eine Hundertschaft anfordern und die Umgebung absuchen lassen. Ein paar Minuten und zwei Ihrer Männer. Mehr brauche ich nicht.«

Jetzt verstand Geiß. »Sie denken, dass auch Leon da drinnen liegt, dass er schon tot war, als das Feuer ausbrach?« Ein Ruck ging durch den Mann. »Ich suche nach ihm.«

»Ich komme mit.«

»Ganz sicher nicht. Die Rauchentwicklung ist noch zu stark.«

»Geben Sie mir ein Atemschutzgerät.«

Ein grimmiges Lächeln erschien auf Geiß' Gesicht. »Einverstanden. Im Gegenzug ermittle ich dann bei Ihnen mit. Na, sehen Sie. Sie machen Ihre Arbeit und ich meine. Belassen wir es dabei.« Er winkte zwei seiner Leute heran. »Maik und Günther, ich brauche euch. Eine Person ist abgängig. Der Junge. Wir beide gehen noch mal rein.« Er wies auf Maik. »Günther, du sorgst dafür, dass die Lüfter aufgestellt werden, damit die Kripo schnellstens ihre Arbeit aufnehmen kann, und passt auf, dass ihr keine Spuren zerstört.«

Mit routinierten Griffen legten Geiß und sein Kollege Atemschutzmasken an, zogen Flaschen mit Druckluft auf die Rücken und gingen los.

Vielleicht war es Leon ja gelungen, zu fliehen, und er versteckte sich im Wald. Das war Dühnforts Hoffnung, der er allerdings nicht recht traute.

Mit einem Kollegen schleppte Günther einen Überdrucklüfter ins Haus, ein anderer warf den Dieselgenerator an. Knatternd ging er in Betrieb. Oben öffnete Maik Fenster und Balkontüren. Geiß war nirgendwo zu sehen.

»Mit Milch und Zucker?«

Bettina Lautenschläger trat neben ihn. Am kleinen Finger baumelten zwei Brezen, in den Händen balancierte sie zwei Pappbecher mit weißblauem Rautenmuster und Deckel. Er nahm ihr einen ab. »Danke. Ich trinke ihn schwarz.«

»Auch eine Breze?«

Er lehnte ab. Der Fall lag ihm schon jetzt quer im Magen. Der Kaffee schmeckte überraschend gut. »Wo haben Sie den denn aufgetrieben?«

»Die Bäckerei hat am Sonntagmorgen geöffnet. Die machen dort noch richtig altmodischen Filterkaffee.« Mit der nun freien Hand zog sie ein Papiertütchen aus der Hosentasche, riss es mit den Zähnen auf und ließ Zucker in den Kaffee rieseln. »Ich habe mich mal ein wenig umgesehen. Mit der Brandstiftung scheint der Feuerwehrkommandant richtigzuliegen. Sieht nach einer Verpuffung aus. Ich werde einen Brandmittelhund anfordern, sobald wir hineindürfen.«

An einem der Fenster im Obergeschoss erschien Geiß. Er machte Dühnfort ein Zeichen und verschwand wieder.

Dühnfort entschuldigte sich bei Lautenschläger und ging auf die Terrasse.

Einen Moment später trat Geiß aus dem Haus und zog Helm und Atemschutzgerät vom Kopf. Dort, wo die Maske aufgelegen hatte, zeigten sich rote Striemen auf der Haut. Der Rest war kalkweiß. Er atmete schwer. »Sie haben recht. Der Junge ist in seinem Zimmer. Im ... Er hat sich ...« Die Stimme des Mannes wurde rau. Zwei Tränen lösten sich. Zornig wischte er sie weg. »Scheiße! Der Kleine ... Ich habe ihn im Schrank gefunden. Hoffentlich hat der Sassen so viel Mumm gehabt, sich selbst zu richten. Sonst ... Bisher war ich kein Fan der Todesstrafe, doch für ihn sollte man sie glatt einführen.«

»Sie denken, er war das? Wie kommen Sie darauf?«

Geiß zog die Nase hoch. »Alle tot, und er ist weg. Mitnahmeselbstmord. Das kennen Sie doch. Und es würde zu ihm passen. Der Sassen ist ein arrogantes und cholerisches Arschloch. Der rastet schnell aus und schlägt auch mal zu. Letztes Jahr hat die Nina auf dem Volksfest beim Tanzen ihren Spaß gehabt. Das hat ihm gar nicht gefallen. Er ist dazwischen und hat den Kerl verprügelt, der es gewagt hat, seine Frau anzubaggern. Wehe, er ist mal nicht der King. Und gestern Nacht soll es ja wieder einmal ordentlich Zoff zwischen den beiden gegeben haben.«

Der Verdacht, den Dühnfort hegte, seit er hier angekommen war, verstärkte sich. Ein Mann, der zu Gewalttätigkeiten neigte, ein Streit, der eskalierte. Manchmal brauchte es nicht mehr, um Leben auszulöschen. »Der Junge ist also im Schrank.« Ein vermeintlicher Schutzraum, der zur Falle geworden war. »Kann ich ...«

»In einer halben Stunde können Sie rein. Aber nur in meiner Begleitung. Ich bringe Sie zu ihm.«

Buchholz war mit seinen Leuten hinten im Garten beschäftigt. Kirsten befragte die Nachbarn. Alois koordinierte die Suche im Wäldchen, und Lautenschläger wartete darauf, dass sie und ihr Team hineinkonnten, und die Menge hinter der Absperrung wurde von Minute zu Minute größer. Eine Frau legte einen Blumenstrauß vor dem Zaun ab, eine andere entzündete ewige Lichter. Die Leichen von Nina und Sophie Sassen wurden abgeholt.

Es war kurz nach acht, als Geiß wieder erschien. »Ziehen Sie das an.« Er reichte Dühnfort Schutzjacke und Helm. »Sie bleiben hinter mir, und wenn ich *raus* sage, dann gehen wir raus. Sofort. Ohne Diskussion. Ohne Nachfrage. Ich denke, die Decke hält. Aber ich bin mir nicht zu hundert Prozent sicher, und der Statiker wird erst gegen Mittag hier sein. Alles klar?«

Dühnfort nickte, setzte den Helm auf, zog die Jacke an und folgte Geiß über den Terrassenzugang ins Haus.

Auf dem Parkett stand das Löschwasser, es tropfte von der Decke und aus den Möbeln. Eine verkohlte Regalwand, die Pressspanplatte qualmte noch. Von Ruß geschwärzte Wände. Dazwischen helle Stellen, an denen der Putz von der Wand gefallen war. Neben der Tür zum Flur entdeckte Dühnfort einen formlosen verkohlten Klumpen. Ein Rest von braunem Fell. »Ist das der Hund?«

Geiß nickte. »Der Lucky. Er war total gutmütig und verspielt.«

Dühnfort zog Latexhandschuhe über, tastete das ab, was einmal der Kopf gewesen sein musste, bis er gefunden hatte, wonach er suchte. Er sah zu Geiß auf. »Wissen Sie, ob Sassen eine Waffe besitzt?«

»Keine Ahnung. Er hat mal damit angegeben, dass er bei der Bundeswehr eine Scharfschützenausbildung gemacht hat.«

»Was? Das sagen Sie erst jetzt?« Dühnfort rief die Einsatzzentrale an. »KHK Dühnfort. Es betrifft die Fahndung nach Thomas Sassen. Er ist Scharfschütze. Wenn ihr ihn findet, bleibt unsichtbar und zieht für die Festnahme ein SEK hinzu.«

Weiter ging es durch den Flur. Wasser tropfte aus der Deckenverkleidung. Das ganze Haus stank nach Qualm. Vor der Treppe bemerkte Dühnfort den hellen Fleck auf dem verrußten Fliesenboden, halb in einer ölig schimmernden Pfütze. Die Stelle, an der Geiß Nina Sassens Leiche gefunden hatte. Spuren von Schuhsohlen zeichneten sich darin ab. Dühnfort hörte Buchholz schon fluchen.

Geiß umrundete diesen Bereich und stieg die Treppe nach oben. Stahlwangen, die Stufen aus hellem Stein. Die Luftströmung im Treppenhaus hatte wie ein Kamin gewirkt und das Feuer nach oben gezogen, erklärte Geiß. In der ersten Etage hatte es hauptsächlich den vorderen Bereich des Flurs erfasst, eine weitere Ausbreitung hatten Geiß und seine Leute verhindert.

»Hier hat die Sophie gelegen.« Geiß deutete auf eine Stelle unmittelbar vor der Treppe. »Und hier ist das Zimmer des Jungen.« Er wies auf eine offene Tür. »Ich bleibe draußen. Das muss ich mir nicht noch einmal geben.«

Dühnfort trat ein. Obwohl das Fenster offen stand, lag der Gestank nach Verbranntem in der Luft und daneben etwas anderes, ein schwacher Hauch von Blut und Urin. Dühnfort sah sich um. Ein liebevoll eingerichtetes Zimmer. Ein Etagenbett befand sich rechter Hand. Es hatte einen Turm, der Dühnfort an eine Burg erinnerte. Ein roter Baldachin mit Fahne und Zinnen krönte ihn. Die Schlafebene befand sich oben. Das Bettzeug war zerwühlt. Der Junge hatte also schon geschlafen. Auf der unteren Ebene lag eine Matratze zum Toben, und davor hing ein Vorhang mit der Applikation eines Burgfensters. Überall im Zimmer war

Spielzeug verstreut. Legosteine, Plüschtiere, ein Fußball, Knieschoner und Ritterhelm und ein Schwert aus Plastik.

Der Kleiderschrank stand an der gegenüberliegenden Wand. Er war im selben Hellgrau lackiert wie das Etagenbett und trug ebenfalls einen Zinnenkranz als Abschluss. Beide Türen waren geschlossen. Geiß hatte den Anblick wohl nicht ertragen.

Ein erschossener Achtjähriger. Dühnfort hatte schon viel gesehen, dergleichen noch nicht. Er wollte auch nicht. Doch danach fragte niemand. Er sammelte sich und öffnete beide Türen gleichzeitig. Der Geruch von Urin und Blut schlug ihm entgegen. In der linken Hälfte Fachböden voller Kleidungsstücke. In der rechten oben eine Kleiderstange. Unter den Bügeln mit Shirts und Hosen kauerte der Junge mit angezogenen Knien zwischen Mittel- und Seitenwand. Die nackten Füße in einer Lache von geronnenem Blut, das auch die Schlafanzughose tränkte. Die linke Hand ruhte darin. Die rechte lag in der Mulde zwischen Knie und Rumpf. Der Oberkörper war in die hintere rechte Ecke gekippt. Die Einschusslücke befand sich knapp über dem linken Ohr. Das Projektil musste die Schrankrückwand durchschlagen haben und in der Wand stecken geblieben sein.

Mit der Hand des Jungen stimmte etwas nicht. Dühnfort hob sie an. Eine Wunde klaffte darin. Etwas hatte sie durchschlagen. Das Projektil.

Seine Beine gaben einfach unter ihm nach. Er sank auf die Knie und würgte den Kaffee wieder hinunter, der die Speiseröhre hinaufschwappte. Obwohl er es nicht wollte, sah er plötzlich den Jungen vor sich, wie er zitternd vor Angst im Schrank kauerte. Hörte, wie seine Zähne aufeinanderschlugen. Spürte die Panik, mit der er versuchte, seinen Atem zu kontrollieren, doch das Keuchen ließ sich nicht abstellen.

Es würde ihn verraten. Mama! Sophie! Leon biss die Zähne aufeinander, hörte, wie die Zimmertür geöffnet wurde. Hörte die Schritte, die sich näherten, hörte, wie die Tür aufgerissen wurde. Hörte das Schlagen seiner Zähne, spürte, wie sich warme Feuchtigkeit zwischen seinen Beinen ausbreitete. Leon kniff die Augen zusammen, verschloss sie vor dem Bösen. Was man nicht sah, existierte nicht. Doch das Böse war da. Es stand vor ihm. Instinktiv riss er die Hände hoch, legte sie schützend um den Kopf, duckte sich.

Merde! Mist! Verdammt! Dühnfort rappelte sich auf, zwinkerte die aufsteigenden Tränen weg. Scheiße! Das war ihm noch nie passiert. Heulend am Tatort! Er wusste nur eines: Er würde ihn kriegen, den, der das getan hatte. Er würde dafür sorgen, dass er seine Strafe erhielt. Und gnade ihm Gott, wenn er es selbst erledigt hatte!

Die Welle von Wut und Trauer, die ihn überrollt hatte, verebbte. Das Gefühl von Ohnmacht, das ihn bei dem Gedanken überfallen hatte, Sassens Leiche demnächst in der Rechtsmedizin zu sehen, schob er beiseite. Er war nicht ohnmächtig. Ein gut funktionierender Ermittlungsapparat und ein erfahrenes Team standen ihm zur Verfügung. Sie würden ihn kriegen, und im Moment hatte er nur einen Wunsch: dass Sassen lebte!

6

Geiß wartete im Flur. »Wie kann man nur so etwas tun? Es waren doch Kinder.«

»Ein narzisstisches Arschloch muss man sein. Das reicht.« Dühnfort zog das Handy hervor und rief Berentz von der Einsatzabteilung an, während er Geiß nach unten folgte. »Gibt es Neuigkeiten bei der Fahndung nach Sassen?«

»Bisher nicht. Er ist wie vom Erdboden verschluckt.«

»Weitet die Suche auf Hotels aus. Irgendwo muss er doch sein.« Er legte auf und wählte zum dritten Mal an diesem Morgen die Handynummer von Thomas Sassen. Wieder sprang die Mailbox nach dem ersten Klingeln an. »Das ist die Mailbox von Tom Sassen. Wenn es wichtig ist, einfach eine Nachricht hinterlassen. Ich melde mich.«

»Hallo, Herr Sassen. Dühnfort. Kripo München. Wenn Sie diese Nachricht abhören, rufen Sie mich bitte umgehend zurück.«

Dühnfort wählte erneut, um Ursula Weidenbach anzufordern, die zuständige Rechtsmedizinerin. Er wollte, dass sie sich die Leiche des Jungen vor Ort ansah.

Geiß musste zu seinen Leuten. Sie trennten sich vorm Haus. Dühnfort legte Helm und Jacke ab. Es war noch nicht mal halb neun und schon fünfundzwanzig Grad warm. Der Himmel strahlte in einem verlogenen Postkartenblau. Als ob nichts wäre.

Stoppt jede Uhr, lasst ab vom Telefon, verscheucht den Hund, der bellend Knochen frisst, die roh'n. Lasst schweigen die Pianos und die Trommeln schlagt. Bringt heraus den Sarg, ihr Klager klagt!

Selten hatte er den Wunsch verspürt, die Zeit möge für einen Moment stillstehen. Dafür war er nun umso mächtiger. Wenn sie nur für eine Sekunde innehalten würde. Eine Sekunde. Ein Zeichen für die Ungeheuerlichkeit dieses Verbrechens!

Zu dem beachtlichen Fuhrpark vor dem Grundstück waren weitere Fahrzeuge gekommen. Unter anderem der Übertragungswagen eines Fernsehsenders, die Geier umkreisten die Beute. Dühnfort bemerkte den alten moosgrünen Range Rover, der Christoph Leyenfels gehörte, und sah sich nach dem Staatsanwalt um. Dessen beinahe zwei Meter große Gestalt entdeckte er am Rand der Terrasse. Er befand sich im Gespräch mit Bettina Lautenschläger und kam auf Dühnfort zu, als er ihn bemerkte.

Wie viele große Menschen hatte Leyenfels sich eine leicht gebeugte Haltung angewöhnt, die den Eindruck erweckte, er befände sich stets in Eile. »Guten Morgen, Tino. Wie ist deine Einschätzung? Ist das eine Familientragödie, wie bereits gemunkelt wird?«

»Es ist zu früh, um sich festzulegen. Die Fahndung nach Sassen läuft. Warten wir ab, bis wir ihn haben. Hoffentlich lebend.«

»Du denkst also auch, dass er das war.«

»Der Mann gilt als aggressiv. Gestern Abend gab es zwischen ihm und seiner Frau lautstarken Streit. Außerdem soll er bei der Bundeswehr Scharfschütze gewesen sein. Müssen wir noch überprüfen. Eine Waffe ist allerdings nicht auf ihn registriert.«

»Die Presse macht schon Druck. Bis heute Mittag sollten wir etwas haben.«

»Wir tun, was wir können. Es wird aber noch dauern, bis die Brandfahnder ins Haus dürfen.«

Die Medien waren Leyenfels' Achillesferse. Stets war er

darauf bedacht, sich in der Öffentlichkeit als kompetent, erfahren und unnachgiebig zu präsentieren. Ein Mann, mit dem man rechnen musste.

Kirsten kam den Weg entlang. Als sie Leyenfels entdeckte, zögerte sie einen Moment. Die Gesichtszüge des Staatsanwalts verhärteten sich. Ihren befangenen Gruß erwiderte er knapp, während ihr Blick seinem auswich. Das sah nun nicht nach einer einvernehmlichen Trennung aus. Hoffentlich hatte das keine Folgen für die Ermittlungen.

»Habt ihr Leon gefunden?«, fragte Kirsten.

»Er ist im Haus.«

»Wurde er auch …«

»Erschossen? Ja.«

Kirsten presste die Lippen aufeinander und wandte sich ab. Beinahe im selben Moment ging ein Ruck durch sie. Auf dem Absatz fuhr sie herum. »Guck mal, wer da kommt!«

Die Menge der Schaulustigen war weiter angewachsen. Reporter standen an der Absperrung, fotografierten und sprachen mit Anwohnern. Der Übertragungswagen eines Fernsehsenders stoppte auf der Wiese. Ihm folgte ein silbergrauer BMW X5, der am Gehwegrand ausrollte. Ein Mann stieg aus. Mitte vierzig, etwa eins fünfundachtzig, dunkelbraune Haare, athletische Figur. Thomas Sassen. Irritiert sah er sich um, öffnete die Heckklappe und holte einen Strauß roter Rosen aus dem Wagen.

Die Verschlüsse der Kameras begannen in einem rasenden Stakkato zu klacken. Fragen der Reporter prasselten auf Sassen ein. Dühnfort bahnte sich einen Weg durch die Menge.

7

Sie trafen vorm Haus aufeinander. »Herr Sassen?«

Der Mann trug ein weißes Hemd, eine zerknautschte Jeans und war unrasiert, das Haar zerzaust. In seinem Blick lag etwas Gehetztes. Dühnfort registrierte eine Patek Philippe am Handgelenk, den Ehering am rechten Ringfinger und den Rosenstrauß. Unauffällig gab er Alois ein Zeichen. Er sollte sich den Wagen ansehen.

»Was ist denn hier los? Wo sind meine Frau und die Kinder?«

»Das wollte ich Sie fragen. Dühnfort. Kripo München. Wir müssen reden.«

Taxierend musterte Leyenfels den Mann und stellte sich ebenfalls vor. Sassens Blick wich aus und glitt suchend über die Menge. »Wieso denn Polizei und Staatsanwalt? Was ist denn passiert?«

»Lassen Sie uns in den Garten gehen.«

Zögernd folgte Sassen ihnen samt Rosenstrauß hinter das Haus. Im Pavillon waren sie vor den Blicken der Schaulustigen geschützt. Dühnfort wies auf einen der Stühle, die rund um den Tisch standen. Sassen wollte sich nicht setzen.

»Ich will wissen, wo meine Familie ist. Sie sind doch … Es ist ihnen doch nichts … Ich kann sie nirgendwo sehen. Wieso ist denn das Haus abgebrannt?« Ratlos schaute er sich um.

Dühnfort fing Kirstens Blick auf. Sie schien das ähnlich zu sehen wie er, denn sie verdrehte kaum merklich die Augen. Was für ein Theater!

»Herr Sassen. Es tut mir leid. Aber Ihre Frau und Sophie und Leon … Sie sind nicht mehr am Leben.«

Die Rosen fielen zu Boden. Ein übertrieben großer Strauß. Sicher dreißig Stück.

»Was? Was sagen Sie da? Das stimmt doch nicht. Warum behaupten Sie das!« Sassens Hände schnellten vor, krallten sich in Dühnforts Schultern und schüttelten ihn. »Es macht Ihnen wohl Freude, mich so zu erschrecken. Aber das ist kein Spaß. Sie sadistisches Arschloch, Sie!«

»Das reicht!« Dühnfort löste den Griff und schob Sassen von sich. »Setzen Sie sich und hören Sie mir zu!« Kirsten hob abwehrend die Hand. *Lass dich nicht hinreißen!* Doch Dühnfort konnte sich nicht bremsen. Der Junge im Schrank … Dieses Bild ging ihm nicht aus dem Kopf. »Ihre Kinder sind tot. Ihre Frau ist tot. Das ist die Wahrheit, und ich will wissen, wo Sie jetzt herkommen. Wo waren Sie in der vergangenen Nacht?«

Sassen starrte ihn an. Eine Sekunde verging, eine weitere folgte. »Tot, sagen Sie?« Etwas tat sich in diesen dunklen Augen. Wie ein Vorhang, der zugezogen wurde. Mit beiden Händen fuhr der Mann sich durchs Haar und presste sie schließlich gegen den Schädel, als wollte er ihn zerquetschen. Leyenfels beobachtete dieses Schauspiel mit einer Mischung aus Faszination und Abscheu. Völlig unerwartet bückte Sassen sich und begann, die Rosen aufzuklauben.

»Die Blumen müssen ins Wasser. Nina liebt Rosen. Es wird ihr nicht gefallen, wenn ich sie so schändlich behandle. Sehen Sie sich das an, diesen Garten. Alles ihr Werk. Über dreihundert verschiedene Pflanzen. Da steckt ein Vermögen drin. Ich muss eine Vase besorgen.« Sassen wollte ins Haus. Kirsten stoppte ihn.

»Geben Sie mir die Blumen. Ich kümmere mich darum. Setzen Sie sich doch solange. Ich bin gleich zurück.«

»Danke. Das ist sehr freundlich von Ihnen. Sagen Sie Nina doch Bescheid. Sie soll zu uns herauskommen. Und sie soll die Kinder mitbringen.« Sassen nahm tatsächlich Platz und schlug die Beine übereinander, als würden sie hier gleich alle gemeinsam gemütlich Kaffee trinken.

Unwillkürlich ballte Dühnfort die Fäuste. Wenn Sassen glaubte, er käme mit diesem Theater durch, irrte er sich. Nicht mit ihm. Das würde ihm nicht noch einmal passieren. Einmal war einmal zu viel.

Es war zwölf Jahre her. Der Fall Maike und Tobias Maas war sein zweiter Fall bei der Mordkommission Hamburg gewesen. Ein Rosenkrieg nach zehnjähriger Ehe, gefolgt von Scheidung und Sorgerechtsstreitigkeiten, bis Maike Maas behauptete, dass Jürgen Maas nicht der Vater des gemeinsamen Kindes Tobias sei. Ein Vaterschaftstest bestätigte das. Das Sorgerecht wurde der Mutter zugesprochen. Der Mann, der zehn Jahre lang geglaubt hatte, Vater zu sein, drehte durch.

Es war ebenfalls ein Sonntag gewesen, gegen Abend, als Dühnfort in einen Hamburger Vorort gerufen wurde. Eine Freundin der Familie hatte die Tragödie entdeckt. Maike Maas lag in der Küche. Erdrosselt. Tobias in seinem Zimmer auf dem Bett. Erstickt. Jürgen Maas stöberten sie schließlich in einem Krankenhaus auf. Um halb sieben Uhr morgens hatte er den Notarzt gerufen. Versehentliche Einnahme einer Überdosis seiner Herztabletten. Das sagte er. Halbherziger Suizidversuch nach dem vorausgegangenen Doppelmord. Das war Dühnforts Meinung. Doch es war ihnen nicht gelungen, Maas die Tat nachzuweisen. Die Spurenlage gab nichts her. Ein Alibi hatte er allerdings nicht. Doch das alleine war nicht ausreichend. Die Morde waren nachts zwischen eins und drei geschehen. Maas gab an, geschlafen zu haben. Der Mann bestritt die Tat und schwieg. Er spielte den trauernden Hinterbliebenen und gab sogar ein Fernsehinterview, in dessen Verlauf er der Polizei einseitige Ermittlungen vorwarf. Zu einer Anklage war es nie gekommen. Sie hatten einfach nichts gegen ihn in der Hand. Es war beinahe zwölf Jahre her und Jürgen Maas noch immer auf freiem Fuß.

Dühnfort massierte mit einer Hand seine verspannte Schulter. Noch einmal würde ihm das nicht passieren. Sassen, dieser miese Schauspieler, würde kein zweiter Maas werden.

»Ihre Frau wird nicht in den Garten kommen. Sie wird die Kinder nicht mitbringen. Sie sind tot. Alle drei. Auch der Hund und das Pony. Wo waren Sie in der vergangenen Nacht?«

Wieder starrte Sassen ihn an, als ob Dühnfort in einer Sprache mit ihm redete, die er nicht verstand. Dann begann er, den Kopf hin und her zu drehen. Es war kein Schütteln, sondern sollte wohl ein Nichtwahrhabenwollen darstellen.

Dühnfort knirschte mit den Zähnen. »Würden Sie mir Ihr Handy geben?«

Für einen Moment hielt Sassen in seiner Darbietung inne, griff in die Hosentasche, stutzte und zog die leere Hand hervor. »Ich habe es vergessen. Es liegt im Haus.«

»Besitzen Sie eine Waffe?«

»Was?«

»Ob Sie eine Waffe besitzen.«

»Eine Waffe?« Von einer Sekunde auf die andere brach Sassen der Schweiß aus allen Poren. Perlend trat er auf die Stirn und sammelte sich in den Brauen. Unter den Achseln und auf der Brust färbte sich das Poloshirt rasend schnell dunkel. Der Mann schwitzte wie ein Schwein, und Dühnfort wusste, dass er es getan hatte. Er war es. Er hatte seine Familie ausgelöscht. Hatte seinem vor Angst wimmernden Sohn eine Kugel durch den Kopf gejagt! Das Bild der durchschossenen Hand ging Dühnfort nicht aus dem Schädel. Woher kam diese Wut? Er musste ruhig bleiben, er durfte das nicht so nah an sich heranlassen. Er atmete durch und setzte sich zu Sassen an den Tisch. Leyenfels, der diesem Versuch eines Gesprächs bisher gefolgt war, ohne sich einzumischen, tat es ihm gleich.

»Gestern Abend hatten Sie Streit mit Ihrer Frau. Worum ging es dabei?«, fragte Dühnfort.

Unvermittelt sprang Sassen auf, der Stuhl krachte hinter ihm zu Boden. Mit ausholenden Schritten rannte er in den Garten. Bis Dühnfort auf den Beinen war, hatte er einen Vorsprung von einigen Metern, blieb vor der Buche mit dem Baumhaus stehen, umfasste den Stamm mit beiden Armen und donnerte seinen Kopf dagegen. Einmal und noch einmal und noch einmal.

Dühnfort packte ihn an den Schultern und riss ihn zurück. »Jetzt ist es aber gut. Es reicht! Hören Sie auf mit dieser Scheiße!«

Sassen wirbelte herum. Blut lief ihm übers Gesicht. Seine Faust traf Dühnfort in den Magen, trieb jedes Quäntchen Luft aus seiner Lunge.

Leyenfels ging dazwischen. »Schluss jetzt!«

Sassen holte zum nächsten Schlag aus, während Dühnfort noch keuchend nach Luft rang, hielt dann ebenso unerwartet inne, wie er zugeschlagen hatte, und brach schließlich weinend zusammen. Schluchzend kniete er im Gras, fuhr sich mit den Händen übers Gesicht, verschmierte Tränen und Blut. Ein Spuckefaden löste sich aus dem Mundwinkel. Aus der Nase lief der Rotz, während er wimmerte: »Es tut mir leid. Es tut mir so leid.«

»Was?«, schrie Dühnfort. »Was tut Ihnen leid? Dass Sie Ihre Frau erschossen haben und Ihre Kinder?«

»Der Streit. Dass unsere letzten Worte unversöhnlich waren. Das ist nun ihre letzte Erinnerung an mich.« Würgend erbrach er sich ins Gras, direkt vor Dühnforts Füße, als Kirsten dazukam, die Rosen in einer Gießkanne, und Leyenfels einschritt.

»So geht das nicht, Tino«, sagte er halblaut, während Sassen weiter Galle ins Gras kotzte. »Du beschuldigst ihn und hast ihn nicht über seine Rechte belehrt. Ich rufe jetzt einen Notarzt. Wenn er es war, kriegen wir ihn. Aber nicht, wenn uns sein Anwalt einen Strick daraus dreht, dass wir seinem Mandanten, der offensichtlich unter Schock stand, die ärztliche Behandlung vorenthielten und ihn stattdessen vernommen haben.«

8

Karsten Prittwitz beobachtete, wie seine Frau Irene den Reißverschluss des Leinenkleids an der Seite schloss und in die Sandaletten schlüpfte.

Sie war anmutig und schön. Ihre rotblonden Locken, die helle Haut mit den Sommersprossen, ihre schlanke Figur, die weich geschwungene Linie ihrer Nase und das spitze Kinn, das ihr trotz ihrer zweiundvierzig Jahre etwas jugendlich Keckes verlieh. Er liebte sie noch immer wie am ersten Tag. Na ja, beinahe wie am ersten Tag. Nach acht Jahren Ehe war selbstverständlich die flatternde Nervosität der ersten Verliebtheit längst verflogen. An ihre Stelle war die tiefe Gewissheit getreten, dass sie die Frau war, mit der er sein Leben teilen wollte. Tisch und Bett. Die guten wie die schlechten Tage. Ab und zu eine Flasche Champagner, ein paar Sorgen und hoffentlich viele Freuden. Bis sie vielleicht eines Tages ihre Brillen im Tiefkühlfach fanden und die Namen von Verwandten und Freunden vergaßen. Was hoffentlich nie der Fall sein würde. Karsten klopfte leise dreimal auf Holz und knotete die Krawatte, während Oskar sich vom Teppichboden erhob, gähnend streckte und mit dem Schwanz zu wedeln begann. Erwartungsvoll sah er zu Karsten hoch. Als ob er sich vergewissern wollte, dass man ihn nicht allein zu Hause lassen würde.

»Keine Sorge, alter Junge. Du darfst mit.«

Oskar nahm es mit einem *Wuff* zur Kenntnis und lief sicherheitshalber schon mal die Treppe hinunter.

Irene trat hinter ihn und hauchte ihm einen Kuss in den Nacken. »Hast du an die Blumen für Mama gedacht?«

»Aber sicher. Obwohl nicht sie Geburtstag hat.«

»Du weißt doch, wie sie ist.«

Er half ihr mit dem Verschluss der Kette. »Ich bin gespannt, was dein Vater zu den Theaterkarten sagen wird. Vermutlich: Zu modern.«

Irene lachte. »Hör mal. Sie sind für den *Faust.*«

»Aber in einer sehr modernen Inszenierung, und Bibiana Beglau spielt den Mephisto. Eine Frau. Ob ihm das gefallen wird?«

»Papa ist aufgeschlossener, als du manchmal glaubst. Warten wir einfach ab.« Irene sah auf die Uhr. »Gleich zehn. Wir sollten los.«

Sein Schwiegervater hatte anlässlich seines fünfundsiebzigsten Geburtstags die zahlreichen Verwandten und Freunde zu Sektempfang und Essen in ein Restaurant am Starnberger See eingeladen. Anschließende Schiffsrundfahrt eingeschlossen. »Damit niemand flüchten kann«, hatte Karsten scherzhaft gesagt. Obwohl er Irenes Eltern mochte, fand er sie anstrengend.

Das Handy, das auf der Kommode neben den Manschettenknöpfen lag, begann einen sirrenden Tanz. Im Display erschien eine unbekannte Nummer. Einen Moment zögerte Karsten, bevor er das Gespräch annahm. »Ja? Prittwitz.«

Ein verzweifeltes Schluchzen klang an sein Ohr. Es riss ihn aus der eben noch heiteren Stimmung und bescherte ihm ein Frösteln.

»Hallo? Wer ist denn da?«

»Sie sind tot!«

Das Frösteln verstärkte sich. Etwa ein Lausbubenstreich? Doch die Stimme kannte er. »Tom? Bist du das?« Karsten fing Irenes Blick auf. *Was ist denn los?* »Tom?«

»Du musst mich hier rausholen.«

»Wer ist tot, um Himmels willen? Was ist passiert?« Er

sandte ein stummes Stoßgebet gen Himmel. Nicht Nina, nicht die Kinder. Lieber Gott, nicht die Kinder.

»Lucky auch und Caramia. Sie haben mich in die Klinik an der Meichelbeckstraße gebracht, in die Klapse. Ich will ...« Plötzlich brach das Gespräch ab.

»Tom?« Er war weg. »Tom?«

Aus Irenes Gesicht war alle Farbe gewichen. »Es ist doch hoffentlich nichts mit Nina und Leon und Sophie.«

Eine dumpfe Angst vibrierte in Karstens Brust. »Ich weiß nicht. Tom ... Er stand völlig neben sich. Lucky ist wohl tot und auch das Pony. Man hat ihn in die Psychiatrie gebracht.«

»Wegen eines toten Hundes?«

»Er möchte, dass ich komme.«

Die eben noch sorgenvollen Falten an Irenes Stirn glätteten sich schlagartig. »Jetzt sofort? Und du fährst natürlich.«

Tom war sein bester Freund. Ihm verdankte er alles. Er stand in seiner Schuld. Irene hatte in gewisser Weise recht, wenn sie ihm hin und wieder vorwarf, dass Tom die erste Geige in seinem Leben spielte und sie lediglich die zweite. Wobei man das unmöglich miteinander vergleichen konnte. Freundschaft und Liebe. Bester Kumpel und Ehefrau. Wenn man dieses Bild schon unbedingt bemühen wollte, gab es zwei erste Geigen.

»Und wie stellst du dir das mit der Geburtstagsfeier vor? Was soll ich Papa sagen?«

»Ich komme nach. Zum Essen bin ich da. Spätestens zur Schiffsrundfahrt. Entschuldigst du mich?« Er strich ihr über den Arm. »Tom braucht mich. Es wird nicht lange dauern.«

»Ja, natürlich. Ist schon klar.« Er hörte die Resignation in ihrer Stimme und konnte es ihr nicht verdenken. Seit der

Sache letzten Sommer, mit der Biopsie, führten sie diese Art von Diskussionen nicht mehr. Irene hatte aufgegeben. Seither gab es diesen feinen Sprung in ihrer Beziehung, von dem Karsten hoffte, dass er nie zu einem Riss wurde.

Noch immer wusste er nicht, ob er sich falsch entschieden hatte, als Nina ihn damals angerufen und er seine Pläne über den Haufen geworfen hatte, um Tom zu helfen, seine Ehe zu retten. Wieder einmal.

Normalerweise schlossen Tom und er am Mittwochnachmittag die Praxis und erledigten den Papierkram. Doch an jenem Tag wollte Tom nach Hause. Und Karsten selbst hatte Irene versprochen, sie zu dieser Untersuchung zu begleiten. Tumorverdacht. Biopsie. Wobei sein Bauchgefühl ihm sagte, dass es sich um falschen Alarm handelte. Womit er – Gott sei Dank – recht behalten hatte. Um zwölf war Tom nach Hause gefahren. Irenes Termin war um drei. Um zwei klingelte das Handy. Nina war dran. Im Hintergrund Gebrüll. »Karsten, du musst kommen«, schluchzte sie ins Telefon. »Ich habe ihn ausgesperrt. Er flippt total aus. Die Nachbarn werden die Polizei rufen. Bitte! Er dreht durch. Du musst ihn beruhigen.«

Es war nicht das erste Mal. Derartige Szenen wiederholten sich in unschöner Regelmäßigkeit. Auf ihn hörte Tom. Also entschuldigte Karsten sich bei Irene, ließ sie alleine zum Arzt gehen, obwohl er sich dabei wie ein Schwein fühlte, und brauste nach Schäftlarn. Tobend stand Tom vorm Haus, in dem Nina sich mit den Kindern verbarrikadiert hatte. In seiner Wut schlug und trat er gegen die Tür. Nina sollte ihn reinlassen, sonst würde er sich mit der Axt Zutritt verschaffen. »Du wirfst mich nicht raus! Du nicht! Hier bin immer noch ich derjenige, der das Geld ranschafft und diesen ganzen Luxus bezahlt! Das ist mein Haus. Mach auf! Oder du wirst es bereuen!«

Es gelang Karsten, Tom zu beruhigen und ihn vom Haus wegzulotsen. Bei einem Weißbier im Biergarten erfuhr er, was geschehen war, nämlich das Übliche.

Tom war einfach der Typ Eroberer. Wie ein Junkie den nächsten Schuss, brauchte er die Bestätigung, dass er ein toller Kerl war, und hatte daher immer wieder Affären. Nie etwas Ernstes. Meistens One-Night-Stands. Ab und zu kurze heiße Liebschaften, die einige Wochen währten, selten Monate. Spätestens wenn eine Frau zu klammern oder von einer gemeinsamen Zukunft zu sprechen begann, beendete Tom das. Trotz seiner Affären liebte er Nina, die von seiner Untreue anfangs nichts geahnt hatte. Bis sie geradezu darüber gestolpert war. Es war zu Beginn ihrer Ehe gewesen und Leon noch ein Baby, als sie einen Zettel mit einer Liebesbotschaft in Toms Sakko fand und ihn zur Rede stellte. Die Fetzen waren geflogen. Tom hatte umgehend ewige Treue geschworen, und Nina hatte ihm verziehen. Dieses eine Mal. Noch einmal würde sie das nicht mitmachen. Beim nächsten Mal würde sie sich von ihm trennen.

Doch beim nächsten Mal und allen weiteren war es stets dasselbe gewesen. Großes Drama, gefolgt von großer Versöhnung, Liebesschwüren und Treueversprechen. An jenem Mittwoch war es wieder so weit gewesen. Tom hatte eine Affäre mit einer Frau aus dem Ort angefangen. Ihr Mann hatte das herausgefunden und Nina aufgesucht. Sie solle auf Tom aufpassen, wenn sie ihn nicht demnächst im Krankenhaus besuchen wolle. Er würde ihn nämlich windelweich prügeln, falls der seine *Drecksbratzen* nicht von seiner Frau ließ.

Diesmal schien Nina es ernst zu meinen. Sie wollte nicht länger mit Tom unter einem Dach leben. Er sollte ausziehen. Während er im Biergarten wartete und sich betrank, vermittelte Karsten. Es hatte ihn alle Überredungskunst gekostet, bis Nina bereit gewesen war, Tom eine weitere Chance zu geben. Wirklich die letzte, und Tom hatte hoch und heilig versprochen, Nina nie wieder zu betrügen. Doch Karsten wusste, dass er sich nicht daran hielt. Der Jagdinstinkt war einfach stärker, der Drang nach Bestätigung oder was auch immer ihn dazu trieb, sich ständig zu beweisen, dass er ein toller Kerl war, der so gut wie jede haben konnte, denn nur selten holte er sich einen Korb.

Und noch immer tat es Karsten leid, dass er Irene damals nicht zur Untersuchung begleitet hatte. Beide hatten ihn gebraucht, und er hatte sich für Tom entschieden und sie im Stich gelassen. Seither gab es diesen Sprung.

Irene schob Puderdose und Lippenstift in die Handtasche. »Du kommst wirklich nach?«

»Sicher. Ich hoffe nur, dass nichts mit den Kindern ist. Ich hab ein so furchtbares Gefühl.«

»Das hätte Tom doch gesagt. Er hat vom Hund gesprochen und von Caramia. Das Schiff legt um drei ab. Ich nehme Oskar mit.«

Sie gab ihm einen Kuss. Ein wenig kühl und flüchtig. Er spürte die Verärgerung darin und sah ihr nach, wie sie die Treppe nach unten ging, hörte, wie die Haustür sich hinter ihr schloss, und fragte sich wieder einmal, ob er das Richtige tat.

In der Anruferliste suchte Karsten nach der letzten Nummer und wollte sie wählen, als sein Smartphone zu klingeln begann. Das Bild von Cornelia Behrendsen erschien im Display. Conny, Tom und er hatten sich vor mehr als zehn Jahren während der Facharztausbildung am Klinikum Großhadern kennengelernt und angefreundet. Während er und Tom im Anschluss daran in München geblieben waren, hatte Conny eine Stelle an der Uniklinik Dresden angenommen. Langsam und allmählich war ihre Freundschaft eingeschlafen, bis Conny, die in Sachsen nicht heimisch wurde, vor zwei Jahren zurückgekehrt war.

»Guten Morgen, Karsten. Ich hoffe, ich störe nicht.«

»Es passt schon.« Sollte er Conny von Toms beunruhigendem Anruf erzählen, bevor er Näheres wusste?

»Ich gehe heute Abend zum Open-Air-Kino. *Zazie in der Metro*. Habt ihr Lust, mitzukommen? Ich wollte auch Tom und Nina fragen, aber ich kann sie nicht erreichen.«

Karsten schluckte. »Tom hat mich vor ein paar Minuten angerufen.« Er erzählte ihr von dem Gespräch und von seiner Befürchtung, den Kindern oder Nina könnte etwas zugestoßen sein, während er bereits auf dem Weg zur Garage war. »Ich fahre jetzt in die Klinik und melde mich, sobald ich mehr weiß.«

Conny klang plötzlich beunruhigt. »Tom bekommt doch keinen Nervenzusammenbruch wegen ... Nicht wegen Lucky und Caramia. Ich begleite dich. Wir treffen uns dort.«

Als Karsten eine halbe Stunde später die Klinik erreichte, war Conny bereits da. Er kam aus Krailling. Sie wohnte in Pullach, quasi um die Ecke. Ihren metallicblauen Alfa entdeckte er auf dem Parkplatz und sie im Wartebereich vor der Notaufnahme auf einer Bank, den Kopf in die Hände gestützt. Als sie seine Schritte hörte, stand sie auf und kam ihm weinend entgegen. Die immer sachliche und pragmatische Conny, die nicht zu Hektik, Panik oder gar Hysterie neigte und im Allgemeinen das war, was man als Fels in der Brandung bezeichnete, weinte. Karsten konnte sich nicht erinnern, sie jemals weinen gesehen zu haben. Ihr Anblick traf ihn mit unerwarteter Wucht. Vor allem die Wahrheit, die sich hinter den Tränen verbarg. *Lucky auch und Caramia*. Dieses *auch* war es, das ihn seit Toms Anruf beunruhigt hatte.

Er wollte das nicht wissen. Es durfte nicht wahr sein!

»O Gott, Karsten. Es ist so furchtbar. Nina und die Kinder … Jemand hat sie heute Nacht im Haus überfallen. Sie sind tot.«

Er hörte ihre Worte und konnte es nicht glauben. Vielleicht eine Verwechslung, ein Irrtum. Er nahm sie in die Arme. »Das kann doch nicht sein.«

Mit dem Handrücken wischte Conny die Tränen weg und löste sich von ihm. »Tom steht unter Schock. Er braucht uns jetzt.«

»Überfallen, sagst du?« Karsten musste sich setzen und steuerte die Bank an, während Conny in ihrer Handtasche kramte und schließlich ein Päckchen Papiertaschentücher hervorzog. »Jemand ist ins Haus eingedrungen und hat sie erschossen. Sogar Lucky und Caramia. Es ist so unfassbar. Das kann doch nur ein Irrer gewesen sein«, schluchzte sie. »Ein Psychopath.«

»Und Tom? Ist er verletzt?«

»Nein. Ihm geht es gut. So weit jedenfalls … Körperlich, meine ich. Er war gar nicht da. Er hat es erst erfahren, als er heute Morgen heimgefahren ist. Er hat nur einen Schock. Und wenn ich ihn richtig verstanden habe …«

»Du warst schon bei ihm?«

»Nur ein paar Minuten, dann hat mich der Arzt rausgeschickt. Anscheinend glaubt die Polizei, dass Tom es war. So ein Schwachsinn!«

»Was? Wie kommen sie denn auf diese Idee?«

»Familientragödie. Es gab wieder einmal Zoff zwischen den beiden.« Conny atmete durch und warf das Tempo in den Papierkorb. »So ein Unsinn. Tom war heute Nacht bei mir, nachdem Nina wieder das große Drama der betrogenen Ehefrau inszeniert und ihn rausgeworfen hat. Er hat im Gästezimmer übernachtet und ist in aller Herrgottsfrühe los, um Gutwetter zu machen. Und dann stand er vor diesem … Inferno.«

Ein Arzt steuerte auf sie zu. Ein Namensschild am weißen Kittel wies ihn als Dr. Bernhard Ditz aus. »Sind Sie Dr. Prittwitz?«

Karsten nickte. »Wie geht es ihm? Kann ich zu ihm?«

»Er hat einen Nervenzusammenbruch. Aber er weigert sich, ein Beruhigungsmittel zu nehmen. Vielleicht hört er ja auf Sie. Er muss zur Ruhe kommen, sonst tut er sich am Ende noch etwas an.«

9

Dühnfort war wütend, und das kam nicht häufig vor. Eine halbe Stunde war vergangen, seit Leyenfels dafür gesorgt hatte, dass Sassen in die Psychiatrie gebracht wurde. Die Notärztin hatte ihn untersucht. »Der Mann steht unter Schock. Er zeigt alle Anzeichen einer akuten Belastungsreaktion.«

Gut und schön. Dühnfort zog ihre Einschätzung nicht unbedingt in Zweifel. Doch was war Auslöser dieser Reaktion, falls sie nicht gespielt war? Das war die spannende Frage. War es am Ende das Entsetzen über die eigene Tat? Und Leyenfels hatte es sich natürlich nicht nehmen lassen, sich selbst für seine Weitsicht zu loben. »Sag ich doch. Keine Steilvorlagen für Winkeladvokaten.«

Der Abschleppwagen traf ein, der Sassens Wagen zur kriminaltechnischen Untersuchung bringen sollte. Alois hatte die Unfallspuren daran entdeckt, als er ihn nach der Waffe durchsuchte und keine fand. Auf der Fahrerseite war das Blech eingedellt. Durch den Lack zogen sich tiefe Kratzer vom Scheinwerfer bis zum Heck. Der Airbag wurde ausgelöst und hing als schlaffer Sack vom Lenkrad.

Buchholz gesellte sich zu Dühnfort, während die Seilwinde sirrend in Betrieb ging. Vor den Augen der Schaulustigen wurde der BMW auf die Ladefläche gezogen. Die Leute bekamen etwas geboten. Gratis und frei Haus. Fehlte nur die Pommesbude, um neben der Sensationsgier auch noch Hunger und Durst zu stillen.

»Nach Baum sieht das nicht aus«, meinte Buchholz. »Eher nach Leitplanke.«

»Mich interessiert im Moment mehr, ob es ein Suizidversuch war«, entgegnete Dühnfort.

»Woher soll ich das wissen? Guck nach, was sich hinter der Leitplanke befindet. Eine Betonwand, ein Fluss, ein Baum oder einfach nur ein Acker, dann weißt du Bescheid.«

Buchholz war grantig wie immer. Falls er jemals seine Arbeit gutgelaunt verrichten sollte, wäre das vermutlich ein Grund, sich Sorgen zu machen. Der Abschleppwagen fuhr los. Buchholz kehrte zu seinen Leuten zurück, die am Stall arbeiteten. Bettina Lautenschläger machte mit Geiß einen ersten Rundgang durch die Brandruine, während Dr. Ursula Weidenbach sich mit Christoph Leyenfels im Zimmer des Jungen befand.

Es war Zeit für einen ersten Überblick. Da sie kein Lagezentrum hatten, musste der Garten genügen. Dühnfort rief Kirsten an. Sie sollte Alois und Leyenfels Bescheid sagen. »Wir treffen uns um zehn im Garten und tragen zusammen, was wir bisher haben.« Vorher wollte er noch etwas klären.

Er ging ums Haus und suchte nach Einbruchspuren. Im Obergeschoss waren alle Fensterscheiben intakt. Im Erdgeschoss waren die Verglasung der Terrassentür und die Fenster infolge der Verpuffung geborsten. Die Scherben lagen draußen, nicht drinnen. An der Haustür waren Schließblech und Zylinder verbogen, das Holz am Türrahmen war gesplittert. Dühnfort suchte nach Geiß und fand ihn im Gespräch mit Bettina Lautenschläger im Flur. »Darf ich kurz stören?«

»Kein Problem.«

»Die Haustür wurde aufgebrochen. Waren das Ihre Leute?«

Geiß nickte. »Wir versuchen immer an mehreren Stellen gleichzeitig reinzukommen. Die Haustür war verschlossen, also sind wir mit Brecheisen und Axt rein. Dasselbe bei der Kellertür. Nur bei der Terrasse war es kein Problem.«

»Gab es irgendwo Spuren von gewaltsamem Eindringen?«

Geiß überlegte und schüttelte dann den Kopf. »Uns ist nichts aufgefallen.«

Als Dühnfort in den Garten trat, waren Kirsten und Alois bereits da. Sie stellte eine Thermoskanne auf den Tisch und Keramikbecher dazu. »Kaffee. Hat mir eine Nachbarin mitgegeben. Wir sollen es gut machen und den Kerl schnellstens schnappen.«

»Das ist der Plan.« Alois schlug die geballte rechte Hand in die linke. »Wie kann ein Vater nur so etwas tun? Ich werde es nie verstehen. Hast du den Jungen gesehen?«

Kirsten nickte.

»Und dann macht er auf Psycho und verkriecht sich in der Klapsmühle.«

Dühnfort setzte sich. »Wir schieben jetzt mal alle Emotionen beiseite und konzentrieren uns auf unsere Arbeit.«

Leyenfels kam in den Garten und nahm Kirsten gegenüber Platz.

»Was wissen wir bisher über die Familie Sassen und den Verlauf des gestrigen Abends?«

Kirsten schob die Sonnenbrille ins Haar und zog ihre Notizen hervor. »Thomas Sassen, dreiundvierzig Jahre alt, HNO-Arzt mit Praxis in München. In München geboren und aufgewachsen. Vater Zahnarzt, Mutter Hausfrau, bereits verstorben. Keine Geschwister. Bis auf eine Schwester, die im Kindesalter starb. Abitur mit einem Schnitt von 1,1. Das behauptet Sassen jedenfalls. Der Nachbar, der mir das erzählt hat, hat es natürlich nicht überprüft. Sassen scheint ein ziemlicher Angeber zu sein, der sich gerne in Bewunderung sonnt. Nach dem Abitur absolvierte er seinen Wehrdienst und erhielt eine Ausbildung als Scharfschütze. Diese Info stammt ebenfalls von einem Nachbarn, das muss ich noch überprüfen. Anschließend Medizinstudium in München, Ausbildung zum Facharzt. Beides tough in der Regelstudienzeit durchgezogen. Natürlich mit Promotion. Es folgten einige Jahre als HNO-Arzt in einer Münchner Klinik, welche, weiß ich noch nicht. Danach hat er mit einem Freund eine Gemeinschaftspraxis in München am Oberanger eröffnet.«

Kirsten blätterte eine Seite um. »Weiter geht es mit Nina Sassen. Neununddreißig Jahre alt. Stammt aus Stuttgart. Eltern bereits verstorben. Keine Geschwister. Nach dem Abitur zunächst eine Banklehre in Stuttgart, anschließend ein BWL-Studium in München. Abschluss so lala. Anstellung bei einer Filiale der Stadtsparkasse am Ostbahnhof. Thomas Sassen hat sie kennengelernt, als sie wegen einer Mittelohrentzündung seine Praxis aufsuchte. Die beiden haben sich Hals über Kopf ineinander verliebt und ziemlich schnell geheiratet. Als Leon zur Welt kam, hat sie gekündigt und sich ausschließlich als Hausfrau und Mutter betätigt. Und als begnadete Gärtnerin. Vor einem Jahr ist sie dann ins Geschäft einer Freundin eingestiegen, die zwei Läden für Inneneinrichtung betreibt. Einen in Starnberg, den anderen in Inning.

Leon besuchte die Grundschule hier im Ort. Ein guter Schüler, höflich, aufgeschlossen und wohlerzogen. Sophie wäre zu Beginn des neuen Schuljahres eingeschult worden. Von den Nachbarn werden die Sassens als nette Leute beschrieben. Ziemlich beliebt. Sie wohl mehr als er. Ihn finden die meisten ein wenig überheblich. Ehestreitigkeiten gab es häufig und lautstark. Sassen kann nicht treu sein.« Kirsten klappte das Heft zu. »Mehr habe ich auf die Schnelle nicht in Erfahrung gebracht.«

Dühnfort war beeindruckt. »Das ist ja schon eine ganze Menge.«

Alois' Smartphone klingelte. Er sah aufs Display. »Entschuldigt mich eine Sekunde. Es ist Evi. Sie wird mir die Hölle heiß machen, weil ich mich heute doch nicht um Simon kümmern kann.« Er stand auf und ging tiefer in den Garten hinein, während Kirsten in ihren Notizen las, vermutlich um Leyenfels' Blick auszuweichen, der sie kühl musterte, und Dühnfort sich entschloss, den Kaffee der Nachbarin zu probieren. Gar nicht mal schlecht.

Als Alois kurz darauf zurückkehrte, war er verärgert. »Evi und die Koryphäe können Simon doch zum Golfen mitnehmen, oder etwa nicht? Und überhaupt: Warum muss sie golfen? Jetzt hebt sie total ab.«

Leyenfels sah auf. »Golfen ist längst nicht mehr elitär. Das macht heute jede Sekretärin.«

»Ich mache weiter, okay?« Kirsten blätterte eine Seite um. »Sassen ist gegen dreiundzwanzig Uhr mit seinem BMW davongebraust. Danach hat keiner der Nachbarn etwas gehört oder gesehen. Weder ein Auto noch Personen noch die Schüsse oder Hundegebell. Alle haben friedlich geschlafen, bis es kurz nach halb drei einen dumpfen Knall gab. Davon sind die Schäfers aufgewacht, die Nachbarn von gegenüber. Tatjana und Harald Schäfer und ihr Sohn Moritz. Sie haben den Feuerschein bemerkt und um zwei Uhr siebenunddreißig die Feuerwehr gerufen.«

Dühnfort hatte noch eine Frage: »Wie sieht es mit finanziellen Problemen aus?« Existentielle Sorgen waren häufig Anlass für Männer, ihre Familien auszulöschen. Nur niemals als Versager dastehen, als schwach und unzulänglich, als fehlbar.

Kirsten steckte das Notizbuch ein. »Finanziell scheint es den Sassens gutzugehen. Das Haus haben sie vor sechs Jahren gekauft und renoviert. Der Umbau hat ein Vermögen gekostet. Sassen scheint mit der Praxis ordentlich zu verdienen, und seine Frau hat wohl eine hübsche Stange Geld von ihren Eltern geerbt. Es gibt eine Hypothek aufs Haus, wie hoch, weiß ich noch nicht. Das Einkommen aus der Praxis und Nina Sassens Beteiligung an dem Laden sollten ausreichend für diesen Lebensstil sein. Auf den ersten Blick also keine finanziellen Sorgen. Aber ich muss das alles noch checken. Wenn Sassen das war, dann ging es bei diesem Amoklauf nicht um Geld. Er scheint sich eine Menge Weibergeschichten zu erlauben, die seine Frau wohl toleriert hat.«

Alois schob das Smartphone in die Tasche. »Umgekehrt galt das nicht. Als Nina Sassen im letzten Jahr auf dem Volksfest zu ausgiebig tanzte und mit einem Kerl aus dem Zelt verschwand, ist Sassen hinterher und hat ihn verprügelt. Dabei hat er ihr nur Zuckerwatte gekauft. Das war alles. Das hat mir einer der Kollegen von der Streife berichtet. Bei den Burschen im Dorf kam Sassen damit an. Die fanden das ziemlich lässig und wollten mitmischen. Die Kollegen mussten einschreiten, um eine Schlägerei zu verhindern. Extrem niedrige Frustrationstoleranz, wenn du mich fragst. Nicht höher als die Bordsteinkante. Sassen rastet wegen Nichtigkeiten aus.«

»Hat er jemals seine Frau geschlagen?«, fragte Dühnfort.

»Sieht so aus«, sagte Kirsten. »Tatjana Schäfer hat mir das erzählt. Ein paar Tage nach dem Vorfall beim Volksfest hat sie Nina Sassen beim Joggen getroffen. Spätabends. Trotz der Dämmerung hat sie Prellungen an den Armen bemerkt und einen blauen Fleck am Oberschenkel. Nina Sassen hat behauptet, am Nachmittag beim Pflaumenpflücken von der Leiter gefallen zu sein. Doch die Flecken waren nicht frisch. Sie hatten sich schon lila verfärbt. Frau Schäfer denkt, dass Tom das war.«

Gut. Langsam nahm Sassens Persönlichkeit Kontur an. Dühnfort wusste, dass Kirsten diesem Hinweis weiter nachgehen würde, und wollte zur nächsten Frage kommen, als Leyenfels dazwischengrätschte. »Was Frau Schäfer denkt, lassen wir vorerst mal beiseite. Bring mir Zeugen oder ein ärztliches Attest, alles andere ist nicht relevant. Mutmaßungen sind keine Beweise. Das muss ich dir doch nicht erklären.« Er sagte das mit einem feinen Lächeln, das Dühnfort nicht deuten konnte.

»Musst du in der Tat nicht«, entgegnete sie. »Die Hausärztin steht schon auf meiner Liste.«

»Gut zu hören.«

Irritiert verfolgte Dühnfort diesen kurzen Schlagabtausch. Hoffentlich entwickelte sich zwischen den beiden nicht eine Art von Rosenkrieg.

»Ist Sassen unser Mann?«, fragte er. »Gehen wir es mal durch. Was ist sein Motiv? Es gab Streit am Vorabend. So heftig, dass Sassen um elf wütend das Haus verlässt und davonfährt. Zu schnell, wie eine Zeugin aussagt. Seine Untreue und seine Eifersucht sind dorfbekannt. Es liegt nahe, dass der Streit darum ging.«

»Er ging genau darum«, unterbrach Kirsten ihn. »Stefanie Wagenbach, die um elf gesehen hat, wie Sassen wegfuhr, war um zehn mit dem Hund draußen und hat den Weg hinten durchs Wäldchen genommen. Die Sassens saßen im Garten. Ihr Streit war nicht zu überhören, sagt sie, und es war ihr peinlich, unfreiwillig Zeugin dieser Auseinandersetzung zu werden. Deshalb hat sie einen Zahn zugelegt. Dennoch hat sie gehört, wie Nina Sassen sagte, dass Tom sein Wort wieder gebrochen und sie wieder betrogen hätte. Sie hatte genug und forderte den klaren Schnitt, die Scheidung. Er sollte seinen Krempel packen und ausziehen.«

»Das wäre das erste M, das Motiv«, sagte Dühnfort.

»Der Klassiker bei derartigen Amokläufen. Kommen wir zum zweiten, dem Mittel: fünf Schüsse. Fünf tödliche Treffer. Der Täter ist ein guter Schütze, und Sassen war bei der Bundeswehr. Scharfschützenausbildung hin oder her – das müssen wir erst noch klären. Jedenfalls hat er einen Waffenschein, also kann er mit einer Waffe umgehen, auch wenn keine auf ihn angemeldet ist. Ist er Mitglied in einem Sportschützenverein und kommt so an Waffen? Das sollten wir prüfen.«

Alois nickte. »Habe ich auf dem Radar.«

»Bleibt das dritte M, die Möglichkeit. Ich habe Sassen zweimal gefragt, wo er vergangene Nacht war. Beide Male habe ich keine Antwort bekommen. Der Brand wurde um halb drei bemerkt. Dreieinhalb Stunden nachdem Sassen das Haus verlassen hat. Weiß Gott ausreichend Zeit, um zurückzukehren, diesen Amoklauf hinzulegen und das Haus in Brand zu setzen. Ob zur Spurenbeseitigung oder weil er das Bedürfnis hatte, alles, aber auch wirklich alles auszulöschen, was diese Familie ausmachte, ist im Moment nachrangig. Wobei die zweite Variante erklären würde, weshalb auch der Hund und das Pony erschossen wurden. Es gibt keine Spuren eines Einbruchs. Was darauf hindeutet, dass Nina Sassen dem Täter geöffnet hat oder er das Haus betreten konnte, weil er einen Schlüssel besaß. Auch das spricht für Sassens Täterschaft. Ich fahre jetzt zu ihm in die Klinik.«

Leyenfels lehnte sich im Stuhl zurück und verschränkte die Arme. »Das ist alles sehr vage. Bisher gibt es nichts als profunde Vermutungen.«

Herrgott, was war mit Leyenfels los? »Ich habe im Moment nicht vor, ihn festzunehmen. Und sein Zustand wird es schon zulassen, ihn nach seinem Alibi zu fragen. So langsam interessiert es mich nämlich, ob er eines hat.«

10

»Es geht ihm besser. Er ist ruhiger, seit wir ihm ein Benzodiazepin verabreicht haben. Ein Gespräch sollte möglich sein.« Dr. Bernhard Ditz war ein fülliger Mann mit schwarzer Nerdbrille, rundem Gesicht und einer Glatze, die von einem graumelierten Haarkranz eingefasst wurde, der ebenso kurz gestutzt war wie der Bart. »Ich bringe Sie zu ihm.«

Der Arzt schob den Stuhl zurück. Dühnfort blieb sitzen. »Wenn Sie noch einen Augenblick Zeit hätten. Ich habe noch einige Fragen.«

»Bitte.« Der Arzt setzte sich wieder.

»Haben Sie Herrn Sassen untersucht, als er eingeliefert wurde, oder hat das ein Kollege gemacht?«

»Das war ich.«

»Gut. Halten Sie es für möglich, dass er den Nervenzusammenbruch simuliert?«

Ditz schien die Frage zu überraschen. Er ließ sich mit der Antwort Zeit, stützte die Ellenbogen auf den Tisch, flocht die Hände ineinander und legte das Kinn darauf. »Die Symptome deuten auf eine akute Belastungsreaktion hin. Der Mann ist verzweifelt. Schwer vorstellbar, dass er das spielt. Aber mit Sicherheit kann ich das natürlich nicht sagen. Wer sieht schon hinein in die Menschen? Auch wenn wir Psychiater gerne denken, dass wir es können. Im Grunde ist jeder allein mit und in sich.«

Was für ein Satz. Geradezu niederschmetternd. Und welch eine Einschätzung der eigenen Möglichkeiten. Dühnfort hakte nach. »Könnte die Ursache für seinen Zustand auch eine Art Erschrecken über die eigene Tat sein?

Die Frau verlangt die Scheidung. Er dreht durch, löscht seine Familie aus, kommt irgendwann zu sich und erkennt, was er getan hat.«

»Das wäre möglich. Genauso gut kann seine derzeitige Verfassung aber auch ein Schock darüber sein, was seiner Familie angetan wurde. Das ist eine grauenhafte Tat. Kinder zu erschießen … Wenn er es war, hätte er sich ziemlich sicher anschließend suizidiert.«

»Oder es versucht. Gibt es Hinweise darauf?«

»Mir ist nichts aufgefallen.«

»Keine äußeren Verletzungen?«

»Nur die Schürfwunden an der Stirn, die Ihnen bekannt sein dürften.«

»Haben Sie eine Blutprobe genommen?«

»Dafür gab es keinen Grund.«

»Dann ordne ich sie hiermit an. Ich will wissen, ob Medikamente, Drogen oder Alkohol im Spiel sind. Außerdem beschlagnahme ich Sassens Kleidung.«

»Die Sachen sind hier.« Ditz zog einen Plastikbeutel mit Kliniklogo unter dem Schreibtisch hervor. »Wir haben damit gerechnet.«

Dühnfort nahm die Tüte entgegen und verstaute sie im Wagen, bevor er in Begleitung des Arztes Sassen aufsuchte.

Das Zimmer, in dem er untergebracht war, befand sich im ersten Stock. Es war hell und freundlich. Ein großes Fenster, dessen Riegel ein Schloss hatte. Der Schlüssel war abgezogen. Als Dühnfort näher trat, erschien der Parkplatz im Blickfeld. Ansonsten reichlich Grün. Sicherlich beruhigend. Das Bett war leer. Sassen saß in einem Sessel am Fenster. Er war lediglich mit einem Krankenhaushemd bekleidet. Nackte Füße, behaarte Waden. Die Arme lagen quer über den Oberschenkeln. Mit dem Oberkörper wippte er vor und zurück.

Dr. Ditz verabschiedete sich. »Ich lasse Sie allein. Wenn Sie mich brauchen, finden Sie mich in meinem Büro.«

»Es wäre mir lieber, wenn Sie bleiben könnten. Sicher gibt es noch Fragen.«

»Ja dann …« Ditz nahm auf der Bettkante Platz und schlug die Beine übereinander.

Dühnfort trat in Sassens Blickfeld und setzte sich ihm gegenüber auf die Fensterbank. »Herr Sassen, wir müssen reden. Sind Sie dazu in der Lage?«

Ein Nicken war die Antwort. Keine Tränen. Keine theatralischen Ausbrüche. Nur dieses übertriebene Wippen, das Dühnfort bisher lediglich von Patienten mit Hospitalismus kannte. Gleichzeitig wirkte Sassen wie heruntergedimmt. Ruhig und unbeteiligt. Abgefüllt mit Diazepam.

»Ich war es nicht. Bringen wir das jetzt hinter uns, damit Sie sich mit freiem Blick auf die Suche nach dem verdammten Psychopathen machen können, der mir das angetan hat.«

Aber hallo! Welch ein Statement! Der *mir* das angetan hat. Das Bild des im Schrank kauernden Jungen baute sich in Dühnfort auf. Unwillkürlich ballte er die Fäuste. »Was ist mit Ihrem Wagen passiert?«

»Zu schnell gefahren, Kurve nicht gekriegt, Leitplanke touchiert.«

»Wann?«

»Letzte Nacht.«

»Wo?«

»Auf der Autobahn. In Richtung München, kurz vor der Ausfahrt Fürstenried. Ich war wütend auf Nina und zu schnell unterwegs.«

Natürlich war die Frau schuld. »Wie schnell?«

»Keine Ahnung.«

»So schnell, dass der Airbag ausgelöst wurde.«

»Ja und? Dafür ist er da.«

»Hatten Sie den Gurt angelegt?«

»Keine Ahnung. Weiß ich nicht. Das macht man doch automatisch, ohne nachzudenken.«

»Nicht, wenn man sich auf diese Weise umbringen will.«

Endlich hörte Sassen mit dem Wippen auf und fixierte Dühnforts Blick. »Bis vor drei Stunden hatte ich keinen Grund, Selbstmord zu begehen. Ich war es nicht. Ich kann es gar nicht gewesen sein. Fragen Sie Conny.«

»Conny?« Eine düstere Ahnung stieg in Dühnfort auf.

»Dr. Cornelia Behrendsen. Eine gute Freundin von mir. Ich bin zu ihr gefahren. Sie kann zuhören. Wir haben eine Flasche Wein geleert, ich habe mich ausgekotzt, sie hat mir die Leviten gelesen und mir das Gästebett gerichtet. Ich war die ganze Nacht bei ihr. Fragen Sie sie.«

Das konnte doch nicht wahr sein! Herrgott! Leyenfels hatte die Notärztin angewiesen, jeden Kontakt zu unterbinden, bis eine erste Befragung stattgefunden hatte, und das genau so an die Klinik weiterzugeben. Dühnfort wandte sich an Ditz. »Hat Herr Sassen telefoniert? Oder hatte er Besuch?«

»Besuch. Nur kurz.«

»Lassen Sie mich raten. Dr. Behrendsen?«

Abwehrend hob Ditz die Hände. »Sie war nur eine Minute allein mit ihm.«

Super! Klasse! Verdammter Mist! Dühnfort versuchte Sassens Blick zu fixieren, doch es gelang ihm nicht. Er hatte wieder zu wippen begonnen und starrte aus dem Fenster. »Welchen Wein?«

»Roten«, antwortete er gleichmütig an Dühnfort vorbei.

»Welche Traube, welcher Winzer?«

»Darauf habe ich nicht geachtet.«

»Wo haben Sie den Wagen geparkt?«

»In der Straße vor Connys Wohnung.«

»Geht es etwas genauer?«

»Vorm Haus.«

»Hat Sie sonst jemand gesehen, außer Ihrer guten Freundin?«

Sassen runzelte die Stirn und schüttelte den Kopf. »Kann mich nicht erinnern. Es war schon spät, nach halb zwölf.«

»Ich werde ihre Hände auf Schmauchspuren untersuchen lassen.«

»Tun Sie das.«

Seine Fragen tropften an Sassen ab. Er antwortete stets im gleichen Tonfall, ruhig, gelassen, scheinbar unberührt.

Wut stieg in Dühnfort auf. Der Signalton für eine eingegangene SMS erklang. Sie kam von Kirsten.

Hatte gerade einen Anruf von Nadja Denecke, Anwältin für Familienrecht. Nina Sassen hat am Samstagnachmittag telefonisch bei ihr einen Termin für Montag vereinbart. Sie wollte die Scheidung.

Dühnfort schob das Handy zurück in die Sakkotasche. »Worum ging es bei dem Streit gestern Abend?«

»Eigentlich um nichts. Ich habe Probleme, treu zu sein. Nina weiß das.«

»Um nichts also.«

»Bei Frauen habe ich nun mal Schlag. Ich sehe gut aus, verfüge über Charme – das sagt man mir jedenfalls nach –, und außerdem bin ich Arzt. Status, Geld, Aussehen. Alles stimmt. Darauf fahren die Mädels ab. Sie flirten, sie machen mich heiß. Ich bin nur ein Mann. Meine Steinzeitgene besiegen mich. Dann will ich es wissen. Das habe ich nie verheimlicht. Und Nina hat immer gewusst, dass ihr keine gefährlich werden kann, weil ich nur sie liebe.«

»Aber Nina offenbar Sie nicht mehr. Sie wollte sich scheiden lassen.«

Abrupt endete das Wippen. Endlich eine Reaktion. »Schwachsinn! Natürlich hat sie mich geliebt. Sie hat mich vergöttert, und sie hat mich gebraucht. Ohne mich war sie doch nichts. Das mit der Scheidung hat sie nicht ernst gemeint. Sie hat mich schon häufiger vor die Tür gesetzt. Am Ende hat sie immer eingesehen, dass wir beide zusammengehören.«

»Und wenn sie es nun doch durchgezogen hätte?«

»Hätte sie aber nicht.«

»Ist Gewalt für Sie ein adäquates Mittel der Auseinandersetzung?«

»Was soll die Frage? Natürlich nicht.«

»Sie haben Ihre Frau also nie geschlagen?«

»Nein.«

»Uns liegt eine Zeugenaussage vor, die eine andere Vermutung nahelegt.«

»Vermutung? Schön für Sie.«

»Auf dem Volksfest letztes Jahr haben Sie einen Mann verprügelt, nur weil er Ihrer Frau Zuckerwatte gekauft hat. Schlagen Sie immer gleich zu, wenn Ihnen etwas nicht passt?«

Sassen schwieg.

»Hatte Ihre Frau einen anderen? Einen, den sie Ihnen vorzog?«

»Jetzt hören Sie auf mit diesem Mist. Wie oft soll ich es noch sagen: Ich habe meiner Frau und meinen Kindern nichts angetan. Nina hätte mich nie betrogen. Sie hatte keinen anderen. Aber ...« Sassen stockte und fuhr sich mit dem Mittelfinger über die Stirn, als ob er eine Erinnerung heraufbeschwören wollte oder eine Idee festhalten.

»Aber?«

»Vielleicht hat sie sich auf etwas eingelassen.«

»Was meinen Sie damit?«

Sassen ließ die Hand sinken. »Vor etwa sechs Wochen wollte ich Nina abends in Inning vom Laden abholen. Eine Überraschung. Ich hatte gerade geparkt, als sie mit einem Kerl vors Geschäft trat. Die beiden haben Luftbussis getauscht. Natürlich habe ich gefragt, wer das war. Ein Kunde, hat sie gesagt. Aber der Kerl hat nicht ausgesehen wie einer von Ninas Kunden. Eher wie ein Krimineller, wie ein Schläger oder Drogendealer. Lange Haare. Lederkluft. Tätowierungen. Vielleicht hat er sie in irgendwas hineingezogen.«

Dühnfort unterdrückte ein Stöhnen. Nun wurde also der große Unbekannte bemüht. »Was meinen Sie damit? Etwa Drogengeschäfte?«

»Ich meine gar nichts. Nur dass der Kerl wie ein Verbrecher aussah und dass ich keine Ahnung habe, was meine Frau mit ihm zu schaffen hatte.«

11

Dühnfort legte den Finger auf den Messingklingelknopf, der sich über dem Namensschild befand. Dr. Cornelia Behrendsen. Das Zweifamilienhaus, in dem Sassens gute Freundin die Erdgeschosswohnung bewohnte, befand sich in Pullach, nur einige Straßenzüge vom BND entfernt. Hecken und Mauern säumten die Grundstücke und verwehrten jeden Einblick.

Die Gegensprechanlage rauschte. »Ja bitte?«

»Dühnfort. Kripo München. Es geht um die Familie Sassen.«

»Ja. Natürlich.« Das Summen des Türöffners erklang. Eine Frau Anfang vierzig öffnete. Sie trug ein ärmelloses Top und Shorts. Gebräunte Haut. Tolle Figur. Dühnfort kam nicht umhin, das zu bemerken. Dezentes Make-up. Ein offener Blick unter akkurat gezupften Augenbrauen, die den Anflug von Strenge und Disziplin in diesem Gesicht unterstrichen.

Cornelia Behrendsen bat ihn herein und führte ihn ins Wohnzimmer. Kühler Designerchic. Helle, neutrale Farben. Die Tür zur Terrasse war geöffnet. Ein Liegestuhl stand im Schatten. »Kann ich Ihnen etwas anbieten? Ein Glas Wasser?«

»Danke. Nein.« Auf dem Couchtisch aus Acrylglas entdeckte er die geöffnete Packung eines Beruhigungsmittels. Conny Behrendsen bemerkte das. »Die Tabletten sind der Grund, warum ich so gefasst wirke. Chemie. Synthetische Stoffe. Sie schaffen Distanz und machen einem vor, dass doch alles gar nicht so schlimm ist. Ich weiß, das hilft nicht auf Dauer. Aber im Moment. Was Nina und den Kindern zugestoßen ist ... das ist so grauenhaft. Ich muss das erst mal von mir fernhalten. Tom wird seine Freunde jetzt brauchen.«

Sie setzte sich und wies mit der Hand auf einen Sessel. Dühnfort nahm Platz. »Sie haben Tom Sassen im Krankenhaus besucht.«

»Ja.«

»Wie haben Sie von dieser Katastrophe erfahren? Und woher wussten Sie, wo er ist?«

»Durch einen Freund. Tom hat ihn angerufen. Karsten Prittwitz. Die beiden betreiben gemeinsam eine Praxis.«

Sassen hatte also auch noch telefoniert! Verfluchter Mist! Wäre Leyenfels nicht dazwischengegrätscht, hätten sie jetzt wahrscheinlich schon ein Geständnis. *Es tut mir so leid! Es tut mir so leid!* Ganz sicher tat Sassen nicht der Streit leid.

Dühnfort schob den Ärger beiseite. »Herr Sassen gibt an, die vergangene Nacht bei Ihnen verbracht zu haben. Ist das richtig?«

Conny Behrendsen hielt seinem forschenden Blick stand. »Tom hat mir von Ihrem Verdacht erzählt. Das ist absurd. Er war hier. Es wird Viertel nach elf gewesen sein, als er angerufen hat. Von einer Telefonzelle, weil er sein Handy daheim vergessen hatte. Es ging ihm nicht gut. Nina hatte ihn vor die Tür gesetzt. Wieder einmal. Also habe ich ihm mein Gästezimmer angeboten. Zwanzig Minuten später war er da und ist bis zum Morgen geblieben.«

»Ist er gleich zu Bett gegangen?«

»Wir haben geredet und dabei eine Flasche Wein getrunken. Es war nach eins, als wir ins Bett sind.« Ein leises Lachen folgte. »Nicht, was Sie jetzt vielleicht denken. Er ins Gästezimmer, ich in mein Bett.«

»Kann ich mir das Gästezimmer ansehen?«

»Natürlich. Es ist im Souterrain.«

Er folgte ihr durch den Flur. Die Küchentür war offen. Weinrote Hochglanzfronten. Zwei Barhocker mit cremefarbenen Schalensitzen vor einer Theke. Darauf zwei Kaffeegläser, in denen Reste von getrocknetem Milchschaum hafteten. Zwei Teller. Toastkrümel darauf. Marmelade, Honig, Butter. Dühnfort registrierte das im Vorübergehen und riskierte einen Blick durch die angelehnte Tür des Schlafzimmers. Das Bett war gemacht. Alles sauber und ordentlich.

Conny Behrendsen wandte sich um. »Passen Sie auf der Treppe auf. Man stößt sich leicht den Kopf an.«

Eine Wendeltreppe führte ins Untergeschoss. Vom Vorplatz gingen drei Türen ab. Conny Behrendsen öffnete eine. »Ich bin noch nicht dazu gekommen, aufzuräumen.« Sie ließ ihn ein und lehnte sich an die Wand, während er sich umsah.

Die Einrichtung erinnerte ihn an ein unpersönliches Hotelzimmer. Cremefarbener Teppichboden. Ein Doppelbett aus dunklem Holz unter einem Fenster, vor dem sich eine begrünte Anböschung bis nach oben zum Garten erstreckte. Das Bettzeug war zerwühlt, an einer Ecke hatte sich das Spannbettlaken von der Matratze gelöst. Ein Päckchen Papiertaschentücher lag auf dem Nachttisch. Die Tür zum Gästebad stand offen, das Licht war eingeschaltet. An den Scheiben der Duschkabine trockneten Wassertropfen. Das Badetuch war feucht, im Waschbecken klebte ein Schaumrest, eine Zahnbürste ragte aus einem Glas, neben einer offenen Zahnpastatube. Alles sehr glaubhaft. Vielleicht zu glaubhaft. Es wirkte geradezu inszeniert.

Er schloss die Tür hinter sich. Mit verschränkten Armen lehnte Conny Behrendsen noch immer an der Wand. »War es das?«

»Ich denke, ja.«

Sie gingen wieder nach oben. Im Flur blieb Dühnfort stehen. »Eine Frage habe ich noch.«

»Nur zu.«

»Welchen Wein haben Sie getrunken?«

Um die Mundwinkel erschien für einen kurzen Augenblick ein Lächeln. »Es war ein Merlot aus dem Veneto. Wollen Sie die Flasche sehen?«

»Nicht nötig. Ich merke schon, Sie sind bestens vorbereitet. Zeit genug hatten Sie ja.«

Wieder verschränkte sie die Arme. »Sie denken, dass ich Tom ein falsches Alibi gebe. Warum sollte ich?«

»Weil er ein guter Freund ist und Ihnen eine glaubhafte Geschichte aufgetischt hat, weshalb er keines hat. Auto verreckt, irgendwo in der Pampa. Ziellos herumgefahren. Sich einsam am Isarstrand besoffen. Ein langer nächtlicher Spaziergang, bei dem ihn niemand gesehen hat. Irgendetwas dergleichen. Und nun ist er unschuldig unter Verdacht geraten. Natürlich wollen Sie ihm helfen. Das verstehe ich. Aber Sie machen sich strafbar. Das ist Ihnen hoffentlich klar. Sie tun sich keinen Gefallen damit. Wenn er es war, werden wir ihm das nachweisen, und dann haben Sie ein Problem.«

»Sie haben recht. Tom ist ein wichtiger Mensch in meinem Leben. Er ist mein bester Freund. Ich würde viel für ihn tun. Beinahe alles. Aber das nicht. Es gibt Grenzen. Glauben Sie wirklich, ich würde ihn schützen, wenn er seine Frau erschossen hätte und die Kinder? Die Kinder! Aber er war es nicht. Er kann es nicht gewesen sein. Weil er hier war. Wenn Sie darauf bestehen, beschwöre ich das. Es ist so, wie ich gesagt habe. Tom kam gegen Viertel vor zwölf. Er hat im Gästezimmer übernachtet und ist früh aufgestanden. Ich war schon wach. Wir haben gemeinsam einen Kaffee getrunken und eine Kleinigkeit gefrühstückt.

Er hatte es eilig. Er wollte am Bahnhof Blumen kaufen und nach Hause fahren, um sich bei Nina zu entschuldigen. Er wollte es wieder einrenken. Das hat bisher jedes Mal geklappt. Sie hat ihn immer wieder genommen. Er hatte keinen Grund, Amok zu laufen, er wusste, dass er am Ende immer mit seinen Frauengeschichten durchkam, weil sie es nicht über sich brachte, sich endgültig von ihm zu trennen. Es wäre wahrscheinlich besser gewesen, wenn die beiden nie geheiratet hätten.«

Irrte er sich? Log Conny Behrendsen nicht? Hatte Sassen sie ohne ihr Wissen für sein Alibi benutzt? »Hätten Sie es denn gehört, wenn Tom die Wohnung nachts verlassen hätte?«

Zögernd strich sie sich mit einer Hand die Haare aus der Stirn. »Ich denke schon. Ich habe einen leichten Schlaf. Außerdem war er morgens ja da. Wie hätte er wieder hereinkommen sollen, ohne mich rauszuklingeln? Er hat keinen Schlüssel. Und er konnte meinen nicht nehmen. Nachts liegt der Schlüsselbund in einer Schale neben dem Bett. Wenn er ihn geholt hätte, wäre ich aufgewacht. Ganz sicher.«

»Gibt es einen Zweitschlüssel?«

»Nicht hier. Er ist bei Freunden, für den Fall, dass ich mich mal aussperre.«

»Er könnte zur Terrassentür raus sein und sie für seine Rückkehr offen gelassen haben.«

»Dann wäre ich ganz sicher aufgewacht. Denn in diesem Fall geht die Alarmanlage los. Ich hab sie eingeschaltet, als ich ins Bett bin. Das mache ich jeden Abend. Tom kennt den Code nicht. Glauben Sie mir, Tom hat seinen Kindern und seiner Frau nichts angetan. Das könnte er gar nicht. Das ist doch die Tat eines Irren, eines Verrückten. Lassen Sie Tom in Ruhe, er hat alles verloren. Das ist schon schlimm genug, ohne dass Sie ihn verdächtigen.«

12

An diesem Tag zu feiern war Karsten nach dem Besuch im Krankenhaus unmöglich erschienen. Also war er nicht zur Geburtstagsfeier seines Schwiegervaters gefahren und hatte Irene eine SMS geschrieben, dass er nicht kommen könne, dass es ihm leidtue und sie ihn bitte entschuldigen möge. Die näheren Umstände hatte er nicht erklärt, da er ihr und den anderen das Fest nicht verderben wollte. Danach hatte er das Handy ausgeschaltet und war eine Zwanzig-Kilometer-Runde gejoggt, um sich auszupowern. Das war ihm gelungen, obwohl sich die Ungeheuerlichkeit dieses Verbrechens noch immer seinem Vorstellungsvermögen entzog. Es konnte nicht wahr sein. Und doch war es das. Eine grauenhafte Wahrheit, eine schreckliche Tatsache, die er nicht so recht an sich heranlassen wollte.

Er hatte gerade geduscht und sich umgezogen, als er Irenes Wagen hörte, und ging nach unten. Oskar kam angetrottet und begehrte mit einem kurzen Bellen Einlass. Karsten öffnete die Tür und kraulte ihm das Fell. »Na, alter Junge. Wie ist dir denn die Seefahrt bekommen?« Offenbar gut, denn Oskar lief schnurstracks in die Küche zu seinem Fressnapf, den Karsten bereits vorbereitet hatte und ihm nun hinstellte.

Er hörte, wie Irene die Haustür hinter sich schloss und das Klackern ihres Schlüsselbundes, als sie ihn auf die Ablage legte, und ging zu ihr in den Flur. Sie saß auf der Bank, die sie während eines Urlaubs in Verona gekauft hatten, streifte mit einem Seufzer die hochhackigen Schuhe ab und massierte sich die Fußballen.

»Hallo, Liebes.«

Irene sah auf. Die Verärgerung stand ihr ins Gesicht geschrieben. »Ich soll dich von meinen Eltern grüßen. Sie bedauern, dass du nicht kommen konntest. Was ist nun mit Tom? Ich hoffe, etwas wirklich Wichtiges.«

Er setzte sich neben sie auf die Bank. Am besten sagte er, wie es war. Diese Nachricht konnte man nicht schönreden.

»Mir war nicht nach feiern zumute. Nina und die Kinder sind tot. Jemand hat sie letzte Nacht im Haus uberfallen.«

»Was?« Alle Farbe wich aus ihrem Gesicht. »Das kann doch nicht sein, Karsten. Das ist doch nicht möglich. Sag, dass das nicht wahr ist. Bitte!«

Er nahm sie in den Arm. Sie vergrub ihren Kopf an seiner Schulter und begann schließlich zu weinen. »Das kann doch nicht sein.« Er hielt sie, bis sie sich gefangen hatte und die Tränen wegwischte. »Wer hat das getan? Ein Einbrecher? Du sagst, sie wurden überfallen?«

»Ich glaube, ich brauche jetzt etwas zu trinken. Willst du auch ein Glas Wein?«

»Es hilft zwar nicht. Aber: ja.«

Sie setzten sich an den Essplatz in der Küche. Karsten schenkte zwei Gläser ein und erzählte Irene, was er wusste. Es war nicht viel. Nur das, was Tom erzählt hatte. »Anscheinend verdächtigt die Polizei ihn.«

»Wie kommen sie denn darauf?«

»Es gab wieder einmal Streit zwischen den beiden. Deswegen vermuten sie wohl einen Amoklauf. Aber Tom war bei Conny.«

Dass es Nina und die Kinder nicht mehr geben sollte, dass sie tot waren ... Es war unfassbar. Beim Grillfest vor zwei Wochen waren alle noch so fröhlich gewesen, so ausgelassen. Mit Leon hatte Karsten Fußball gespielt und wieder einmal dieses leise Bedauern gespürt, dass es bei ihm und Irene mit Kindern nicht geklappt hatte. »Ich bin der Klose«, hatte Leon lachend erklärt. »Ich donnere dir jeden Ball rein. Wirst schon sehen, Onkel Karsten. Voll gepfeffert. Die kannst du nicht halten. Außer, du wärst der Neuer.« Über dieser Idee war Leons Redefluss plötzlich versiegt. Was, wenn Onkel Karsten der Neuer sein wollte?

»Ich bin heute der Iker Casillas. Okay?«

»Haha!« Leon hatte gelacht, dass man die Zahnlücken sah, und mit dem Finger auf ihn gezeigt. »Der hat fünf reingelassen, Onkel Karsten. Fünf!«

Und Sophie hatte Tom beim Grillen geholfen. Eifrig hatte sie die neue Blümchenschürze umgebunden, war auf eine Kiste geklettert und hatte unter Toms Aufsicht die Würstchen gewendet. »Das da ist noch nicht richtig gebrutzelt, Papa.«

Karsten stützte den Kopf in die Hände. Die Kinder waren so fröhlich gewesen. Und nun sollten sie tot sein. Erschossen! »Sie waren eine so glückliche Familie. Wer tut so etwas nur?«

Irene seufze. »Ich weiß nicht, ob Nina glücklich war. Toms ständige Seitensprünge ... Das ist demütigend. Als wir vor zwei Wochen bei ihnen waren, hat sie jedenfalls erzählt, dass sie bei einer Anwältin war. Zu einem Beratungsgespräch. Sie hat überlegt, die Scheidung einzureichen. Obwohl sie keine Beweise hatte, war sie sicher, dass Tom sie wieder betrog. Ich habe nie verstanden, was sie an ihm gefunden hat. Er mag ja gut aussehen und Charme haben, und er weiß, wie er Frauen behandeln muss, damit sie mit ihm ins Bett gehen. Aber er ist eitel und denkt nur an sich. Einen solchen Mann heiratet man doch nicht.«

Wie immer, wenn Irene sich über Tom ereiferte, fühlte Karsten sich dazu berufen, ihn in Schutz zu nehmen, obwohl er in einigen Punkten durchaus mit ihr übereinstimmte. Tom war keine fünfundzwanzig mehr. Er hatte sich die Hörner längst abgestoßen und trug Verantwortung für eine Familie, und doch benahm er sich, als ob ihm jede Freiheit zustand. »Zu einer Beziehung gehören zwei. Nina hat mitgespielt, und sie hat ihn immer wieder aufgenommen. Wer sieht schon hinein in zwei Menschen? Etwas muss sie verbunden haben, das stark genug war, um zusammenzubleiben. Es war eine Sache zwischen den beiden.«

Irene streckte die Hand über den Tisch und ergriff seine. Schöne schmale Hände. Erste Pigmentflecke zeichneten sich auf dem Handrücken ab. Mit dem Daumen strich er darüber. Nicht, wie um sie wegzuwischen, eher als Bestätigung. Gemeinsam alt werden. Das war sein Wunsch, sein Ziel.

»Du hast ja recht«, sagte Irene. »Wie geht's Tom? Ist er wirklich in der Psychiatrie?«

»Er hat einen Nervenzusammenbruch und bekommt jetzt Beruhigungsmittel. Sein Zustand ist allerdings nicht derart, dass er eine längere stationäre Aufnahme rechtfertigen würde. Das hat mir sein Arzt erklärt. Vermutlich wird er in ein oder zwei Tagen entlassen. Wohin soll er? Nach Schäftlarn kann er nicht. Das Haus ist ausgebrannt. Ich würde ihm gerne unser Häuschen anbieten.«

Das Haus, in dem er mit Irene lebte, hatte Karsten vor einigen Jahren von seiner Großmutter geerbt. Es war alt und ziemlich heruntergekommen gewesen und befand sich samt eines Nebengebäudes, das seine Oma immer als Orangerie bezeichnet hatte, inmitten eines großen Grundstücks. Zuerst hatten sie das Haus renovieren lassen und dann die Orangerie als Unterkunft für Gäste eingerichtet. »Das Häuschen wäre ideal für Tom. Was meinst du?«

»Es geht nicht, Karsten. Ich habe doch die Handwerker für nächste Woche bestellt.«

Das hatte er ganz vergessen. Eine Heizung sollte eingebaut werden. Bisher gab es nur einen Kaminofen. Anschließend wollte Irene den Boden abschleifen und die Wände streichen lassen. »Das lässt sich doch verschieben.«

Irene entzog ihm die Hand, und er spürte, wie sie sich verschloss. »Mir wäre es lieber, wenn er anderswo unterkommen könnte. Vielleicht bei Conny. Oder bei einer seiner Nebenfrauen. Sicher hat er doch momentan jemanden.«

Der gehässige Tonfall stieß Karsten sauer auf. »Du solltest nicht so über ihn reden. Nicht ausgerechnet heute.«

»Ach!«, entgegnete sie harsch. »Du meinst aus Rücksichtnahme. Doch nimmt er je auf die Gefühle anderer Rücksicht? Ich habe das noch nicht erlebt. Er ist berechnend und manipulativ. Er benutzt jeden. Immer ist er auf der Suche nach einem Vorteil und vor allem nach Applaus. Andere sind ihm doch egal. Eines Tages wirst du das auch noch erkennen. Ich sehe also keinen Grund, mit meiner Meinung hinter dem Berg zu halten. Auch unter diesen Umständen nicht. Ich will ihn nicht im Haus haben und auch nicht im Häuschen. Du hast gefragt. Das ist meine ehrliche Antwort.«

Irenes brüske Ablehnung überraschte Karsten. »Er ist mein Freund. Er hat mir das Leben gerettet. Ich stehe in seiner Schuld und werde ihn nicht im Stich lassen.«

»Ja. Ich weiß. Auf immer und ewig. Und ich frage mich, was das für eine seltsame Freundschaft ist, wenn der eine den anderen stets an die Begleichung seiner Schuld erinnert. Denn das tut Tom. Wenn auch nicht offen, so doch zwischen den Zeilen. Er setzt einfach voraus, dass du immer springst, wenn er ruft.«

Irene konnte das nicht verstehen. Es war lange her, vierundzwanzig Jahre. Doch diesen Tag würde Karsten nie in seinem Leben vergessen.

Sie waren knapp zwanzig gewesen, hatten gerade das Abitur gemacht und genossen einen Sommer der Freiheit, bevor sie im Herbst zum Bund mussten. Amerika. Das große Abenteuer. Mit einem Leihwagen durch Kalifornien. Selbstverständlich stand die Route von Las Vegas nach Fresno auf ihrem Plan. Knapp fünfhundert Meilen und durchs Death Valley. Im August. Natürlich nahmen sie ausreichend Wasser mit. Sie waren nicht dumm. Allerdings leichtsinnig. Ein paar Meilen nachdem sie den Zabriskie Point passiert hatten, bog Tom, einer Laune folgend, von der geplanten Route auf eine schmale und kaum befahrene Nebenstraße ab, die nach Beatty führte, einem Ort in dreißig Meilen Entfernung. Irgendwo hatte Tom gelesen, dass es dort die besten Burger weit und breit geben sollte. So einen wollte er haben.

Es war kurz vor Mittag, als der Wagen mitten im Nirgendwo liegenblieb wie ein gestrandeter Wal. Es tat einen Schlag, der Motor ging aus. Was die Ursache war, wussten sie nicht. Später erfuhren sie, dass es einen Kurzschluss in der Elektrik gegeben hatte und dass sie Glück gehabt hatten, dass die Karre nicht in Flammen aufgegangen war.

Sie fluchten, weil sie nicht wussten, was sie sonst hätten tun können. 1990 hatten nur die Superreichen ein Handy. Sie nicht. Die Klimaanlage war ausgefallen, die Temperatur im Wagen stieg mit jeder Minute an. Ihnen blieb nichts anderes übrig, als ihn zu verlassen, wenn sie nicht wie Steaks gegrillt werden wollten. Draußen war es nicht besser. Zweiundvierzig Grad und nirgendwo Schatten. Nichts als Wüste, Steine, Felsen. Am Horizont die Berge. Die Sonne stand über ihnen im Zenit. Warten, meinte Tom. Irgendwann kommt schon jemand vorbei, der uns helfen kann. Wir haben noch zwei Flaschen Wasser. Keine Panik. Doch es kam niemand. Und das Wasser ging schnell zur

Neige. Sie mussten sich entscheiden. Zurück zur Hauptstraße oder nach Beatty? Der Ort war näher. Also marschierten sie los. Jeder mit einem Rest Wasser, der in den Plastikflaschen kondensierte. Nach zwei Meilen konnte Karsten nicht mehr. Sein Kreislauf spielte verrückt. Dass er kollabierte, bekam er gar nicht mit.

Als er zu sich kam, lag er in einem Krankenbett im Beatty Medical Center und hing am Tropf. Tom hatte ihn eine ganze Meile geschleppt, gezerrt, gezogen, bis ein Lieferwagen diese verfluchte gottverlassene Straße entlanggebraust war und Tom sich ihm in den Weg warf, obwohl der Fahrer sicher auch so gehalten hätte.

Karsten trank den letzten Schluck aus dem Glas. »Tom hat mich damals nicht im Stich gelassen. Ohne ihn wäre ich tot.«

»Das war vermutlich die einzige altruistische Handlung in seinem Leben«, konterte Irene.

»Du bist unfair.«

»Mag sein.« Sie strich eine Locke hinters Ohr. »Ich habe Wochen gebraucht, um die Handwerker zu koordinieren. Ich möchte das nicht verschieben, und Tom kann nicht in einer Baustelle wohnen.«

Karsten wollte keinen Streit. Doch es würde nicht ohne gehen. »Das wird er auch nicht. Ich werde den Handwerkern absagen. Er braucht meine Hilfe, und ich werde sie ihm nicht verweigern.«

Ein trockenes Lachen war Irenes Antwort. »Schon klar. Das war es ja von Anfang an. Warum reden wir eigentlich darüber, wenn du es längst entschieden hast?« Sie schob den Stuhl zurück und stand auf. »Ich gehe mit Oskar eine Runde.«

»Irene, versteh das doch.«

»Ich verstehe dich besser, als du glaubst. Und ich weiß

auch, dass du jetzt noch einmal zu ihm fährst. Er wird ein paar Sachen brauchen. Kleidung. Rasierzeug. Solche Dinge. Stimmt's?«

»Genau. Das habe ich vor.«

Während sie mit dem Hund die abendliche Tour machte, packte er eine Reisetasche mit dem Nötigsten für ein paar Tage und fühlte sich nicht wohl in seiner Haut. Er wollte ebenso wenig Streit mit Irene, wie Tom in dieser furchtbaren Situation alleinlassen. Warum konnte sie das nicht verstehen?

In der Klinik angekommen, fand er Tom apathisch auf seinem Bett sitzend vor. Das Krankenhausnachthemd klaffte am Rücken, was er nicht zu bemerken schien. Karsten suchte den Schlafanzug heraus und unterbreitete Tom das Angebot, bei ihm und Irene zu wohnen. Tom nickte lediglich abwesend. Hatte er überhaupt zugehört? Etwas haftete an seiner Hand. Karsten zupfte es ab. Es war weiß und weich, wie Wachs.

Tom blickte auf. »Sie haben meine Hände auf Schmauchspuren untersucht. Diese Idioten. Wenn ich es gewesen wäre, hätte ich doch ausreichend Zeit gehabt, jede Spur zu beseitigen. Jede. Auf diese Idee kommen sie gar nicht. Ein völlig inkompetenter Haufen. Die werden das nie aufklären. Die kriegen das nicht hin. Das weiß ich jetzt schon.«

Karsten nahm die restlichen Sachen aus der Reisetasche und verstaute sie im Schrank. »Das sind Fachleute, Tom. Sie werden den finden, der das getan hat. Er wird dafür bezahlen und vor Gericht gestellt werden.«

Tom wandte den Kopf ab und starrte aus dem Fenster. »Nein, das werden sie nicht.«

»Soll ich heute Nacht bei dir bleiben?«

»Fahr nach Hause. Dr. Ditz hat mich bis unter die Haarspitzen mit Beruhigungsmittel abgefüllt. Ich könnte nicht mal aus dem Fenster springen, wenn ich wollte. Im Moment ist mir alles scheißegal. An das Zeug könnte ich mich glatt gewöhnen.«

»Kann ich noch etwas für dich tun?«

»Eine Flasche Wodka vielleicht. Doch die wirst du nicht besorgen. Gefährliche Kombination.«

»Richtig. Mach's gut. Ich weiß, das ist jetzt ein Scheißspruch. Doch du weißt, wie ich es meine. Versuch zu schlafen.« Er umarmte Tom zum Abschied.

Die erste Nacht ohne Nina und die Kinder, die erste Nacht als Witwer und verwaister Vater. Der erste Schritt in ein neues Leben, das Tom nicht gewollt hatte, das ihm aufgezwungen wurde von jemandem, der sich als Herr über Leben und Tod aufgespielt hatte.

Karsten war optimistischer als Tom. Die Polizei würde den Kerl finden, er würde seiner Strafe nicht entgehen, das hoffte er aus tiefstem Herzen. »Ich komme morgen früh wieder.«

»Machst du mir den Fernseher an?«

Karsten schaltete das Gerät ein. Hoffentlich sah Tom nicht die Nachrichten. Doch es war eine Sendung über den Amazonas, die im Zweiten lief.

13

Vor den Fenstern senkte sich die Dämmerung herab, wie ein Tuch, das sich über alles legte, als ob es so das Hässliche von dieser Welt tilgen könnte. Das Böse und Gemeine. Rache und Hass. Hinterlist und Gewalt. Lüge und Verrat. Niedertracht und Verschlagenheit.

Denn alles, was entsteht, ist wert, dass es zugrunde geht; drum besser wär's, dass nichts entstünde.

Ich musste lachen. All das war da, man konnte es weder verstecken noch verleugnen oder mit Worten übertünchen, indem man schöne Bilder dafür ersann. Das Böse war die Natur des Menschen. Am Anfang war nicht das Wort. Es war auch nicht der Sinn. Es war die Tat, Herr Geheimrat. Richtig erkannt. Die Tat. Nichts sonst. Veränderung setzt nun einmal Handeln voraus und nicht Hinnahme und Duldsamkeit. Das habe ich damals erkannt, als ich zehn war.

Auf dem Bildschirm begann der Abspann vorbeizuflimmern. Die Sendung war zu Ende. Ich stellte den Ton wieder an. Die Nachrichten begannen. Sie brachten es tatsächlich in den Zehn-Uhr-Nachrichten. Familie ausgelöscht.

Ausgelöscht! Ein geradezu abgeschmackter Witz. Merkten sie denn nicht, wie peinlich das angesichts des abgebrannten Hauses war? Redigierte denn niemand die Manuskripte dieser Nachrichtensprecher?

Ein Film über die Katastrophe wurde eingespielt. Überall Reporter und Übertragungswagen. Neugierige hinter einem Absperrband. Berge von Blumen und Plüschtieren vor dem Holzzaun. Herzen aus Tonpapier ausgeschnitten und mit Wachsmalkreiden bemalt. Brennende Kerzen in Windlichtern. Ein Zettel mit der Frage: Warum? Jemand hat ihn an den Zaun getackert.

Überall Polizisten in Uniform. Forensiker in weißen Overalls. Feuerwehrleute und jede Menge Beamte in Zivil. Streifenwagen und Löschfahrzeuge zwischen VW-Bussen und dem Leichenwagen. Journalisten halten Nachbarn Mikros unter die Nase. Sie stammeln ihr Entsetzen hinein. Ein Fest für die Aasfresser. Sicher wurden gleich in einer Talkrunde sogenannte Experten befragt, obwohl sie keine Ahnung hatten, was hier passiert war. Heute wurde aus jeder Familientragödie ein Medienevent gemacht, dabei waren sie inzwischen so alltäglich geworden wie Verkehrsunfälle. Sie geschahen einfach. Tragische Ereignisse, unvorhersehbar. Meistens jedenfalls. Man konnte sie nicht verhindern. Für sie gab es weder Sicherheitsgurt noch Airbag.

Damals, als Babsi dreißig Meter tief in die Schlucht stürzte, war auch ein Reporter zur Stelle gewesen. Er musste den Polizeifunk abgehört haben, oder er hatte eine Quelle bei der Rettungsleitstelle. Jedenfalls kletterte er auf dem Plateau herum und fotografierte. Am nächsten Tag waren die Bilder in der Zeitung. Von meinem Vater und meiner Mutter und mir. Mit Balken vor den Augen. Und von Babsi natürlich auch. Besser gesagt, von der Trage, auf der sie lag. Zwei Bergretter hatten sich vom Hubschrauber aus zu ihr abgeseilt und ihre Leiche geborgen. Mit der Seilwinde wurde die Trage nach oben gezogen. Sie baumelte vor der grauen Wolkenwand. Babsis Himmelfahrt. Vielleicht kam sie ja dorthin und saß nun auf einer Wolke und spielte Harfe. Mir war es egal. Hauptsache, sie war weg.

Drei Tage später hatte die Beerdigung stattgefunden. Beinahe genau so, wie ich mir sonntags zuvor am Bach die meine ausgemalt hatte. Nur war es nicht meine, sondern die der doofen Babsi.

Während des Trauergottesdienstes weinte meine Mutter pausenlos. Die Tränen liefen, als hätte sie einen Hahn aufgedreht. Diese falsche Schlange. Dabei war ihr Babsis Tod eigentlich ganz recht. Monate später habe ich gehört, wie sie mit einer Freundin darüber sprach. Für Babsi sei es vielleicht das Beste gewesen, hat sie gesagt. Eine Art Erlösung. Und auch für sie selbst. Seit dem Unfall mit dem Lastwagen hätte Babsi sie alle Kraft gekostet. Sie musste ihren Beruf aufgeben, um sich um Babsi zu kümmern. Sie war ans Haus gefesselt und an ein Kind, das keine Aussicht hatte, je selbständig zu leben, das sie immer brauchen würde. Und nun war das vorbei. Unterm Strich hatte ich ihr also einen Gefallen getan. So war das.

Als der Gottesdienst vorüber war, wurde der Sarg zum Grab getragen. Er war tatsächlich weiß und mit Plüschtieren und Sommerblumen geschmückt. So, wie ich mir das vorgestellt hatte. Nur dass nicht ich darin lag, sondern sie. Meine Mutter heulte noch immer Rotz und Wasser. Mein Vater biss die Zähne zusammen. Ich warf meine Sonnenblume hinunter und ließ gleich drei Schaufeln Erde auf den Sarg niederprasseln. Endlich war sie weg. Mutter nahm mir die Schaufel aus der Hand und sah mich ganz merkwürdig an. Forschend, prüfend. Als ob sie es ahnte. Doch diese Frage kam ihr natürlich nicht über die Lippen. Auch später nicht. Nicht an diesem Tag und an keinem der folgenden. Nie. Doch sie hatte diesen Verdacht. Ich wusste es. Ich sah es ihr an. Und es stimmte ja auch. Aber es konnte natürlich nicht sein. Für sie war das unvorstellbar. Dabei war es so einfach gewesen. Gar kein Problem.

Eigentlich wollte sie die Wahrheit nicht wissen. Ein schreckliches Unglück war geschehen. So stand es in der

Zeitung mit den Bildern. Und damit musste es wahr sein. Ein tödlicher Unfall. Logisch. Wenn man dreißig Meter in die Tiefe stürzt, ist für die Retter nichts mehr zu tun, außer der Bergung der Leiche.

Eine Frau von einem Kriseninterventionsteam hat sich damals um mich gekümmert und auch ein Arzt. So ein aufgeblasener Püschologe, der sich für ganz schlau hielt. Beide waren fest davon überzeugt, dass ich eine schlimme Zeit durchlebte. Es musste schrecklich für mich gewesen sein, hilflos dabeizustehen und nichts tun zu können. Geradezu traumatisierend, und sicher plagten mich Schuldgefühle. Das arme Kind. So etwas mit ansehen zu müssen. *Wenn sie wüssten. Natürlich habe ich ihnen ein wenig Theater vorgespielt und geliefert, was sie erwarteten.*

Am schönsten war es, als mein Vater mich in den Arm nahm und gar nicht mehr loslassen wollte. Und am Abend nach Babsis Beisetzung schenkte er mir ihren Skarabäus. Diesen verdammten Talisman, der nun weg ist.

Meine Eltern trösteten und behüteten mich, nicht dass auch mich ein Unglück heimsuchte. In der Zeit danach fuhr meine Mutter mich zweimal pro Woche zu diesem Püschologen. An mir hat er sich die Zähne ausgebissen. Ich habe ihm gleich gesagt, dass ich mit ihm nicht reden werde, und habe durch ihn hindurchgesehen und geschwiegen. Zehn Sitzungen lang. Der arme Mann ist beinahe verzweifelt. Am Ende hat er sich irgendwie herausgeredet. Ich sei ein unglaublich starker und gefestigter Mensch. Um mich müsse man sich keine Sorgen machen.

Der kurze Film war vorbei. Weiter ging es mit Politik und Sport. Ich schaltete den Fernseher aus. Alles war gut.

14

Bis Dühnfort endlich einen Parkplatz in der Nähe der Wohnung gefunden hatte, war es beinahe acht. Vor den Lokalen und Restaurants im Glockenbachviertel saßen die Menschen im Schatten der Sonnenschirme und tranken Aperol Spritz und Hugo, Prosecco, Weißbier oder Wasser, sie aßen italienisch, spanisch, indisch, alles, was die Vielfalt an Restaurants hergab. Gespräche summten, perlendes Lachen und Kindergeschrei mischte sich dazwischen, jedermann genoss diesen herrlichen Sommerabend. Nur er nicht. Dühnfort fühlte sich nach beinahe fünfzehn Stunden im Einsatz müde und zerschlagen. Er war missmutig und erschöpft, und eine unausgesprochene Sorge zog durch sein Unterbewusstsein wie eine kühle Tiefenströmung in einem See. Nach einem langen Tag mit Tatortarbeit und Befragung der Nachbarn hatten sie nichts Belastbares in der Hand. Spurenlage und Zeugenaussagen gaben so gut wie nichts her. Die ersten vierundzwanzig Stunden nach der Tat waren wichtig für die Ergreifung des Täters. Und die waren nun bald um.

Dühnfort stieg durchs Treppenhaus nach oben in die dritte Etage und sperrte die linke der beiden Türen auf, jene, die ursprünglich in seine Wohnung geführt hatte. Während die rechte dies seit einem Jahr ebenfalls tat. Seit Gina die Nachbarwohnung gemietet hatte und ein Durchbruch die beiden Wohnungen verband.

Der Duft nach Tomaten, Rosmarin und Knoblauch schlug ihm entgegen. Gina stand in der Küche und wusch Salat. »Perfektes Timing. Essen ist in zehn Minuten fertig.« Sie umarmte ihn mit nassen Händen und drückte ihm einen Kuss auf die Lippen. »Ich habe einen Bärenhunger, obwohl ich bei meinen Eltern drei Stück Zwetschgendatschi gegessen habe. Mit Sahne. Das darf ich gar nicht laut sagen. Wenn das neun Monate lang so geht, werde ich mich am Ende rollend fortbewegen. Und du? Du hast einen echten Scheißtag gehabt, oder? Der neue Fall, ist er so schlimm?«

Das Bild von Leon im Schrank. Er wurde es nicht los. »Eine Mutter und ihre beiden Kinder. Erschossen.«

Plötzlich hatte er das Bedürfnis, diesen Tag einfach abzuwaschen, ihn gurgelnd im Ausguss verschwinden zu lassen. »Ich geh schnell unter die Dusche.«

Als er zehn Minuten später wieder in die Küche kam, fühlte er sich besser. Gina hatte fürs Essen auf dem Balkon gedeckt. Er nahm den Soave aus dem Kühlschrank und entkorkte ihn.

Es gab Spaghetti pomodoro mit reichlich Knoblauch. Dazu Salat und für ihn ein Glas Wein. Während sie aßen, verschwand die Sonne allmählich hinter den Dächern der Stadt. In das Abendrot mischte sich bereits eine Ahnung von Nacht. Drei Stockwerke unter ihnen wurden auf dem Alten Südfriedhof ewige Lichter entzündet. Oder hatten sie den ganzen Tag gebrannt? Vermutlich. Warum sonst sollten sie ewige Lichter heißen? Er wusste es nicht und schob die letzte Gabel Nudeln in den Mund. Auch Gina war fertig. Sie legte das Besteck beiseite und zog die Brauen in die Höhe. In einer Falte, die dabei auf der Stirn entstand, verschwanden zwei Sommersprossen. »Zwei Kinder und ihre Mutter. Ein Familiendrama? Magst du davon erzählen?«

Sie sprachen immer über ihre Fälle. Daran hatte sich auch nichts geändert, seit sie sich beruflich trennen mussten, weil aus ihnen ein Paar geworden war und Gina nun im Team von Thomas Wilzoch ungeklärte Altfälle bearbeitete. Derzeit fraß sie Staub, wie sie es nannte. Seit Wochen las sie sich durch mehr als sechstausend Seiten Ermittlungsakten in der Hoffnung, einen neuen Ansatz zu finden, wie der seit 1987 ungeklärte Mord an der damals neununddreißigjährigen Bankkauffrau Diana Weigelt sich doch noch klären ließ. Ab morgen sollte sie dabei Unterstützung von einem neuen Kollegen erhalten.

»Der Fall liegt dir ganz schön quer im Magen«, hakte Gina nach. »Was ist denn geschehen?«

Er zuckte mit den Schultern. »Das Übliche. Nehme ich an. Noch haben wir keine Beweise. Allerdings radikaler als sonst. Der Ehemann hat nicht nur seine Familie ausgelöscht, sondern auch die Haustiere erschossen und das Haus in Brand gesetzt. Ich glaube nicht, um Spuren zu verwischen oder die Morde zu verdecken. Ich denke, er wollte, dass von seiner Familie nichts übrig blieb. Aber auch gar nichts. Und dann hat er es nicht geschafft, das zu Ende zu bringen.«

Das Bild von Leons durchschossener Hand stand ihm wieder vor Augen. Wieder sah er wie in einem Film den Jungen vor sich, sah, wie er die Hände schützend an den Kopf riss, sich im Schrank wegduckte, kleinmachte, hoffte, unsichtbar zu sein und dem Unaussprechlichen zu entgehen. »Ich hole mir noch ein Glas.« Er stand auf. »Für dich noch ein Wasser?«

»Lieber eine Cola.«

»Meinst du, Koffein ist gut für den Kleinen?« Er ging neben ihr in die Hocke und legte seine Hand auf ihren Bauch. Ein leises Glück stieg in ihm auf und überstrahlte plötzlich alles andere.

»Wenn er nach dir kommt, sollte das kein Problem sein. Dann wird er vermutlich mit einer Espressotasse in der

Hand geboren.« Gina lachte. »Und woher willst du überhaupt wissen, dass es ein Junge wird?«

Im Moment fiel ihm nicht ein, weshalb er das glaubte. Vermutlich Wunschdenken. »Hast nicht du gesagt, dass es ein Bub wird?«

In der Nacht zum Freitag war er nach einem Verhör erst gegen vier Uhr morgens ins Bett gekommen und völlig gerädert gewesen. Doch mehr als einen Halbschlaf hatte er nicht hinbekommen, weil Satzfetzen und Bilder der Vernehmung durch seinen Schädel schwirrten wie Moskitos in einer schwülen Tropennacht. Gegen sechs war Gina aufgestanden und ins Bad gegangen, während er sich auf die andere Seite gewälzt hatte. Nach ein paar Minuten war sie wieder zu ihm ins Bett gekrochen und hatte ihn angestupst. »Guck mal.«

Er wollte nicht gucken, er wollte schlafen und grunzte etwas in dieser Art. Sie zog ihm die Decke weg. »Hallo, Schatz, aufwachen. Es gibt Neuigkeiten.«

»Ach, nein. Lass mich schlafen.«

»Da. Schau doch mal.«

Blinzelnd öffnete er ein Auge einen Spaltbreit. Sie hielt einen Plastikstab davor. Was gab es da zu sehen? Schließlich entdeckte er zwei violette Streifen in einem Sichtfenster.

»Es hat geklappt. Was sagst du?«

Es dauerte, bis die Worte in seine schlaftrunkenen Hirnwindungen sickerten. Was hatte geklappt? Die beiden Streifen waren ihm ein Rätsel. »Und wenn es nur ein Streifen wäre?«

Gina lachte und stürzte sich auf ihn. »Zwei für Jungs. Einer für Mädchen. Jetzt freu dich gefälligst!«

Endlich erreichte die Botschaft ihr Ziel. Gina war schwanger! Er wurde Vater! Von einer Sekunde auf die andere war er hellwach gewesen und einfach nur überwältigt und starrte auf die Linien wie auf ein Orakel, das ihm die Erfüllung seines großen Traums prophezeite.

Nun lachte Gina wieder. »Das mit den Streifen war ein Scherz, Tino. Ob es ein Junge wird oder ein Mädchen, kann man doch erst in ein paar Wochen im Ultraschall erkennen. Bekommen wir nun eine Cola?«

»Ich hätte es wissen müssen. Ich gehe dir zu leicht auf den Leim«, erwiderte er lachend. »Und außerdem war ich gar nicht richtig wach.« Er gab ihr einen Kuss, ging hinein und kehrte mit den Getränken zurück.

Gina zündete die Kerze im Windlicht an. Mit ihren Gedanken war sie offenbar bei seinem Fall, denn sie kam wieder darauf zu sprechen. »Du sagst, der Mann hat das überlebt. Wie habt ihr ihn gefunden?«

»Die Fahndung nach ihm war raus, als er mit einem Strauß roter Rosen am Tatort erschienen ist.«

»Er ist zurückgekommen? Mit Rosen?«

Er erzählte ihr von Sassens Auftritt. Dieser miese Schauspieler, der sich nun dank Leyenfels' Intervention in der Obhut der Psychiatrie befand. Das war ein verdammter Fehler gewesen! »Er hat mit seinem Wagen einen halbherzigen Selbstmordversuch unternommen. Morgen werde ich mir die Unfallstelle ansehen. Erschießt seine Frau und seine Kinder. Das schafft er. Und dann kriegt er es nicht hin, gegen einen Baum zu rasen.«

»Er ist also nicht geständig?«

»Natürlich nicht.«

Gina zog den Mund schief. »Das ist ungewöhnlich. Die meisten begehen Selbstmord. Wenn nicht, gestehen sie.«

»Das wird Sassen auch noch. Er wird gestehen. Er war so kurz davor.« Dühnfort zeigte mit Daumen und Zeigefinger einen Abstand von einem Zentimeter. »Doch Leyenfels ist dazwischengegangen. Seiner Meinung nach stand Sassen unter Schock. Er hat den Notarzt gerufen, und jetzt sitzt Sassen gemütlich in der Psychiatrie und hat sich ein Alibi besorgt.«

»Sie haben ihn telefonieren lassen? Ich glaube es nicht.«

Das Gespräch mit Conny Behrendsen und das inszenierte Alibi gingen ihm durch den Kopf. »Was würdest du an einem Sonntagvormittag zuerst machen? Das Schlafzimmer aufräumen oder die Küche, in der noch das Frühstück steht?«

»Ich denke, die Küche. Falls Besuch kommt. Aber da tickt sicher jeder anders. Weshalb fragst du?«

»Bei Sassens Alibizeugin war das Bett gemacht, aber das Frühstück stand noch herum. Für zwei, versteht sich.« Er beschrieb ihr auch noch das Gästezimmer und die nasse Dusche. Seiner Meinung nach hätten die Tropfen getrocknet sein müssen. »Kein Haar weit und breit. Weder in der Dusche noch im Waschbecken. Sassen hat kein Alibi. Conny Behrendsen lügt für ihn.«

»Was ist mit seinem Handy? Die Daten der letzten Tage kriegen wir ja meistens noch. Brosamen für uns Ermittler. Ihr könntet ein Bewegungsprofil für die fraglichen Stunden erstellen.«

Dühnfort winkte ab. »Er hat das Haus im Streit verlassen und dabei das Handy vergessen. Sagt er.« Seine schlechte Stimmung war zurückgekehrt. Das wollte er nicht. Er wollte den Abend mit Gina genießen und die Arbeit für ein paar Stunden vergessen. »Lass uns über etwas anderes reden.«

Ginas Hand kam über den Tisch gewandert, legte sich auf seine. In die andere stützte sie ihr Kinn. Ihre Stimme wurde dunkler und weicher. »Wir müssen auch gar nicht reden. Wir könnten hineingehen und uns ins Bett verziehen, das übrigens noch nicht gemacht ist. Das Geschirr lassen wir einfach hier stehen. Und bevor du fragst: Das ist kein Problem. Egal ob Junge oder Mädchen. Es tut ihm nichts, und wir dürfen das. Sowohl aus medizinischer wie aus moralischer Sicht.«

Dühnfort musste lachen, und das tat gut. Er liebte sie. Er liebte sie so sehr, wie er es nie für möglich gehalten hatte, jemals einen Menschen lieben zu können. Und das lag sicher auch daran, dass sie es schaffte, sein Leben so viel leichter zu machen und vor allem, ihn zum Lachen zu bringen.

15

Mit keuchendem Atem hetzte er durch den dunklen Wald, floh vor dem schwarzen Schatten, der ihn jagte. Er hörte den dumpfen Tritt seiner Schritte. Nur noch wenige Meter trennten sie. Er schlug einen Haken, sein Fuß verfing sich in einer Wurzel, er knallte auf den Boden. Die Schritte hinter ihm stoppten, näherten sich langsam, schlichen sich an, bis sie schließlich verharrten, während er starr vor Angst auf dem Boden lag und nicht zu atmen wagte. Ein leises, metallisches Klicken ...

Schreiend wachte Moritz auf. Mit zitternden Fingern tastete er nach der Nachttischlampe. Das Licht ging an. Er setzte sich auf und sah sich um. Niemand war da. Er war allein in seinem Kinderzimmer. Alles war easy. Voll easy. Trotzdem schlug sein Herz wie rasend. Sein Schlafanzug klebte klatschnass auf der Haut, und die Angst lauerte in seinem Innersten wie eine Kobra, die ihren Kopf langsam hin- und hertänzeln ließ, bereit, jeden Moment vorzuschnellen, zuzuschlagen.

Lächelnd blickte Steffen Deibler vom Plakat der Schwimm-EM auf ihn hinab. So wie er wollte Moritz sein. Mutig und stark. Unbeirrt und ausdauernd. Doch er war nur ein kleiner Junge. Auch wenn neuerdings einige Haare unter seinen Achseln wuchsen und ein paar Pickel auf der Stirn sprossen und er bald dreizehn wurde. »Du kommst in die Pubertät.« Das hatte Papa gesagt. Und voller Stolz hatte Moritz sich die erste Packung Clearasil im Drogeriemarkt gekauft. Er wurde zum Mann. Doch das würde noch Jahre dauern und half ihm jetzt auch nicht weiter. Jetzt musste er sich selbst helfen. Doch wie? Es war nämlich nicht alles easy. Gar nichts war easy.

Moritz hörte das Knarren, mit dem die Schlafzimmertür seiner Eltern geöffnet wurde. Mama sah sicher noch mal nach Florian, der nebenan in seinem Zimmer schlief. Morgen musste er wieder ins Krankenhaus. Scheißleukämie. Rasch löschte Moritz das Licht. Er wollte nicht, dass Mama auch bei ihm hereinguckte. Sie hatte schon genug Sorgen.

Er wusste einfach nicht, was er tun sollte. Frau Sassen war tot und der Leon und die Sophie auch. Sogar Lucky und Caramia. Natürlich wusste er, dass es nichts gebracht hätte, wenn er die Feuerwehr sofort alarmiert hätte. Denn die waren ja alle schon tot gewesen. Er hatte es sich gedacht, seit er mit Papa an der Absperrung gestanden hatte und die Leichenwagen gekommen waren. Also, das mit Caramia und Lucky nicht. Das hatte er sich nicht gedacht. Aber dass bei den Sassens etwas Schlimmes passiert war. Die Leichenwagen wie im Krimi, diese Zinksärge. Nur dass die echt waren, die Wirklichkeit.

Dominik und Kevin hatten es ihm heute Nachmittag erzählt, dass alle erschossen worden waren, bevor das Feuer ausbrach.

»Einfach abgeknallt.« Das hatte Kevin gesagt. »Bestimmt ein Mafiakiller oder ein Söldner. Blackwater oder so. Nur ein Schuss für jeden. Zack. Das war's. Das schafft nur ein Profi. Kannst du mir glauben.« Beinahe anerkennend hatte Dominik ausgespuckt. »Und das in unserem Kaff. Wollen wir *Call of Duty* spielen?«

Die beiden durften fernsehen, so viel sie wollten, und hatten auch einen PC und eine Xbox und jede Menge Spiele. Alles, was Papa und Mama ihm nicht erlaubten, durften die beiden. Während bei ihm sogar Fernsehen streng limitiert war. Genau wie Computerspiele und die Playstation.

Mama suchte aus. Wer wollte denn schon *Rain* spielen? Und ins Netz durfte er auch nur unter Aufsicht. Als wäre er ein Baby.

Wenn seine Eltern wüssten, dass er Egoshooter spielte ... Er hatte echt keine Lust gehabt, Maschinengewehrsalven auf Feinde abzufeuern und sie mit Handgranaten zu bewerfen. Heute nicht. Und morgen vielleicht auch nicht. Die Wirklichkeit hatte das Spiel übertroffen. Und plötzlich konnte er sich nicht vorstellen, jemals wieder Egoshooter zu spielen und am Bildschirm Leute abzumetzeln. So etwas geschah wirklich, und es war kein Spaß. Kevin und Dominik hatten keine Ahnung. Plötzlich hatte er sich ihnen überlegen gefühlt und im selben Moment klitzeklein.

Moritz drehte sich auf die Seite. Er wusste nicht, was er tun sollte. Wie er es auch betrachtete, alles war falsch.

Und schuld an diesem ganzen Mist war Florians Leukämie. Sie war der Grund, warum sie nicht in Urlaub gefahren waren. Ohne diese blöde Krankheit wären sie jetzt am Gardasee auf dem Campingplatz, und er hätte sich nicht mit den Fetzer-Zwillingen eingelassen, und all das wäre nicht passiert.

Jeder im Dorf wusste, dass die beiden permanent Mist bauten. Sie waren so alt wie er. Doch sie hatten schon jede Menge Dreck am Stecken. Sie rauchten und klauten. Kevin war im Supermarkt mit einer Flasche Kleiner Feigling und einem Päckchen Kondome erwischt worden. Der Polizist hatte sich schlappgelacht. Was Kevin denn mit den Parisern wollte? Im Streifenwagen hatten sie ihn mit zur Wache genommen. Eine Stunde später war er wieder da gewesen. Auf dem Bolzplatz. Breitbeinig hatte er sich ans Fußballtor gelehnt und gelacht. »Die können mir gar nichts. Erst wenn ich vierzehn bin. Bis dahin kann ich machen, was ich will.« Lässig hatte er eine Zigarette aus der Packung gezogen und sich die Handgelenke gerieben. »Verdammte Handschellen.«

Kevin hatte keine Angst. Vor nichts und niemandem. Er tat, was er wollte, und kuschte vor keinem.

Kevin hätte jetzt garantiert einen Plan. Moritz zog die Decke bis zum Kopf hoch. Er musste mit jemandem reden. Am besten mit Papa. Doch das ging nicht. Nicht nur, weil seine Eltern ihm den Umgang mit den Zwillingen verboten hatten. Papa nannte sie abgehängtes Prekariat, Abschaum und Gesindel. Wehe, wenn Moritz sich mit denen abgab. Und Mama hatte sogar mal überlegt, das Jugendamt einzuschalten. Nur weil die Frau Fetzer ihre Jungs nachts oft allein zu Hause ließ. Sie arbeitete in München als Bedienung, und eigentlich war sie nett, auch wenn sie arm waren und nicht in Urlaub fahren konnten. Sie mochte ihre Jungs und hatte ihnen fürs Ferienende eine Belohnung versprochen. Vorausgesetzt, sie bauten keinen Mist. Dann durften sie die Tour durch die Bavaria-Filmstudios machen. Das konnte Moritz ihnen unmöglich vermasseln.

Er konnte nicht einschlafen und stellte sich im Dunkeln ans Fenster. Das Haus der Sassens zeichnete sich jenseits der Wiese vor dem Nachthimmel ab. Eine verkohlte Ruine, von unzähligen Metern Absperrband umgeben. Den ganzen Tag hatte die Polizei dort gearbeitet. Moritz hatte sich das aus der Entfernung angesehen und an Leon gedacht und an Sophie. Sie waren nett gewesen. Auch wenn er nicht viel mit ihnen zu tun gehabt hatte, weil er schon aufs Gymnasium ging und der Leon noch in die Grundschule. Und der Lucky war immer wie ein Irrer hinter dem Ball hergerannt, wenn Frau Sassen ihn geworfen hatte. Und nun waren sie tot.

Den ganzen Tag über hatte die Polizei Spuren gesichert. Und dann war da dieser Mann gewesen, der ihn so nachdrücklich angesehen hatte. So, als ob er es wusste. Sein Blick war ihm durch und durch gegangen. Wie Röntgenaugen, die einfach in ihn hineinsahen. *Kriminalhauptkommissar Dühnfort leitet die Ermittlungen.* Papa hatte das gesagt, nachdem er und Mama Nachrichten gesehen hatten.

Leider besaß der Kommissar keine Röntgenaugen, dann wäre er nämlich längst da gewesen. Einen Moment bedauerte Moritz das. Dann wäre es entschieden. So lag die Entscheidung bei ihm. Verdammte Hacke, er wusste einfach nicht, was er tun sollte. Er konnte Kevin und Dominik nicht hinhängen. Vor allem aber durfte er Papa und Mama nicht enttäuschen.

16

Kurz nach halb sieben stand Dühnfort im noch fahlen Licht des neuen Tages auf der linken Spur der A 95 Richtung München und betrachtete gemeinsam mit Volker Schellenberg die Leitplanke, die Sassen mit seinem BMW gestreift hatte. Schellenberg war Ermittler bei der Verkehrsunfallaufnahme und zuständig für Unfallflucht. Denn die hatte Sassen begangen, als er weitergefahren war, als wäre nichts passiert.

Um diese Zeit war der Verkehr mäßig, ohnehin waren viele Leute noch in Urlaub. Dennoch sicherten die Kollegen der Autobahnpolizei Oberdill mit zwei Fahrzeugen die Unfallstelle kurz vor der Ausfahrt München-Fürstenried ab.

Dühnfort verfolgte die Bremsspur zurück. Etwa fünfundzwanzig Meter zog sie sich, mit Kurs auf die Leitplanke, über beide Fahrstreifen, änderte kurz davor die Richtung, verlief für etwa fünf Meter annähernd parallel, aber eben nur annähernd, und endete an der Mittelleitplanke. Das Metall war verformt, zwei der Stützpfosten verzogen. Der Abrieb von anthrazitgrauem Lack war deutlich zu erkennen. Schellenberg erhob sich aus der Hocke. »Der Airbag wurde ausgelöst?«

Dühnfort nickte.

»Wenn der Aufpralldruck dafür stark genug war, muss Sassen noch mit wenigstens dreißig Sachen unterwegs gewesen sein. Aufgrund der Verformung der Stützen würde ich sagen, es war mehr, und auch die Bremsspuren zeigen, dass er voll in die Eisen gestiegen ist.«

»Was denkst du, wie schnell er ursprünglich war?«

»Wir müssen erst alle Spuren dokumentieren und vermessen und auch den Wagen untersuchen. Vorher lege ich mich nicht fest.«

»Eine Einschätzung?«

Schellenberg sah sich die Bremsspur an. »Mehr als hundertdreißig.«

Fünf Meter hinter der Mittelleitplanke erhob sich der Betonpfeiler einer Fußgängerbrücke aus dem Grünstreifen. »Ich nehme an, dass dieser Pfeiler Sassens Ziel war.«

»Ein misslungener Selbstmordversuch?«, fragte Schellenberg.

»Eher ein aufgegebener. Hat er wirklich die Kontrolle über den Wagen verloren, wie er sagt? Oder wollte er sich umbringen und hat den Suizidversuch in letzter Sekunde abgebrochen? Lässt sich dazu etwas anhand der Spuren sagen?«

Schellenberg fuhr sich mit der Hand übers Kinn. »Auf den ersten Blick nicht. Falls er den Wagen absichtlich Richtung Pfeiler gelenkt hat, gibt es sowieso keine Spuren, die das belegen. Wenn er die Kontrolle verloren hat, kann das verschiedene Ursachen haben. Ein Defekt am Fahrzeug beispielsweise oder ein Hindernis auf der Fahrbahn. Das könnte ein Stein gewesen sein oder sonst etwas. Wir hatten so einen Fall schon mal mit einem Stück Blech, das ein vorausfahrender Laster verloren hat. Möglich wäre auch, dass er Wild ausgewichen ist. Ich muss mir das genau ansehen. Wenn er allerdings mit ungebremsten hundertdreißig durch die Leitplanken gebrochen wäre, hätte er das trotz verstärkter Fahrgastzelle nicht überlebt. Die sind bei SUVs in der Regel bis zu einer Kollisionsgeschwindigkeit von maximal fünfundachtzig bis neunzig Stundenkilometern stabil. Bei über hundertzehn erschöpft sich die Fähigkeit der vorderen Knautschzone rasend schnell, die

Energien abzubauen, die auf den Wagen einwirken. Trotz Gurt und Gurtstraffer und Airbag knallt der Fahrer mit der Brust gegen das Lenkrad, das durch die Wucht des Aufpralls in den Innenraum geschoben wird. Und dann ist Ende Gelände.«

Schellenberg rief seine Leute an, damit sie sicherten, was an Spuren noch zu sichern war. Dühnfort verabschiedete sich.

Sein Magen knurrte. Außer einem Cappuccino hatte er heute noch nichts zu sich genommen. Wo bekam er um diese Zeit ein Frühstück? Marcellos Espressobar am Rindermarkt war noch geschlossen. Dann also ins Dinatale. Das öffnete bereits um sieben.

Die Turmuhr von St. Ludwig schlug die volle Stunde, als Dühnfort seinen Wagen in der Veterinärstraße parkte und die restliche Strecke zu Fuß ging. Als er eintrat, stand Massimo hinter dem Marmortresen, über dem ein Kronleuchter aus Muranoglas hing. Weißes Hemd, dunkle Krawatte und die Schürze ebenso schwarz wie sein Haar. Die Espressomaschine dampfte. Es roch nach frisch gemahlenem Kaffee. In der Glasvitrine reihten sich bereits Pasticcini, Tramezzini, Panini und Focaccia und daneben Croissants, Müsli und Obstsalat. Dühnfort war der erste Gast. »Buon giorno, Tino. Das Übliche?«

Er nickte, nahm den Münchner Blick vom Tresen und setzte sich an seinen Lieblingsplatz am Fenster. *Familientragödie in Schäftlarn. Hat der Promi-Arzt Thomas S. seine Familie ausgelöscht? Warum hüllt sich die Mordkommission in Schweigen?* Dühnfort überflog den Artikel. Eine Ansammlung von Vermutungen und Halbwissen. *Kriminaldirektor Leonhard Heigl, Leiter des Dezernats 11, und Staatsanwalt Christoph Leyenfels haben die Pressekonferenz erst für Montagnachmittag anberaumt. Weshalb wird die Öffentlichkeit so spät informiert? Gibt es etwas zu vertuschen?*

Wer hatte diesen Mist geschrieben? Dühnfort sah ans Ende des Artikels. Melissa Wittock. Natürlich. Er hätte es sich denken können. Die Journalistin, die aus ihm den »Prügelbullen« gemacht hatte, stellte gerne Vermutungen in den Raum. Immer schön mit Fragezeichen versehen, damit man ihr nicht an den Karren fahren konnte.

Massimo brachte das Tablett mit Cappuccino und zwei Croissants. Im Milchschaum schwamm kein Herz, sondern ein Schwan. »Ist das dein Fall?« Mit der freien Hand wies Massimo auf die Schlagzeile der Zeitung.

»Leider. Ein Raubmord wäre mir lieber.«

»War er's? Der Arzt?«

»Wissen wir noch nicht. Wir arbeiten daran.« Zu laufenden Ermittlungen durfte er sich nicht äußern. Aber natürlich war Sassen ihr Mann. Wieder sah er ihn vor sich, wie sein Blick nicht standhielt, wie er die Frage nach dem Alibi nicht beantwortete und wie ihm bei der Frage nach der Waffe von einer Sekunde auf die andere der Schweiß aus allen Poren getropft war.

Dühnfort legte die Zeitung beiseite. Ein Foto des abgebrannten Hauses prangte blattbreit auf der Titelseite. Massimo verschwand, um die Zuckerdose zu holen. »Wie geht es Georges?«, fragte er quer durch den Raum.

»Wir müssen abwarten, ob die Bestrahlungen helfen.«

»Sag ihm einen Gruß von mir, und deiner Mutter auch.«

Dühnfort versprach, das zu tun.

Im letzten Herbst war seine Mutter Rita mit ihrem Lebensgefährten Georges für einige Wochen aus dem Elsass nach München gekommen. Sie, um mit ihrem neuen Galeristen eine Ausstellung vorzubereiten, und Georges, um sich hier behandeln zu lassen. Er hatte Prostatakrebs.

Operation und Bestrahlung hatten gut angeschlagen. Kurz nach Weihnachten waren die beiden nach Sélestat zurückgekehrt. Doch im Frühsommer war der Krebs plötzlich wieder da gewesen, und Rita und Georges hatten die Reise erneut angetreten und wohnten nun seit vier Wochen wieder in der Wohnung von Freunden, die für ein Jahr nach New York gezogen waren.

Dühnfort war erschrocken, als er die beiden am Hauptbahnhof abgeholt hatte. Georges war nur noch ein Schatten seiner selbst. Es ging zu Ende, das sah jeder, der es sehen wollte. Auch seine Mutter sah es. Im vergangenen Herbst hatte sie ihn gebeten, sie zu unterstützen, wenn es so weit war. Georges wollte nicht elend krepieren. Doch sie wusste nicht, wie sie ihm helfen konnte. Da Tino als Mordermittler über ein Wissen verfügte, das ihr fehlte, hatte sie ihn gebeten, ihr mit Rat zur Seite zu stehen.

Dieser Bitte konnte er nicht nachkommen. Es war unmöglich. Eine Straftat. Er musste verhindern, dass Rita etwas tat, das sie am Ende nicht schultern konnte, wofür ihr die Stärke fehlte. Selbst wenn sie im strafrechtlichen Sinne ungeschoren davonkäme, war sie nicht aus dem Holz geschnitzt, diese Verantwortung zu tragen. Es gab andere Möglichkeiten. Hospize, Palliativstationen, und Massimos Frage erinnerte ihn daran, dass es höchste Zeit war, sich zu informieren und Georges auf eine Warteliste setzen zu lassen. Auf eine Warteliste für einen Platz zum Sterben.

Er rührte Zucker in den Cappuccino. Die Zeitung lag noch immer vor ihm. Das Bild des Hauses. Das Fenster von Leons Zimmer. Der Junge im Schrank. Er wusste, dass er dieses Bild nie vergessen würde. Es würde ihn sein Leben lang begleiten, bis zu seiner letzten Stunde. Dieser erschossene kleine Junge. Weshalb erschütterte ihn sein sinnloser Tod mehr als sonst? Mehr als Sophies? Er wusste es nicht.

Doch zuerst war der Hund im Wohnzimmer erschossen worden. Dann Nina Sassen am Fuß der Treppe. Das Mädchen oben im Flur. Die Kleine musste aufgewacht sein. Vom Schrei ihrer Mutter? Von Luckys Bellen? Von einem Geräusch jedenfalls, das ihr Angst gemacht hatte oder ihre Neugier weckte und sie aus dem Bett trieb. Oder nicht? Zogen Kinder sich nicht eher die Decke über den Kopf, wenn sie sich fürchteten? Hatte Sophie geschrien und so Leon geweckt, der auf den Flur rannte und mit ansehen musste, wie seine Schwester abgeknallt wurde, und sich dann in Todesangst versteckte? Was war mit dem Hund? Hatte er gebellt oder den Täter attackiert? Warum das Pony hinten im Garten? Sie mussten den Tatablauf schleunigst rekonstruieren. Doch vorher waren die Obduktionen anberaumt.

17

Auf dem Treppenabsatz blieb Karsten stehen und sog den Duft von frischem Kaffee ein. Irene war bereits in der Küche und bereitete das Frühstück vor. Ihr gemeinsames Ritual, das aus den ersten Jahren ihrer Ehe stammte, als Irene noch als Stewardess gearbeitet hatte und der Morgen die einzige Zeit des Tages gewesen war, die sie mit Sicherheit zusammen verbringen konnten.

Neun Jahre war es her, seit sie sich auf einem Flug nach Hamburg kennengelernt hatten. Er war auf dem Weg zu einem Kongress gewesen und hatte nur noch einen Platz am Gang erwischt. Sie teilte Getränke aus und gefiel ihm sofort. Etwas war besonders an ihr. Typisch Mann, hatte er sie vom Scheitel bis zur Sohle gemustert und war gerade an den schlanken Knöcheln angekommen, als sie über das Bein eines Passagiers stolperte und mit dem Fuß umknickte. Von einer Sekunde auf die andere wurde ihr ohnehin blasser Teint schneeweiß. Sie presste die Lippen aufeinander, um nicht vor Schmerz aufzuschreien. Bänderriss, dachte er und war bei ihr, bevor sie vor Schmerz zusammenklappen konnte.

Ja, so hatte es angefangen, und vor acht Jahren hatten sie geheiratet, und vor vier Jahren hatte Irene den Beruf gewechselt und sich selbständig gemacht. Als Personensucherin. Eine Marktlücke, die sie durch Zufall entdeckt hatte, als sie einer Bekannten beim Aufspüren ihres leiblichen Vaters half. Eine detektivische Arbeit, die ihr Freude gemacht hatte. Seither brachte sie Menschen zusammen, die sich aus den Augen verloren oder nie kennengelernt hatten. Ehemalige Freunde, Eltern, Halbgeschwister, Verwandte. Seit kurzem gab es eine neue Gruppe von Klienten: die Kinder von Samenspendern. Jeder Mensch hatte das Recht auf Kenntnis der eigenen Abstammung, das galt auch für sie. So hatte es der Bundesgerichtshof im Februar entschieden. Seither waren Irenes Dienste gefragter denn je.

Oskar kam aus der Küche gelaufen und sah nach, wo sein Herrchen blieb. Karsten folgte ihm in die Küche. Der Streit von gestern ging ihm nach und trübte seine Stimmung.

Nach Irenes Spaziergang und seiner Rückkehr aus der Klinik hatten sie über die Morde gesprochen, über dieses unfassbare Verbrechen. Die Nachrichten waren voll damit. Irenes Eltern hatten angerufen, um ihre Betroffenheit mitzuteilen und wohl auch, um Näheres zu erfahren, ebenso Alice, Ninas Geschäftspartnerin. Einige Anrufe von Bekannten waren gefolgt, bis Karsten das Telefon schließlich ins Arbeitszimmer gestellt hatte, wo sie das Läuten nicht hörten. Nur über Toms bevorstehenden Einzug ins Häuschen war nicht weiter gesprochen worden. Sie hatten das Thema gemieden wie ein plötzlich aufgetauchtes Tabu.

Als Karsten nun die Küche betrat, überlegte er einen Moment, es erneut auf den Tisch zu bringen. Doch Irene hatte ihre Meinung sicher ebenso wenig geändert wie er.

»Orangensaft ist alle. Magst du Grapefruit oder Multivitamin?«

Seinen Kuss nahm sie unerwidert entgegen. Diese kleine Zurückweisung versetzte ihm einen Stich. Er entschied sich für Grapefruitsaft, nahm den Topf mit heißer Milch vom Herd und goss sie in die Kanne. Einen Augenblick später setzte Irene sich zu ihm und schenkte Kaffee ein.

Das Thema ließ sich nicht länger umschiffen. »Ich werde heute nicht in die Praxis gehen.«

»Das habe ich mir schon gedacht.« Irene strich Butter auf ihre Semmel. »Tom braucht dich. Conny hat übrigens gestern Abend angerufen, während du bei ihm warst. Er kann bei ihr wohnen. Im Gästezimmer.«

Unwillkürlich fragte Karsten sich, ob Irene diesen Vorschlag provoziert hatte. *Wir können Tom leider nicht im Häuschen einquartieren. Umbauarbeiten. Du weißt ja selbst, wie schwierig es ist, Handwerker zu bekommen.*

»Ich finde, er sollte ihr Angebot annehmen. Schließlich war er, als es passiert ist, auch bei ihr und hat seine Probleme mit ihr besprochen und nicht mit dir. Wie sonst.« *So viel zu beste Freunde.*

Er war froh, dass sie sich diese Spitze verkniff. Das war etwas, das auch ihn wunderte. Eigentlich kam Tom mit seinen Problemen immer zu ihm. Vor allem, wenn es um seine Affären und seine Ehe ging. Und nun besprach er das ausgerechnet mit Conny. Karsten verstand es nicht. »Unser Häuschen ist größer und komfortabler als Connys Zimmer im Keller«, entgegnete er. »Ich habe es ihm vorgeschlagen und werde jetzt keinen Rückzieher machen.«

»Kennt er Connys Offerte denn?«

»Ich weiß es nicht. Wenn du willst, werde ich ihn fragen. Aber ich werde nicht durchblicken lassen, dass du ihn nicht hier haben willst.«

»Mir wäre es lieber, wenn er zu ihr ziehen würde. Und ich wäre dir dankbar, wenn du in diesem Sinn auf ihn einwirken würdest.«

Das Gespräch ging also dort weiter, wo sie gestern Abend aufgehört hatten. Mit kühler Distanz. Karsten war kurz davor, die Geduld zu verlieren. Weshalb versuchte sie, einen Wettbewerb daraus zu machen? *Wer ist dir wichtiger? Er oder ich?* Es war lächerlich und kindisch. Es gab keine erste Geige und keine zweite. Sie war ihm ebenso wichtig wie Tom. Wenn auch auf andere Art. Sie war die Frau, die er liebte. Tom war sein bester Freund, der ihn nun brauchte. Das sollte sie inzwischen verstanden haben. Und wenn sie es schon nicht verstand, dann sollte sie es einfach akzeptieren.

»Ich rede mit ihm, und wenn er das Häuschen will, werde ich keinen Rückzieher machen.« Damit war das Thema für ihn erledigt.

Nach dem Frühstück ging Irene nach oben ins Bad, und er bestellte die Handwerker ab, denn er wusste schon jetzt, dass Tom sein Angebot annehmen würde. Das Häuschen war geräumig und gemütlich und hatte alles, was man brauchte. Ein Bad und eine Kochnische mit Herd und Wasserkocher. Dort konnte Tom auch mal alleine sein, während Connys Fürsorge ihm bald auf die Nerven gehen würde.

Als er die Telefonate erledigt hatte, war es Viertel vor acht und höchste Zeit, in der Praxis anzurufen. Er erreichte nur Sabine Reiter. Lilly Steinle hatte sich krankgemeldet. Wieder einmal an einem Montag. Auf diese Weise verlängerte sie regelmäßig ihre Wochenenden, und Karsten ärgerte sich nicht zum ersten Mal, dass er sich von Tom hatte breitschlagen lassen, sie einzustellen.

Als Lilly sich vor einem halben Jahr um die Stelle als Arzthelferin beworben hatte, glich sie Queen Janine, dem Star eines Privatsenders, einer wahren Königin der Unterschicht. Superblond, superdrall, superpink. Und natürlich ein Superbusen, echt falsch. Ihre Zeugnisse waren allerdings gut, und obwohl ihr Aussehen Ghetto-Slang vermuten ließ, war ihre Ausdrucksweise gepflegter als angenommen.

Du hast ja Vorurteile, hatte Tom süffisant gesagt. *Schließt vom Äußeren auf die Person. Sie muss nur ein wenig an ihrem Look arbeiten, das ist alles.*

Er hatte sich von Tom breitschlagen lassen. Und Lilly hatte tatsächlich an ihrem Erscheinungsbild gearbeitet. Im Laufe von sechs Monaten war aus der Vorstadtqueen im Kitschgurkenlook eine präsentable junge Frau geworden, die nur noch selten Leopardenprint und Glitzershirts trug. Das Make-up war dezenter geworden, die Röcke länger und die Ausschnitte zurückhaltender. Auch mit ihr hatte Tom eine Affäre begonnen. Am Arbeitsplatz! Obwohl er Nina versprochen hatte, treu zu sein, konnte er es einfach nicht lassen. Sehenden Auges ruinierte Tom seine Ehe. Nina würde … Karsten schluckte. Nina würde unter Toms Affären nie wieder leiden. Sie war tot.

Er erklärte Sabine, was passiert war und dass die Praxis heute geschlossen blieb.

Sabine hatte geweint. Ihre Stimme klang belegt. »Ich habe es in den Nachrichten gesehen und hab mir schon gedacht, dass die Sprechstunde ausfällt. Soll ich nur die Termine von heute verschieben, oder machen wir länger zu?«

»Ich bin morgen wieder da. Dr. Sassen wird diese Woche sicher nicht kommen. Alles Weitere besprechen wir in den nächsten Tagen.« Er dankte Sabine und legte auf. Es war wohl am besten, sich nach einer Aushilfe umzusehen. Tom würde für einige Zeit ausfallen.

Während Irene sich oben im Bad die Haare föhnte, räumte Karsten den Spüler ein. Oskar strich ihm um die Beine, bis er eine Scheibe Schinken bekam. Kurz nach halb neun verabschiedete sich Irene und nahm wie immer Oskar mit in ihr Büro am Pariser Platz, das sie sich mit einer Designerin und einer selbständigen Buchhalterin teilte.

Gegen zehn fuhr Karsten in die Klinik und suchte Dr. Ditz auf, um sich zu erkundigen, wie es Tom ging.

»Dr. Sassen fühlt sich besser. Das Beruhigungsmittel hilft. Er will nicht länger bleiben. Da er stabil ist, können wir ihn entlassen. Allerdings wird er psychologische Hilfe benötigen. Nicht dass sich das am Ende zu einer Posttraumatischen Belastungsstörung auswächst. Wir bieten ein ambulantes Therapieprogramm an. Das solle er in Anspruch nehmen. Ich hoffe, Sie können ihn davon überzeugen, noch will er nämlich nicht.«

»Ich rede mit ihm und sorge dafür, dass er sich anmeldet.«

»Sehr schön.« Ditz strich sich über den Bart. »Hat er eine Wohnmöglichkeit?«

»Das ist geregelt.«

»Gut, dass er Freunde hat. Er wird sie jetzt brauchen. Passen Sie auf ihn auf. Ich halte ihn zwar nicht für suizidgefährdet, sonst würde ich ihn nicht gehen lassen, aber ich weiß natürlich nicht, was kommen wird. Er sollte unbedingt die Therapie machen.«

»Ich tue mein Bestes. Kann ich jetzt zu ihm?«

»Sie können ihn eigentlich gleich mitnehmen.«

Als Karsten ins Zimmer kam, stand Tom am Fenster und sah hinunter in den Park. Er trug die Sachen, die Karsten ihm gestern gebracht hatte. Die Hose war ein wenig zu kurz und das Hemd zu weit. Die Reisetasche stand gepackt auf dem Bett. Tom drehte sich um, als er Karsten hörte. Er sah schlecht aus. Blass und eingefallen, dunkle Schatten unter den Augen. Er war unrasiert und das Haar strähnig. Die Abschürfungen an der Stirn hatten dunkle Krusten gebildet. Es tat Karsten weh, Tom, dem sein Aussehen sonst so wichtig war, in diesem Zustand zu sehen. Wortlos umarmten sie sich.

»Frag jetzt nicht, wie es mir geht.«

»Das weiß ich auch so.« Karsten griff nach der Reisetasche. Er hatte Irene versprochen, Tom auf Connys Angebot anzusprechen, also tat er das. »Hat Conny dich gestern noch erreicht?«

»Nein, wieso?« Obwohl Tom wacher wirkte als gestern Abend, schien er nicht richtig anwesend zu sein.

»Sie bietet dir ihr Gästezimmer an. Du hast also die Wahl: zu ihr oder zu Irene und mir. Wohin willst du?«

Toms Blick ging durch Karsten hindurch. »Ich will nach Hause.«

18

Die Luft im Büro war abgestanden. Dühnfort öffnete die Fenster und sah einen Augenblick auf die Zwillingstürme der Frauenkirche und auf die grünen Kronen der Kastanien, die einige Meter unter ihm den Platz vor dem Dom säumten. In der Ablage war nichts Neues. Er ging über den Flur ins Büro, das Kirsten und Alois sich teilten.

Alois saß am PC. Neben der Tastatur stand ein digitaler Bilderrahmen, in dem Aufnahmen von Simon wechselten. Dühnfort mochte den pfiffigen Jungen. Ein paar neue Bilder erschienen. Sie zeigten Evi. Eine hübsche Frau mit einer frischen Ausstrahlung. Geradeheraus, ehrlich, bodenständig, robust, belastbar, lebensfroh. Das waren die Adjektive, mit denen Dühnfort sie beschreiben würde, während die Frauen, mit denen Alois sich abgab, durchwegs sexy, manchmal auch glamourös und meist eher oberflächlich waren. Das Leben schrieb seltsame Geschichten.

»Hallo Tino.« Alois folgte Dühnforts Blick. »Dieser Arzt ist nichts für sie. Total abgehoben. Der bewegt sich in Kreisen, in die sie nicht passt. Außerdem ist er zweimal geschieden und hat eine uneheliche Tochter.«

»Du hast ihn ausgeforscht?«

»Natürlich. Mit dem wird sie nicht glücklich. Der kann ebenso wenig treu sein wie Sassen. Ich überlege, ob ich ihr die Augen öffnen sollte.«

»Wie willst du das denn machen?«

»Ich setze eine Frau auf ihn an. Ein Treuetest.«

»Das ist nicht dein Ernst.« Doch Dühnfort traute es

Alois zu. »Rede mit ihr. Ein romantisches Essen, bei dem du ihr endlich sagst, was du für sie empfindest.«

»Sie lässt sich aber auf kein Date ein. Wenn ich Simon abhole oder zurückbringe, hat sie nie Zeit. Sie geht mir aus dem Weg und spricht kaum noch mit mir.«

Alois würde das schon hinbekommen. »Für neun sind die Obduktionen angesetzt. Bist du dabei?«

»Ich würde mich lieber mit den Sportschützen beschäftigen und dem Waffenschein. Wozu braucht Sassen ihn, wenn er keine Waffe hat? Es muss mal eine auf ihn angemeldet gewesen sein.«

Dühnfort verstand, dass Alois sich die Obduktion ersparen wollte. Simon war nur zwei Jahre jünger als Leon. »Gut. Bleib da dran. Und überprüfe das Telefonat, das Sassen von einem Münztelefon mit Conny Behrendsen geführt haben will. Es muss in ihrer Anruferliste gespeichert sein.«

Kirsten kam herein und stellte einen Pappbecher Kaffee auf dem Schreibtisch ab. »Guten Morgen.« Gutgelaunt sah sie in die Runde. »Ich war grad bei Nina Sassens Hausärztin und hab es schwarz auf weiß. Sassen hat seine Frau geschlagen. Jetzt ist es *relevant.*«

»Du warst schon in Schäftlarn?«

»Ich konnte nicht schlafen. Die Kinder gehen mir nicht aus dem Kopf.« Kirsten zog den Blazer aus und hängte ihn auf einen Bügel. »Es war so, wie Tatjana Schäfer vermutet hat. Nina Sassen ist nicht beim Pflaumenpflücken von der Leiter gefallen. Am Tag nach dem Volksfest hat sie sich ihrer Ärztin anvertraut. Tom hat sie verprügelt. Anzeigen wollte sie ihn nicht. Aber sie wollte etwas gegen ihn in der Hand haben, für den Fall der Scheidung. Deshalb hat sie die Verletzungen dokumentieren lassen. Ich habe die Unterlagen hier. Mit Fotos und Arztbericht.«

Kirsten nahm ein Kuvert aus der Handtasche und reichte es Dühnfort. Während er den Bericht durchsah, bekam Alois einen Anruf von einem Mitarbeiter der Bundeswehr. Zufrieden legte er auf. »Jetzt haben wir auch dafür eine Bestätigung. Sassen war Scharfschütze, und er war gut.«

»Sehr schön.« So langsam begann sich das Bild zusammenzusetzen, wie es zu dieser Tragödie gekommen war. Ein gewalttätiger Mann, der mit einer Waffe umgehen konnte und sich für den Nabel der Welt hielt. *Finden Sie heraus, wer* mir *das angetan hat.* Kein Wort über seine Frau und seine Kinder. Über ihre letzten Minuten. Über ihre Todesangst, ihr Grauen. Kein Gedanke daran, was sie in den letzten Augenblicken ihres Lebens durchgemacht hatten. Nicht ein einziges Wort. *Finden Sie heraus, wer* mir *das angetan hat.*

Dühnfort schob die Aufnahmen von Blutergüssen und Hautabschürfungen zurück ins Kuvert. Sie zeigten das übliche Bild häuslicher Gewalt. Wie oft wurde aus Liebe Hass und aus Nähe Besitz- und Machtanspruch? Anstatt zu reden, prügelten sie. Diese Männer, die keine Worte hatten, keine Sprache für ihre Ängste, für ihre Ohnmacht und Wut, die sich dann auf diese Weise entlud.

Die Turmuhr der Frauenkirche schlug halb neun. Es war Zeit für die Obduktionen. Zusammen mit Kirsten machte er sich auf den Weg und rief während der Fahrt Buchholz an. Er war mit seinen Leuten längst wieder am Tatort. Es gab nichts Neues. Von der Tatwaffe fehlte nach wie vor jede Spur. Dühnfort glaubte nicht, dass sie sie jemals finden würden. Sassen war nicht dumm. Sein Auftritt mit dem Rosenstrauß war sogar ziemlich clever gewesen. Vor allem aber abgebrüht.

Er parkte den Wagen auf dem Gelände der Innenstadtkliniken und steuerte mit Kirsten das Portal des Instituts für Rechtsmedizin der Universität München an. Er hielt ihr die Tür auf. Im Gebäude war es angenehm kühl. Es roch nach Putz- und Desinfektionsmittel und ein wenig nach Tod und Verwesung. Kaum wahrnehmbar. Es war nur eine Nuance.

Sie erreichten die Sektionssäle. In Dühnfort baute sich Widerstand auf. Normalerweise konnten ihm Obduktionen nichts anhaben. Er nahm sie sachlich und häufig sogar mit einer gewissen Neugier, auch wenn es ihm nie gelang, den Menschen, der vor ihm auf dem Stahltisch lag, als Sache zu sehen, zu der er im juristischen Sinne geworden war.

Er war den Toten etwas schuldig. Die Wahrheit, die es herauszufinden galt und die dazu führte, dass der Täter eine gerechte Strafe erhielt und die Waagschalen der Justitia ins Gleichgewicht kamen. Dieses Bild gefiel ihm seit jeher.

Doch heute war etwas anders. Er wollte das nicht sehen. Der Schreck, der ihn durchfahren hatte, als er das Loch in Sophies Kopf ertastet hatte, war wieder da und das Bild von Leon im Schrank. Wurde er dünnhäutiger, weil er nun selbst Vater wurde?

Als sie eintraten, war die Obduktion bereits im Gang. Dr. Ursula Weidenbach sah über die Brille hinweg und grüßte sie. »Wir haben ein wenig früher angefangen und sind mit der äußeren Schau schon fertig. Nichts Unerwartetes.«

Die Leichen von Nina, Sophie und Leon Sassen lagen entkleidet auf den Stahltischen. Im Raum war es kühl und das Licht der Lampen halogenhell. Es leuchtete die Verletzungen bis ins kleinste Detail aus. Brandleichen waren immer ein schrecklicher Anblick. Innerlich trat Dühnfort einen Schritt zurück und schob alle Emotionen beiseite.

Die Obduktionen nahmen ihren Lauf. Sicher hundertmal hatte er Derartiges schon verfolgt. Das Sirren der Oszillationssägen verursachte ihm schon lange kein Frösteln mehr. Das Öffnen von Schädeln und Körperhöhlen war zu einem gewohnten Anblick geworden.

Mit Verspätung traf Christoph Leyenfels ein. Er grüßte und ließ sich von Ursula Weidenbach ins Bild setzen. Bisher keine Überraschungen. Alle drei Opfer waren mit einem Kopfschuss getötet worden. Sophie und Leon aus nächster Nähe. Bei Nina Sassen war es ein relativer Nahschuss gewesen, allerdings von hinten. Das Projektil war vier Zentimeter oberhalb des ersten Halswirbels ins Hinterhauptsbein eingedrungen, hatte den Schädel durchschlagen und war acht Zentimeter über dem linken Auge im Bereich des Stirnbeins wieder ausgetreten. Man konnte auch sagen: Nina Sassen war hinterrücks abgeknallt worden.

Die Bilder bauten sich in rasender Geschwindigkeit in Dühnfort auf. Nina Sassen auf der Flucht vor ihrem Mörder. Sie lief die Treppe nach oben. Weshalb nicht ins Freie, wo es dunkel war und sie eine Chance gehabt hätte zu entkommen? Warum nach oben? Ihm fiel nur ein Grund ein: Sie wollte die Kinder warnen. Der Schuss traf sie von schräg unten. Sophie stand oben am anderen Ende der Treppe. Gelähmt vor Angst. Kopfschuss in die Stirn. Der Täter ging weiter ins Kinderzimmer, suchte nach dem Jungen, fand ihn im Schrank und kannte keine Gnade.

Das Ganze konnte nicht länger als zwei oder drei Minuten gedauert haben. Nur drei Schüsse. Wer das getan hatte, war ein guter Schütze. Er kannte die Familie, und er kannte sich in Haus und Garten aus.

Nach beinahe zwei Stunden waren die Obduktionen abgeschlossen. Während dieser Zeit hatte Leyenfels Kirsten ignoriert und sich eine Spannung zwischen den beiden aufgebaut, die beinahe mit Händen zu greifen war. Dühnfort verließ mit ihr den Sektionssaal. Im Flur blieben sie kurz stehen, als Christoph Leyenfels zu ihnen trat.

Auch jetzt würdigte er sie keines Blickes. »Habt ihr inzwischen die Tatwaffe?«

»Bis jetzt nicht. Ich glaube nicht, dass wir sie noch finden werden. Aber wir haben die Bestätigung, dass Sassen Scharfschütze war und außerdem seine Frau geschlagen hat. Uns liegen Fotos vor und ein ärztliches Attest.«

»Sassen ist also unser Mann?«

»Bisher gibt es nichts, das in eine andere Richtung weist.«

Leyenfels schien das nicht zu gefallen. »Du bist dir sicher, dass wir es mit einem Familiendrama zu tun haben?«

Dühnfort zuckte mit den Schultern. »Keine Zeugenaussagen oder Spuren, die einen anderen Verdacht begründen. Bis alle gesichert sind und der Tatortbefundbericht vorliegt, wird es noch Tage dauern. Das weißt du doch. Alle machen ihre Arbeit. Auch Schellenberg. Ich war heute Morgen an der Unfallstelle. Die Bremsspuren enden kurz vor einem Betonpfeiler. Sieht so aus, als ob Sassen das selbst zu Ende bringen wollte, und dann hat ihn in letzter Sekunde der Mut verlassen. Nichts spricht gegen unseren Verdacht. Außer seinem Alibi. Doch das hat er sich flugs besorgt.« Dühnfort knirschte mit den Zähnen. Die Nummer mit der Notärztin war ein Fehler gewesen. Er hätte Leyenfels nicht nachgeben dürfen. Doch wie? Er war als Staatsanwalt Herr der Ermittlungen und saß am längeren Hebel.

»Wie das?«, fragte Leyenfels.

»Er hat von der Klinik aus telefoniert, und er hatte Besuch. Und jetzt hat er ein Alibi. Wir hätten ihn sofort als Beschuldigten vernehmen sollen. Dann hätten wir jetzt ein Geständnis.«

»Das nichts wert ist, weil jeder Strafverteidiger es vor Gericht zerpflücken würde. Der Mann stand unter Schock. Jetzt schieb nicht mir den Schwarzen Peter zu. Ich bin mir nicht so sicher wie du, dass Sassen es war. Einen Schock täuscht man nicht vor. Außerdem verstehe ich diesen missglückten Selbstmordversuch nicht. Der Mann hat eine Waffe. Warum erschießt er sich nicht, sondern versucht, gegen einen Betonpfeiler zu rasen?«

»Weil er nie ernsthaft vorhatte, sich umzubringen«, konterte Dühnfort.

»Ich möchte, dass unvoreingenommen ermittelt wird.« Mit einem Seitenblick taxierte Leyenfels Kirsten. »Nach allen Seiten. Ergebnisoffen. Ich bezweifle, dass Kirsten aufgrund ihrer persönlichen Erfahrungen dazu in diesem Fall in der Lage ist.«

Was sollte dieser Mist? Offenbar war Sassen nicht der Einzige, der ein Problem damit hatte, mit einer Abfuhr zurechtzukommen.

Kirstens Schultern strafften sich. »Keine Sorge. Ich kann beruflich und privat trennen.« Die Betonung lag auf *ich*.

Dühnfort ging dazwischen. »Kirsten wird ihren Job erledigen wie immer. Gut und objektiv. Das weißt du.«

Leyenfels ließ nicht locker. »Wie unvoreingenommen kann man sein, wenn man beinahe Opfer einer ähnlichen Straftat geworden ist? Ich will nicht, dass wir uns am Ende auf einen Unschuldigen eingeschossen haben und wie die Idioten dastehen, nur weil Kirsten ein Problem mit Männern hat.«

»Du bist echt ein …«

Dühnfort schnitt ihr das Wort ab, bevor sie Leyenfels beleidigen konnte, der diese Steilvorlage sicher nutzen würde, um sie von diesem Fall abzuziehen. »Wenn du Grund zur Beschwerde hast, wende dich an Heigl. Und jetzt lass uns unsere Arbeit machen.«

»Das werde ich. Worauf du dich verlassen kannst.«

Damit hatte Leyenfels nun das letzte Wort gehabt, und gut war es.

19

Dühnfort parkte vor dem Haus der Sassens und stieg aus dem Wagen. Ein Berg von Blumensträußen und Kuscheltieren lag am Zaun. Dazwischen ewige Lichter und Briefe. Jemand hatte einen Zettel an eine Zaunlatte geheftet. *Warum?*

Das war die Frage. Warum kam es zu derartigen Amokläufen? Gekränkte Eitelkeit. Zutiefst verletzte Gefühle. Die Unfähigkeit, mit Zurückweisung umzugehen. Und es würde immer schlimmer werden, in einer Gesellschaft, in der nur noch Ellenbogen zählten, in der als Vorbild galt, wer rücksichtslos und egoistisch war.

Dühnfort hob einen Teddybären hoch und bemerkte, dass eines der ewigen Lichter verloschen war. Er zündete es wieder an.

Zu Zeiten seines Großvaters hatte jemand als Versager gegolten, wenn er Mitarbeiter entlassen musste. Heute würde man ihn als Sanierer feiern, ihm auf die Schulter klopfen und ihm eine Bonuszahlung gewähren. Was für ein knallharter Kerl er doch war. Er machte den Betrieb schlank, trieb die Rendite in die Höhe und die Kosten in den Keller. In Wahrheit setzte er Existenzen aufs Spiel. Das Narzisstische war in dieser Gesellschaft inzwischen ein belohnenswertes Ideal. Kein Wunder, dass die Zahl der Gekränktheitsdelikte zunahm. Körperverletzungen. Amokläufe. Familiendramen.

Wie konnte ein Vater seine Kinder töten, die er liebte?

»Nicht *obwohl*, sondern *weil*.« Das hatte Beatrice Mével einmal gesagt. Sie war Polizeipsychologin und hatte es ihm zu erklären versucht. Drei Jahre war das schon her. Ein Fall in Mariaseeon. Ein Mann hatte die Tochter mit in den Tod gerissen, seine Frau aber am Leben gelassen. Als Strafe. Er hatte ihr das Liebste genommen, und sie sollte sich ihr Leben lang daran erinnern, dass sie allein die Schuld daran trug. Das war die Buße, die er für sie ersonnen hatte.

»Er war ein stolzer Mann«, hatte Beatrice Mével Dühnfort damals erklärt. »Und doch hat er sich vor ihr erniedrigt, als er keinen anderen Ausweg mehr sah. Er hat sich vor ihr in den Staub geworfen und sie angefleht, ihn nicht zu verlassen. Sie hat es dennoch getan. Sein Stolz war verletzt. Er fühlte sich von ihr gedemütigt, glaubte alle Würde verloren zu haben und jede Hoffnung. Zweifellos hat er seine Tochter geliebt. Doch das Grausame an seiner Liebe war, dass erst sie es ihm ermöglicht hat, das Kind als Waffe gegen die Mutter einzusetzen. Ein Vater, der sein Kind nicht liebt, würde das nicht tun. Er käme gar nicht auf die Idee. Er hat seiner Frau den schlimmsten Schmerz zugefügt, indem er ihr und sich das nahm, was ihnen beiden am liebsten war. Das geht nur, wenn man an dem Kind hängt. Also musste es zum Objekt degradiert werden. Zu einem Mittel der Rache. Eine solche Tat ist nur möglich, weil der Täter lediglich sein eigenes Leid sieht. Seinen Schmerz, der ihn fast wahnsinnig macht und zu beinahe allem fähig.«

Ihre Worte gingen Dühnfort nun wieder durch den Kopf. Der Zustand dieser Ehe war der Schlüssel zur Lösung des Falls. Davon war er überzeugt. Er legte den Teddy zurück und hielt nach Buchholz Ausschau. Ein einsamer Reporter schlich um das Areal, fotografierte Blumensträuße und Kerzen und hatte sicher auch ihn erwischt. Es war Dühnfort egal. Jenseits des Wegs stand ein Junge auf der Wiese und beobachtete die Arbeit der Polizei. Dühnfort kannte ihn. Er hatte gestern bei Harald Schäfer an der Absperrung gestanden. Vermutlich sein Sohn. Am Rande von Dühnforts Blickfeld erschien Buchholz' massige Gestalt im weißen Overall. Der Oberkörper verschwand im VW-Bus mit der Ausrüstung. Als Dühnfort sich zu ihm gesellte, suchte er etwas in einem Alukoffer und schimpfte wie gewohnt halblaut vor sich hin.

»Frank, hast du eine Minute für mich?«

Buchholz tauchte aus dem Wageninneren auf. Der Overall spannte am Bauch, die Kapuze hatte er zurückgestrichen. Graumelierte Stoppeln sprossen auf dem mächtigen Schädel. »Eigentlich nicht. Wir haben Arbeit ohne Ende. Was willst du wissen?«

»Was ihr bisher habt.«

Ein grimmiges Lächeln erschien. »Frag lieber, was wir nicht haben. Das Projektil, mit dem die Frau erschossen wurde. Beim Mädchen dasselbe. Immerhin das des Jungen haben wir aus der Wand hinter dem Schrank gepult. Beim Hund steckte es im Parkett, und das aus dem Apfelbaum haben wir auch. Außerdem haben wir drei Patronenhülsen.«

»Kannst du zum Sohlenabdruck schon etwas sagen?«

»Größe vierundvierzig bis sechsundvierzig. Stollenprofil. Sieht nach Arbeitsschuhen aus. Vielleicht auch Wander- oder Bergstiefel. Der Eindruck ist knapp fünf Zentimeter tief, und der Boden war nicht besonders matschig. Stammt nicht von einem Leichtgewicht. Ich schätze mal, wenigstens fünfundachtzig Kilo. Und bei dieser Schuhgröße suchst du keinen Zwerg. Könnte also von Sassen stammen.«

»Ist der Abdruck tatrelevant?«

»Kann ich nicht sagen. Wir haben noch mehr davon gefunden. Einen hinten beim Zaun, zwei weitere vorne im Garten bei einem der Staudenbeete in der Nähe der Terrasse. Und einen auf der anderen Seite des Zauns. Jemand kam aus dem Wäldchen und ist durch den Garten nach vorne gegangen. Ob das etwas mit der Tat zu tun hat? Keine Ahnung. Vielleicht war Sassen mit dem Hund draußen. Vielleicht ist der Täter auf diesem Weg gekommen. Vielleicht hat jemand eine Abkürzung durchs Grundstück genommen. Ich weiß es nicht. Und dann haben wir noch etwas, das dich nicht freuen wird: keine Schmauchspuren an Sassens Händen. Mit der Kleidung sind wir noch nicht fertig. Das dauert auf alle Fälle noch bis morgen.«

Keine Schmauchspuren also. Keine wirkliche Überraschung. Sassen hatte genügend Zeit gehabt, um seine Hände gründlich zu säubern, und als Schütze wusste er sicher, dass es mit Wasser und Seife allein nicht getan war. Oder noch simpler: Er hatte Handschuhe getragen. »Warten wir das Ergebnis bei der Kleidung ab.«

»Mit dem BMW sind wir durch. Den sehen sich jetzt Schellenbergs Leute an. Keine Spuren im oder am Wagen, die in Verbindung zur Tat stehen. Der Benzinkanister ist allerdings leer.«

»Das ist doch schon mal was.«

Dühnfort suchte nach Bettina Lautenschläger und fand sie und zwei ihrer Mitarbeiter im Wohnzimmer.

Der Raum war völlig ausgebrannt. An einer Stelle war Putz von der verrußten Wand gefallen. Ein heller Fleck, dessen Umrisse ihn an Australien erinnerten. Noch immer stank es nach Qualm, verbranntem Holz und Kunststoff. Bettina Lautenschläger kniete im Schutt vor der Terrassentür und stand auf, als sie Dühnfort bemerkte. Sie trug einen grauen Arbeitsoverall und Handschuhe. »Das ist eine Fieselarbeit, ich kann Ihnen sagen.«

»Kommen Sie denn voran?«

»Was die Brandstiftung anbelangt, bin ich mir mittlerweile sicher. Der Brandmittelhund hat an mehreren Stellen im Wohnzimmer angeschlagen. Wir haben Proben genommen. Die PID-Analyse läuft bereits. Aber ich bin mir auch so sicher, dass Benzin als Brandbeschleuniger verwendet wurde. Sehen Sie sich das an.«

Sie reichte ihm eine verrußte Dose mit Schraubdeckel. Darin war ein Loch, aus dem etwas hervorstand. Ein daumendicker Docht. Dühnfort überlegte, wo er das schon mal gesehen hatte. Es fiel ihm nicht ein. »Helfen Sie mir auf die Sprünge?«

»Das ist ein Ölbehälter für eine Gartenfackel.«

Jetzt verstand er. »Eine Art Molotow-Cocktail. Er wurde durchs Fenster geworfen, um das Benzin-Luft-Gemisch zur Verpuffung zu bringen.«

Lautenschläger nickte. »Wir haben noch etwas entdeckt, das ich Ihnen zeigen möchte.« Sie lotste Dühnfort zur Terrassentür. Ein Flügel stand offen. Der andere war angelehnt. Ein rußiger Sprossenfensterrahmen voller Splitter. »Mir ist da vorhin etwas aufgefallen.« Bettina Lautenschläger deutete auf den Boden. Das Parkett war zu einer schwarzen Schicht verbrannt. Eine Spurennummer markierte einige verrußte Erhebungen von unterschiedlicher Größe und Form.

»Was ist das?«

»Scherben von Glas. Das Feuer muss eine Temperatur von etwa sechshundert Grad erreicht haben. Das ist die Übergangstemperatur bei Glas. Bei dieser Hitze beginnt es seine Viskosität zu verändern. Der Laie würde sagen, es beginnt zu schmelzen. Und genau das ist hier passiert. Die Scherben wurden zäh, beinahe flüssig, und haben sich mit dem Untergrund verbunden.«

»Sie lagen also schon hier, als das Feuer ausbrach?«

»Das ist meine Vermutung.«

Innen und nicht außen. »Das kann nicht passiert sein, als die Scheiben barsten?«

»Im Prinzip schon. Die Druckwelle schleudert die Scherben der berstenden Scheiben zwar nach außen. Doch durch die entweichende Luft entsteht ein Unterdruck im Raum. Es wird also gleichzeitig Luft von außen angesaugt. Wenn ich mir das hier allerdings so ansehe ... Die Scherben liegen sehr dicht an der Tür. Eigentlich zu dicht. Ich gehe davon aus, dass sie schon dalagen, als das Feuer ausbrach. Jemand hat die Scheibe eingeschlagen und sich so Zutritt verschafft.«

20

Für zwei Uhr hatte Dühnfort die Teambesprechung angesetzt. Für ein Mittagessen blieb ihm keine Zeit. Beim Metzger im Dorf kaufte er eine Schinkensemmel, die er während der Rückfahrt aß. Unterwegs rief Leonhard Heigl an. Die Pressekonferenz sollte um fünfzehn Uhr beginnen. Dühnfort stöhnte lautlos. Die Medien warteten auf Futter und die Öffentlichkeit auf Neuigkeiten, die gleichermaßen die Sensationsgier befriedigen als auch das Sicherheitsgefühl stärken sollten. Ein Widerspruch in sich. Wenn die Leute das erwarteten, sollten sie Kriminalromane lesen oder Fernsehkrimis gucken. Heigl wollte eine Einschätzung, genau wie Leyenfels am Vormittag nach der Obduktion. Dühnfort wiederholte sich.

Heigl gefiel das nicht. »Mit anderen Worten: Wir haben nichts gegen Sassen in der Hand. Und auch sonst keine heiße Spur. Nach sechsunddreißig Stunden.«

Dühnfort sah ihn beinahe vor sich, wie er mit aufgekrempelten Hemdsärmeln und gelockertem Krawattenknoten an seinem Schreibtisch saß, ganz der Dezernatsleiter, der sich im täglichen Kampf für Recht und Ordnung aufarbeitete.

Entweder löste man einen Fall binnen kurzer Zeit, weil die Spurenlage eindeutig und der Täter geständig war, oder es dauerte. So war das nun einmal. »Sassen war es. Wir müssen es nur noch beweisen.«

So wie damals bei Jürgen Maas, der ihm eiskalt ins Gesicht gegrinst hatte. *Beweisen Sie es mir doch, wenn Sie können*, hatte er gesagt. Wieder stand Dühnfort dieses Bild vor Augen, wie Maas sich abwandte und den Flur entlangging, betont langsam, die Schultern gerade, den Kopf gereckt. Jede Bewegung ein Statement: Mich kriegt ihr nicht. Und so war es dann auch gekommen. Es war ihnen nicht gelungen, ihn zu überführen.

»Mit einer Behauptung kann ich nicht vor die Presse treten«, sagte Heigl.

»Dann lass es.«

»Hast du den Münchner Blick gelesen? Wenn wir nicht liefern, wird uns die Presse erst recht als Truppe von Geheimniskrämern und Vertuschern abfeiern. Oder wäre es dir lieber, wenn sie uns als einen Haufen unfähiger Deppen darstellen?«

»Wie wäre es mit einem Schweigen aus ermittlungstaktischen Gründen?«, schlug Dühnfort vor.

»Weshalb bist du dir bei Sassen sicher?«

Dühnfort erklärte es. Wieder einmal. Heigl war das zu wenig handfest. »Also gut. Wir werden uns bedeckt halten und das als Taktik verkaufen. Sieh zu, dass du mit deinen Leuten Land gewinnst.«

Als Dühnfort ins Büro kam, blieben ihm noch zehn Minuten bis zum Meeting. Die Pavoni war seit dem Morgen eingeschaltet und aufgeheizt. Jetzt einen Espresso. Mit der Dampfdüse wärmte er die Tasse vor und ließ den Espresso hineinlaufen. Eine dicke Crema bildete sich. Aus der Schublade nahm er die Tafel Zartbitterschokolade und brach eine Rippe ab. Die Aromen von achtzig Prozent Kakao harmonierten prächtig mit denen des Kaffees und blieben für einen Moment am Gaumen kleben. Dühnfort spürte ihnen noch nach, während eine SMS von Gina einging.

Heute sechzehn Uhr bei meiner Gyn. Du kommst doch? :X

Aber sicher!, simste er zurück und sandte auch ihr einen virtuellen Kuss. Um nichts in der Welt würde er es versäumen, dabei zu sein, wenn die Schwangerschaft offiziell festgestellt wurde.

Anke Frieß war dem Team als Hauptsachbearbeiterin zugeteilt worden. Sie war eine kleine, mollige Person mit dunklem Pagenkopf und kirschrot geschminkten Lippen und eine gewissenhafte Kollegin. Als Dühnfort den Besprechungsraum betrat, war sie bereits da und heftete Fotos vom Tatort und den Opfern an die Magnetwand. Darunter platzierte sie die Aufnahmen von Nina Sassens Verletzungen, die Folgen der Prügelattacke ihres Mannes nach dem Volksfest waren. Anke knallte ein weiteres Foto mit einem Magneten an die Wand. Es zeigte Tom Sassen, zwanzig Jahre jünger. In Tarnfleck und Stahlhelm posierte er mit einem Präzisionsgewehr. Selbstbewusst sah er mit kaltem Blick in die Kamera. Dühnfort hatte keinen Zweifel, dass er ohne Zögern abdrücken würde, wenn er es für notwendig hielt.

Anke wies auf die Aufnahmen der Kinderleichen. »Wenn das jemand meinem Sohn antun würde, ich würde ihn vierteilen. Wir kriegen ihn, ja? Wir hängen dieses Schwein an seinen Eiern auf.«

»Das wäre Folter. Aber ja, wir schnappen ihn uns.«

Alois und Kirsten betraten den Raum. Meo folgte ihnen auf dem Fuß. Eine kleine Runde fürs erste große Meeting, doch Buchholz und auch die Brandermittler hatten in Schäftlarn alle Hände voll zu tun. Weidenbach würde die abschließenden Obduktionsberichte erst in den nächsten Tagen vorlegen, und Leyenfels bereitete mit Heigl die Pressekonferenz vor. Dühnfort war das nur recht.

Kirsten machte das Fenster auf und setzte sich zu Alois, der eine SMS schrieb. Meo legte sein iPad vor sich auf den

Tisch, wickelte einen Energieriegel aus der Folie und biss hinein. »Sorry. Hatte keine Zeit für Lunch«, erklärte er mit vollem Mund. Meo war der IT-Spezialist der Truppe und erst Mitte zwanzig. Ein flusiger Bart spross auf seinen Wangen. Die Shirts, die er trug, waren mittlerweile Legende. Heute war es ein neongrünes mit schwarzem Aufdruck: *PC Games ruined my life. Thank God, I got two extra.*

Dühnfort setzte sich an den Tisch und erklärte, was es mit der Übergangstemperatur von Glas auf sich hatte und was das für den Fall bedeutete. »So wie es aussieht, können wir einen Einbruch nicht ausschließen. Sassen oder doch der große Unbekannte?« Er würde Leyenfels keine Steilvorlage für den Aufschrei *einseitige Ermittlung* liefern.

»Wieso der große Unbekannte?«, fragte Alois. »Habe ich was verpasst?«

»Sassen sagt, dass er seine Frau vor etwa vier Wochen in Begleitung eines Mannes gesehen hat, der auf ihn wie ein Krimineller wirkte. Langhaarig, voller Tätowierungen. Lederkleidung. Er glaubt, dass sie sich mit dem falschen Kerl eingelassen hat. Ich denke, er ist eine Erfindung. Trotzdem sollten wir diesem Hinweis nachgehen. Das kann Kirsten übernehmen. Lass dir von Sassen eine genaue Beschreibung geben. Oder besser noch: Schlepp ihn zur Phantombildstelle.«

»Aber mit Vergnügen.«

Alois verschränkte die Arme. »Wenn mal ich zur Abwechslung den Advocatus Diaboli geben darf. Ihr beide scheint euch ja einig zu sein, dass Sassen es war. Warum sollte er einbrechen? Er hat einen Schlüssel.«

»Der Sicherheitsriegel war vorgelegt«, entgegnete Dühnfort. »Seine Frau hätte ihm öffnen müssen.«

»Warum hätte sie das nicht tun sollen?«

»Weil sie sich vor ihm fürchtete. Er verprügelt sie, wenn

ihm was nicht passt.« Dühnfort wies auf die Bilder an der Magnetwand.

Kirsten blätterte in ihren Notizen. »Ich habe mit Nadja Denecke gesprochen. Sie ist nicht nur Nina Sassens Anwältin, sondern auch eine gute Bekannte. Am Samstagnachmittag hat Nina angerufen, um den Termin für heute zu vereinbaren. Sie klang ruhig und ziemlich tough. Direkt erleichtert. Nachdem sie sich endlich zur Scheidung entschlossen hatte, wollte sie die schnellstmöglich durchziehen. Doch sie hatte Angst, dass Tom wieder ausrastet, und hat ihrer Anwältin von einem Zwischenfall im letzten September erzählt. Damals hat sie Tom ausgesperrt, und er ist völlig ausgetickt und drohte, die Tür mit der Axt einzuschlagen. Sein Freund hat das verhindert. Karsten Prittwitz.« Kirsten klappte das Heft zu. »Nina Sassen hätte ihrem Mann nicht geöffnet. Er musste die Scheibe einschlagen, damit er hineinkam.«

Alois schien das nicht zu genügen. »Wir wissen nicht, ob sie ihn Samstagnacht ausgesperrt hat. Er scheint das Feld freiwillig geräumt zu haben. Oder hat ihn jemand tobend vor dem Haus gesehen?«

»Das nicht«, räumte Kirsten ein. »Aber Nina hat ihn vor die Tür gesetzt. Die Nachbarin Stefanie Wagenbach hat gehört, wie sie ihn gebeten hat, seinen Krempel zu packen und zu verschwinden. Wobei *gebeten* wohlwollend formuliert ist. Das scheint allerdings zum Ritual zu gehören. Die beiden fetzen sich regelmäßig. Sie schmeißt ihn raus, oder er haut ab, und anschließend versöhnen sie sich wieder.«

»Ein Grund weniger für einen Amoklauf«, entgegnete Alois.

»Ich würde dir recht geben, wenn Nina nicht die Regeln geändert hätte. Sie wollte nicht mehr mitspielen und sich scheiden lassen. Allerdings hat sich das seit über einem

Jahr abgezeichnet, meint Nadja Denecke. Für Sassen kann Ninas Wunsch nicht überraschend gekommen sein. Sie hat ihm mit Scheidung gedroht, sollte er sie noch einmal betrügen. Und genau das hat er getan. Und er ist nicht der Typ Mann, der seine Frau ziehen lässt. Meiner war genauso drauf. Leider habe ich das zu spät erkannt. Es hätte mich fast das Leben gekostet, als ich die Scheidung eingereicht habe und er mich als Geisel genommen hat.«

»Okay.« Alois hob die Hände, als ob er sich geschlagen geben wollte.

Gut, dann waren sie sich ja einig. Dühnfort fragte nach dem Telefonat. Alois hatte es überprüft. »Um dreiundzwanzig Uhr siebzehn hat Conny Behrendsen einen Anruf aus einer Telefonzelle erhalten, die an der Ecke Plinganserstraße/Harras steht. Das Gespräch hat gut vier Minuten gedauert.«

»Und von dort fährt er nach Pullach? Das ist ein gigantischer Umweg.« Und dann verstand es Dühnfort. Er hatte recht. Das Alibi war getürkt. »Er war nicht bei Conny Behrendsen. Über die Plinganserstraße führt der direkte Weg von Schäftlarn an den Oberanger. Er ist in die Praxis gefahren.«

»Und weswegen ruft er von unterwegs Conny an?«, fragte Alois.

»Keine Ahnung. Um ihr sein Leid zu klagen, um sich auszuheulen. Jedenfalls war er nicht bei ihr. Ich werde einen Durchsuchungsbeschluss für die Praxis beantragen. Gehen wir es mal durch. Sassen trifft gegen dreiundzwanzig Uhr dreißig am Oberanger ein. Er ist so wütend auf Nina wie noch nie zuvor. Sie hat ihn rausgeworfen. Aus seinem Haus. Und sie will die Scheidung. Sie glaubt, die Stärkere zu sein. Dafür wird sie büßen. Irgendwann zwischen dreiundzwanzig und zwei Uhr in dieser Nacht fasst

Sassen den Entschluss, es seiner Frau heimzuzahlen. Einmal noch wird er der Starke sein. Ein letztes Mal. Er brütet einen Plan aus und fährt zurück nach Schäftlarn. Als er dort ankommt, ist es etwa zwei Uhr. Der Ort liegt friedlich da. Alle schlafen. Auch seine Frau und seine Kinder. Er will die Tür aufsperren, der Sicherheitsriegel ist vorgelegt. Er kann nicht rein, doch ihn sperrt man nicht aus. Er schlägt eine Scheibe an der Terrassentür ein. Lucky wacht auf und bellt …« Dühnfort stockte. Die Waffe. Wo hatte Sassen sie aufbewahrt?

Kirsten hatte dieselbe Frage. »Du meinst, er zieht die Pistole und erschießt den Hund? Woher hat er die? Er wird sie weder im Auto spazieren gefahren noch im Wohnzimmer aufgehoben haben. Nicht mit zwei kleinen Kindern im Haus.«

»Eine illegale Waffe noch dazu«, gab Alois zu bedenken. »Denn auf ihn ist keine angemeldet. Wenn er eine hat, dann sicher nicht im Haus. Seine Frau oder die Kinder hätten sie finden können. Einen Safe gibt es dort nicht.«

»Vielleicht hat er sie in der Praxis verwahrt. Das würde auch erklären, weshalb er dorthin gefahren ist …«

»Wenn er dorthin gefahren ist«, fiel Alois ihm ins Wort. »Noch wissen wir das nicht, ebenso wenig, ob er wirklich eine Waffe besitzt. Das ist alles Spekulation.«

Langsam wurde Dühnfort ungeduldig. Es war ja gut, dass Alois dagegenhielt. Doch man konnte es übertreiben. »Das ist eine Arbeitshypothese, die wir verifizieren werden. Stück für Stück. Kann ich weitermachen?«

»Nur zu.«

»Okay. Sassen hat die Waffe aus der Praxis mitgenommen. Der Hund bellt. Sassen erschießt ihn. Oben rührt sich etwas. Das Licht im Treppenhaus geht an. Nina Sassen ist sich unsicher, woher das Geräusch kam, das sie weckte.

War es das Splittern von Glas? Der Hund hat kurz gebellt.« Dühnfort sah in die Runde. »Wir sind uns einig, dass ein Schalldämpfer benutzt wurde?«

Kirsten nickte, ebenso Alois.

»Ich glaube nicht, dass Nina dachte, dass Tom das Geräusch verursacht hat. Normalerweise macht er Krach. Er brüllt und tobt. Wenn sie vermutet hätte, dass er es ist, wäre sie nicht nach unten gegangen, sondern hätte die Polizei gerufen. Das Handy lag neben ihrem Bett. Sie kommt also die Treppe herunter, während Tom in den Flur geht.

Sophie kann nach dem Streit der Eltern entweder nicht schlafen, oder das Geräusch hat auch sie geweckt. Sie hört ihre Mutter im Flur und sieht den Lichtschein durch die Türritzen. Sie will zu ihrer Mama und steht auf. Nina ist inzwischen auf den unteren Stufen angekommen, als Tom um die Ecke biegt. Die Waffe im Anschlag. Vielleicht schreit sie, vielleicht gibt es einen kurzen Wortwechsel. Jedenfalls gerät sie in Panik und will die Kinder warnen. Das gelingt ihr nicht. Tom erschießt sie von hinten. Am anderen Ende der Treppe steht Sophie, gelähmt vor Angst. Sie versteht nicht, was geschieht. Papa wird ihr nichts tun. Ein Irrtum. Er drückt ab. Zwischen den Schüssen ist Leon aufgewacht. Auch er geht in den Flur, und er erkennt die Gefahr und versteckt sich. Sassen folgt ihm, findet ihn im Schrank … und erschießt auch ihn.«

Bei der Erinnerung an den Jungen im Schrank stieg wieder ohnmächtige Wut in ihm auf.

»Kaltblütig und präzise hat Sassen seine Familie ausgelöscht. Die geschätzten und beneideten Sassens gab es nicht mehr. Irrtum. Etwas gab es doch noch. Das Pony und das Haus. Und ihn selbst. Sassen erschießt also auch das Pferd, holt den Benzinkanister aus dem Wagen, setzt das Haus in Brand und steigt ins Auto. Mit der Absicht, seinem Leben ein Ende zu setzen, rast er mit etwa hundertdreißig auf einen Betonpfeiler an der Autobahnausfahrt Fürstenried zu. Doch das schafft er dann nicht. Der Überlebenswille ist stärker, er legt eine Vollbremsung hin, reißt das Steuer herum und nimmt nur die Leitplanke mit. Ein Blechschaden. Mehr nicht. Was soll er tun? Er fährt zurück in die Praxis und überlegt, wie er aus dieser Nummer heil herauskommt. Am besten, er spielt den reumütigen Ehemann, der mit einem Strauß roter Rosen zur Versöhnung bei seiner Frau auftaucht und dann vor einer Katastrophe steht. Fein ausgedacht. Aber die Rechnung geht nicht auf. Wir werden ihm das Stück für Stück nachweisen.«

Kirsten nickte. »Das klingt überzeugend. Aber es wird nicht leicht werden, ihn zu überführen.«

Anke Frieß meldete sich zu Wort. »Sassen muss vor seinem Amoklauf getankt haben. Denn der Benzinkanister war immer leer. Ich hatte heute Morgen den Anruf eines Harald Schäfer aus Schäftlarn. Er wollte das zu Protokoll geben. Im Dorf macht das Gerücht die Runde, Tom Sassen hätte das Haus mit Benzin abgefackelt. Schäfer glaubt das nicht, denn Sassen hatte Angst, dass ein gefüllter Benzinkanister bei einem Unfall in Flammen aufgehen könnte. Deshalb fuhr er ihn immer leer durch die Gegend.«

»Wie glaubwürdig ist diese Information?«

»Schäfer arbeitet beim ADAC, und der leere Reservekanister war wohl in den letzten Jahren mehrmals Gesprächsthema zwischen den beiden.«

»Sieh dir die Kontobewegungen an. Vielleicht hat er mit Karte bezahlt. Wenn nicht, müssen wir die in Frage kommenden Tankstellen abklappern.«

Dühnfort wandte sich an Meo. »Besorg dir die Verkehrsüberwachungsbänder entlang der Strecke von Schäftlarn zur Praxis und auch die nach Pullach. Sassens BMW muss auf einem zu sehen sein. Wenn er sein Handy dabeigehabt hätte, ginge das einfacher.«

Meo tippte auf sein iPad. Eine Excel-Datei mit den Providerdaten öffnete sich. »Das mit dem Handy stimmt wohl. Er hat es zu Hause vergessen. Ich habe die letzten Anmelde- und Verbindungsdaten bekommen. Das Handy hat die Funkzelle, in der das Haus der Sassens liegt, seit Samstagnachmittag nicht verlassen.«

21

Dühnfort wartete das Ende der Pressekonferenz ab und suchte anschließend Leyenfels auf, der richtiggehend sauer war, weil er den Medienvertretern nichts zum Fraß hatte vorwerfen können. Hungrig und missgelaunt waren die Journalisten davongezogen. »Ich will gar nicht wissen, was sie aus unserem *ermittlungstaktischen Schweigen* machen. Vermutlich Unfähigkeit und Inkompetenz, und ganz sicher werden sie jetzt Sassen langsam über dem Feuer rösten. Vermutungen, Gerüchte, Unterstellungen. Damit werden sie arbeiten. Und am Ende war er es dann nicht, und wir sind schuld am Rufmord. Hätten wir uns nur nicht so bedeckt gehalten.«

So langsam reichte es Dühnfort mit dem Glauben des Staatsanwalts an Sassens Unschuld. »Es liegt an Kirsten, oder? Weil sie mit dir Schluss gemacht hat. Du unterstellst ihr Voreingenommenheit, weil sie selbst Ähnliches erlebt hat. Darum geht es aber gar nicht. Sie soll nicht recht behalten. Sie soll unfähig sein, damit du mit dem Finger auf sie zeigen kannst. Du entwertest sie, damit deine Niederlage nicht ganz so groß ist. Darum geht es. Das ist Kindergarten, Christoph. Und jetzt brauche ich einen Beschluss für die Durchsuchung der Praxis.«

Ein grimmiges Lächeln erschien auf Leyenfels' Gesicht. »Boos sucht psychologisch versierte Mitarbeiter für die Operative Fallanalyse. Vielleicht solltest du wechseln.«

Auf diesen Streit hatte Dühnfort keine Lust. »Sassen war in der Tatnacht mit hoher Wahrscheinlichkeit in der Praxis. Bekomme ich nun den Beschluss?«

Es dauerte ein wenig, bis er Leyenfels die Arbeitshypothese unterbreitet und ihn so weit hatte, dass er den Beschluss beantragte. Bis der Richter ihn erließ, würde es noch dauern. Zeit genug für den Termin bei Ginas Gynäkologin.

Pünktlich um vier betrat Dühnfort die Praxis von Dr. Mira Koch in der Einsteinstraße. Der Platz hinter dem Empfangstresen war leer. Die Tür zum Wartezimmer stand offen. Zwei junge Frauen und eine ältere Dame saßen dort und blätterten in Illustrierten. Wo blieb Gina? Er zog das Handy aus der Tasche. Im selben Moment erhielt er eine Nachricht von ihr. *Verspäte mich etwas. Muss noch Asservatenstaub aus den Klamotten klopfen.*

Die Frauen sahen hoch, als er eintrat. Er grüßte, setzte sich ans Fenster und griff nach einer Zeitschrift. Gina war also auf der Suche nach verwertbarer Täter-DNA. Hoffentlich waren die Asservate nach siebenundzwanzig Jahren noch an ihrem Platz. Wenn nicht, würde Gina sie schon auftreiben. Sie war eine gute Ermittlerin, und eine ihrer Stärken war Beharrlichkeit. Sie ließ nicht locker, und er wünschte ihr, dass es ihr gelang, den Täter nach so vielen Jahren noch zu überführen. Auch wenn er dafür vermutlich erst einmal seine Freude über die Schwangerschaft für sich behalten musste. Denn schwangere Polizistinnen durften keinen Außendienst verrichten. Das war ganz sicher nicht das, was Gina wollte. Fälle löste man nicht am Schreibtisch. Er wettete, dass sie ihn bitten würde, den Mund zu halten, bis sie den Fall Weigelt in trockenen Tüchern hatte.

Diana Weigelt war eine geschiedene Frau gewesen und hatte 1987 als Teilzeitkraft an vier Tagen pro Woche in einer Bank gearbeitet. An ihrem freien Tag trieb sie in der Regel Sport, machte den Haushalt und holte ihre Tochter bereits mittags von der Schule ab und nicht, wie an den anderen Tagen, erst am Nachmittag nach dem Hort. Am Tattag hätte sie eigentlich in der Bank sein müssen, wenn sie nicht mit einer Kollegin die freien Tage getauscht hätte. Morgens brachte sie die Tochter zur Schule, joggte danach eine Runde, kaufte beim Bäcker Brot und eine Semmel und lief nach Hause. Ein Reihenmittelhaus in einem Münchner Vorort. Sie sperrte die Türe auf, ging in die Küche und wurde dort erstochen. Der Täter öffnete den Bauchraum und entfernte die Gebärmutter. Keine Spuren eines Einbruchs. Diana Weigelt musste ihren Mörder hereingelassen haben, oder er besaß einen Schlüssel. Außerdem musste er vom Tausch des freien Tages gewusst haben. Jemand aus der Bank oder jemand, der ihr nahestand.

Im Nachlass wurde eine wertvolle Armbanduhr gefunden. Der Exmann sagte, es sei ein Erbstück einer Tante. Doch das stimmte nicht. Jemand anders musste Diana Weigelt diese Uhr geschenkt haben. Bei der Rekonstruktion ihrer Tagesabläufe gab es gewaltige Lücken. Eine Zeugin meldete sich, die Diana Weigelt zusammen mit einem Mann gesehen hatte. Diese Spur führte zu Professor Till Strasser, einem angesehenen Wissenschaftler und Vorstand der Archimedes Gesellschaft. Ein Mann mit politischen Ambitionen. Kandidat der CSU für die Landtagswahlen und verheiratet mit Leonie Drenger, der Tochter von Sepp Drenger, einem Urgestein der CSU, der den Schwiegersohn protegierte. Diana Weigelt war schwanger gewesen. Das bestätigte ihre Frauenärztin. Den Namen des Vaters hatte sie ihrer Ärztin allerdings nicht genannt. Auch eine Kollegin wusste nur von einem heimlichen Lover, dessen Namen Diana noch nicht nennen durfte, denn noch war er verheiratet. Alles wies auf Strasser als Täter hin. Doch er hatte ein Alibi und gab an, Diana Weigelt nur flüchtig zu kennen. Bis heute hatte man ihm die Tat nicht nachweisen können.

Doch nun war Gina am Zug und die Fortschritte bei den DNA-Analysen.

Die Tür des Wartezimmers öffnete sich. Gina trat ein. Er stand auf und gab ihr einen Kuss. »Hallo, Schatz. Geht es dir gut?«

»Na klar. Bis auf die Asservate. Die sind nicht da, wo sie sein sollten. Jetzt habe ich einen Hinweis in einem der Verwahrbücher gefunden, dass sie vor zehn Jahren ans LKA übergeben wurden. Ich frage mich, wieso. Hoffentlich hat da der Alte …« Sie sah sich um. Dühnfort folgte ihrem Blick. Die Aufmerksamkeit der drei Frauen im Wartezimmer war ganz auf sie gerichtet. Gina zog ihn beiseite und senkte die Stimme. »Wehe, wenn der alte Drenger seinen Einfluss hat spielen lassen und die Akten verschwunden sind. Ich mache ihm die Hölle heiß. Und bei dir? Alles auf einem guten Weg?«

»Es läuft zäh. Hoffentlich bekommen wir heute noch Ergebnisse von der Spurensicherung.«

In der offenen Tür erschien die Arzthelferin. »Frau und Herr Angelucci bitte.«

Lächelnd stand Gina auf. »Ich habe ihr gesagt, dass mein Mann mitkommt. Tino Angelucci klingt nicht schlecht. Richtig italienisch. Denk mal darüber nach.«

Dr. Mira Koch war eine füllige Frau mit Doppelkinn, dunkel gefärbten Haaren, deren Ansatz fingerbreit grau nachgewachsen war, und einem warmen Lächeln. Sie musste auf die sechzig zugehen und erweckte in Dühnfort sofort den Eindruck, erfahren zu sein. Mit Sicherheit hatte sie Hunderte, wenn nicht Tausende Frauen während ihrer Schwangerschaften begleitet und wusste in jeder Situation, was zu tun war. Er mochte sie auf Anhieb. Nun erhob sie sich halb aus ihrem Stuhl hinter dem Schreibtisch und reichte Gina die Hand. »Gratuliere, Frau Angelucci.« Das nächste Lächeln galt ihm. »Und Sie sind der werdende Vater?«

»So sieht es aus. Dühnfort.« Er reichte ihr die Hand.

»Na, dann wollen wir uns das Kleine mal ansehen und machen einen Ultraschall.«

Zwei Minuten später lag Gina in einem abgedunkelten Raum auf einer Pritsche, das Shirt nach oben geschoben und den Hosenbund nach unten und auf dem Bauch ein Gel, durch das Mira Koch den Schallkopf des Sonographiegeräts gleiten ließ. Dühnfort saß auf der anderen Seite der Liege und blickte fasziniert auf den Monitor. Ein schwarzweißes Bild baute sich auf. Viel Gekrissel, darin ein dunkler Fleck, auf den die Ärztin deutete. »Hier. Sehen Sie? Das ist die Fruchthöhle. Und das dort, dieser kleine weiße Punkt, das ist der Embryo.« Sie setzte einige Messpunkte.

Dühnfort beugte sich vor, um besser sehen zu können, und auch Gina reckte den Kopf. Er griff nach ihrer Hand. Dieser kleine helle Klecks war also ihr Kind. Es war unglaublich und erschien ihm wie ein Wunder.

»Meine Güte, er ist noch so winzig.« Ginas Stimme klang belegt, und auch er musste sich räuspern. »Aber er hat schon so etwas Keckes an sich, genau wie du. Findest du nicht?«

Gina lachte. »Warten wir mal ab, ob er nicht ein Grübler wird wie du.«

Die Ärztin steckte den Schallkopf zurück in die Halterung und druckte das Bild aus. »Das sieht alles perfekt aus für eine sechste Woche.« Sie reichte Gina ein Zellstofftuch und ihm das Bild. Eigentlich war darauf nicht wirklich etwas zu erkennen, außer diesem hellen Fleck. Dennoch konnte er den Blick nicht abwenden. Mit einem Finger strich er darüber, und plötzlich überschwemmte ihn eine unvorstellbare Zärtlichkeit für diesen kleinen Klecks, flutete sein Gehirn und erfüllte ihn mit einem überwältigenden Gefühl von Freude. Er wurde Vater! Gina wischte das Gel ab und stellte sich neben ihn. »Du wirst doch jetzt nicht heulen.«

Mit der Hand fuhr er sich über die Augen und zog sie an sich. »Warum denn nicht? Ich bin so glücklich.«

»Ich doch auch.« Eine Weile standen sie eng umschlungen, bis die Ärztin sich räusperte. »Ein paar Dinge müssen wir noch erledigen.«

Sie nahmen wieder im Sprechzimmer Platz. Mira Koch stellte zahllose Fragen, füllte einen Mutterpass aus und reichte ihn schließlich Gina. »Nicht erschrecken, wenn Sie darin das Wort *Risikoschwangerschaft* entdecken. Das hat nichts zu sagen. Außer, dass jede Erstgebärende ab fünfunddreißig als Risikoschwangere gilt. Sie sind allerdings schon achtunddreißig. Das bedeutet, dass wir ein wenig genauer hingucken sollten und die Schwangerschaft mit engmaschigen Kontrollen begleiten werden. In der elften Schwangerschaftswoche machen wir ein Ersttrimester-Screening. Dann sind Sie auf der sicheren Seite.«

Dühnfort registrierte den kleinen Ruck, der durch Gina ging, und spürte instinktiv ihren Widerstand. »Ein Screening? Ich bin nicht krank. Nur schwanger.«

»Screening klingt vielleicht ein wenig technisch. Es handelt sich um eine Kombination aus verschiedenen Methoden der pränatalen Diagnostik, die inzwischen Routine sind.« Lachend schüttelte Mira Koch den Kopf. »Das hört sich auch nicht besser an. Alles ist gut, und alle Werte sind in Ordnung. Jetzt machen Sie sich keinen Kopf und feiern Sie, dass es geklappt hat.«

Als sie die Praxis verließen, glaubte Dühnfort zu schweben. »Das mit dem Feiern ist eine gute Idee. Lass uns essen gehen. Worauf hast du Lust?«

»Indisch. Oder vielleicht Vietnamesisch. Auf alle Fälle exotisch und scharf, und danach ab ins Open-Air-Kino am Schlachthof. Haben wir schon lange nicht mehr gemacht.«

»Wie wäre es mit dem Cô Bé? Ich reserviere einen Tisch, und wir treffen uns dort. Um acht?«

»Du musst noch arbeiten?«

»Es dauert nicht lange, und danach bin ich ausschließlich für euch beide da.«

22

Die Praxis von Tom Sassen und Karsten Prittwitz befand sich in der Altstadt, in einem modernen Bürohaus am Oberanger. Der Architekt hatte den Versuch unternommen, Neoklassizismus fürs einundzwanzigste Jahrhundert zu interpretieren. Heller Sandstein, große Glasflächen, reduzierte Simse und Vorsprünge. Das Ergebnis war nicht wirklich gelungen.

Dühnfort fand einen Parkplatz direkt vorm Haus und nahm den Durchsuchungsbeschluss vom Beifahrersitz. Der schwarze Mini von Alois stand in der Einfahrt. Ihn selbst entdeckte er vor dem Schaufenster eines Schuhladens. »Die sehen gut aus. Bis auf den Preis.« Alois, der einen großen Teil seines Einkommens in sein Aussehen investierte, deutete auf ein Paar rahmengenähte Budapester für knapp sechshundert Euro.

»Wenn du erst einmal eine Familie ernähren musst, kannst du dir die nicht mehr leisten«, entgegnete Dühnfort. »Überlass Evi besser der Koryphäe.«

Alois wandte sich um. »Ich wusste gar nicht, dass du Humor hast.«

»Ich geize damit, wo ich kann. Ist Prittwitz schon da?«

»Er kommt nicht. Aber seine Mitarbeiterin erwartet uns.«

Am Klingelbord suchten sie nach dem Schild. *Dr. Thomas Sassen und Dr. Karsten Prittwitz. Praxis für Hals-, Nasen- und Ohrenheilkunde. Rückgebäude. 5. OG.* Sie durchquerten einen Innenhof. Der Lift glitt lautlos nach oben. Nichts als Arztpraxen, Anwaltskanzleien, Büros von

Steuerberatern, Wirtschaftsprüfern und eine Werbeagentur. In diesem Haus wohnte kein Mensch.

An der Praxistür hing ein Zettel: *Heute wegen Trauerfall geschlossen.* Sie klingelten. Eine junge Frau öffnete.

»Dühnfort, Kripo München. Sie wissen Bescheid?«

»Dr. Prittwitz hat mich informiert. Ich soll Ihnen alles zeigen.« Es klang mürrisch und ein wenig widerwillig. »Sabine Reiter.«

Er reichte ihr den Beschluss und trat mit Alois ein. Die Arzthelferin schloss hinter ihnen die Tür.

Sie war Mitte zwanzig und hatte die frische Ausstrahlung eines Mädchens vom Land. Ein blonder Zopf fiel ihr über die Schulter, die Augen waren vom Weinen gerötet. Den Durchsuchungsbeschluss legte sie auf den Tresen.

Dühnfort sah sich um. »War Dr. Sassen heute hier?«

»Sie meinen in der Praxis?«

»War er da?«

»Nein. Natürlich nicht. Niemand war da. Außer mir.« Ihre Haltung wurde abwehrend. Sie verschränkte die Arme vor der Brust.

»Als Sie heute Morgen gekommen sind, war da alles so wie immer? Oder ist jemand am Wochenende hier gewesen?«

Eine steile Falte erschien an ihrer Nasenwurzel. »Sie verdächtigen wirklich Dr. Sassen. Das ist echt abartig. Ich habe es eigentlich nicht geglaubt, als Dr. Prittwitz es gesagt hat.«

»Das ist meistens so. Niemand kann sich eine solche Tat vorstellen, bis sie dann passiert. War nun etwas anders als sonst?«

Mit der Hand fasste sie nach dem Ende des Zopfs und drehte es zusammen. »Mir ist nichts aufgefallen.«

»Gut. Dann sehen wir uns mal um.«

Sabine Reiter führte sie durch helle und funktional möblierte Räume. Lamellenjalousien, Laminatböden, Tische und Stühle aus Kunststoff. Im Wartezimmer gab es eine Ecke mit Spielzeug und eine Bank mit ein paar Kissen. Ein Nebenraum diente als Büro und Lager. Den nahmen sie sich zuerst vor und durchsuchten systematisch Schränke, Schubladen, Regale und Kartons. Es folgte das Sprechzimmer von Karsten Prittwitz, in dem sich Alois umsah, während Dühnfort das von Sassen übernahm.

Eine Patientenliege und eine Behandlungseinheit befanden sich auf der einen Seite. Auf der anderen Instrumentenschrank und Ultraschallgerät. Der Schreibtisch stand seitlich zum Fenster. Dühnfort sah in die Schubladen und fand nichts. Ein versilberter Bilderrahmen mit Familienfotos lehnte neben dem PC. Auf einem waren Tom und Nina Sassen mit den Kindern zu sehen. Sie war eine schöne Frau, slawischer Typ mit hohen Wangenknochen und dunklen Augen. Tom Sassen hatte seinen Arm um ihre Schulter gelegt. Sophie lehnte an ihrer Mutter und blickte ernst in die Kamera. Ein schüchternes Mädchen in einem rosa Sommerkleid, das lange Haar war zum Bauernzopf geflochten. Leon neben seinem Vater. Er trug Fußballklamotten und lachte. Der Schalk sprang ihm förmlich aus den Augen. Ein Lausbub voller Lebensfreude. Und nun war er tot.

Dühnfort stellte den Rahmen zurück und sah in den Schrank. Zwei weiße Hemden hingen auf Bügeln. Auf dem Fachboden darunter lag ein dünner Stapel weißer T-Shirts. Was seine Aufmerksamkeit erregte, waren drei leere Kleiderbügel.

Er wandte sich an Sabine Reiter, die ihn keine Sekunde aus den Augen ließ. »Gehören die Sachen Herrn Sassen?«

Sie nickte. »Er hat immer etwas zum Wechseln hier.«

»Fehlt etwas davon?«

Nach einem flüchtigen Blick in den Schrank zog sie die Schultern hoch. »Keine Ahnung. Er kümmert sich selbst darum.«

Die Papierkörbe waren leer. Im Mülleimer, der in der Teeküche stand, lag nur eine benutzte Filtertüte aus der Kaffeemaschine. Nirgendwo entdeckte er ein getragenes Hemd oder eine Hose, geschweige denn Handschuhe oder eine Waffe. Dühnfort fragte Sabine Reiter, ob sie die Papierkorbe geleert hatte.

»Das hat die Putzfrau am Freitag gemacht. Heute war ja nichts los in der Praxis. Deshalb ist nichts drin. Und jetzt habe ich Feierabend.«

»Gibt es einen Safe?«

Ein Kopfschütteln war die Antwort.

»Haben Sie hier jemals eine Waffe gesehen? Oder wissen Sie, ob Dr. Sassen eine besitzt?«

Ungläubig starrte sie ihn an. »Sie ticken echt nicht richtig.«

Alois kam mit leeren Händen aus dem Wartezimmer. »Nichts.«

Dühnfort knirschte mit den Zähnen. Sassen, dieser Mistkerl, hatte echt Nerven!

»Und nun?«, fragte Alois.

»Du siehst in die Müllcontainer ...«

»Aber herzlich gerne!«

»Und ich rede mit dem Hausmeister.«

Doch auch das brachte sie nicht weiter. Die Mülltonnen waren am Morgen geleert worden. Wenn etwas schieflief, dann gleich richtig. Es gab allerdings auch eine gute Nachricht: Es existierte eine Videoüberwachungsanlage. Doch die schlechte war die, dass sie bei dem Gewitter am vergangenen Mittwoch ausgefallen war und erst in den nächsten Tagen repariert wurde.

Was für ein Mist! Es war Montagabend, achtzehn Uhr. Beinahe vierzig Stunden waren seit den Morden vergangen, und sie hatten noch immer so gut wie nichts gegen Sassen in der Hand. Zum ersten Mal in diesem Fall beschlich Dühnfort die Angst, Sassen könnte doch ein zweiter Maas werden.

Alois' Smartphone begann eine Melodie zu spielen. Er sah aufs Display und nahm das Gespräch lächelnd an. »Hallo Evi!« Der erfreute Ausdruck verflüchtigte sich sofort wieder. »Nee, sorry. Heute Abend geht gar nicht ... Tut mir leid. Ich würde Simon gerne abholen. Wirklich. Kannst du ihn nicht mitnehmen? ... Okay ... Verstehe ich ... Das Mangostin ist kein Lokal für ein Kind. Geht doch zu McDonald's ... Nein. Echt jetzt. Ich muss noch ein Alibi überprüfen.« Alois beendete das Gespräch und steckte das Handy ein. »Was glaubt sie denn? Dass ich den Babysitter gebe, damit sie mit ihrem Kerl einen tollen Abend hat? Wirklich nicht. Ich nehme mir jetzt die Behrendsen vor. Wenn sie das Alibi zurückzieht, haben wir endlich was gegen Sassen in der Hand.«

»Die fällt nicht um. Erst wenn wir ihr die Lüge nachweisen. Aber einen Versuch ist es wert.«

Alois verabschiedete sich. Dühnfort setzte sich in seinen Wagen und rief Buchholz an. »Wie weit seid ihr mit der Kleidung von Sassen?«

»Dauert bis morgen. Habe ich dir gesagt. Aber gut, dass du anrufst. Ich habe was für dich. Das solltest du dir allerdings selbst ansehen.«

»In Ordnung, Frank, ich komme noch mal rein.«

Eine Viertelstunde später stieß Dühnfort die Schwingtür zum Reich der Kriminaltechniker auf und fand Buchholz in seinem Labor am Rasterelektronenmikroskop. »Guten Abend, Frank. Was muss ich nun mit eigenen Augen sehen?«

»Das hier wird dich interessieren, und es wird dir nicht gefallen.« Buchholz deutete auf zwei Monitore. Beide zeigten mikroskopisch vergrößerte Aufnahmen von Spuren, die Züge und Felder eines Waffenlaufs an einer Patronenhülse hinterlassen hatten. Sie waren so einmalig wie Finger- oder DNA-Spuren.

»Wir haben am Tatort drei verwertbare Patronenhülsen gefunden.« Buchholz wies auf den rechten Monitor. »Die hier oben an der Treppe.« Er klickte die nächste Aufnahme an. »Die im Kinderzimmer, vor dem Schrank, und die beim Pony im Stroh.« Dreimal dasselbe Muster. »Und nun guckst du hier.« Buchholz deutete auf den Monitor zu seiner Linken. Eindeutig das gleiche Schema.

»Woher stammt die vierte Hülse?«

Buchholz lehnte sich in seinem Schreibtischstuhl zurück und verschränkte die Hände über dem Bauch wie ein zufriedener Buddha. »Die haben wir im letzten Oktober im Forstenrieder Park aus einem Berg von Laub geklaubt. Keine fünf Meter entfernt lag die Leiche von Harry Jaschke, seines Zeichens Inhaber des Hot Miami, einer Table-Dance-Bar in der Dachauer Straße.«

23

Vor einer Viertelstunde war Tom mit dem Taxi von seinem Termin bei der Polizei zurückgekehrt. Schweigend saß er seither im Häuschen am Tisch und starrte auf seine Hände, als wären sie fremde Wesen. Karsten überlegte, ob es an den Medikamenten lag, dass jeder Versuch eines Gesprächs an ihm abprallte wie an einer unsichtbaren Mauer.

Gleichmütig hatte er sich am Vormittag im Häuschen einquartieren lassen, hatte geholfen, alles herzurichten und das Bett zu beziehen, und bekam doch nicht mit, wo er war und was er tat.

Er erschien Karsten wie ein Schiffbrüchiger, der auf hoher See trieb und sich mit letzter Kraft an eine Planke klammerte. Sie war alles, was ihn vor dem Untergang bewahrte. In diesem Fall war die Planke eine Schachtel mit kleinen weißen Pillen, die vor ihm auf dem Tisch lag.

Wo war er mit seinen Gedanken? Das fragte Karsten sich und wollte es sich doch nicht ausmalen. Von der Durchsuchung der Praxis hatte er Tom nichts gesagt. Obwohl er diese Aktion der Polizei lächerlich fand, würde sie am Ende dazu beitragen, dass Tom von diesem ungeheuerlichen Verdacht befreit wurde.

Karsten stand auf. Tom würde schon noch erzählen, was Kirsten Tessmann von ihm gewollt hatte. »Ich lasse dich jetzt allein. Wenn dir die Decke auf den Kopf fällt, komm rüber. Die Hintertür zur Küche ist offen. Du musst also nicht klingeln.«

Tom nickte. Karsten ging den kurzen Weg durch den Garten und betrat das Haus durch die Küchentür. Vor einer Stunde hatte Irene angerufen, dass sie heute etwas später kam. Karsten beschloss, etwas zu kochen. Für drei.

Während er noch überlegte, ob er einen Topf Spaghetti auf den Herd stellen oder einfach ein paar Steaks für den Grill vorbereiten sollte, rief Conny an.

»Hallo Karsten. Ich wollte Tom in der Klinik besuchen. Warum hast du mir nicht gesagt, dass er schon entlassen wurde und bei dir ist? Dann hätte ich mir den Weg gespart. Außerdem bin ich davon ausgegangen, dass er bei mir wohnen wird, weil euer Häuschen renoviert wird.« Sie klang ein wenig eingeschnappt.

So ganz freiwillig war Connys Angebot also nicht gewesen. Irene hatte sie mit dem Hinweis auf die Handwerker dazu gebracht. »Es tut mir leid, Conny. Das mit der Renovierung hat sich vorerst zerschlagen. Ich wollte dich anrufen und habe es vergessen. Vergibst du mir?«

»Na gut. Dieses eine Mal noch.« Er hörte den Scherz in ihrer Stimme. »Ich habe ein paar Sachen für Tom besorgt. Wäsche, Kleidung, Schuhe, was er so brauchen wird. Er hat ja nichts. Wenn es euch passt, komme ich jetzt damit vorbei.«

»Das mit den Schuhen ist eine gute Idee. Meine sind ihm zu groß. Ich wollte gerade den Grill anwerfen. Isst du mit uns?«

»Gerne. Ich bringe eine Flasche Wein mit.«

Damit war es entschieden. Es gab Steaks. Er machte sich an die Arbeit, und mit einem Mal fühlte sich alles falsch an. Fürchterlich falsch. Grillen. Wein trinken. Es erschien ihm, als planten sie, auf den Gräbern der Toten zu tanzen.

Doch das Leben ging weiter. So schrecklich dieser Gedanke auch war. Alles, was er für Tom tun konnte, war, ihm dabei zu helfen, in ein einigermaßen normales Leben zurückzufinden. Und dazu gehörte auch, dass er etwas aß.

Zwanzig Minuten später klingelte es. Karsten ging nach vorne, um Conny einzulassen, doch ein Mann stand vor der Tür.

Mitte vierzig, dunkle Haare, graugrüne Augen. Ein markantes Kinn, das dem Gesicht etwas Energisches gab. Er trug eine sandfarbene Chino, ein schwarzes Poloshirt und sah nicht wie ein Kripobeamter aus. Doch die Marke, die er vorzeigte, wies ihn als solchen aus. »Dühnfort, Kripo München. Herr Prittwitz?«

»Sie wollen sicher mit Tom sprechen. Ich bringe Sie zu ihm.«

»Eigentlich würde ich mich zuerst gerne mit Ihnen unterhalten.«

Karsten fragte sich, worüber, und führte den Mann ins Wohnzimmer, wo er ihm Platz anbot.

Dühnfort setzte sich. »Können wir Herrn Sassen in der nächsten Zeit bei Ihnen erreichen? Oder hat er andere Pläne?«

»Wohin soll er denn? Ins Hotel? Natürlich wird er hier wohnen.«

»Sie sind gute Freunde?«

»Schon seit der Grundschule. Tom ist mein bester Kumpel. Ich kenne ihn. Er war das nicht.«

Dühnfort sah von seinem Notizheft auf. »Wir ermitteln in alle Richtungen und gehen jedem Hinweis nach, sogar solchen, die wir für obskur halten. Wussten Sie, dass Nina Sassen sich scheiden lassen wollte?«

»Sie hat Tom vor die Tür gesetzt. Das ist schon häufiger vorgekommen. Sicher hätte sie ihm verziehen und ihn wieder aufgenommen.«

»Diesmal nicht. Sie wollte die Scheidung.«

Diese Information überraschte Karsten. Tom hatte das mit keinem Wort erwähnt. Aber eigentlich erstaunte Ninas

Entschluss ihn nicht wirklich. Als er beim letzten Krach zwischen den beiden vermittelt hatte, hatte sie das bereits vorgehabt. Es war keine leere Drohung gewesen, kein neues Ritual im Spiel. Sie hatte es schon damals ernstgemeint, und er hatte Stunden gebraucht, um sie zu überzeugen, Tom eine letzte Chance zu gewähren. Und was machte er? Er vergab sie! »Die Scheidung also.« Warum hatte Tom davon nichts gesagt?

»Sie hatte bereits einen Termin bei ihrer Anwältin.«

Karsten verstand nicht, worauf Dühnfort hinauswollte. »Ja und? Trennungen passieren leider.«

»Haben Sie mal erlebt, dass Tom Sassen seine Frau schlug?«

»Was? Natürlich nicht. Wer das behauptet, lügt.«

»Die Ehe der beiden war also intakt.«

»Intakt? Mein Gott, was heißt schon intakt?« Der Kommissar begann ihm auf die Nerven zu gehen. »Tom hat immer wieder mal Affären. Nina bekam das nur selten mit. Vielleicht wollte sie es auch nicht sehen. Ich weiß es nicht. Es war eine Angelegenheit, die nur die beiden betraf. Wer sieht schon hinein in eine Beziehung? Die beiden haben einen Weg gefunden, damit umzugehen. Also ja: Ich denke, die Ehe hat auf ihre Art gut funktioniert.«

»Besitzt Ihr Freund eine Waffe?«

Diese Frage traf Karsten nicht ganz unvorbereitet. Er hatte sie befürchtet und sich zu einer ausweichenden Antwort entschlossen. »Nicht dass ich wüsste.« Mit Sicherheit sagen konnte er es nämlich nicht. »Früher hatte Tom ein Gewehr. Als Leon geboren wurde, wollte Nina, dass er es verkauft.«

Widerwillig war Tom ihrem Wunsch gefolgt. Einer der seltenen Fälle, in denen sie sich durchgesetzt hatte. Sie wollte keine Waffen im Haus. Nicht mit einem kleinen Kind.

Karsten war sich allerdings nicht sicher, ob Tom auch die Beretta verkauft hatte. Denn so einfach konnte er sie nicht loswerden, da er sie illegal während eines Urlaubs in Italien erworben hatte. Seither vermutete Karsten, dass Tom sie irgendwo versteckte.

Dühnfort gab sich mit der Antwort zufrieden und kam zur nächsten Frage. »Kennen Sie Harry Jaschke?«

Einen Moment überlegte Karsten und schüttelte dann den Kopf. »Nein. Der Name sagt mir nichts.«

»Er betreibt eine Table-Dance-Bar in München. Das Hot Miami.« Dühnfort reichte ihm ein Foto.

Karsten betrachtete es. Es zeigte einen Mann um die fünfzig mit einem markanten Gesicht, an das er sich erinnern würde. »Ich kenne ihn nicht. Kein Patient jedenfalls, und in seinem Milieu bewege ich mich nicht.«

»Und Tom?«

»Auch nicht. Das ist nicht sein Niveau.«

»Sagen Sie das nicht. Das Hot Miami ist ein exklusiver Club. Und sie beide machen vermutlich auch nicht alles gemeinsam.«

Natürlich nicht. Und Karsten war sich nicht sicher, ob Tom es erzählen würde, falls er in solche Bars ging.

Dühnfort steckte das Bild wieder ein. »Nina Sassen wurde vor etwa vier Wochen mit einem unbekannten Mann gesehen. Langhaarig, Tätowierungen, Lederkleidung. Fällt Ihnen dazu etwas ein?«

Beim besten Willen fiel Karsten niemand ein, auf den diese Beschreibung passte. »Nein. Und ich kann mir auch nicht vorstellen, dass Nina eine Affäre hatte, falls Sie drauf hinauswollen. Sind Sie bald fertig?«

»Eine Frage habe ich noch. Können Sie sich vorstellen, dass Nina Sassen Verbindungen ins Rotlicht- oder Drogenmilieu hatte?«

»Nina? Das ist absurd. Sie haben sie nicht gekannt. Sie war eine ganz normale Frau. Ich fand sie sogar ein wenig bieder. Und sie war Mutter.«

Zufrieden schlug Dühnfort sein Notizbuch zu, und für einen Augenblick hatte Karsten den Eindruck, dass er genau diese Antwort hatte hören wollen.

Ein Gedanke ging Karsten seit gestern immer wieder durch den Kopf. »Haben Sie mal darüber nachgedacht, dass auch Tom Opfer dieses Überfalls werden sollte und nur durch Zufall überlebt hat? Denn niemand konnte wissen, dass er Samstagnacht nicht zu Hause sein würde.«

24

Dühnfort legte das Notizbuch auf den Couchtisch. Natürlich war das eine Möglichkeit, die er in Betracht gezogen hatte. Doch bis vor einer Stunde hatte nichts in diese Richtung gewiesen. Und nun war vor zehn Monaten mit derselben Waffe Harry Jaschke erschossen worden, und er wusste nicht, was er davon halten sollte.

Drogen und Prostitution waren Jaschkes Geschäft. Nach außen war das Hot Miami zwar eine Table-Dance-Bar, doch in Wahrheit war es ein Puff, und Jaschke war kein Unbekannter bei der Polizei.

Moritz Russo und seine Leute hatten den Fall noch immer ungeklärt auf dem Tisch. Vor einer halben Stunde hatte Heigl die Soko Caramia einberufen und für morgen früh das erste Meeting anberaumt. Weshalb er sie ausgerechnet nach dem Pony benannte, wussten die Götter.

»Bisher gibt es keinen Hinweis, dass auch Tom Sassen sterben sollte. Keine Feinde. Keine offenen Rechnungen. Kein Streit. Bis auf den mit seiner Frau. Oder wissen Sie etwas?«

Karsten Prittwitz war ein Allerweltstyp, einer, den man nicht wahrnahm, wenn man ihm in der U-Bahn gegenüberstand. Ein Typ, den Zeugen nie beschreiben konnten, weil er so unauffällig und durchschnittlich war. Es überraschte Dühnfort nicht, dass er und Sassen bereits seit Schulzeiten Freunde waren. Tom, der strahlende Kerl, in dessen Glanz Karsten sichtbar wurde. Und umgekehrt betonte Karstens Durchschnittlichkeit Toms Einmaligkeit. Zwei grandiose Jungs nebeneinander nivellierten sich gegenseitig. Doch der tolle Hecht und sein Bewunderer waren eine Symbiose, die man häufig fand.

Prittwitz schüttelte den Kopf. »Tom und Nina waren beliebt. Das kann nur ein Verrückter getan haben. Ein Psychopath, der ihnen ihr Glück und ihren Erfolg neidete oder seine perversen Mordgelüste ausleben wollte.«

Im Augenwinkel nahm Dühnfort eine Bewegung wahr. Die angelehnte Wohnzimmertür öffnete sich. Tom Sassen trat ein. Das Pflaster hatte er von der Stirn entfernt und präsentierte die verschorften Schrammen wie ein Märtyrer seine Wunden. Er sah bleich aus und war unrasiert, die Haare strähnig. Ein Bild des Elends. Der Mann ließ sich gehen, und Dühnfort fragte sich, ob er das absichtlich tat, um seiner Rolle als trauernder Witwer, verwaister Vater und unschuldig Verfolgter gerecht zu werden. Sassen war ein eitler Mann. Und nun das.

Dühnfort mochte ihn nicht. Er fand ihn zutiefst unsympathisch. »Guten Abend, Herr Sassen.«

Sassen ließ sich neben Prittwitz aufs Sofa fallen. »Sie verdächtigen noch immer mich und vergeuden wertvolle Zeit. Oder hat Conny etwa nicht bestätigt, dass ich bei ihr war?«

Er hatte das Gespräch also vom Flur aus verfolgt. Er hatte sie belauscht. »Doch, doch. Keine Sorge. Das hat sie.« Dühnfort beugte sich vor. »Aber Ihr Alibi ist getürkt. Ich weiß das. Und ich werde es beweisen.«

So schnell ließ der Mann sich nicht aus der Ruhe bringen. Breitbeinig saß er da, lehnte den Oberkörper zurück und legte die Arme locker auf die Oberschenkel. »Wenn Sie meinen.«

»Worum ging es bei dem Streit mit Ihrer Frau eigentlich genau?«

»Das sagte ich bereits. Ich kann nicht treu sein. Das hat sie mir vorgehalten.«

»Gab es einen konkreten Anlass?«

Sassen drehte die Handflächen nach oben. »Jemand hat ihr eine Mail geschickt. Anonym natürlich. Sagt sie. Mit Fotos, die meine Untreue angeblich beweisen. Nur waren die nicht aktuell.«

»Ihre Frau hat also am Samstag einen Hinweis bekommen, dass Sie wieder eine Affäre haben. Mit wem?«

Die Sehnen an Sassens Hals spannten sich, der Oberkörper schnellte vor. Er wurde laut. »Sie hören nicht zu! Und so jemand arbeitet bei der Kripo! Die Fotos waren olle Kamellen. Anderthalb Jahre alt.«

»Mir ist egal, wie alt sie waren. Ich will wissen, ob die Mail am Samstag kam und wer auf den Fotos zu sehen ist.«

»Wann sie kam, weiß ich nicht. Es waren Aufnahmen von Conny und mir. Deswegen bin ich auch nach dem Streit zu ihr gefahren. Die Fotos können nämlich nur von ihr oder mir gekommen sein. Entweder hat Nina sie auf meinem Smartphone oder PC entdeckt und sie sich selbst geschickt, um nicht zugeben zu müssen, dass sie in meinen Sachen schnüffelt, oder es war jemand, der an die Bilder von Conny gelangt ist.«

»Weshalb schließen Sie Conny aus?«

»Weil Conny keinen Grund hat, Nina mit der Nase auf unsere längst vergangene Affäre zu stoßen. Das ist Schnee von gestern. Wir hatten unseren Spaß und sind zu unserer Freundschaft zurückgekehrt. Das war es. Nur hat Nina das nicht geglaubt.«

»Wer hat Ihrer Meinung nach die Mail geschickt?«

»Das hat sie selbst getan. Checken Sie Ninas Mailaccount, wenn Sie wissen wollen, wie sie dieses Drama inszenieren konnte. Sie haben doch sicher Fachleute dafür.«

Dühnfort entging Sassens veränderter Tonfall nicht. Plötzlich blitzte Verachtung für seine Frau auf. »Unsere

IT-Spezialisten werden sich darum kümmern. Heute Morgen habe ich mir die Unfallstelle angesehen. Die Leitplanke, die Sie erwischt haben, ist die Mittelleitplanke.«

»Ja und?«

»Keine fünf Meter dahinter befindet sich ein Betonpfeiler. Mit etwa hundertdreißig haben Sie den angesteuert, doch dann haben Sie es sich anders überlegt und eine Vollbremsung hingelegt.«

»Natürlich bin ich in die Eisen gestiegen. Ich hatte die Kontrolle über den Wagen verloren. Mehr gibt es dazu nicht zu sagen. Vernehmen Sie mich eigentlich gerade als Verdächtigen?«

Sassens arrogante Haltung nervte Dühnfort zusehends. »Ich befrage Sie als Zeugen. Sie sind verpflichtet, die Wahrheit zu sagen. Sie wollten also in der Nacht zum Sonntag zu Conny Behrendsen?«

»Das habe ich jetzt bereits zweimal gesagt. Vielleicht schreiben Sie es sich diesmal auf.«

Dühnfort atmete durch. Dieser blasierte Kotzbrocken! »Und weshalb sind Sie dann über die Autobahn nach München gefahren und nicht über die B 11 nach Pullach?«

»Macht der Gewohnheit. Ich war wütend und habe automatisch die Strecke genommen, die ich jeden Tag fahre, die zur Praxis. Das habe ich erst gemerkt, als ich in der Stadt war. Ich wollte Conny nicht mitten in der Nacht unangekündigt überfallen und sie erst fragen, ob es ihr passt, wenn ich vorbeikomme. Doch das Handy hatte ich vergessen. Also habe ich nach einer Telefonzelle gesucht.«

Es klang plausibel. Doch Dühnfort war davon überzeugt, dass Conny ihn nicht bei sich aufgenommen hatte. Vielleicht weil Nina es falsch verstanden hätte, falls sie davon erfuhr. Wasser auf ihre Mühlen.

»Haben Sie den Unfall der Polizei gemeldet?«

»Warum denn? Es ist ja nichts passiert.«

»Das ist Unfallflucht. Spätestens seit Felix Neureuther deswegen ein Verfahren am Hals hatte, ist das auch der breiten Öffentlichkeit bekannt. Warum haben Sie das nicht angezeigt?«

»Sonst haben Sie keine Probleme? Ich glaube es ja nicht.«

»Sie sagen, Sie haben mit dem Verbrechen an Ihrer Familie nichts zu tun. Haben Sie einen Verdacht, wer das getan hat?«

»Hören Sie mir überhaupt zu? Das habe ich Ihnen gestern schon gesagt. Und Ihre Kollegin hat mich deswegen heute zur Phantombildstelle beordert, damit ich den Kerl beschreibe. Die Frau hat mehr auf dem Kasten als Sie! Ich habe Nina mit diesem Kerl gesehen. Tätowiert, lange Haare bis über die Schultern. Ein widerlicher Typ.«

Prittwitz war kein guter Schauspieler. Die Verblüffung stand ihm ins Gesicht geschrieben. *Nina und ein anderer Mann?* Ihm hatte Sassen ja nichts von dem Langhaarigen erzählt. Weil es ihn nicht gab. Der ominöse Unbekannte war eine Erfindung. Dühnfort hatte es ja gleich gewusst.

»Haben Sie Ihre Frau auf diesen Mann angesprochen?«

»Natürlich. Sie hat alles abgestritten und behauptet, er wäre ein Kunde. Trotzdem weiß ich, dass Nina einen anderen hatte. Sie hätte mich nie verlassen. Er muss sie so weit gebracht haben, dass sie die Scheidung wollte.«

»Und weshalb sollte er sie und die Kinder erschießen?«

»Weiß ich doch nicht. Das ist Ihre Aufgabe. Suchen Sie dieses Schwein, und Sie werden die Antwort finden.«

»Vielleicht im Hot Miami?«

Sassen, der bisher jede Frage sofort pariert hatte, schwieg verblüfft für einen Moment. »Wieso denn in diesem Club?«

»Sie kennen das Hot Miami also.«

»Ich war nie drin, falls Sie das meinen.«

»Ihre Frau vielleicht?«

»Nina? In einer Table-Dance-Bar? Vielleicht noch an der Stange? Sie haben eine kranke Phantasie! Jetzt reicht es.«

Im Moment hatte Dühnfort keine weiteren Fragen und verabschiedete sich. Er hatte sich gerade in seinen Wagen gesetzt, als ein metallicblauer Alfa hinter ihm einparkte. Conny Behrendsen stieg aus und nahm einen kleinen Rollkoffer vom Rücksitz. Keine klassische Schönheit wie Nina Sassen, aber eine sehr attraktive Frau. Dühnfort konnte sich mühelos eine Affäre zwischen Sassen und ihr vorstellen.

Warum hatte seine Frau das mitgemacht? Anfangs vielleicht, weil sie von ihm abhängig gewesen war und eine Trennung mit zwei kleinen Kindern den finanziellen Untergang bedeutet hätte. Wenn man in Deutschland in Armut abrutschen wollte, war das sicherste Mittel dafür, Kinder in die Welt zu setzen und sie allein großzuziehen. Auch wenn es bei Nina Sassen nicht so drastisch gekommen wäre, es wäre ein rasanter Abstieg geworden. Raus aus dem luxuriösen Leben, hinein in ein einfaches, vielleicht sogar ärmliches. Und sicher hatte sie ihren Mann geliebt und gehofft, dass er sich ändern würde. Also hatte sie durchgehalten. Elf Jahre lang.

Warum war sie nicht gegangen, als das Erbe ihrer Eltern ihr die Freiheit dazu gab? Menschen änderte man nicht. Das musste sie doch erkannt haben. Die Liebe war also stärker gewesen als das Leiden, sie waren eine Symbiose eingegangen und ließen Nina die Seitensprünge ertragen, wie demütigend auch immer sie waren.

Zwei Menschen, die nicht voneinander lassen konnten, die in einem Spiel gefangen waren, das permanent zwischen Nähe und Distanz, Macht und Ohnmacht pendelte. Ein großes Drama, große Gefühle. Eine ständige Inszenierung.

Und plötzlich streifte Dühnfort der Gedanke, dass es Nina Sassen möglicherweise gefallen hatte, dass andere Frauen ihren Mann begehrten, dass er jede haben konnte. Doch mehr als seinen Körper bekamen sie nicht.

Die Räder des Rollkoffers ratterten über das Kopfsteinpflaster. Conny Behrendsen passierte den Wagen und steuerte auf Prittwitz' Haus zu. Dühnfort stieg aus. »Frau Behrendsen, darf ich Sie kurz stören?«

Sie blieb stehen und drehte sich nach ihm um. »Ach. Sie sind das. Eigentlich nicht. Aber mit einem *Nein* werden Sie sich nicht zufriedengeben.«

»Es dauert nur eine Minute.«

»Geht es noch immer um Toms Alibi?«

»Ich habe eine Frage zu den Fotos, die Nina am Samstag erhalten hat. Herr Sassen sagt, die Bilder wären vor über einem Jahr entstanden.«

Ihre ablehnende Haltung wich, er sah ihr die Erleichterung förmlich an und fühlte sich bestätigt.

»Ja, das stimmt. Es waren Selfies, die Tom und ich im Frühling vor einem Jahr mit unseren Handys gemacht haben.«

»Ihre Beziehung ist also längst beendet.«

»Eine Beziehung war das nie. Wir sind seit Studienzeiten befreundet. Ich glaube, es ist ganz normal, dass man irgendwann mal ausprobiert, ob es im Bett klappt.«

»Erst nach so vielen Jahren?«

»Wir hatten uns zwischenzeitlich aus den Augen verloren. Nach dem Studium habe ich einige Zeit in Dresden gearbeitet und bin erst vor zwei Jahren nach München zurückgekommen, als mir eine Stelle im Klinikum Rechts der Isar angeboten wurde. Der Kontakt wurde wieder intensiver, und irgendwann sind wir im Bett gelandet. Und das war es schon. Ich verstehe nicht, weshalb Nina sich so darüber aufgeregt hat. Es war Schnee von gestern. So, war es das? Ihre Minute ist um.« Sie griff nach dem Henkel des Rollkoffers.

25

»Sassen hat eine Zeugin, bei der er zur Tatzeit war, und die Spurenlage spricht eher für als gegen ihn. Warum bist du dir so sicher?« Gina tunkte ein Glücksröllchen in den Dip und schob es in den Mund.

»Sein Alibi ist nicht den Dreck unterm Fingernagel wert. Wollen wir wetten?«

»Klar. Worum?«, fragte sie kauend.

So wörtlich hatte er das nicht gemeint. »Weiß nicht.«

Sie saßen in einer ruhigen Nische des vietnamesischen Lokals und hatten freien Blick auf eine rote Wand voller goldener Schriftzeichen. Die meisten Tische waren besetzt. Im Hintergrund lief dezente Musik. Der Duft nach Anis und Ingwer, nach Limetten und geröstetem Sesam erfüllte den Raum.

»Hm. Ich hab's. Wenn ich verliere, sein Alibi also falsch ist, dann gehe ich mit dir in die Neo-Rauch-Ausstellung. Und wenn du verlierst, kommst du mit zum Schwangerschaftsyoga.«

Er verschluckte sich beinahe. »Das willst du machen?«

Gina lachte. »Du hättest grad dein Gesicht sehen sollen.«

»Ich werde dich ab sofort nicht mehr ernst nehmen. Willst du das?« Lächelnd griff er nach ihrer Hand.

»Ganz ehrlich, Tino, ich glaube, du hast Scheuklappen auf. Der alte Fall in Hamburg, stimmt's? Wie hieß er doch gleich?«

Dass sie sich daran erinnerte. Es war Jahre her, seit er ihr davon erzählt hatte. »Jürgen Maas.«

»Du hast Angst, dass es genauso läuft wie damals mit Maas. Richtig?«

Er zuckte mit den Schultern. »Wir werden nichts übersehen. Wir gehen allem nach. Sogar Sassens Phantom des Tätowierten.«

»Du vertraust also deinem Bauchgefühl?«

»Es ist mehr als ein Bauchgefühl. Unsere Arbeitshypothese ist schlüssig, auch wenn die Spurenlage einfach nur Mist ist und es keine Zeugen gibt. Habe ich dir mal von Siegfried Urban erzählt, dem Kollegen aus Rosenheim?«

Gina dippte die nächste Glücksrolle in die Soße. »Was ist mit ihm?«

»Er hatte nichts außer einem Bauchgefühl, als sich vor vier Jahren Kollegen aus Thailand an die Rosenheimer Polizei gewandt haben. Eine junge Thailänderin, die mit ihrem deutschen Mann in einem Dorf in der Nähe lebte, war von ihren Eltern als vermisst gemeldet worden. Urban bekam den Fall auf den Tisch. Er suchte also den Ehemann auf. Wolfgang Nickl. Mitte fünfzig. Seine Frau hat er während eines Urlaubs kennengelernt. Sie hieß Lamai, war zwanzig Jahre jünger und glaubte wohl, das große Los gezogen zu haben, als sie heirateten und Nickl sie mit nach Deutschland nahm. Lamai telefonierte regelmäßig mit ihrer Familie in Thailand. Doch plötzlich brach der Kontakt ab. Funkstille. Ihre Eltern riefen besorgt bei Wolfgang Nickl an und erfuhren, dass Lamai ihn verlassen hatte. Sie wäre nach einem Streit auf und davon und hätte ihn auch noch bestohlen. Nickl vermutete, dass ein anderer Mann dahintersteckte. Doch die Eltern konnten das nicht glauben. Lamai war ehrlich und zuverlässig. Und selbst wenn sie mit einem anderen Mann durchgebrannt wäre, hätte sie sich bei ihnen gemeldet.

Urban unterhält sich also mit Nickl, der ihm dieselbe

Geschichte auftischt wie Lamais Eltern. Irgendwas macht Urban stutzig. Er kann nicht sagen was, doch er weiß: Der Mann lügt. Lamais Handy wurde seit dem Tag, an dem sie verschwand, nicht benutzt. Vielleicht hat sie ein neues, vielleicht ist sie aber auch tot. Urban glaubt, dass Nickl seine Frau ermordet hat. Er gilt als aufbrausend und jähzornig. Doch Urban hat absolut nichts in der Hand. Er hat nur dieses Bauchgefühl. Was macht er also? Er entschließt sich, Nickl aus der Reserve zu locken.

Er schickt Streifenpolizisten durch das Dorf, in dem Nickl lebt. Sie reden mit den Nachbarn. So, dass Nickel es mitbekommt. Er lässt einen Hubschrauber über dem Haus und dem Dorf kreisen und eine Hundertschaft mit Hunden den angrenzenden Wald durchsuchen. Er zeigt Nickl, was er denkt: Du hast Lamai getötet und ihre Leiche irgendwo hier verscharrt, und ich werde das beweisen. Dann holt er Nickl zu einem Verhör ab. Vorher hat er einen Durchsuchungsbeschluss für Haus und Garten beantragt. Den hat er nicht bekommen, da er seinen Verdacht nicht begründen konnte, außer mit seinem Bauchgefühl. Urban redet also mit seinem Chef, und der spielt mit. Die beiden timen die Aktion so, dass ihnen eine Fahrzeugkolonne entgegenkommt, während Urban mit Nickl zum Präsidium fährt. Etliche Streifenwagen, Spurensicherer, ein Tieflader mit Bagger. Die ganz große Show. Nickl fragt nicht, was das soll, er denkt sich seinen Teil und wird ganz bleich. Seine Hände fangen zu zittern an, und noch im Wagen gesteht er. Ja, ich habe sie umgebracht und im Garten begraben. Und genau so war es. Die Leiche lag unter einem Fliederstrauch. Nickl hatte Lamai im Streit erschlagen, und Urban hat es bewiesen. Man sollte Bauchgefühle also nicht unterbewerten.«

Zufrieden griff Dühnfort zu den Stäbchen und machte sich über das Hähnchen in Kokosreis her.

»Hm. Schöne Geschichte. Warum versuchst du das nicht bei Sassen?«

»Weil Sassen aus einem anderen Holz geschnitzt ist. Den lockt man nicht aus der Reserve.«

Er wollte an diesem Abend nicht an Sassen denken und wechselte das Thema. »Wie ist dein neuer Kollege?«

Ein Schatten verdunkelte Ginas ohnehin dunkle Augen. »Den hatte ich erfolgreich ausgeblendet. Er ist ein Selftracker.«

»Ein was?«

»Das sind Leute, die sich mit Apps und allerlei Gadgets selbst überwachen. Jeder Schritt wird registriert und ausgewertet, jeder Herzschlag und jede verbrannte Kalorie. Der Blutdruck und der Blutzucker werden gemessen und vermutlich auch der Serotoninspiegel. Rund um die Uhr kannst du nachgucken wie glücklich du grad bist oder wie herzinfarktgefährdet, und ob dein Schlaf auch tief genug war. Das ist was für Kontrollfreaks.«

»Und so einer ist dein neuer Kollege?«

»Holger Morell. Es ist die wahre Freude. Obendrein ist er auch noch in missionarischem Auftrag unterwegs und versucht, mich und die Kollegen zu bekehren. Als Erstes hat er mir erklärt, dass mein Körperfettanteil zu hoch sei. Den sollte ich dringend mal messen, und dazu hat er mir gleich eine Diätapp empfohlen.«

»Nicht sehr diplomatisch.« Der Kerl schien die sprichwörtliche Axt im Wald zu sein und war dabei, es sich gleich von Anfang an mit Gina zu verderben. »Ich liebe jedes deiner angeblich überflüssigen fünf Kilo. Wehe, du nimmst ab.«

»Jetzt nehme ich erst mal zu«, erklärte Gina und schob das letzte Glücksröllchen in den Mund.

Der Kellner räumte die Vorspeisenteller ab und servierte

das Hauptgericht. Ihr Gespräch drehte sich bald um die Schwangerschaft, und Gina empörte sich schließlich – wie von Mira Koch prophezeit – über das Wort Risikoschwangerschaft, das im Mutterpass stand. »Ich bin gesund, ernähre mich seit eh und je vernünftig und treibe regelmäßig Sport. Ich habe nie geraucht und trinke herzlich wenig. Vermutlich bin ich fitter als manche übergewichtige, junkfoodfutternde und qualmende Fünfundzwanzigjährige. Und dieses Screening ist anscheinend nur das erste von mehreren. Ich glaube nicht, dass ich das mitmachen werde.«

»Die Kontrolluntersuchungen sind aber wichtig.«

»Dagegen habe ich ja auch nichts. Aber die Pränatale Diagnostik gefällt mir nicht. Ich hab gelesen, dass Fruchtwasseruntersuchungen Fehlgeburten auslösen können. Das will ich nicht riskieren. Ich mache mich also erst mal schlau.«

Dühnfort zog das Ultraschallbild aus der Brieftasche. Dieser kleine weiße Klecks. Irgendwie sah er nach einem Jungen aus. »Willst du beim Arbeitstitel Jonas bleiben?«

»Warum nicht? Das ist doch ein schöner Name. Jonas Dühnfort.«

»In unserer Familie gibt es eine Tradition. Hast du das noch nicht bemerkt?«, fragte er neckend.

Sie neigte den Kopf zur Seite. »Nein. Was ist mir entgangen?«

»Alexander. Julius. Konstantin«, zählte er auf. »Mein Vater, mein Bruder und ich.«

»Ja? Und?«

»Mein Großvater hieß Claudius und dessen Bruder Titus. Fällt dir nichts auf?«

Gina stützte das Kinn in die Hand. In ihren Augen erschien dieser schelmische Funke, den er so mochte. »Du willst den Kleinen doch nicht etwa Caligula nennen? Oder gefällt dir am Ende Nero besser?«

Es kostete ihn alle Selbstbeherrschung, keine Miene zu verziehen. »Ich dachte an Hadrian«, erwiderte er todernst.

Schlagartig verschwand das Schelmische aus ihrem Blick und machte Bestürzung Platz. »Das ist nicht dein Ernst!«

»Natürlich nicht«, entgegnete er lachend. »Jetzt bist mal du mir auf den Leim gegangen. Marcus wäre doch schön. Nach Marcus Aurelius. Er war nicht nur Kaiser, er war auch Philosoph und Literat, und er hat sich für die Rechte der Schwachen eingesetzt. Ein passender Name für ein Polizistenkind.«

Nachdenklich zog Gina die Stirn in Falten. »Jetzt verstehe ich, warum deine Nichte Elisabeth heißt. Bei den Mädchen steht der europäische Hochadel Pate. Ihr seid ganz schöne Snobs, weißt du das? Kate und Diana scheiden jedenfalls aus. Da mache ich nicht mit. Und ich habe noch eine Bitte an dich.« Mit einem Mal wurde sie wieder ernst. »Ich will den Fall Weigelt zu Ende bringen, und das kann ich nicht, wenn meine Schwangerschaft bekannt wird. Dann ist Schluss mit Außendienst. Kannst du solange deine Freude für dich behalten und nur mit mir teilen?«

Er hatte es geahnt und lächelte. »Aber sicher.«

26

Karsten schreckte aus dem Schlaf hoch. Von einer Sekunde auf die andere war er hellwach und lauschte in die Dunkelheit. Neben ihm atmete Irene tief und gleichmäßig. Die Geräusche der Nacht drangen durch das offene Fenster, vor dem sich die Gardine träge im Luftzug bewegte. Weit entfernt hörte er ein Motorrad. Kurz darauf schlug die Kirchturmuhr. Vielleicht hätte er das zweite Glas Wein nicht trinken sollen. Meistens schlief er dann schlecht.

Er konnte nicht sagen, dass es ein schöner Abend gewesen war. Wie auch? Zu dritt waren sie auf der Terrasse gesessen, bei Steaks mit Baked Potatoes und Wein, und hatten versucht, Normalität zu inszenieren.

Conny hatte Tom einen Koffer mit dem Nötigsten für die erste Zeit gebracht, und Karsten begann sich Sorgen um sie zu machen. Sie mutete sich schon wieder zu viel zu.

Ihre Position als Klinikärztin hatte ihr alles abverlangt und sie an den Rand eines Burn-outs getrieben. Gerade noch rechtzeitig hatte sie die Notbremse gezogen und vor zwei Monaten gekündigt. Bevor sie sich nach etwas Neuem umsah, wollte sie ein halbes Jahr pausieren, die Seele baumeln lassen und die Batterien aufladen. Sie brauchte Ruhe und Zeit für sich. Und was tat sie? Sie musste den halben Tag in der Stadt unterwegs gewesen sein, um die Sachen für Tom zu besorgen. Auch ihr Beinahe-Burn-out war ein Grund, weshalb Tom besser hier wohnte als bei ihr.

Irene drehte sich im Schlaf auf die Seite, und er bedauerte, dass sie den Abend nicht mit ihm, Tom und Conny verbracht hatte. Kurz vor acht, als die Kartoffeln fertig gewesen waren und der Gasgrill aufgeheizt, hatte sie angerufen, dass sie nun doch nicht zum Essen da sein würde. Annelie, die Designerin aus der Bürogemeinschaft, hatte nach Monaten der Akquise einen Auftrag an Land gezogen. Das wollten sie nun beim Italiener feiern. Es war schon nach elf gewesen, als sie endlich gekommen war, Tom begrüßte und ihm sagte, wie leid ihr all das tat. Er sei hier willkommen, und sie hoffte, dass er sich im Häuschen so wohl fühlte, wie es unter diesen Umständen möglich war. Lauter freundliche und einfühlsame Worte, und doch gleichzeitig so kühl und abweisend, dass Karsten sich darüber geärgert hatte.

Was hatte ihn geweckt? Es musste ein Geräusch gewesen sein, denn er war richtiggehend aufgeschreckt. Leise stand er auf und trat ans Fenster. Im Garten war alles ruhig. Nur bei Tom brannte Licht.

Vom stummen Diener nahm er die Strickjacke, schlüpfte in die Espadrilles und verließ das Haus durch die Küche.

Das Gästehaus bestand aus einem einzigen Raum ohne Vorplatz. Als er eintrat, stand er daher gleich im Zimmer. Alle Lichter brannten. Auf dem Sofa vor dem Fenster saß Tom und weinte. In der einen Hand hielt er ein Glas, mit der anderen wischte er sich über die Augen. Auf dem Couchtisch entdeckte Karsten eine Wodkaflasche. Conny musste sie mitgebracht haben. Oder Tom hatte sie bei der Tankstelle gekauft, die nachts geöffnet hatte. Vermutlich Letzteres, denn er hatte sich wieder angezogen. Der Schlafanzug lag auf dem Boden. Das Poloshirt klebte schweißnass auf seiner Haut. Schweiß stand ihm auch auf der Stirn, und sogar die Haare waren feucht davon. In einem Zug kippte er das Glas hinunter. »Was willst du?«

»Das könnte ich dich fragen. Wodka und Diazepam! Willst du dich umbringen?« Karsten nahm ihm das Glas aus der Hand, die Flasche vom Tisch und kippte den Inhalt von beidem ins Spülbecken.

»Warum nicht? Es wäre das Beste.«

»Jetzt suhl dich nicht im Selbstmitleid. Nina würde das nicht wollen.« Karsten setzte sich zu Tom und legte den Arm um ihn. Weshalb schwitzte er derart?

Mit beiden Händen fuhr Tom sich übers Gesicht und die verschorften Stellen an der Stirn und presste die Handflächen dann gegen den Schädel. »Ich werde diese Bilder nicht los.«

Welche Bilder denn? Er hatte doch hoffentlich Nina und die Kinder nicht so gesehen. Man hatte sie doch um Himmels willen nicht von ihm identifizieren lassen. »Du hast doch nicht …«

»Nein, nein«, wehrte Tom ab. »Ich habe sie nicht gesehen. Ich male mir das nur aus, die ganze Zeit, ich kann das nicht abstellen. Ich sehe es ständig vor mir.« Tom wollte nach der Flasche greifen. »Wo ist der Wodka?«

»Ich habe ihn weggeschüttet.« Erst jetzt bemerkte er, dass Tom zitterte. Das nasse Shirt, die feuchten Haare. Er fror. Karsten stand auf, holte die Decke vom Bett und legte sie Tom um die Schultern. »Ich mache uns einen Tee.«

An der Giebelseite des Häuschens hatte Irene eine Küchenzeile einbauen lassen. Dort stand der Wasserkocher. Karsten füllte ihn, nahm zwei Becher vom Bord und aus der Schublade eine Holzschachtel mit verschiedenen Sorten Tee. Er wählte zwei Beutel mit der Aufschrift *Nachtruhe* aus.

Seit Dühnforts Besuch am Abend gingen ihm Fragen durch den Kopf. Weshalb tat Tom so, als wäre dieser Streit mit Nina wie alle bisherigen abgelaufen? Vorwürfe, Tränen, Rauswurf und anstehende Versöhnung. Kein Wort über die Scheidung und den Termin bei einer Anwältin.

Wer war dieser Mann, mit dem Tom sie gesehen hatte? Und warum hatte er bisher dazu geschwiegen? Wobei ein Mann, wie Tom ihn beschrieben hatte, überhaupt nicht zu Nina passte. Sie hatte Stil gehabt und einen gewissen Anspruch und hatte Wert auf Äußerlichkeiten gelegt, vor allem auf Aussehen und Outfit. Hätte sie sich wirklich mit einem Mann eingelassen, der ungepflegt und obendrein tätowiert war, der Lederkleidung trug? Karsten erinnerte sich an einen Fußball-Fernsehabend in Schäftlarn. Nina hatte gesagt, dass sie Tätowierungen abstoßend fand und einen Mann wie David Beckham nicht mit der Zange anfassen würde.

Karsten setzte sich zu Tom und reichte ihm den Tee. »Dieser Mann, mit dem Nina sich eingelassen hat. Warum hast du nichts gesagt?«

Toms Hände schlossen sich um den Becher. »Keine Ahnung. Vielleicht weil es demütigend ist, betrogen zu werden. Würdest du etwa damit hausieren gehen, wenn Irene fremdginge?«

»Hausieren sicher nicht. Aber mit meinem besten Freund würde ich das besprechen.«

»Du denkst jetzt also auch, dass ich lüge und diesen Kerl erfunden habe.«

»Es hat mich nur gewundert, dass du nichts gesagt hast. Das ist alles. Auch über die Mail, die Nina bekommen hat. Wer …«

»Das hat sie selbst gemacht. Sie hat meine Sachen durchwühlt, immer auf der Suche nach einem Beweis meiner Untreue. Das hat sie gebraucht! Sie war geradezu süchtig danach. Immer das große Drama! Immer die großen Gefühle, Tränen und Liebesschwüre. Und weißt du, was der Witz ist? Der absolute Witz? Ich war ihr treu. Im vergangenen Jahr war ich ihr treu. So, wie sie es verlangt hat.«

Karsten atmete scharf aus. Das Bild stand ihm noch deutlich vor Augen. Tom in seinem Sprechzimmer mit Lilly, der Königin der falschen Rundungen an den richtigen Stellen. Er hatte die Tür sofort wieder geschlossen.

»Na ja, fast«, räumte Tom ein. »Bis auf zwei oder drei Mal.«

»Wer denn noch, außer Lilly?«, fragte Karsten überrascht.

»Das mit Lilly weißt du?«

»Ich habe euch gesehen. Zufällig.«

»Wir sollten ihr kündigen.«

»Weil sie sich mit dir eingelassen hat?«

»Langsam wird sie aufdringlich. Es wäre besser so.«

In Karsten rührte sich Widerstand. Allerdings hatte Lilly sich das selbst eingebrockt. Eine Affäre mit dem Chef. Das war einfach nur dumm. »Das erledigst du aber selbst. Was verstehst du eigentlich unter Treue? Zwei oder drei Seitensprünge offenbar.«

Sie kannten sich seit über dreißig Jahren. Dennoch wusste Karsten natürlich nicht immer, was in Tom vor sich ging. Seine Körpersprache war ihm allerdings vertraut. Wenn er sich in seiner Haut unwohl fühlte, weil er nach Ausflüchten suchte oder log, ballte er eine Hand zur Faust und legte sie in die Handfläche der anderen. So wie jetzt. Was verbarg er? Noch ehe Karsten diesen Gedanken richtig zu fassen bekam, verschwand er wie ein Schatten in der Nacht, und Tom löste die Faust wieder.

»Anscheinend etwas anderes als du. Sonst noch Fragen?«

Natürlich hatte Karsten noch Fragen. Die nach der Beretta beispielsweise und der Table-Dance-Bar. Und die, ob er Nina tatsächlich geschlagen hatte. Doch er schwieg. Denn diese Fragen würde Tom als Misstrauen auslegen, und er hegte kein Misstrauen gegen ihn.

»Du glaubst mir nicht. Du denkst auch, dass ich es war, dass ich eiskalt meine Kinder getötet habe und meine Frau.«

Karsten stand auf. »Nein. Das glaube ich nicht. Ich weiß, wie sehr du sie geliebt hast und dass du ihnen nichts angetan hast. Ich weiß das. Ich kenne dich. Du solltest jetzt versuchen zu schlafen. Und morgen meldest du dich bei Dr. Ditz zur Therapie an.«

Beinahe halb drei. Vor achtundvierzig Stunden hatte diese Tragödie ihren Lauf genommen. Die Zeit ging einfach weiter. Es erschien ihm brutal und zugleich auch richtig. Brutal, weil sie nicht innehielt und die Ungeheuerlichkeit dessen, was geschehen war, einfach überging. Und richtig, weil nur dieses Weitergehen es ermöglichte, zu trauern und Gesundung zu finden. Soweit das überhaupt möglich war.

Sie umarmten sich. Karsten kehrte ins Haus zurück und kroch zu Irene ins Bett. Seine kleine heile Welt war in Ordnung, und ein tiefes Gefühl von Dankbarkeit erfüllte ihn.

27

Der Raum füllte sich innerhalb weniger Minuten mit einem knappen Dutzend Mitarbeitern aus zwei Mordkommissionen, die Heigl zur Soko Caramia zusammengezogen hatte.

Anke Frieß rollte die Magnetwand mit Bildern und Tatortskizzen des Falls Sassen herein. Am Fenster stand Nicolas Stahl, ein Kollege aus Russos Team, und rauchte eine Zigarette. Alois setzte sich mit dem obligatorischen Becher grünem Tee in die vorderste Reihe. Kirsten mit einem Kaffee daneben. Meo trug ein neues T-Shirt. *Das Leben ist ein mieses Adventure Game. Aber die Graphik ist verdammt gut.* Dühnfort bemerkte Leyenfels, der in der Tür stehen blieb, sich umsah und offenbar den Statisten geben wollte, denn er setzte sich nach hinten. Ihm auf dem Fuß folgte Buchholz, der sich mit seinem massigen Körper ächzend auf einen Platz neben Kirsten fallen ließ.

Moritz Russo baute den Beamer auf. In seinem linken Ohr blitzte ein silberner Ring. An seinem sehnigen Körper gab es kein Gramm Fett zu viel. In jeder freien Minute trainierte Russo für Triathlon-Wettbewerbe. Ein Dutzend Pokale füllten ein Regal in seinem Büro. Dühnfort mochte ihn, auch wenn Russos sportliche Aktivitäten hin und wieder sein schlechtes Gewissen weckten, weil er selbst mehr für seine Fitness tun sollte.

»Wer fängt an?«, fragte Russo. »Wir oder ihr?«

»Machen wir es chronologisch. Also ihr.«

Der Lärm verstummte. Nicolas Stahl drückte die Kippe auf dem Fensterbrett aus, schnippte sie in den Hof hinunter und nahm neben Anke Platz. Alle waren da. Dühnfort begrüßte das Team.

»Wie ihr sicher schon gehört habt, gibt es eine Gemeinsamkeit in den Fällen Jaschke und Sassen. Nämlich die Tatwaffe. Frank hat mich gestern Abend darüber informiert. Unser Chef hat daraufhin die Kommissionen zusammengezogen. Also bringen wir uns jetzt gegenseitig auf den aktuellen Stand und beginnen mit Harry Jaschke.«

Dühnfort übergab an Russo. Mit dem Beamer projizierte er ein Bild an die Wand. Harry Jaschke hatte eine vage Ähnlichkeit mit Dominique Strauss-Kahn, dem ehemaligen Leiter des IWF, der ein Zimmermädchen vergewaltigt haben sollte und daraufhin den totalen Absturz erlebte. Allerdings war Jaschke wenigstens zwanzig Jahre jünger. Hohe Stirn, selbstherrlicher Blick, süffisantes Lächeln. Die Ausstrahlung eines Mannes, der sich für unbesiegbar gehalten hatte.

»Harald Jaschke, geboren im Dezember 1971 in Darmstadt. In München gemeldet seit 1999. Ledig. Keine Kinder«, begann Russo. »Vorbestraft wegen Drogenbesitz und Förderung der Prostitution. Beides ist einige Jahre her. Seither war er vorsichtig. Inhaber des Hot Miami in der Dachauer Straße. Der Club kommt wie eine Table-Dance-Bar daher, ist aber ein Bordell. Angeblich arbeiten dort nur Freiberuflerinnen. Es besteht aber der Verdacht der Zwangsprostitution. Am achten Oktober letzten Jahres wurde Jaschke im Forstenrieder Park nördlich von Buchenhain von einem Förster tot aufgefunden.«

Ein neues Bild erschien. Kein schöner Anblick. Die Leiche musste schon einige Tage im Wald gelegen haben. Die Verwesung war fortgeschritten, der Körper gebläht und die Kopfwunde von Maden besetzt.

»Ein aufgesetzter Schuss in den Hinterkopf. Jaschke muss

gekniet haben, als er erschossen wurde. Eine regelrechte Hinrichtung.« Mit dem Laserpointer umkreiste Russo die Einschusslücke und wechselte zum nächsten Bild. »Seine Hände waren mit Kabelbindern gefesselt. Fundort ist auch Tatort. Tatzeit: vermutlich der erste oder zweite Oktober. Eher der erste. Denn in den Morgenstunden des ersten Oktober wurde Jaschke zuletzt lebend gesehen. Von einer Mitarbeiterin, als er um halb fünf das Hot Miami verließ, nachdem er die Abrechnung gemacht hatte. Er wollte zu seiner Wohnung in der Elisabethstraße. Dort ist er nie angekommen. Er lebte mit einem Mädchen zusammen, einer Ukrainerin. Swetlana Gussewa.«

Das Bild einer aparten Frau erschien. Lange dunkle Haare, große Augen, mindestens ein Jahrzehnt jünger als Jaschke. »Sie schien ihn nicht allzu sehr zu vermissen«, fuhr Russo fort. »Jedenfalls ging sie nicht zur Polizei, als er nicht nach Hause kam. Am Tag nach seinem Verschwinden begann sie allerdings herumzutelefonieren und nach seinem Verbleib zu fragen.«

Russo klickte weiter und projizierte das Bild eines grobschlächtigen Mannes mit buschigen Brauen an die Leinwand. »Das ist Wanko Radev, zweiunddreißig, bulgarischer Staatsbürger. Stammt aus dem Oblast Pernik im Westen Bulgariens, nahe Sofia, und ist unser Verdächtiger Nummer eins. Durch einen Informanten, der für unsere Kollegen vom Rauschgift arbeitet, wissen wir, dass Jaschke Gefallen am Drogengeschäft gefunden hat. Er pfuschte Radevs Boss Ivo Petkov ins Geschäft. Radev ist ein kleines Licht in Petkovs Organisation. Eine Art Zwischenhändler, der die Verteilung des Stoffs an die Kleindealer organisiert. Nebenbei hat er sich einen Ruf als Petkovs Mann für die Dreckarbeit erworben. Dummerweise hat Radev ein Alibi, und die Waffe, die wir bei ihm gefunden haben, ist nicht die

Tatwaffe. Was mich, ehrlich gesagt, nicht überrascht hat. Radev ist Profi und begeht einen derartigen Fehler nicht. Wir haben also versucht, die Alibizeugen zu knacken. Fehlanzeige. Wir hatten außerdem einen Zeugen, der zunächst aussagte, Radev in der Tatnacht auf dem Parkplatz im Hinterhof des Hot Miami gesehen zu haben. Plötzlich war er sich nicht mehr sicher und machte einen Rückzieher. Der Tatort gab nach tagelangem Regen nicht viel her. Kaum Spuren. Keine Zeugen. Niemand, der bereit war, den Mund aufzumachen. Wir sind heute nicht weiter als vor zehn Monaten und gehen von einer Tat im Drogenmilieu aus. Einer wie Ivo Petkov duldet keine Wilderer in seinem Gäu.«

»Was ist mit Radev? Wo können wir den finden?«, fragte Dühnfort.

»Er ist abgetaucht. Lebt seit Anfang des Jahres angeblich wieder in Bulgarien bei seiner Familie. Wir wollten noch mal mit ihm reden, doch er ist nicht aufzutreiben. Das war es.«

Dühnfort war an der Reihe und erklärte, was sich in Schäftlarn in der Nacht zum Sonntag ereignet hatte. »Das ist kein Verbrechen aus kühlem Kalkül um Machtinteressen. Es ging nicht darum, ein Revier zu markieren und einen Eindringling abzustrafen, wie im Fall Jaschke. Hier waren die großen Gefühle im Spiel. Davon bin ich überzeugt.«

»Du gehst also nicht vom selben Täter aus?« Das kam von hinten, von Leyenfels.

»Entweder haben wir es im Fall Sassen mit einer Familientragödie zu tun. Dann ist die spannende Frage die, wie Sassen an die Waffe gekommen ist, mit der Jaschke erschossen wurde. Oder in beiden Fällen war es derselbe Täter. Dann muss es eine Verbindung zwischen den Sassens und Jaschke oder den Sassens und Petkov geben. Vielleicht ist das der ominöse Unbekannte, mit dem Nina Sassen sich getroffen haben soll.« Dühnfort wies auf das Phantombild, das nach Sassens Angaben angefertigt worden war. »Meiner Meinung nach ist er eine Erfindung von Tom Sassen, um uns abzulenken.«

Alois rührte sich. »Kirsten und ich haben mit den Nachbarn geredet und uns im Dorf umgehört. Niemand hat Nina Sassen je mit einem Mann gesehen, auf den diese Beschreibung passt. Auch in Inning nicht, wo sie den Laden hat. Ich denke, dass Tino recht hat. Den Tätowierten gibt es nicht.«

»Glaube ich auch.« Meo sah von seinem iPad auf. »Falls doch, hat Nina Sassen in den vergangenen drei Wochen nicht mit ihm telefoniert oder gesimst. Ich habe noch ein paar Verbindungsdaten vom Provider ergattert. Die letzte Abrechnung stammt vom sechsundzwanzigsten Juli. Uns stehen also nur die Daten von zweiundzwanzig Tagen zur Verfügung. In dieser Zeit hat sie mit ihrem Mann telefoniert, mit ihrer Geschäftspartnerin und mit Freunden und Kunden und ihrer Anwältin. Kein Unbekannter taucht auf der Liste auf. Ich habe auch Kontakt zum Internetprovider aufgenommen. Es gibt keine Daten mehr in Nina Sassens Mail-Account. Sie hat ihn so eingestellt, wie das fast jeder macht: Die Mails werden auf dem Mailserver automatisch gelöscht, sobald sie abgerufen wurden und im heimischen Postfach auf dem PC gelandet sind. Und der von Nina Sassen ist hin. Die Dinger sind noch nicht wasserdicht.«

Dühnfort fühlte sich bestätigt. »Niemand hat Sassens Frau je mit diesem Mann gesehen, und es gibt keine Kommunikationsdaten, die seine Existenz belegen. Außerdem hat Tom Sassen ihn mit keinem Wort seinem besten Freund

und Kumpel gegenüber erwähnt. Machen wir ein Häkchen dahinter.«

»Gibt keiner gerne zu, wenn ihm Hörner aufgesetzt werden«, warf Nicolas Stahl ein.

»Mag sein. Aber Verliebte telefonieren und schicken sich SMS. Den Kerl gibt es nicht. Sassen ist unser Mann.«

Von hinten erklang ein abgrundtiefes Seufzen. Es stammte von Leyenfels.

»Wie soll er an die Waffe gekommen sein, mit der Harry Jaschke erschossen wurde?«, fragte Alois.

»Er kann Verbindungen in die Szene haben. Das müssen wir prüfen. Geht er in Bordelle? War er Gast im Hot Miami? Kifft er, kokst er, wirft er irgendetwas ein?«

»Wir hören uns um«, sagte Russo. »Und holen die Kollegen vom Rauschgift dazu. Die kennen sich dort besser aus.«

»Es gibt noch eine andere Möglichkeit«, meinte Dühnfort. »Den Schwarzmarkt. Radev wird sich schleunigst von der Tatwaffe getrennt haben. Vielleicht hat er sie selbst entsorgt, vielleicht hat er das an eine Vertrauensperson delegiert. Wer auch immer es war, was hat er damit gemacht? Hat er sie vergraben, in den Müll geworfen, in einem Gewässer versenkt? Sie löst sich ja nicht in Luft auf. Jemand kann sie gefunden und verhökert haben. Oder der Vertrauensmann war das Vertrauen nicht wert und hat sie verscherbelt. Für eine illegale Waffe bekommt man eine Menge Geld. Wie steht es mit der Suche danach?« Fragend sah er zu Buchholz.

Der schüttelte den Kopf. »Wir haben jeden Quadratzentimeter abgesucht und in jede Müll-, Wertstoff- und Biotonne im Dorf geguckt.«

»Dann weiten wir das Areal aus. Wir wissen nicht, wo Sassen die Nacht verbracht hat. Er hat zwar ein Alibi, doch das halte ich für mehr als fragwürdig.« Dühnfort sah zu

Alois. Der zuckte mit den Schultern, was heißen sollte, dass Conny Behrendsen bei ihrer Aussage geblieben war.

»Wir vermuten, dass er die Stunden nach der Tat und vor seinem Auftritt mit dem Rosenstrauß in der Praxis verbracht hat. Irgendwo entlang der Strecke kann er die Waffe versteckt oder entsorgt haben.«

Buchholz stöhnte. »Das sind zwanzig Kilometer oder mehr. Dafür brauche ich eine Hundertschaft. Die bewilligt mir niemand.«

Dühnfort wandte sich an Meo. »Was ist mit Verkehrsüberwachungsbändern?«

Meo schüttelte nur den Kopf und senkte den Daumen. Als Anke dann auch noch erklärte, dass Sassen in der fraglichen Nacht nirgendwo mit Kreditkarte bezahlt hatte, seufzte Alois. Denn nun war er dran und musste die Tankstellen abklappern. Wo hatte Sassen den Reservekanister aufgefüllt?

Das war das Stichwort für Buchholz, der mit Bettina Lautenschläger den Tatortbefundbericht erstellte und sie hier vertrat. Die Vermutung hatte sich bestätigt. Benzin war als Brandbeschleuniger verwendet worden. Düngemittel schlossen sie aus, obwohl sie Spuren von Salpeter gefunden hatten. »Außerdem habe ich noch eine schlechte und eine gute Nachricht«, sagte Buchholz.

»Die gute zuerst«, schlug Dühnfort vor.

»An Sassens Hose haben wir Blut des Jungen gefunden.«

»Super! Geht doch!« Mit einem Schlag fühlte Dühnfort sich von einem Tonnengewicht befreit.

»Und die schlechte ist die, dass wir auch an seiner Kleidung keine Schmauchspuren nachweisen konnten.«

»Er hat Ersatzkleidung in der Praxis und wird sich umgezogen haben. Wo habt ihr Leons Blut entdeckt?«

»Am Hosensaum.«

Weiter hinten scharrte ein Stuhl übers Linoleum. Leyenfels stand auf und kam nach vorne. »Das Blut kann auch bei anderer Gelegenheit dorthin gelangt sein. Jungs toben und klettern, sie stürzen beim Radfahren und verletzen sich beim Fußballspielen und werden von den Eltern getröstet und verarztet. Wenn Sassen unser Mann wäre, müssten sich Blutspuren aller Opfer an seiner Kleidung finden, ebenso Schmauchspuren. Mir gefällt nicht, wie voreingenommen diese Ermittlung geführt wird. Nicht alle Männer, die verlassen werden, rächen sich an ihren Frauen. Nehmt das Leben der Ehefrau unter die Lupe. Wir werden uns in diesem Fall nicht zum Narren machen.«

Dühnfort hörte nur mit halbem Ohr hin. Wieso war nur Leons Blut am Hosensaum? Ganz unten. Ein Bild wollte an die Oberfläche. Sein Blick ging zum Fenster. Mittlerweile hatte der Himmel sich grau bezogen. In der Ferne grollte Donner. Sollte Leyenfels doch denken, was er wollte.

28

Es klang, als würde eine Horde Trolle ans Haus klopfen. Doch es war nur der Regen, der gegen die Rollläden pladderte. Moritz wusste das. Trotzdem drückte er sich tiefer ins Sofa. Auf dem Couchtisch stand der Teller mit Pizza, die längst kalt geworden war. Der Abspann von *Harry Potter und der Stein der Weisen* flimmerte über den Bildschirm. Moritz schaltete aus.

Obwohl er den Film schon dreimal gesehen hatte, fand er ihn noch immer spannend. Heute so spannend, dass er zwischendurch aufgestanden war, um nachzuschauen, ob die Haustür wirklich abgeschlossen war und die Terrassentür auch und ob tatsächlich alle Fenster zu waren. Irgendwann hatte er auch noch die Jalousien heruntergelassen und Licht angemacht. Er hatte Angst, der Schatten würde ihn finden. Doch er hatte ihn ja gar nicht gesehen.

Und wenn doch? Wenn er nur so getan hatte, als würde er ihn nicht bemerken, und ihm gefolgt war und nun wusste, wo er wohnte? Und nun wartete er darauf, dass sich eine Gelegenheit bot. So wie jetzt, wo er allein daheim war, weil Papa und Mama Florian ins Krankenhaus brachten. Wieder einmal. Scheißleukämie.

Ein schwacher Luftzug streifte ihn. Jemand war da! Sein Hinterkopf begann zu kribbeln. Ein leises Rascheln, ein fremder Geruch. Die feinen Härchen im Nacken stellten sich auf. Er wagte kaum zu atmen, sein Genick wurde steif, es gelang ihm nicht, den Kopf zu wenden, nachzusehen, wer hinter ihm stand. Er wusste es auch so und schluckte trocken. Gleich würde er die Pistole an seinem Kopf spüren, gleich würde er das leise Klicken des Abzugs hören, und dann würde es krachen und sein Hirn ins Zimmer spritzen, wie bei Viktor Zakhaev in *Call of Duty*. Er würde schneller tot sein, als er denken konnte. Er wollte nicht! Die Angststarre löste sich. Er fuhr herum.

Da war niemand. Niemand war da!

Vor Erleichterung hätte er fast geheult. Er musste mit Papa reden. Oder mit Mama. Doch wie er es auch drehte und wendete, er fand keinen Ausweg. Er hatte es versprochen.

Kurz vor Ostern hatte Papa ihn zu einem Spaziergang in den Wald mitgenommen. Ein Gespräch unter Männern, hatte er gesagt. Unter Männern! Moritz war so stolz gewesen. Natürlich hatte er mitbekommen, dass Florian krank war. Mama war ständig mit ihm beim Arzt, weil es ihm nicht gutging und keiner wusste, was er hatte. »Nun haben wir die Diagnose«, hatte Papa gesagt. »Florian hat Leukämie. Das ist eine schlimme Krankheit.«

Moritz schluckte und fragte, ob sein kleiner Bruder sterben würde. Auch wenn Flori ihm ständig seine Lego Super Heroes klaute und manchmal echt nervte, weil er unbedingt zum Schwimmtraining mitwollte: Er liebte ihn. Er sollte nicht sterben. Seinetwegen konnte er auch die Super Hero Combat Machine haben. Wenn er nur wieder gesund wurde.

»Er wird nicht sterben. Flori packt das«, sagte sein Vater. »Aber er braucht uns jetzt. Daher werden wir weniger Zeit für dich haben.«

»Ist doch kein Problem.« Es klang nicht ganz so cool, wie Moritz gewollt hatte.

Papa wuschelte ihm durch die Haare. »Ich habe es ja gewusst. Du bist ein großer und vernünftiger Junge. Das mit der Schule kriegst du alleine hin? Lernen, die Noten?«

»Aber klar, Papa. Ich bin doch kein Baby.« Cool. Mama würde die Hausaufgaben nicht mehr kontrollieren, und auch das Abfragen der Vokabeln fiel flach. Voll lässig, dachte er für eine Sekunde. Kein Stress mehr. Doch dann spürte er plötzlich die Last der Verantwortung. Papa baute auf ihn. Die Noten durften nicht in den Keller rauschen. Sonst wäre er enttäuscht. Er musste das echt allein hinkriegen.

»Also, ich verlasse mich auf dich. Ich vertraue dir. Du machst uns keinen Ärger und baust keinen Scheiß. Gib mir dein Wort darauf.« Papa hielt ihm die Hand hin.

Moritz schlug ein. »Ich bau keinen Scheiß. Und um die Noten müsst ihr euch auch keine Sorgen machen. Ich lerne. Versprochen.«

Das mit den Noten hatte er hingekriegt. Sein Zeugnis war gut. Doch der Rest hatte leider nicht geklappt. Weil er das Verbotene getan und sich mit den Fetzer-Zwillingen eingelassen hatte. Und nun war der Schatten hinter ihm her und würde ihn kaltmachen, wenn er ihn fand.

Etwas schlug gegen das Fenster. Moritz sprang vor Schreck auf. Das Blut rauschte in seinen Ohren. Sein Herz trommelte wie wild gegen die Rippen. In Windeseile rannte er die Treppe nach oben in sein Zimmer, knallte die Tür zu und sperrte ab. Sein Handy! Wo war sein Handy? In der Hosentasche. Erleichtert warf er sich aufs Bett. Eins, eins, null. Wenn der Schatten kam, musste er diese Nummer wählen. Dann blieb ihm nichts anderes übrig. Auch wenn Papa dann von ihm enttäuscht sein würde. Besser das als tot.

Es war sicher nur der Ast des Apfelbaums gewesen, den der Wind gegen das Fenster geschlagen hatte. Doch Moritz konnte nicht nachsehen. Die Rollläden waren unten, und er traute sich nicht, sie hochzuziehen.

Langsam ließ er sich auf den Boden gleiten und zog die Weinkiste unter dem Bett hervor. Die Worte *Clos Manou* und *Médoc* waren ins Holz gebrannt. In seinen Schätzen suchte er nach dem Fundstück. Der Käfer lag noch in der Streichholzschachtel. Sein Panzer glänzte türkis. Irgendwo hatte er einen solchen Käfer schon einmal gesehen. Seit Samstagnacht zerbrach er sich deswegen den Kopf. Und plötzlich wusste er es. Er sprang auf und suchte im Regal nach dem Buch *Was ist was: Das alte Ägypten.* Hastig blätterte er die Seiten um, bis er die Abbildung fand. Der Käfer in der Schachtel war ein Skarabäus. Ein Mistkäfer. Okay. Nun wusste er das. Es half ihm eigentlich nicht weiter.

Ein Geräusch drang von unten herauf. Jemand war an der Haustür. Moritz hielt den Atem an, seine Hand fuhr in die Hosentasche und schloss sich ums Handy. Ein leises Schnarren. Die Tür wurde geöffnet. Stimmen drangen zu ihm herauf. Papa und Mama waren zurück.

»Moritz? Bist du da?«, rief Mama.

Eilig steckte er die Streichholzschachtel ganz unten in die Kiste, unter den Playboy, den Kevin ihm geschenkt hatte. Vor Scham wurde ihm ganz heiß. Mama durfte den nie finden, und nun war sie schon auf der Treppe.

»Moritz?«

Leise, damit sie es nicht hörte und fragte, weshalb er sich einsperrte, drehte er den Schlüssel um und riss die Tür auf. »Hi, Mam.«

»Warum hast du denn die Rollläden runtergelassen und überall die Lichter angemacht?«

»So halt.«

»Wie, so halt?«

»Wie im Kino halt. Ich hab mir *Harry Potter* angeguckt.«

Mama schüttelte den Kopf. »Du kommst auf Ideen. Und ich dachte schon, du fürchtest dich allein zu Hause.«

Bingo, hundert Punkte, dachte Moritz. Doch sagen konnte er es natürlich nicht. Mit dem Fuß schob er die Kiste vorsichtig unters Bett. Im Gegensatz zu dem Käfer war der Playboy sein kleinstes Problem. Was sollte er nur tun?

29

Aus dem Flur drangen laute Stimmen zu Karsten ins Sprechzimmer. Tom und Lilly schrien sich an.

Statt den nächsten Patienten hereinzubitten, sah er nach, was los war. Der Disput fand auf offener Bühne statt, am Empfangstresen vor dem Wartezimmer, dessen Tür Sabine gerade schloss. »Ich wollte Sie schon holen.«

»Ich habe dir nur mein Beileid ausgesprochen«, fuhr Lilly Tom an. »Das ist kein Grund auszuflippen.«

»Misch dich nicht in mein Leben. Das steht dir nicht zu!«, brüllte Tom zurück.

Karsten hatte ja gleich gewusst, dass es keine gute Idee war, Tom mit in die Praxis zu nehmen.

Als er am Morgen in die Küche gekommen war, hatte Tom bereits am Tisch gesessen. Frisch geduscht und rasiert. Er trug die neuen Sachen, die Conny ihm gebracht hatte. Äußerlich wirkte er mit einem Mal ganz wie der Alte, als wäre nichts geschehen. Der Tisch war nur für zwei gedeckt. Eine verblüffte Sekunde lang hatte Karsten sich gefragt, ob Irene Tom etwa nicht beim Frühstück dabeihaben wollte. Doch er saß ja bereits, während sie im Stehen ihren Kaffee trank.

»Guten Morgen, Liebes.« Er gab ihr einen Kuss.

»Ich muss heute früher los. Ein Termin bei einem Nachlassverwalter. Tut mir leid.« Sie stellte die Tasse ab, und ehe er sichs versah, verabschiedete sie sich von ihm und Tom und war mit Oskar weg. Das gemeinsame Frühstück fiel aus. Schade. Er genoss diese Stunde mit ihr am Morgen, wenn sie ihre Gedanken austauschten und ihre Pläne für den Tag besprachen. Durchs Küchenfenster sah er ihr nach. Oskar lief neben ihr her. Sie öffnete die Garage. Er warf ihr eine Kusshand zu, die sie aber nicht bemerkte.

Wieder stellte sich das Gefühl von Dankbarkeit ein, sie an seiner Seite zu haben. Was für ein Glück, dass sie bei ihm war. Und wie grauenhaft für Tom, die Menschen, die er liebte, durch ein monströses Verbrechen verloren zu haben. Unwillkürlich fragte Karsten sich, ob ein Unfall leichter zu ertragen wäre. Ließ sich Schicksal eher annehmen als Willkür? Er wusste es nicht und hoffte inständig, dass er es nie erfahren musste.

Er setzte sich zu Tom und fragte ihn nach seinen Plänen für den Tag. Im selben Moment erschien ihm diese Frage unsinnig und absurd. Tom schmiedete ganz sicher keine Pläne. Er musste mit diesem unfassbaren Verlust fertig werden, mit seiner Trauer und der Wut. Er musste einen neuen Platz in seinem Leben finden. Und einen neuen Sinn. Und er musste ganz praktische Probleme bewältigen. Wie die Trauerfeier und die Beisetzungen organisieren. Er musste mit den Versicherungen Kontakt aufnehmen, wegen des Hauses und des Wagens. Das würde er alleine nicht schaffen. Conny und er mussten ihm dabei helfen. »Du machst doch die Therapie?«

Tom blickte auf. »Weiß nicht. Vermutlich ist Arbeit die beste Möglichkeit, das zu bewältigen.«

»Du willst doch nicht …«

»Doch. Ich komme mit in die Praxis.«

»Das ist keine gute Idee.«

Es war Karsten nicht gelungen, Tom vom Gegenteil zu überzeugen. Er hatte darauf bestanden, mit ihm zu fahren. Anderenfalls würde er sich ein Taxi rufen. »Für die Therapie kann ich mich immer noch anmelden, falls ich mich irre und es nicht hilft, in einen geregelten Alltag zurückzukehren. Beziehungsweise das, was davon übrig geblieben ist.« Noch immer wirkte Tom wie heruntergedimmt, aber entschlossener. Also hatte Karsten ihn mitgenommen, und seither hatte er das Gefühl, dass das ein Fehler gewesen war. Und es sah ganz so aus, als ob er recht behielt.

Lilly reckte den Oberkörper angriffslustig vor. »Seit wann ist Höflichkeit ein Kündigungsgrund?«

An diesem gewittrigen Sommertag trug sie eine weiße Hose und ein weißes T-Shirt. Beides saß hauteng auf den üppigen Rundungen. Der Ausschnitt war allerdings gemäßigt und das Make-up dezent. An ihrem Aussehen hatte Lilly wirklich gearbeitet. Nur die Umgangsformen ließen im Moment zu wünschen übrig. Doch Tom benahm sich nicht besser. »Wehe, du wagst es, noch einmal die Namen meiner Frau und meiner Kinder in den Mund zu nehmen!« Die Sehnen an seinem Hals traten hervor. »Und gekündigt habe ich dir nicht deswegen. Damit das klar ist.«

»Ach! Jetzt verstehe ich. Du schämst dich vor Nina. Posthume Reue sozusagen.« Lilly schob die Hände in die Hosentaschen und lächelte. »Aber deiner Frau macht das nichts mehr aus.«

Karsten ging dazwischen. »Ich schlage vor, wir diskutieren das nicht hier.« Er bugsierte die beiden in Toms Sprechzimmer und schloss die Tür.

»Ich kenne meine Rechte«, erklärte Lilly und wandte sich an Karsten. »Womit wollen Sie meinen Rauswurf denn begründen? Mit Kondolieren?« Herausfordernd sah sie ihn an und strich sich eine der blondgefärbten Strähnen aus der Stirn. Dabei bemerkte Karsten das Pflaster am Unterarm. Eine metalline Kompresse, wie man sie bei Verätzungen und Verbrennungen verwendete. »Was haben Sie denn da gemacht?«

Irritiert folgte Lilly seinem Blick. »Ach das. Das ist

nichts. Ein Bremsenstich, den ich aufgekratzt habe. Und? Kann ich nun bleiben, oder trennen wir uns wegen guten Benehmens?«

Karsten fand es unfair, dass Tom sie loswerden wollte, um sein schlechtes Gewissen zu beruhigen. Denn das war der Grund, wie Lilly sehr richtig erkannt hatte.

Doch Karsten hatte ihm freie Hand gegeben und bereute das nun. »Das Wartezimmer ist voll. Wir haben jede Menge zu tun. Ich schlage vor, wir besprechen das nach Praxisschluss mit kühlem Kopf und machen uns jetzt wieder an die Arbeit.«

Ein dankbarer Blick aus Lillys kajalumrandeten Augen war sein Lohn, als sie das Zimmer verließ.

Meine Güte, er war im Begriff, sich zwischen alle Stühle zu setzen. Und einer davon gehörte stets Tom, der sich das schweigend angesehen hatte. Kaum war Lilly gegangen, legte er los. »Natürlich schmeiß ich sie raus. Das war so abgemacht.«

»Du weißt, wie schwer es ist, jemanden zu finden. Außerdem ist die Kündigungsfrist für dieses Quartal bereits abgelaufen. Wir könnten ihr also ohnehin erst zum Jahresende kündigen. Klär das, was da zwischen euch läuft, und lass vor allem die Finger von ihr, und wir müssen niemand Neues suchen.«

»Ich will sie nicht länger um mich haben.«

»Warum bist du so ausgetickt, als sie dir kondoliert hat? Sie hat etwas ganz Selbstverständliches getan und es nett gemeint.«

»Weil sie sich in mein Leben mischt, als stünde ihr das zu. Sie hat mir Hilfe angeboten. Beim Behördenkram, bei der Organisation der Beisetzung, bei der Wohnungssuche ... Ich kann das nicht. Ich kann nicht einmal daran denken. Und sie stürzt sich darauf wie eine Hyäne. Sie drängt sich in mein Leben, weil sie glaubt, dass ich ihre Erlösung bin und sie aus ihrem Ghetto rette. In ihren Augen bin ich der Prinz auf dem weißen Pferd. Bin ich aber nicht. Und sie ist keine Prinzessin, sie war nur eine verdammte Affäre. Aber sie bildet sich ein, da wäre mehr. Und das hier kann ich auch nicht. Die Patienten nerven mich. Sie widern mich an. Ich ertrage es nicht. Ich muss hier raus.«

30

Eine halbe Stunde später machte sich Karsten für den nächsten Patienten bereit, als Sabine hereinkam. »Dr. Behrendsen ist da und fragt, ob Sie kurz Zeit für sie haben.«

»Aber sicher.« Er erhob sich aus seinem Stuhl und ging Conny entgegen. Sie trug einen petrolfarbenen Baumwollrock, der eine Handbreit über dem Knie endete, und ein ärmelloses weißes Top. Jede Menge schön gebräunte Haut und dezent definierte Muskeln. Dass sie regelmäßig trainierte, sah man ihrer Figur an. Sie bemerkte seinen Blick. »Du siehst fabelhaft aus«, sagte er lächelnd.

»Danke.« Sie umarmte ihn zur Begrüßung. »Du nicht. Wenn ich ehrlich sein darf.«

»Schlecht geschlafen.« Er erzählte ihr, wie er nachts um halb drei Tom weinend und mit einer Flasche Wodka im Häuschen angetroffen hatte und auch von seinem fehlgeschlagenen Versuch, in der Praxis mitzuarbeiten. »Er schafft das nicht. Er ist gegangen, und ich weiß nicht, wohin, hoffe aber, dass er in die Klinik gefahren ist zu Dr. Ditz und sich für die Therapie anmeldet. Ich kann ihn nicht mal erreichen. Er hat ja kein Handy.«

Conny öffnete die Handtasche. »Deswegen bin ich hier. Ich wollte ihm mein altes bringen. Ich habe eine Prepaid-Karte dafür besorgt. Die reicht, bis er von seinem Anbieter eine neue SIM-Karte bekommt.« Sie gab ihm das Smartphone. »Karte ist drin. Unsere Nummern habe ich schon eingespeichert. Gibst du ihm das bei Gelegenheit?«

»Natürlich, Conny. Du siehst nicht nur fabelhaft aus. Du bist es auch.«

»Ach, Quatsch«, wehrte sie ab. »Das ist doch selbstverständlich. Tom fällt sicher für einige Zeit aus. Wie kommst du alleine zurecht?«

»Ich habe meine Fühler schon nach einer Vertretung ausgestreckt. Mitten in der Ferienzeit jemanden zu finden wird allerdings nicht einfach werden. Obendrein machen wir die Urlaubsvertretung für eine Kollegin aus der Sendlinger Straße. Über zu wenig Arbeit kann ich also nicht klagen.«

»Wie wäre es mit einem Vorschlag: Ich springe ein, bis du eine Vertretung für Tom hast. Geht allerdings nur halbtags. Den anderen halben Tag brauche ich für mich.«

Karsten zögerte. Er wollte Conny nicht belasten, einerseits. Andererseits war es illusorisch zu hoffen, kurzfristig eine Vertretung für Tom zu finden. »Ich weiß nicht, ob ich das annehmen kann.«

»Keine Sorge. Ich mute mir nicht mehr zu, als ich verkrafte. Gib mir ein paar Patienten und einen Kittel, und ich lege gleich los.« Abwartend sah sie ihn an.

»Ja, also gut. Aber wenn es dir zu viel wird, musst du es sagen.« Ganz unvermittelt fühlte er Erleichterung über diese spontane Hilfe und strich ihr über den Arm. »Du bist wirklich ein Schatz.«

»Nee, nur eine gute Freundin«, entgegnete sie lächelnd.

Er begleitete Conny zu Sabine, die sie mit allem, was sie brauchte, versorgte, und sah nach seinem nächsten Patienten.

Bis Mittag ebbte das geschäftige Summen allmählich ab, das Wartezimmer leerte sich. Um halb eins konnte er die Praxis für die Mittagspause schließen. Ein anstrengender Vormittag lag hinter ihm. Er ging in Toms Sprechzimmer. Conny saß am Schreibtisch und tippte etwas in die elektronische Patientenakte. »Alles in Ordnung bei dir?«

»Aber sicher. Nur Lilly nervt etwas. Mehr als zwei Sachen auf einmal sollte man ihr nicht auftragen. Ihr habt sie wegen ihres aufregenden Dekolletés eingestellt, gib es zu.«

Karsten lachte. »Erwischt. Tom wollte sie unbedingt haben. Und jetzt will er sie loswerden.«

»Vermutlich weil er sie *gehabt* hat?«

»Da ist was Wahres dran. Komm, lass uns essen gehen. Ich lade dich zum Italiener ein.«

»Er war tatsächlich mit ihr im Bett?«, hakte Conny nach. »Ich dachte, ich mache einen Scherz.«

Karsten zuckte mit den Achseln. *Du kennst ihn ja.*

»Mit dem Chef? Wie dumm ist das denn. Sie muss doch wissen, dass das am Ende nur Ärger gibt.«

»Ich fürchte, das lernt sie gerade.«

Karsten reservierte telefonisch einen Tisch. Mit dem Lift fuhren sie nach unten und durchquerten den Innenhof. Weiter vorne auf dem Gehweg bemerkte Karsten Lilly. Sie kehrte ihnen den Rücken zu und stritt sich mit ihrem Freund Denny. Karsten hatte ihn ein paar Mal gesehen, wenn er Lilly nach der Sprechstunde mit seinem Motorrad abgeholt hatte. Auch heute trug er eine schwarze Motorradkombi. Die Maschine stand hinter ihm auf dem Gehweg. Zu den Piercings in den Augenbrauen hatten sich einige weitere gesellt, und der Undercut war extremer geworden. Die Haare an den Seiten waren millimeterkurz rasiert, lange Strähnen fielen vom Oberkopf darüber.

»Glaub nur nicht, dass ich nicht weiß, wovon du träumst«, fuhr er Lilly an. »Aber der benutzt dich nur. Für einen wie den bist du nicht gut genug.«

»Ach Denny. Welchen Teil von *Es ist aus* verstehst du nicht?« Lilly schob die Hände in die Gesäßtaschen der weißen Jeans.

»Du denkst, er ist was Besseres. Ist er aber nicht! Und wenn ich will, kriegt er Ärger. Vielleicht will ich ja!«

Lilly seufzte und schüttelte den Kopf. »Schalt einfach mal dein Hirn ein und denk nach.« Sie wandte sich ab und marschierte Richtung Sendlinger Tor davon. Verblüfft blickte Karsten ihr nach. Welchen Ärger konnte Denny Tom machen?

»Hoppla«, sagte Conny. »Wer war das denn?«

»Ihr Freund Denny. Jetzt wohl eher Exfreund, wenn ich das richtig interpretiere.«

»Hat sie etwa wegen Tom mit ihm Schluss gemacht?«

Das Motorrad wurde gestartet. Denny brauste davon. »Schon möglich. Tom meint, dass sie in ihm eine Art Märchenprinz sieht. Und jetzt will er ihr kündigen. *Iss nicht dort, wo du scheißt*. Ich weiß nicht, wer das gesagt hat. Es steckt jedenfalls viel Wahrheit darin.«

»Du bist ja richtig sauer deswegen.«

Ja, das stimmte. Wie hatte Tom sich nur auf eine Affäre am Arbeitsplatz einlassen können!

Während des Essens drehte sich ihr Gespräch natürlich um die Morde. Die Zeitungen waren voll damit.

»Die Polizei scheint sich tatsächlich auf Tom zu fixieren«, sagte Conny. »Ich wollte es gestern beim Abendessen nicht erzählen, aber ein Kollege von Dühnfort war bei mir, wegen des Alibis. Sie denken, dass ich Tom schütze oder er mich benutzt hat. So ein Schwachsinn. Wie hätte er wieder reinkommen sollen? Ohne Schlüssel und bei aktivierter Alarmanlage. Außerdem hat er kein Motiv. Dieses *Ehedrama* hat Nina doch in schöner Regelmäßigkeit inszeniert. Ein festes Drehbuch. Krieg und Frieden. Warum hätte er sie töten sollen, wenn sie ihn doch wieder aufgenommen hätte? Und weshalb die Kinder?«

Karsten war ganz ihrer Meinung. Offenbar hatte Tom

auch Conny gegenüber das entscheidende Wort Scheidung nicht erwähnt, als ob er die Wahrheit einfach nicht akzeptieren wollte. »Tom glaubt, dass Nina sich die Mail mit den Fotos von euch beiden selbst geschickt hat. Ich frage mich, wie sie an die Bilder gekommen ist.«

Conny ließ die Gabel sinken. »Sie wird sein Handy gefilzt haben oder seinen Laptop. Warum hat sie nicht aufs Datum geguckt? Die Fotos sind uralt. Sie hätte mich fragen können. Ich hätte ihr gesagt, wie es war. Schnee von gestern. Aber Nina brauchte ja immer das große Drama.«

»Diesmal nicht. Sie wollte sich scheiden lassen und hatte sogar schon einen Termin bei einer Anwältin.«

»Was sagst du? Die Scheidung? Das behauptet vermutlich Tom.«

»Er hat es mit keinem Wort erwähnt. Ich weiß das von Dühnfort.«

Conny schüttelte den Kopf. »Lächerlich. Nina hätte das nie durchgezogen. Eine leere Drohung. Sie hat ihn doch immer wieder zurückgenommen.«

In diesem Punkt war Karsten nicht Connys Meinung. Die Scheidung hatte sich über Monate hinweg angekündigt, und Tom hatte den Fehler begangen, das nicht ernst zu nehmen, und geglaubt, dass er weiter mit seinen Affären durchkommen würde.

Der Kellner trat an den Tisch und fragte, ob das Essen schmeckte. Danach wechselten sie das Thema und verabschiedeten sich kurz nach zwei voneinander.

Als Karsten in die Praxis zurückkehrte, war es schon Viertel nach zwei. Die Sprechstunde hatte vor fünfzehn Minuten begonnen. Im Wartezimmer saßen bereits drei Patienten. Lilly sah hinter dem Empfangstresen auf. »Frau Maurer ist da und wartet auf Sie. Sie wollte kurz ins Internet, deshalb habe ich sie solange ins Zimmer von Herrn Sassen gesetzt.«

Karsten fand das nicht in Ordnung. Doch nun war es schon passiert. Er warf Lilly einen verärgerten Blick zu und ging in Toms Zimmer. Was Alice wohl von ihm wollte? Ninas Geschäftspartnerin saß tatsächlich an Toms PC. »Oh! Herr Prittwitz. Entschuldigen Sie. Ich habe mir die Wartezeit ein wenig im Internet vertrieben.« Sie schloss den Browser und stand auf.

Karsten hatte sie erst zweimal gesehen. Das eine Mal zur Feier von Ninas Einstieg in Alice Maurers Geschäft. Das andere Mal, als sie den Laden in Inning eröffnet hatten. Sie war ein farbloser Typ. Blass und blond und ein wenig rundlich, was ihr gut stand, in diesem Fall allerdings in die Irre führte, denn unwillkürlich nahm man an, dass diese kleine Frau so nett und gemütlich war, wie sie aussah. Doch sie war eine toughe Geschäftsfrau, durchsetzungsstark, und wenn es nötig war, konnte sie ziemlich harsch sein.

»Kein Problem«, antwortete Karsten, obwohl er es nicht in Ordnung fand, dass sie Toms PC benutzt hatte. Wenn sie gewollt hätte, wäre sie an vertrauliche Patientendaten gekommen. Er würde Lilly deswegen den Kopf waschen. »Worum geht es denn?«

»Ich bin wegen Nina hier. Es ist so grauenhaft ... Und die Kinder erst ... *Bis Montag*, hat sie am Freitag noch zu mir gesagt und mich umarmt, und jetzt ist sie tot. Ich weiß gar nicht, wie es ohne sie weitergehen soll.«

Karsten musste an den Garten denken. Ein Kunstwerk. Unter Ninas Händen war alles besonders geworden, ansprechend und geschmackvoll, niemals kitschig oder überladen.

»Ich will Sie nicht lange aufhalten«, fuhr Alice Maurer fort. »Aber ich muss dringend mit Tom sprechen und kann ihn nicht erreichen. Er geht nicht ans Handy, und hier ist er auch nicht.«

»Er hat derzeit kein Handy, und leider weiß ich auch nicht, wo er jetzt ist. Soll ich ihm etwas ausrichten?«

Ein unwilliger Zug erschien um ihren Mund. »Es ist wirklich dringend. Ich brauche Unterlagen von ihm. Es geht um die Läden.«

Vermutlich war Tom in die Klinik gefahren. Doch Karsten wusste es nicht sicher und würde Alice auch nicht dorthin schicken, wenn er es gewusst hätte. Also sicherte er ihr zu, Tom Bescheid zu sagen, sobald er ihn traf. Sie dankte ihm und ging. Er sah ihr nach, bis sich die Tür hinter ihr schloss, und fragte sich, was sie wirklich gewollt hatte.

31

Dühnfort hatte es gewusst. Seine Erinnerung trog ihn nicht. Er nahm die Aufnahmen der Garage aus dem Tatortbefundbericht. Neben den Malersachen lag eine aufgerissene Packung Einwegoveralls auf einem Fachboden. Sassen hatte den Overall nicht ganz über die Hose gezogen. Deshalb gab es lediglich einen Blutspritzer an seiner Kleidung.

Verflucht! Sie hätten Sassen sofort als Beschuldigten vernehmen und die Praxis noch am Sonntag durchsuchen sollen.

Immerhin gab es endlich eine handfeste Spur, die Sassen in Verbindung mit den Morden brachte. Weitere würden folgen. Auch wenn es eine Sisyphusarbeit werden sollte, sie würden ihm die Taten nachweisen und jeden seiner Schritte sezieren, bis sie eine schlüssige und lückenlose Beweisführung hatten, an der auch Leyenfels nicht vorbeikam.

Während Russo und seine Leute der Tatwaffe ins Rotlicht- und Drogenmilieu folgten, wollte er sich weiter mit dem Motiv beschäftigen, mit dem Zustand der Ehe. Wie hatte Sassen reagiert, als seine Frau den Schritt in die berufliche Selbständigkeit wagte? Bestimmt hatte ihm das nicht gepasst. Er wollte Nina klein und in Abhängigkeit halten. Hatte er versucht, sie an ihrem Ausbruchsversuch zu hindern? War Gewalt im Spiel, als sie nicht spurte? Wenn ja, war der Amoklauf eine logische Konsequenz. Es war also höchste Zeit, sich mit Alice Maurer zu unterhalten.

Dühnfort fuhr nach Starnberg. Es war ein schwüler Tag. Dunkle Wolken hingen tief über den Hügeln des Voralpenlandes, spiegelten sich in der Oberfläche des Sees und färbten sie grau. Nicht weit von hier lag sein Boot am Steg von Schorschs Segelschule. Vor Jahren hatte er die *Sissi* gebraucht gekauft und ihr einen neuen Namen geben wollen, doch langsam gewöhnte er sich daran und war sich plötzlich nicht mehr sicher, ob er das Boot noch umtaufen wollte.

Es war kurz nach drei, als er das Zentrum Starnbergs erreichte. Schön war die kleine Stadt am See wahrlich nicht. Zu viele Architekten hatten sich in den letzten zwei Jahrhunderten hier verwirklicht, und ihre reichen Auftraggeber hatten nicht immer Stil und Geschmack besessen.

Er hielt nach dem Laden Ausschau – *Maurer & Sassen, Interiordesign* – und fand einen Parkplatz auf der gegenüberliegenden Straßenseite. Mittlerweile hatte es zu regnen begonnen. Er schlug den Sakkokragen hoch, lief über die Straße und betrat das Geschäft.

Es war hell erleuchtet. Auf der einen Seite ein Ausstellungsraum mit modernen Möbeln im zeitlosen Chic, auf der anderen die Abteilung für Gläser, Geschirr, Tischwäsche, Decken und Kissen und Dekoartikel. Auch hier ausschließlich edle Sachlichkeit. Weiter hinten saß eine Frau am Schreibtisch und telefonierte. Ihre Stimme drang bis zu ihm nach vorne.

»Sie können nicht einfach die Bauarbeiten einstellen. Es gibt einen Zeit… Was? … Jetzt hören Sie mal zu. Geht das? Ja?«

Sie bemerkte ihn und deutete mit einer Geste an, dass sie sofort Zeit für ihn haben würde.

»Es ist doch ganz einfach«, fuhr sie mit gesenkter Stimme fort. »Sie kommen Ihren Verpflichtungen nach und ich meinen … Ja, natürlich. Es dauert nur noch ein paar Tage.«

Dühnfort sah sich weiter um. Auf einem schlichten Beistelltisch aus Ulmenholz entdeckte er ein gerahmtes Bild von Nina Sassen. Es war mit einem Trauerflor versehen und stand zwischen einer Vase mit weißen Lilien und einem Windlicht aus Kristallglas, in dem eine Kerze brannte.

Alice Maurer telefonierte noch immer. »Ja, die Bank ist informiert. Jetzt machen Sie sich mal nicht ins Hemd, sondern zackig weiter.« Endlich beendete sie das Gespräch und stand auf. »Entschuldigen Sie bitte. Wie kann ich Ihnen helfen?«

»Sind Sie Frau Maurer?«

Das Nicken kam mit einer kleinen Verzögerung. »Sie kommen von der Polizei? Es geht um Nina.«

Er gab ihr die Hand. »Dühnfort. Kripo München.«

»Setzen wir uns doch.«

Alice Maurer war rein visuell das Gegenteil von Nina Sassen. Skandinavischer Typ, blond und blass, etwa einen Kopf kleiner und auf eine Art rundlich, die etwas Puppenhaftes hatte. Sie trug eine schwarze Leinenhose und ein cremefarbenes Seidentop. »Wie kann ich Ihnen helfen?«

»Ich will mir ein Bild von Nina Sassen machen, und Sie beide waren seit einem Jahr Geschäftspartnerinnen.«

»Stimmt.«

»Wie ist es dazu gekommen?«

»Ganz einfach. Ich war auf der Suche nach einer Teilhaberin. Nina hatte Geld von ihren Eltern geerbt, und sie sah ihre Berufung nicht darin, sich nur um Haushalt und Kinder und den fabelhaften Tom zu kümmern. Deshalb habe ich ihr angeboten, bei mir einzusteigen.«

»Sie kannten sich also schon vorher.«

»Wir haben uns kennengelernt, als sie das Haus in Schäftlarn kauften. Nina kam in den Laden und suchte nach einem Sofa. Ich fand sie sofort sympathisch. Sie mich auch. Wir waren jetzt nicht allerbeste Freundinnen, falls Sie das denken. Eher gute Bekannte.«

»Wie hat ihr Mann es aufgenommen, als Nina ins Geschäft einstieg?«

Alice Maurer lächelte. »Interessant, dass Sie danach fragen. Er war natürlich nicht angetan von dieser Idee und wollte, dass ich mein Angebot zurückzog. Ich sollte Nina keine weiteren Flausen in den Kopf setzen. Seine Frau hätte es nicht nötig, zu arbeiten, meinte er. Sie wäre vollauf ausgelastet mit zwei kleinen Kindern, dem Haus und ihm, dem fabelhaften Tom. Nach diesem Auftritt habe ich Nina erst recht zugeraten, sich auf eigene Beine zu stellen. Und er hat ihr bei der Eröffnung des Ladens in Inning prophezeit, dass sie scheitern wird. Vor unseren Gästen. Seiner Meinung nach konnte sie ja nichts. Außer kochen, putzen und die Kinder durch die Gegend kutschieren. Und gut aussehen natürlich. Das war wichtig. Es war höchste Zeit, dass sie sich etwas Eigenes aufbaute, damit sie überhaupt in die Lage kam, sich von ihm trennen zu können. Das wissen Sie vermutlich längst. Kein Rock ist vor ihm sicher.«

Dühnfort nickte. »Das hat sich bis zu uns herumgesprochen. Wussten Sie, dass sie sich scheiden lassen wollte?«

»Natürlich. Sie wollte Tom keinen weiteren Seitensprung durchgehen lassen. Vor einigen Wochen hatte sie einen Termin zu einem Beratungsgespräch bei Nadja. Nadja Denecke. Sie ist eine gemeinsame Bekannte und Anwältin.«

Nina Sassen hatte es mit der Trennung ernstgemeint. Keine leere Drohung. Außerdem war es, wie Dühnfort vermutet hatte: Ihr Einstieg ins Geschäftsleben hatte Tom nicht gefallen. Ein Schritt in Richtung Unabhängigkeit, den er nicht ertrug.

Alice Maurer lehnte sich zurück und umfasste die Oberarme mit den Händen. »Es gibt das Gerücht, Tom hätte es getan. Ist da etwas dran?«

»Würden Sie es ihm zutrauen?«

Einen Moment überlegte sie. »Meine spontane Antwort wäre *Nein*. Weil man so etwas eigentlich niemandem zutraut. Aber das ist sicher immer so. Bis es dann passiert, und dann denkt man zuerst: Von dem hätte ich das nie gedacht und hätte meine Hand für ihn ins Feuer gelegt. Und ein paar Tage später zweifelt man: Hm, ein wenig komisch war der ja schon immer. So recht über den Weg trauen konnte man ihm eigentlich nicht. Und kurz darauf ist man dann vielleicht fest überzeugt, dass man es ja schon immer gewusst hat, dass in dem Kerl ein Killer steckt. Also langer Rede kurzer Sinn: Ich traue es ihm zu. Er ist ein Narzisst vom Scheitel bis zur Sohle. Dass er nicht mehr der Fixstern war, um den Nina kreiste ... Damit hatte er ein Problem. Außerdem ist für ihn das Bild ungeheuer wichtig, das er nach außen abgibt. Der erfolgreiche Arzt mit dem großen Haus, dem teuren Auto und all diesen Statussymbolen und natürlich der schönen und ergebenen Frau und den wunderbaren Kindern. Nicht zu vergessen der treue Hund und das Pferd für die Kids. Wenn sie ihm dieses Bild nehmen wollte ... Möglich, dass er ausgerastet ist.«

Interessant. Sie war die Erste aus Sassens persönlichem Umfeld, die ihm die Tat zutraute.

»Halten Sie es für möglich, dass es in Ninas Leben einen anderen Mann gegeben hat?« Er reichte ihr eine Kopie des Phantombilds. Damit hatte er dann diese Frage auch gestellt, und niemand konnte ihm nachsagen, dass er einseitig ermittelte.

»Das hat mich Ihre Kollegin bereits gefragt. Ich habe Nina nie mit diesem Mann gesehen. Ich kenne ihn nicht. Vielleicht ein Kunde. Sie führte seit April das Geschäft in Inning. Rund um den See gibt es jede Menge Kreative. Musiker, Maler, Bildhauer. Manchmal kommt einer in den Laden. Manche haben Geld, auch wenn sie so aussehen, dass man ihnen am liebsten einen Euro zustecken möchte. Fragen Sie Susanne Malik. Sie unterstützte Nina als Verkäufern. Jetzt kümmert sie sich erst einmal allein um den Laden. Ich kann ihn ja schlecht schließen.«

Dühnfort verabschiedete sich von Alice Maurer, nachdem er noch gefragt hatte, ob ihr in letzter Zeit etwas an Nina aufgefallen wäre. Ob etwas anders gewesen sei als sonst, oder ob es Streit mit jemandem gegeben habe. Sie wusste nichts dergleichen. Seine Frage, ob Nina Drogen genommen hätte, wurde mit einem Lachen beantwortet. »Nina und Drogen? Eher kifft die Bundeskanzlerin.«

Er fuhr nach Inning. Der Besuch dort brachte ihn nur insofern weiter, als er die letzte Bestätigung dafür erhielt, dass der Tätowierte nicht existierte. Auch Susanne Malik hatte ihn nie gesehen. Sie war älter als ihre beiden Chefinnen und hatte nach dem Auszug der Kinder beruflich noch einmal neu begonnen. Die Morde erschütterten sie. Sie glaubte nicht, dass Tom Sassen seine Familie ausgelöscht hatte, und schloss sich der Fraktion derer an, die diese Morde für die Tat eines Verrückten hielten, eines seelisch kranken Menschen. Auch sie hatte im Laden ein Bild ihrer Arbeitgeberin und der Kinder mit Trauerflor dekoriert.

Mit Nina hatte sie sich gut verstanden. Doch mit Alice konnte sie sich nicht so recht anfreunden, wie sie freimütig einräumte. »Die beiden sind sehr gegensätzlich. Nina hatte immer ein offenes Ohr. Sie war freundlich und nett. Und Alice ist das Gegenteil. Warme Worte sind nicht ihre Stärke. Mir erscheint sie manchmal verbittert und neidisch.«

»Neidisch? Auf Nina Sassen etwa?«, fragte Dühnfort.

»Wieso auch nicht? Nina hatte alles, was Alice gerne hätte. Einen Mann und Kinder. Eine Familie. Ein schönes

Haus. Eine materiell gesicherte Existenz. Während bei Alice ziemlich viel schiefgeht. Den Laden hat sie überhaupt nur halten können, weil Nina eingestiegen ist. Und kein Mann hält es lange bei ihr aus. Vermutlich ist sie ihnen zu tough und geschäftig.«

32

Dühnfort ging durch die Fußgängerzone und passierte einen Blumenstand. Als er schon vorbei war. hatte er plötzlich die Idee, Gina einen Strauß mitzubringen. Spontan kehrte er um. Rosen kamen nicht in Frage. Vermutlich würde er nie wieder Rosen kaufen können, ohne an Sassen zu denken. Daher entschied er sich für einen Sommerstrauß. Dahlien, Cosmea, Löwenmäulchen und Sonnenblumen. Während die Verkäuferin ihn in Papier wickelte, fiel Dühnforts Blick auf das Schaufenster des Spielwarenladens. Er zahlte und betrat das Geschäft.

Eine halbe Stunde später verließ er es mit einer Plastiktüte. Lego zu kaufen hatte sich in den letzten dreißig Jahren offenbar zu einer Art Wissenschaft entwickelt. Als er ein Junge gewesen war, gab es nur verschiedene Sorten von Steinen. Heute musste man zwischen Sets wählen. Trevi-Brunnen oder Brandenburger Tor? Raumstation oder Bauernhof? Südseeinsel oder Schloss? Er hatte sich für die Ritterburg entschieden und die Frage der Verkäuferin, wie alt das Kind denn sei, kurzerhand mit dreiundvierzig beantwortet.

Er nahm die Abkürzung über den Alten Südfriedhof und trat in die friedvolle Stille dieses Orts der Toten. Die Bäume spendeten Schatten. Der Lärm der Stadt blieb jenseits der Mauern. Am Grab des Musikers, der vor über hundert Jahren gestorben war, blieb er kurz stehen. Der weinende Marmorengel hatte im Lauf der Jahre Flechten angesetzt. Wieder lagen frische Blumen auf der dichten Decke aus Efeu. Noch nie hatte Dühnfort gesehen, wer sie hinlegte, und insgeheim hoffte er, dieses Geheimnis eines Tages zu lüften.

Als er nach Hause kam, war Gina noch nicht da. Er stellte die Blumen ins Wasser und begann die Burg aufzubauen. Eine umfassende Anleitung lag bei. Ratlos studierte Dühnfort sie. Jeder Stein hatte seinen Platz. Kein Raum für Phantasie. Als er ein Junge gewesen war, hatte er mit seinem Bruder Julius alles selbst entworfen. Flughäfen und Bauernhöfe. Burgverliese und Schatzinseln. Er erinnerte sich, wie sie eine Tropfsteinhöhle aus Lego gebaut hatten. In ihrer Vorstellung befand sie sich in einem Höhlensystem Mordors, in dem es natürlich einen Drachen gab, der einem Balrog nicht unähnlich war und einen Schatz aus Alufolienkügelchen bewachte.

In dem Haufen Plastik suchte er die Steine für die Burgmauer zusammen und steckte sie auf die Grundplatte, die keine Platte war, sondern ein Burghügel. Alles war bereits fertig und nur in Teile zerlegt. Am Ende hatten hunderttausend Kinder dieselbe Burg gebaut. Er entschloss sich zur Rebellion und warf die Anleitung zurück in die Schachtel. Er wollte seine eigene Burg errichten.

Gut möglich, dass er altmodisch oder spießig war. Es lag an seiner großbürgerlichen Erziehung, die er keineswegs als Fluch empfand. Er wollte sie nicht loswerden. Er schätzte Konventionen, sie gaben Halt und Struktur. Auch deshalb hatte er sich mit Gina verlobt. Nicht protzig und pompös, sondern still und leise an Weihnachten auf Sylt, im Ferienhaus seines Vaters. Ohne große Worte hatte er ihr am Abend vor Weihnachten den Ring geschenkt, und sie hatte verstanden, was er damit sagen wollte. Eine beinahe wortlose Übereinkunft. Bei ihr musste er sein Innerstes nicht nach außen stülpen und in große Worte fassen. Ein weiterer Grund, sie zu lieben.

Natürlich wollte er sich bei der Familiengründung auch an die Konventionen halten. So, wie es sich gehörte. Es war also an der Zeit, einen Hochzeitstermin festzulegen. Er öffnete die Kalenderapp auf dem Smartphone. Ein paar Wochen würden sie für die Vorbereitungen benötigen. Das letzte Wochenende im September kam in Frage oder das erste im Oktober. Ihm schwebte eine schlichte standesamtliche Zeremonie vor. Da er schon vor Jahren aus der Kirche ausgetreten war – gutbürgerliche Erziehung hin oder her –, schied eine kirchliche Trauung von vornherein aus. Gina war allerdings katholisch. Jedenfalls auf dem Papier, denn er hatte nie erlebt, dass sie einen Gottesdienst besuchte. Doch plötzlich war er sich nicht sicher, ob sie vielleicht von einer Hochzeit in Weiß träumte.

Während er noch darüber nachdachte, kam Gina nach Hause und steckte den Kopf in die Küche. »Bin da!« Überrascht sah sie auf die Burg. »Auch eine Art von Geburtsvorbereitung«, sagte sie grinsend. »Und sehr weitsichtig. So in etwa acht Jahren wird er damit spielen können.«

»Ich übe Vatersein und habe bereits eine Lektion gelernt: Wir müssen unseren Sohn zum Rebellen erziehen.«

»Einverstanden. Solange er sein Revoluzzerdasein mit legalen Mitteln bewältigt.« Sie gab ihm einen Kuss und bemerkte die Blumen neben dem Herd. »Sind die für mich?«

»Für euch.« Er nahm sie in den Arm und machte ein wenig mehr aus ihrem Kuss, der eher beiläufig gewesen war. »Was hältst du von einer Hochzeit Ende September?«

»Klingt gut.«

»Nur standesamtlich oder auch kirchlich?«

Gina lachte. »Kirchlich? Wie kommst du denn darauf? Hast du etwa Angst, dass ich von weißem Kleid und Pferdekutsche träume?«

Er strich ihr eine Haarsträhne hinters Ohr. »Sagen wir

so: Ich war mir nicht ganz sicher, ob du diese Phase überwunden hast. Selbst toughe Frauen wie du schaffen das manchmal nicht.«

»Doch, doch. Ich hab's hingekriegt. Wovon ich träume, ist ein rauschendes Fest mit allen Freunden und Verwandten in einer tollen Location. Wir könnten die Alte Gärtnerei mieten oder das Café im Botanischen Garten.«

»Das ist eine schöne Idee. Dann lass uns bald den Termin festsetzen.« Dühnfort räumte die Legosteine auf und fragte Gina, was sie zu Abend essen wollte. Ein Taboulé oder schnelle Spaghetti mit gebratenen Cherrytomaten und Parmesan? Sie entschied sich für die Pasta, und er begann zu kochen, während sie den Tisch deckte und von ihrem alten Fall erzählte.

»Morgen statte ich der Asservatenkammer beim LKA einen Besuch ab.« Sie schob eine Cherrytomate in den Mund. »Wobei ich ein schlechtes Gefühl habe. Weshalb haben die vor zehn Jahren die Asservate ans LKA gegeben? Den Kollegen, der das gemacht hat, kann ich leider nicht mehr fragen. Er ist vor zwei Jahren verstorben. Ich weiß ja nicht, ob da wirklich was zu finden ist.«

»Schwere Kartons schleppst du aber nicht. Lass das deinen neuen Kollegen machen.«

»Wenn ich ihn überhaupt mitnehme. Der soll erst mal Staub schlucken und sich durch die Akten lesen. Ich werde mit ihm einfach nicht warm.« Eine weitere Tomate verschwand in Ginas Mund. »Stell dir vor«, sagte sie kauend, »heute Morgen kommt er ins Büro gejoggt und wertet als Erstes seine Selftracker-App aus. Panik in der Stimme: Es dauert zu lange, bis der Ruhepuls erreicht ist – als ob über kurz oder lang ein Herzinfarkt zu befürchten wäre. Er ist nicht nur ein Kontrollfreak, er ist obendrein ein Hypochonder. Wenn ich dem erzählen würde, dass ich schwanger bin, was ich nun wirklich nicht vorhabe, würde er mich in Ratschlägen ersäufen und alles besser wissen als meine Gyn. Sie und er wären vermutlich das perfekte Team.« Gina stibitzte sich noch eine Tomate. »Ich überlege übrigens, ob ich mir nicht eine andere Frauenärztin suche.«

Überrascht sah Dühnfort auf. »Wieso denn? Doch nicht, weil sie das Wort Risikoschwangerschaft in den Mund genommen hat?«

»Ich habe sie noch nie so recht gemocht. Außerdem wartet man bei ihr stundenlang, und sie ist ja schon ziemlich alt. Wer weiß, ob sie sich ausreichend weiterbildet und auf dem aktuellen Stand ist.«

Gina zweifelte an Mira Kochs Kompetenz, während er von der ersten Minute an das Gefühl gehabt hatte, dass Gina und das Kind bei ihr in besten Händen waren. Er hatte eine Vermutung, was Gina in Wahrheit zu diesem Wechsel veranlasste: die unterschwellige Angst, dass es Probleme in der Schwangerschaft geben könnte, weil sie nicht mehr die Jüngste war und ihre Ärztin es gewagt hatte, das anzusprechen. Gina wollte das nicht wahrhaben. Sie wollte das Risiko ausblenden und glücklich schwanger sein. Das verstand er ja. Dennoch hatten die Vorsorgeuntersuchungen ihren Sinn und konnten nicht schaden, und das sagte er.

»Irrtum, Tino. Ich habe mich schlaugemacht. Eine Fruchtwasseruntersuchung ist mit erheblichen Risiken behaftet. Die Fruchtblase wird dabei angestochen. Keime können eindringen, es besteht Infektionsgefahr. Außerdem kann Fruchtwasser verlorengehen und das Kind verletzt werden. Ebenso Gebärmutter und Plazenta. Und obendrein besteht die nicht unerhebliche Gefahr einer Fehlgeburt. Und am Ende sind die so gewonnenen Ergebnisse nicht mal zu hundert Prozent sicher. Risiko und Ergebnis stehen in keinem vernünftigen Verhältnis. Ich sehe also keinen Sinn in dieser Untersuchung.«

Dühnfort wusste nicht so recht, was er davon halten sollte. Einerseits hätte er gerne die Sicherheit, dass alles in Ordnung war und er sich keine Sorgen machen musste, weder um Gina noch um das Kind. Doch die Vorstellung einer Nadel, die Ginas Bauchdecke durchbohrte und in die Fruchtblase eindrang, fand er geradezu schauerlich.

»Wir müssen das nicht heute entscheiden. Essen ist gleich fertig. Allerdings werden es keine Spaghetti mit Cherrytomaten werden, wenn du noch eine isst. Dann muss ich zum Knoblauch greifen, und es gibt Pasta aglio e olio.«

33

Als Karsten an diesem Abend den Wagen auf dem Garagenvorplatz ausrollen ließ, bemerkte er vor dem Grundstück zwei Fotografen. Offenbar lauerten sie auf eine Aufnahme von Tom. Da sie die nicht bekamen, richteten sie ihre Objektive auf ihn. Unwillkürlich beschleunigte er seine Schritte, während er zur Haustür ging, und senkte den Blick, als hätte er etwas zu verbergen. Im selben Moment ärgerte er sich darüber und schloss die Tür lauter als nötig.

Irene und Tom unterhielten sich in der Küche und schienen sein Kommen nicht bemerkt zu haben. »Ich hoffe, du erträgst eine ehrliche Antwort«, sagte Irene gerade. »Empathie ist eine Art Terra incognita für dich, unbekanntes Land, sonst wüsstest du, was Nina durchgemacht hat. Freundschaft und Vertrauen. Für dich sind das Einbahnstraßen. Man soll sie dir entgegenbringen, aber von dir sollte man sie besser nicht erwarten. Karsten, zum …«

»Spar dir deine Moralpredigt. Das ist ja nicht auszuhalten«, konterte Tom.

Irenes Tonfall wurde schärfer. »Genau. Das meine ich. Ich wage es und übe Kritik, und das erträgst du nicht.«

Konnte Irene nicht einmal mit ihrer Meinung hinter den Berg halten und in dieser Situation Rücksicht auf Tom nehmen? Karsten betrat die Küche. Das Gespräch verstummte. Tom lehnte am Kühlschrank. Irene räumte den Spüler ein. Karsten begrüßte sie mit einem Kuss auf die Wange. Dann wandte er sich an Tom. »Conny hat mir etwas für dich mitgegeben.« Er zog das Smartphone hervor und reichte es ihm. »Bis du ein neues besorgt hast, tut es ihr altes, meint sie. Und außerdem war Alice Maurer bei mir. Sie braucht irgendwelche Unterlagen. Du sollst dich bei ihr melden.«

»Die blöde Wachtel soll warten. Ich habe derzeit andere Sorgen.«

Beim Essen erzählte Karsten, dass Conny eingesprungen war. Tom hatte also ausreichend Zeit, die Therapie bei Dr. Ditz zu beginnen. Doch er wollte nicht.

»Ich brauche keine Therapie. Die bringt mir ... meine Frau und ... und ... die Kinder ... Scheiße! Ich schaffe es nicht, ihre Namen auszusprechen.« Er knüllte die Papierserviette zusammen und warf sie auf den Teller. »Warum bin ich übrig? Kannst du mir das sagen?« Mit einem Ruck schob er den Stuhl zurück und verließ die Küche.

Irene sah ihm nach. »Was für ein theatralischer Abgang. Immer nur er, er, er. Was Nina und die Kinder erleiden mussten, darüber verliert er kein Wort.«

Ärger stieg in Karsten auf. Er konnte Irenes ewiges Genörgel über Tom nicht mehr ertragen. »Ich sehe nach ihm.«

»Natürlich.« Ihre Stimme hatte einen neuen Klang. Hart und gleichzeitig gebrochen. Der feine Sprung wuchs sich zum Riss aus. Er hörte es und konnte doch nicht anders.

Tom war im Häuschen und drückte zwei Tabletten aus dem Blister. Eine neue Flasche Wodka stand auf dem Tisch. Er schenkte sich ein und wollte das Beruhigungsmittel damit hinunterspülen.

Karsten nahm ihm das Glas aus der Hand. »Hör auf mit dieser Scheiße! Ich lasse dich sonst als suizidgefährdet einweisen. Verstanden?«

»Ja. Mach doch. Dann seid ihr mich los.«

»Jetzt suhle dich nicht im Selbstmitleid, sondern sieh zu, dass du wieder in die Spur findest. Du hast Freunde, die dich dabei unterstützen. Mach diese Therapie! Und jetzt joggen wir eine Runde. Das wird dir helfen und nicht das.«

Karsten kippte den Inhalt des Glases in den Ausguss, leerte den der Flasche hinterher und fragte sich, weshalb er derart wütend war. Auch ihm würde Laufen guttun, würde ihn runterholen und den Adrenalinpegel auf Normalpegel senken.

Zehn Minuten später liefen sie los und schlugen den Weg an der Würm entlang in den Wald ein. Nach dem Gewitter am Nachmittag roch die Luft wie frisch gewaschen, nach nassem Moos und Holz. Allmählich entspannte er sich.

Natürlich! Noch immer hatte Karsten den brüchigen Klang von Irenes Stimme im Ohr. Etwas passierte mit ihnen. Mit ihrer Ehe. Etwas, das er nicht wollte, das er aufhalten musste, über das er aber keine Kontrolle zu haben schien.

Es war beinahe dunkel, als sie ausgepowert zurückkamen. Tom verschwand in seinem Reich, nachdem Karsten ihm die Zusage abgenommen hatte, nicht für Wodkanachschub zu sorgen. Irene saß im Wohnzimmer und sah einen Film. »Ich dusche rasch, und dann reden wir.«

Mit der Fernbedienung stellte sie den Ton leise. »Worüber denn, Karsten? Über deine unverbrüchliche Freundschaft zu Tom? Das haben wir doch schon so oft. Es gibt keine neuen Argumente. Es ist immer dieselbe Tonspur. Er ist nun mal wichtiger, und es ist geradezu lächerlich oder grotesk, vielleicht auch traurig und erbärmlich, dass ich auf einen Mann eifersüchtig bin. Bin ich aber. Vor allem, weil ich es nicht verstehen kann. Denn er ist deine Freundschaft nicht wert. Ich wiederhole mich. Ich weiß. Dass du mich seinetwegen alleine zur Biopsie hast gehen lassen, das nehme ich dir wirklich übel. Immer noch. Auch das weißt du. Also, worüber wollen wir reden?« Sie stellte den Ton wieder lauter.

Es war alles gesagt aus ihrer Sicht. Karsten fühlte sich

erschöpft und leer. Nachdem er geduscht hatte, fühlte er sich nicht besser. Irene sah noch immer den Film. Er ging in das Arbeitszimmer, das sein Rückzugsort war. Aus dem Regal nahm er die Flasche Lagavulin und schenkte einen Fingerbreit vom Single Malt in ein Glas.

Der PC war an. Er holte ihn aus dem Ruhemodus und checkte seine Mails. Werbung, Spam, eine Nachricht von Alice Maurer, Tom sollte sich bitte melden, dringend! Und eine Mail mit dem Betreff *Der Ehemann erfährt es immer zuletzt*.

Eine leichte Beunruhigung stieg in ihm auf, während er sie öffnete. Kein Text. Nur Bilder. Fotos von Tom und einer Frau mit rotblondem Haar. Es dauerte eine Sekunde, bis er erkannte, dass es wirklich Irene war. Weil es unvorstellbar war. Tom und Irene. Ihm wurde schlagartig übel.

Von wem kam das? Der Absender lautete: einfreund@gmx.de.

Lächerlich. Absurd. Tom und Irene. Das konnte nicht sein.

Hastig klickte Karsten durch die Aufnahmen. Die beiden Hand in Hand beim Check in in einem Hotel. Ein Foto des Anmeldeformulars. Tom hatte ein Doppelzimmer gebucht. Die beiden eng umschlungen beim Tanzen in einer Bar. Knutschend unter einem kahlen Baum. Es war unmöglich. Ein Fake. Doch diese Aufnahmen waren keine Fälschung.

Irene verabscheute Tom, hasste ihn beinahe. Wieso hatte sie sich mit ihm eingelassen?

Wann?

Eine Zeile mit Datum und Uhrzeit war in die Bilder eingeblendet. Anfang November letzten Jahres. Da war Irene in Köln gewesen. Eine Erbenermittlung. Doch das Hotel kannte Karsten. Es war in München. Die Villa Millefiori am Englischen Garten.

Irene hatte ihn mit Tom betrogen.

Er konnte es nicht glauben. Mit einem Zug leerte er das Glas und schenkte sich ein zweites ein. Wut stieg in ihm auf. Kalter Zorn. Nicht auf Irene. Sondern erstaunlicherweise auf Tom, wie Karsten verblüfft feststellte. Er hatte eine Grenze überschritten. Er war zu weit gegangen. Er hatte ein ungeschriebenes, aber stets beachtetes Gesetz gebrochen. Jeder lässt die Finger von den Frauen des anderen. Seit ihrer Pubertät hatte es gegolten.

Karsten druckte die Bilder aus und verließ das Haus durch die Hintertür. Bei Tom brannte Licht. Ohne zu klopfen, trat er ein. Er sah nicht rot. Es war eher die Farbe von blankem Stahl. Tom blickte auf. Karsten knallte die Fotos auf den Couchtisch. »Damit ich dir nicht lange erklären muss, weshalb du jetzt deinen Krempel packst und verschwindest. Und zwar sofort.« Seine Kiefer mahlten, die Fäuste waren geballt. Adrenalin bis in die Haarspitzen. Noch nie war er so wütend gewesen. Am liebsten hätte er sich auf Tom gestürzt und ihn verprügelt.

»Was ist denn mit dir los?« Tom griff nach den Ausdrucken und wurde tatsächlich eine Nuance blasser. »Es war nicht so, wie du jetzt denkst«, sagte er schließlich.

»Ach?«, stieß Karsten hervor. »Du hattest nichts mit meiner Frau? Sieht nur so aus.«

In einer entschuldigenden Geste, die Karsten noch wütender werden ließ, drehte Tom die Handflächen nach außen. »Das ging nicht von mir aus. Sie war das. Sie hat mich total angemacht.«

Der Stahl wechselte von einer Sekunde auf die andere seine Farbe, wurde glühend rot. »Jetzt reicht es! Raus! Verschwinde! Hau ab, bevor ich mich vergesse!« Er zerrte Tom vom Sofa hoch. Es kostete ihn alle Beherrschung, ihm nicht in die Fresse zu dreschen. Auf dem Absatz machte

Karsten kehrt, bevor er sich vergaß. Krachend donnerte die Tür hinter ihm ins Schloss.

Einen Moment stand er bebend vor Wut in der Dunkelheit. So konnte er Irene nicht gegenübertreten. Er musste erst von seinem Zorn runterkommen. Also ging er einmal um den Block, um sich zu beruhigen. Als er das Haus wieder betrat, fuhr ein Taxi vor. Irene erschien im Flur. »Wo kommst du denn her?«

Er atmete durch. »Ich habe einen Spaziergang gemacht.«

Sie bemerkte das Taxi und Tom, der mit Connys Rollkoffer den Weg vom Häuschen nach vorne lief und die Hand zum Gruß hob, als er sie beide in der offenen Tür stehen sah.

»Er zieht aus? Wieso denn?«, fragte Irene verblüfft.

»Ich habe ihn darum gebeten. Das war es doch, was du wolltest.«

34

Nachts wälzte Karsten sich schlaflos im Bett. Er wollte Irene nicht verlieren. Er musste ihr verzeihen, auch wenn er nicht verstand, weshalb sie sich mit Tom eingelassen hatte. Jedenfalls nur eine Bettgeschichte. Ganz sicher nicht Liebe. Ein schwacher Trost. Schließlich fiel er in einen unruhigen Halbschlaf, bis die Frage in ihm aufstieg, wer diese Bilder von Irene und Tom gemacht und ihm geschickt hatte. Denn auf einigen der Aufnahmen waren beide zu sehen. Sie selbst konnten es also nicht gewesen sein. Und warum bekam er die Bilder ausgerechnet jetzt, zehn Monate später?

Im Morgengrauen traf Karsten eine Entscheidung. Er würde Irene nicht darauf ansprechen. Nicht heute. Nicht morgen. Nie. Er wollte nicht wissen, wie es dazu gekommen war, dass sie ihn mit Tom betrogen hatte. Der Sprung durfte sich nicht zum Riss auswachsen. Er liebte seine Frau und war entschlossen, ihr zu verzeihen.

Deshalb schickte er Tom eine SMS und bat ihn, Irene nicht zu sagen, dass er Bescheid wusste. *Kann ich mich darauf verlassen?*

Fünf Minuten später kam Toms Antwort. *Versprochen.*

Beim Frühstück wirkte Irene gelöst, und Karsten fragte sich, weshalb. Weil Tom ausgezogen war und sie endlich einen Sieg über ihn errungen hatte? Oder weil er ihr schlechtes Gewissen nicht länger durch seine Anwesenheit strapazierte? Er schob diese Überlegungen beiseite. Irene war gut gelaunt. Das alleine zählte. Er gab ihr einen Kuss, den sie erwiderte und der langsam leidenschaftlicher wurde. Er löste den Gürtel ihres Morgenmantels und ließ seine Hände unter ihr Schlafshirt und über ihre Brüste gleiten. Ihre Körperspannung veränderte sich schlagartig. Ihre Nippel wurden fest und sein Schwanz hart. Er wusste, warum er plötzlich total scharf auf sie war. Es war primitiv und archaisch. Sie gehörte ihm. Sonst keinem. Das wollte er ihr und sich beweisen und nahm sie auf dem Küchentisch. Ein beinahe grober Akt. Sie kamen gleichzeitig und hielten sich noch einem Moment umschlungen. Kein Wort gesprochen und doch so viel gesagt.

Irgendwann lachte Irene. Es war ein fremdes Lachen, spröde und trocken. Sie löste sich von ihm und ging ins Bad. Er sah ihr nach. Dieses Lachen irritierte ihn. So hart, beinahe verbittert. Es konnte alles bedeuten und nichts.

Er dachte darüber noch nach, als er zur Praxis fuhr und seinen Wagen auf dem Stellplatz in der Tiefgarage parkte. Einen Moment später hielt Conny mit ihrem blauen Alfa auf Toms Platz daneben.

Sie begrüßten sich wie immer mit einer Umarmung. »Guten Morgen, Karsten. Sag mal, gab es Krach zwischen dir und Tom? Er ist gestern Nacht aufgekreuzt und hat nur gesagt, dass er dir und Irene nicht langer zur Last fallen will. Dann hätte er allerdings nicht mitten in der Nacht ausziehen müssen. Am besten hätte er mein Angebot gleich angenommen. Jedenfalls wohnt er jetzt erst einmal bei mir.«

Dass Irene ihn mit Tom betrogen hatte, war nichts, womit Karsten hausieren gehen wollte. Einerseits aus Loyalität Irene gegenüber, andererseits aus gekränktem Stolz. Vor allem aber, weil er nicht wollte, dass Irene auf dem Umweg über Conny erfuhr, dass er im Bilde war. Also suchte er nach einer Ausrede, und da kam ihm die Therapie gerade recht. Er erklärte Conny, dass Tom sich weigerte, sie zu machen, weil sie seiner Meinung nach nichts brachte. Darüber hatte es Streit gegeben.

Mit dem Lift fuhren sie nach oben in die Praxis. Im Wartezimmer saßen bereits die ersten Patienten.

Lilly stand vor der Hängeregistratur neben dem Empfangstresen und legte Patientenakten bereit. Sie sah blass aus. Toms Worte fielen ihm wieder ein: *Sie denkt, dass ich ihre Erlösung bin und sie aus ihrem Ghetto rette.* Wenn sie tatsächlich glaubte, dass Tom mehr von ihr wollte als Sex, war sie naiver, als Karsten dachte.

Das Thema *Kündigung* stand noch im Raum. Karsten hatte es nicht mehr angesprochen, nachdem Tom die Praxis verlassen hatte, und er hatte auch nicht vor, es zu seinem zu machen. Tom sollte das klären, sobald er wieder mitarbeitete. Lilly begrüßte ihn und Conny. Sabine kam mit einem Beutel Müll aus Toms Sprechzimmer. Alle machten sich an die Arbeit.

Dank Connys Unterstützung verlief der Vormittag einigermaßen ruhig. Allerdings war Lilly ein wenig neben der Spur. Zweimal verwechselte sie Patientenakten und vergaß, einen Schnelltest auf Streptokokken zu machen. Außerdem hatte Karsten das Gefühl, dass sie ihn beobachtete, obwohl ihr Blick jedes Mal auswich, wenn er sie ansah.

Belastete das Thema Kündigung sie derart? Dann sollte er mit ihr reden. Doch plötzlich blitzte die Idee auf, dass vielleicht sie ihm die Mail mit den Fotos von Tom und Irene geschickt hatte, weil sie auf Irene eifersüchtig war.

Gegen Mittag ebbte die Flut ab. Um halb eins war das Wartezimmer leer. Sabine und Lilly verabschiedeten sich in die Mittagspause. Wie gestern schlug Karsten Conny vor, zum Italiener zu gehen. Doch sie wollte nach Hause. »Tom muss sich um die Beisetzung kümmern. Das schafft er nicht allein.«

»Überlaste dich nicht. Ich nehme dir gerne etwas ab.«

»Keine Sorge. Ich kenne meine Grenzen und werde mich rechtzeitig ausklinken. Wenn es mir zu viel wird, delegiere ich einen Teil an dich.«

Conny war eine gute Seele. Auch wenn er sie anfangs eigentlich nicht gemocht und während ihrer Facharztausbildung in Großhadern vor allem eine Konkurrentin in ihr gesehen hatte. Zu ehrgeizig. Zu sehr auf Karriere bedacht. Eigenschaften, die er einem Mann zubilligte und bei einer Frau unbewusst abgelehnt hatte. Ganz wie sein Vater. Gelernte Vorurteile. Er hatte sie mittlerweile abgelegt.

Ehrgeizig war Conny noch immer, und das war mit ein Grund ihres Beinahe-Burn-outs. Die Stelle in der HNO-Abteilung im Klinikum Rechts der Isar hatte sie nach ihrer Rückkehr aus Dresden vor zwei Jahren unter der Prämisse angetreten, dass sie in absehbarer Zeit zur Stellvertreterin des Leiters berufen würde. Doch es gab einen Konkurrenten, der Karstens Meinung nach die besseren Karten hatte. Länger dabei, besser vernetzt und vor allem Günstling des Chefs, der die beiden gegeneinander ausspielte und so das Beste aus ihnen herausholte. Doch Conny hatte das nicht erkannt und lange an die Zusage geglaubt. Zwischen den Zeilen lesen zu können und derartige Spielchen zu erkennen gehörte wahrlich nicht zu ihren Stärken. Das war Karsten schon einige Male aufgefallen.

»Mach das aber wirklich«, sagte er nun und umarmte sie zum Abschied. »Melde dich, wenn ihr Unterstützung braucht.«

»Ja, versprochen.« Conny fuhr mit dem Lift in die Tiefgarage weiter. Er stieg bereits im Erdgeschoss aus und machte sich zu Fuß auf den Weg zum Italiener. Vielleicht hatte Irene ja Zeit, mit ihm zu essen. Ihr Büro am Pariser Platz war nur zwei S-Bahn-Stationen entfernt. Er griff in die Hosentasche, um das Handy hervorzuholen, doch er hatte es im Sprechzimmer liegenlassen, also kehrte er um, fuhr mit dem Lift nach oben und sperrte die Praxis auf.

In den Räumen war es ruhig. Das Handy lag neben der Tastatur. Er steckte es ein und trat auf den Flur, als er plötzlich ein Geräusch hörte. Es kam aus Toms Zimmer und klang wie das Klappern der Computer-Tastatur. Hoffentlich kein Einbrecher. Doch die Praxistür war verschlossen gewesen, als er gekommen war. Das konnte nur Lilly sein. Leise ging er näher. Die Tür war angelehnt. Durch den Spalt sah er sie. Sie saß an Toms PC, hatte die Unterlippe unter die Schneidezähne gezogen und scrollte hektisch. Karsten stieß die Tür auf. Sie fuhr zusammen. Mit zwei Schritten war er am Schreibtisch. »Was machen Sie da!«

Ihr Zeigefinger sauste auf eine Taste nieder. »Nichts.«

»Verkaufen Sie mich nicht für blöd.« Auf dem Monitor füllte sich in rasender Geschwindigkeit ein blauer Balken. *Papierkorb entleeren.*

»Was haben Sie gelöscht?«

Lilly schob den Stuhl zurück und stand auf. »Das geht Sie nichts an.«

Das ging ihn also nichts an. Zorn schoss in ihm hoch, wie eine Stichflamme. »Sie sagen mir jetzt, was Sie gelöscht haben, oder ich rufe die Polizei.«

Mit zusammengepressten Lippen hielt sie seinem Blick stand. Ein stummer Kampf, den Karsten nicht zu verlieren gewillt war. »Wenn das Patientendaten waren, ist das strafbar. Ist Ihnen das klar?«

Trotzig schob sie die Hände in die Hosentaschen.

»Ich meine das ernst.« Er zog das Handy hervor und ließ Lilly dabei nicht aus den Augen. Ihre Mimik veränderte sich von Widerstand in Kapitulation, die Schultern sanken herab. »Es waren Bilder.«

Etwa die von Tom und Irene?, fragte Karsten sich. »Welche Bilder?«

»Tom hat sie gemacht. Von mir ... Von uns ... Sie wissen schon.«

»Nein. Ich weiß nicht.« Obwohl ihm etwas schwante.

Aufmüpfig reckte sie die Brust. »So Pornoscheiß halt. Die Polizei verdächtigt Tom. Ich wollte nicht, dass sie die finden.«

Karsten stöhnte lautlos. »Sie hätten ihn bitten können, das zu löschen.«

»Hab ich ja. Er hat gesagt, dass er es getan hat, aber ich kenn ihn. Natürlich hat er mich angelogen.« Abwartend legte sie den Kopf in den Nacken.

Karsten reichte es. Tom und seine Bettgeschichten. Am Arbeitsplatz! Vielleicht war er unfair, aber Lilly hatte jeden Kredit verspielt, sie hatte an Toms PC nichts zu suchen. Wer wusste schon, was sie wirklich gelöscht hatte. »Ein zerrüttetes Vertrauensverhältnis ist ein Kündigungsgrund. Ich kündige Ihnen hiermit fristlos. Packen Sie Ihre Sachen und geben Sie mir die Schlüssel.«

Für einen Augenblick schwieg Lilly fassungslos. »Sie werfen mich raus?«

»Ja!«

»Das können Sie nicht machen. Ich gehe vors Arbeitsgericht!«

»Von mir aus. Aber jetzt geben Sie mir die Schlüssel.«

Sie löste sie vom Bund, knallte sie auf den Tisch und stob aus dem Zimmer. Er folgte ihr und ließ sie nicht aus den Augen, bis sie ihre Handtasche und ihre Jacke genommen hatte und die Praxistür hinter sich ins Schloss warf.

Erst dann kehrte er in Toms Zimmer zurück und setzte sich an den PC. Etwas war anders auf dem Schreibtisch. Er kam nicht darauf und klickte den virtuellen Papierkorb an.

Er war leer. Was auch immer Lilly gelöscht hatte, war weg. Genau wie der Silberrahmen mit den Familienbildern, der immer neben dem Computer gestanden hatte. Dieses Miststück! Karsten wählte Lillys Handynummer. Es klingelte einmal, dann hatte sie das Gespräch weggedrückt. Die Mailbox sprang an.

»Liebe Frau Steinle«, begann Karsten bedrohlich ruhig. »Auf Dr. Sassens Schreibtisch fehlt der silberne Bilderrahmen. Ich erwarte, dass Sie ihn zurückbringen. Heute noch. Anderenfalls gibt es eine Anzeige wegen Diebstahl.«

Sein Magen knurrte, doch er hatte keine Lust mehr, essen zu gehen. Also besorgte er sich beim Metzger an der Ecke eine Leberkässemmel und ein Schälchen Kartoffelsalat und setzte sich in der Teeküche an den Tisch. Als er fertig war, räumte er auf und warf den Plastikbecher in den Mülleimer. Etwas blitzte zwischen Papier, Plastik und Filtertüten auf. Er zog es hervor. Es war der Bilderrahmen mit allen Bildern.

35

Dühnfort warf Schellenbergs Bericht zurück auf den Aktenstapel. Ein Meisterwerk in der Kunst des Sich-nicht-Festlegens. Ob Sassen die Kontrolle über das Fahrzeug verloren hatte oder es zunächst in suizidaler Absicht Richtung Brückenpfeiler steuerte und erst im letzten Moment auf die Bremse getreten war, ließ sich nicht feststellen. Verdammter Mist!

Es klopfte kurz an der Tür. Russo trat ein. »Hallo, Tino. Tausche eine schlechte Nachricht gegen einen guten Espresso.«

»Toller Deal.« Die Maschine war ohnehin noch aufgeheizt, und eigentlich konnte auch er einen zweiten Espresso vertragen. Also stand Dühnfort auf, füllte den Siebträger und drückte das Kaffeepulver mit dem Tamper fest.

Russo beobachtete diese Prozedur. »Ich habe mir neulich mal Kapselmaschinen angesehen. Vielleicht kaufe ich mir eine. Sie sind längst nicht so teuer wie deine Pavoni, und man spart sich die ganze Arbeit. Kapsel rein, Knopf drücken, und schon rinnt der Espresso in die Tasse.«

»War das die schlechte Nachricht?«

»Sie taugen also nichts?«

Mit dem Dampfstrahl wärmte Dühnfort die Tassen vor. »Wenn du weiterhin Plörre trinken willst, dann bediene dich an den Automaten im Flur. Das ist billiger. Und wie lautet nun die Hiobsbotschaft?«

»Wir kommen an Radev nicht ran. Er ist untergetaucht oder tot. Es gibt das Gerücht, dass er nach einem Streit mit Petkov seinen letzten Atemzug getan hat. Jedenfalls ist er seither verschwunden und hat keinen Kontakt zu seinen eigenen Leuten.«

»Mist. Und habt ihr herausgefunden, ob Sassen sich im Hot Miami herumtreibt?«

»Da kennt ihn niemand. Die Kollegen vom Rauschgift haben sich in der Szene umgehört. Auch dort ist er nicht bekannt. Bisher also keine Verbindung zur Tatwaffe.«

»Er wird sie auf dem Schwarzmarkt gekauft haben.«

»Oder er war es nicht.«

»Es gibt nichts, das das nahelegt. Was wir haben, deutet auf Sassen als Täter hin. Auch wenn es nicht viel ist.«

»Die Spurenlage ist zu dünn. Nur ein Blutfleck an der Hose. Solange er ein Alibi hat, reicht das nicht. Was ist eigentlich mit dem Motiv Habgier? Irgendjemand wird die Sassens doch beerben?«

»Bis jetzt ist kein Testament aufgetaucht. Es gilt also die gesetzliche Erbfolge. Tom Sassen beerbt seine Frau.«

»Wer würde erben, wenn es auch ihn erwischt hätte?«

»Sein Vater ist der nächste Verwandte. Der Mann ist achtundsiebzig und lebt in einem Pflegeheim. Wenn Gier das Motiv wäre, dann hätte zumindest das Pony überlebt. Es gab keinen Grund, die Haustiere zu erschießen. Außer den Hund, falls er gebellt hat.«

Dühnfort trank seinen Espresso mit zwei bedächtigen Schlucken. »Die Behrendsen wird erst einen Rückzieher machen, wenn wir ihr die Lüge nachweisen können oder sie überzeugt ist, dass Sassen es war. Solange wird sie ihn für einen unschuldig Verfolgten halten, den sie vor Polizeiwillkür schützen muss.« Sie drehten sich im Kreis. Russo stellte die geleerte Tasse ab und verabschiedete sich.

Dühnfort überlegte, ob er nicht doch noch einen Versuch bei Conny Behrendsen starten sollte, als sein Handy klingelte. Anke Frieß meldete sich. »Hallo, Tino, wir haben einen anonymen Hinweis im Fall Sassen bekommen. Der Anrufer behauptet, dass Sassen kokst. Wenn wir mehr darüber wissen wollen, sollten wir uns an Lilly Steinle wenden, seine Mitarbeiterin.«

»Danke für die Info.« Dühnfort legte auf. Wie ernst war dieser Hinweis zu nehmen? Weder im Haus in Schäftlarn noch in der Praxis oder dem BMW war Kokain gefunden worden, und Russo hatte ihm ja gerade mitgeteilt, dass man Sassen in der Szene nicht kannte. Vermutlich eine der üblichen Verleumdungen. Allerdings waren durch die Tatwaffe Petkov und Jaschke und das Hot Miami in ihren Ermittlungen aufgetaucht und damit das Thema Drogen.

Erneut begann sein Handy zu klingeln. Eine unbekannte Nummer erschien im Display. »Ja? Dühnfort.«

Die Stimme einer Frau begann zu sprudeln. »Assekuranz Lebensversicherungen, Isabel Lamprecht, guten Tag, Herr Dühnfort. Sie sind der Ermittler im Mordfall Nina Sassen?«

»Das ist richtig. Worum geht es?«

»Es gibt eine Police zugunsten einer Frau Alice Maurer, wohnhaft in Starnberg. Sie hat die Auszahlung beantragt. Ich bin die zuständige Sachbearbeiterin. Damit das Geld ausgezahlt werden kann – immerhin eine halbe Million –, muss ich definitiv ausschließen können, dass die Begünstigte in den Mord verwickelt ist. Als Täterin, Mittäterin oder Anstifterin bekäme sie nämlich keinen Cent.«

Eine halbe Million. Das war in der Tat eine Neuigkeit. Und Alice Maurer wartete nicht bis nach der Beisetzung, um die Auszahlung zu beantragen. Dühnfort konnte Isabel Lamprecht nicht weiterhelfen. Aber eine unerwartete Perspektive auf den Fall hatte sich gerade eröffnet.

36

Dühnfort ging über den Flur in das Büro von Kirsten und Alois. Alois war nicht da. Er klapperte die Tankstellen ab, auf der Suche nach der einen, an der Sassen den Reservekanister aufgefüllt hatte. Kirsten saß am PC und sah auf, als er eintrat.

»Nina Sassen hatte eine Lebensversicherung zugunsten von Alice Maurer abgeschlossen. Du hast dich doch mit ihr befasst. Kannst du mich kurz ins Bild setzen?«

Kirsten beendete die Eingabe und schwenkte auf dem Drehstuhl herum. »Wie hoch denn?«

»Genug für ein Motiv. Fünfhunderttausend.«

»Nicht schlecht.« Kirsten nickte anerkennend. »Alice Maurer ist eine geschäftstüchtige Frau. Immer auf der Suche nach einem Deal mit ordentlicher Rendite. Die Läden werfen keinen großen Gewinn ab, aber sie laufen. Anders sieht es mit den Geschäften aus, die sie nebenbei betreibt. Meist Immobilien. Ihr aktuelles Projekt ist eine alte Villa in Aufkirchen. Die hat sie günstig bekommen und lässt sie derzeit renovieren und in Eigentumswohnungen umbauen.«

Das Telefonat fiel ihm ein. *Sie kommen Ihren Verpflichtungen nach. Und ich meinen. Es dauert nur ein paar Tage. Die Bank ist informiert.*

Mit keinem Wort hatte sie die Versicherung erwähnt, als er mit ihr gesprochen hatte. »Ich fahre jetzt nach Starnberg. Kannst du in der Zwischenzeit einem anonymen Hinweis nachgehen, dass Sassen kokst? Lilly Steinle weiß angeblich darüber Bescheid. Rede mit ihr.«

»Sassen und Kokain? Sieh mal an. Wenn das stimmt, haben wir hoffentlich den Link zu Jaschke gefunden. Ich mache mich gleich auf den Weg.«

Kurz nach zwei betrat Dühnfort den Laden *Maurer & Sassen, Interiordesign.* Alice Maurer war in einem Gespräch mit einer Kundin, die nach Sofakissen suchte, und quittierte sein Erscheinen mit einem verärgerten Blick. Das Gespräch zog sich hin. Die Bezüge aus einer Leinen-Seiden-Mischung musste man reinigen lassen. Das Muster des einen passte dann doch nicht so optimal, und die Farbe eines anderen war bei genauerer Betrachtung eigentlich zu grün. Das konnte noch ewig so weitergehen. Dafür fehlten Dühnfort Zeit und Geduld. Das versuchte er Alice Maurer mit einem Blick zu signalisieren, auf den sie nicht reagierte. Dann eben nicht. Dann musste das anders gehen.

»Entschuldigen Sie, wenn ich störe«, wandte er sich an die Kundin, eine Frau in Designerkleidung und münchenblond gefärbten Haaren. Alter nicht schätzbar. Zu viele Liftings. Sie konnte fünfzig sein oder auch siebzig. »Dühnfort, Kripo München. Ich muss dringend mit Frau Maurer sprechen. Überlassen Sie sie mir für ein paar Minuten?«

Überrascht sah sie ihn an. »Ich habe meine Zeit auch nicht gestohlen. Stellen Sie sich mal schön hinten an. Schließlich sind Sie Beamter und werden von mir bezahlt.«

Plötzlich sah er rot. Der Frust über diese verfahrene Ermittlung brach sich Bahn. »Von den Steuerzahlern werde ich bezahlt, nicht von Ihnen. Und die erwarten, dass ich die Morde an zwei Kindern und ihrer Mutter aufkläre. Und zwar zackig. Und Leute Ihres Schlags haben ihr Geld ohnehin in Steuerparadiesen gebunkert und drücken sich davor, ihren Anteil an der Finanzierung des Gemeinwesens zu leisten.«

Die Frau schnappte nach Luft. »Sie unterstellen mir Steuerhinterziehung?«

Er war zu weit gegangen. Entschuldigend hob er die Hände. »Ich unterstelle Ihnen gar nichts. Ich will nur mit Frau Maurer reden. Geht das?«

Alice Maurer rang um Fassung. »Ihr Verhalten ist das Letzte. Ich werde mich bei Ihrem Vorgesetzten beschweren.«

»Von mir aus. Vorher begleiten Sie aber Ihre Kundin hinaus. Oder wollen Sie in ihrer Gegenwart über die Lebensversicherung sprechen? Sie scheinen das Geld ja dringend zu brauchen, wenn Sie nicht einmal bis nach der Beisetzung warten können.«

Alice Maurers Gesicht versteinerte für eine Sekunde. Dann zauberte sie ein Lächeln herbei. Es galt nicht ihm. »Es tut mir leid, Frau Wagner. Der Herr ist stur, wie Sie sehen. Gehen Sie doch solange zu Maurice hinüber und trinken ein Glas Champagner. Er soll es auf meine Rechnung setzen. In ein paar Minuten bin ich wieder ganz für Sie da.« Sie bugsierte die Kundin zur Tür, schloss hinter ihr ab und kehrte vor Zorn bebend zu ihm zurück. »Sie gehört zu meinen besten Kunden, und Sie werfen sie aus meinem Laden! Wegen einer lächerlichen Versicherung. Das hätte warten können.«

»Eine halbe Million ist alles andere als lächerlich. Warum haben Sie mir das verschwiegen?«

Alice Maurer taxierte ihn mit eisigem Blick und atmete durch. Von einer Sekunde auf die andere hatte sie sich wieder im Griff. »Sie haben nicht danach gefragt, und ich fand es nicht erwähnenswert. Denn das hat nichts mit den Morden zu tun.«

»Weshalb hat Nina Sassen eine Lebensversicherung zu Ihren Gunsten abgeschlossen?«

»Weil auch ich eine für sie abgeschlossen habe. Es beruhte auf Gegenseitigkeit. Wenn einer von uns etwas zugestoßen wäre, hätte die andere die Läden kaum halten können. Wir sind finanzielle Verpflichtungen eingegangen. Allein die Mietverträge, die Ware, zwei geleaste Fahrzeuge, Lohnkosten für eine Verkäuferin und mehrere Aushilfen. Das summiert sich. Ich habe einen Anspruch auf die Auszahlung. Sie haben keinen Grund, mir Vorwürfe zu machen, weil ich sie beantragt habe. Recht ist nun einmal Recht. Sie können das gerne pietätlos finden.«

»Sicher können Sie mir sagen, wo Sie in der Nacht zum letzten Sonntag zwischen halb zwei und halb drei waren.«

»Sie verdächtigen mich?« Mit der Hand wies sie auf sich und lachte.

»Ich will Sie ausschließen können. Haben Sie nun ein Alibi?«

»Natürlich nicht. Nachts um zwei pflege ich zu schlafen. Meistens allein. Ich habe also keinen Zeugen.«

»Das Geld aus der Versicherung scheinen Sie ja wirklich dringend zu brauchen. Ärger mit der Baustelle in Aufkirchen?«

»Ach? Davon wissen Sie? Sie scheinen mich ja tatsächlich für eine Mörderin zu halten.« Sie versuchte ein Lächeln, doch es erreichte die Augen nicht. »Mit der Renovierung der Seemann-Villa läuft alles bestens. Ich hatte keinen Grund, Nina zu erschießen, um an das Geld zu kommen. Das unterstellen Sie mir doch. Und warum hätte ich den Kindern etwas antun sollen, wenn es ausreichend gewesen wäre, Nina abzumurksen?«

Gute Frage. Vielleicht war etwas schiefgegangen. Vielleicht waren die Kinder von dem Lärm aufgewacht, auf den Flur gelaufen und hatten sie gesehen.

»Ich habe Ihre Fragen beantwortet. Zeit, zu gehen, Herr Kommissar.« Sie sperrte die Tür auf.

Einer Eingebung folgend, wandte er sich noch einmal zu ihr um. »Wie hat Nina eigentlich reagiert, als sie erfahren hat, dass Sie mit ihrem Mann im Bett waren?«

Verblüfft hielt Alice Maurer inne. »Ach, Tom hat Ihnen von unserer kleinen Liebschaft erzählt.« Dühnfort entging der veränderte Tonfall nicht. So etwas wie Stolz schwang plötzlich mit und ein leiser Triumph.

Mit einem Schulterzucken deutete er eine Antwort an und ließ sie so im Glauben, dass er es von Tom Sassen wusste.

»Nina hat es nie erfahren.« Alice Maurer schloss die Tür hinter ihm.

Der Ort war voller Touristen. Jeder Platz auf den Terrassen der Cafés und Restaurants war belegt. Dühnfort ging hinunter zum See und setzte sich auf eine Bank am Ufer. Ein kräftiger Westwind wehte. Ideales Segelwetter. Zahllose Boote waren draußen, und der wolkenlose Himmel spiegelte sich im See. Eine Bilderbuchidylle, in der drei Morde geschehen waren. Wieder baute sich das Bild von Leon in ihm auf, wie er im Schrank kauerte, bibbernd vor Angst.

War es möglich, dass eine Frau so etwas tat?

Alice Maurer war auf Nina Sassen eifersüchtig gewesen. Sie neidete ihr das Glück. Wie hatte Susanne Malik, die Verkäuferin, gesagt? *Nina hatte alles, was Alice gerne hätte. Einen Ehemann und Kinder. Eine Familie.*

Irrte er sich? Kein Familiendrama? Sondern ein Eifersuchtsdrama? Hatte Tom Sassen es mit seiner Untreue zu weit getrieben und einer Frau Hoffnungen gemacht, die er nicht erfüllen wollte? Denn eines war klar: Eine Scheidung war für ihn nie in Frage gekommen. Doch Frauen mordeten im Allgemeinen anders. Heimtückisch und hinterlistig, selten mit offenem Visier und einer Schusswaffe. Außerdem wäre es ausreichend gewesen, die Nebenbuhlerin zu töten. Warum die Kinder? Und auch den Hund und das Pony?

Nein. Er irrte sich nicht. Tom Sassen war ihr Mann. Und so langsam bekam er Panik, dass es am Ende so gehen würde wie bei Jürgen Maas.

37

Die Villa Seemann befand sich in Aufkirchen in der Nähe des Pfarramts hinter einer hohen Mauer mit bröckelndem Verputz inmitten eines ungepflegten Gartens. Das Bauschild gewährte einen Blick in die Zukunft und zeigte eine Illustration des Gebäudes in renoviertem Zustand. Vier exklusive Eigentumswohnungen wurden zum Verkauf angeboten.

Beide Flügel des verrosteten Tors standen offen. Dühnfort fuhr aufs Grundstück und hielt vor dem eingerüsteten Haus. Der Putz war bis auf die roten Ziegel abgeschlagen. Ums Gebäude zog sich ein Graben von etwa zwei Metern Tiefe, mit dem das Fundament freigelegt worden war. Kein Mensch war zu sehen und bis auf den VW-Sprinter auch kein Fahrzeug. *Marko Stemmer, Heizung – Sanitär – Solartechnik*. Blaue Schrift auf weißem Grund.

Ein Schalbrett lag über dem Graben. Die Haustür war offen. Der Geruch von feuchtem Zement hing in der Luft. Von irgendwoher drangen Geräusche. Dühnfort folgte ihnen durch einen Flur und mehrere Räume, bis er auf die Ursache stieß. Ein bulliger Mann packte Geräte und Werkzeuge zusammen. Vermutlich Marko Stemmer. Als Dühnfort eintrat, musterte er ihn mit einem Blick vom Scheitel bis zur Sohle. »Wenn Sie die Bauherrin suchen, müssen Sie nach Starnberg fahren.«

»Ich will mich nur ein wenig umsehen. Schönes Haus. Daraus kann man was machen. Ein richtiges Juwel.«

»Das war es mal. Jetzt ist es ziemlich marode. So ein Haus muss man instand halten. Der Vorbesitzer, der alte

Seemann, war Bildhauer, ein recht erfolgloser. Er hat nie etwas machen lassen, nachdem er das Haus geerbt hatte. Und dann haben sich seine Erben zehn Jahre gestritten und es weiter verkommen lassen. Schade drum.«

»Jetzt wird es doch saniert.«

Der Mann warf eine Rohrzange in die Werkzeugkiste und begann dann, die Metallbeine der Werkbank einzuklappen. »Das muss man abwarten.«

»Sie meinen, wenn ich hier eine Wohnung kaufen wollte, sollte ich das besser erst tun, wenn sie fertig ist?«

»Ich meine gar nichts. Wenn ich was meinen würde, würde mich die Bauherrin vielleicht auf Schadensersatz verklagen. Sie verstehen?«

»Sie hat Haare auf den Zähnen.«

»Genau. So eine ist das.« Ein Schraubstock landete in der Werkzeugkiste. Stemmer schloss sie und hob sie hoch.

»Sie packen zusammen. Kein Handwerker sonst auf der Baustelle. Da brauche ich nur eins und eins zusammenzählen: Sie werden nicht bezahlt. Die Finanzierung ist geplatzt. Woran liegt es? Falsch kalkuliert? Oder unerwartete Kosten?«

»Am Fundament liegt es. Das hat vorher keiner gesehen. Weil es keiner sehen wollte. Die hätten nur aufgraben müssen. Meine Meinung. Aber ich bin ja kein Studierter. Abreißen und neu bauen wäre billiger gewesen. Wobei es schade drum wäre, um das Haus. Aber wenn man es so saniert, wie es sich gehört, dann wird es zu teuer. Jedenfalls für Aufkirchen. Direkt am See zahlen sie ja solche Preise, aber hier bei uns nicht. Und ich muss jetzt.«

Dühnfort half ihm, die Werkbank zum Transporter zu tragen. »Ich schaue mich noch ein wenig um.«

»Von mir aus. Ist ja nicht meins.« Stemmer startete den Wagen.

Dühnfort ging ums Haus. Weiter hinten im Garten entdeckte er ein Nebengebäude. Klein und geduckt, mit einer großen Fensterfläche, die sich hinter Holzläden verbarg, an denen die Farbe abblätterte. Die Tür war verzogen, aber nicht abgesperrt. Im Inneren war es dunkel und roch muffig. Mit dem Handy leuchtete er in den Raum. Eine staubige Werkbank. Spinnweben überall. Im Regal einige Kisten und Schachteln, die Gipsformen von Skulpturen enthielten. Keine größer als dreißig Zentimeter. Putten und Engel. Ein Hase und ein Hirsch mit imposantem Geweih. Ein Aufkleber auf einem zerfledderten Karton erregte Dühnforts Aufmerksamkeit: *Vorsicht, brennbar.* Er nahm ihn heraus und leuchtete hinein. Vier staubige Kunststoffflaschen mit rotem Schraubdeckel lagen darin. Laut Aufschrift enthielten sie Salpetersäure.

Salpeter hatte Buchholz erwähnt. Am Tatort gab es Spuren davon. Dühnfort rief Bettina Lautenschläger an und berichtete ihr von seiner Entdeckung. »Kann es sein, dass Salpetersäure als Brandbeschleuniger verwendet wurde?«

»Die Analyse hat Benzin ergeben. Wir konnten Spuren davon an fünf Stellen im Erdgeschoss nachweisen. Salpeter nur in einer Wohnzimmerwand. Er wird natürlich entstanden sein. Das geschieht häufig in altem Mauerwerk.«

»Vielleicht wurde beides verwendet. Wäre das möglich?«

»Möglich schon. Aber es ergibt keinen Sinn. Wie hoch ist die Konzentration, die Sie gefunden haben?«

Dühnfort warf einen Blick auf die Flasche. »Dreiundsechzig Prozent.«

»Das ist zu wenig. Salpetersäure ist erst ab siebzig Prozent brandfördernd.«

Falls Alice Maurer das nicht wusste und sich nicht sicher war, ob fünf Liter Benzin ausreichten, um ein Haus in Schutt und Asche zu legen, hatte sie sich möglicherweise doppelt abgesichert. Doch hätte sie dann nicht alle Flaschen mitgenommen? Und er wusste nicht einmal, ob überhaupt eine fehlte. »Wozu braucht ein Bildhauer Salpetersäure?«

»Zum Galvanisieren. In unserem Gutachten wird Benzin als Brandbeschleuniger aufgeführt sein.«

Er dankte ihr für die Auskunft und beendete das Gespräch. Als Nächstes musste er versuchen, bei Leyenfels einen Durchsuchungsbeschluss für die Villa, die Wohnung und die Läden zu erhalten. Alice Maurer hatte ein Motiv und kein Alibi. Doch das mit dem Motiv musste er noch wasserdicht machen, obwohl Leyenfels diese Beschlüsse sicher bereitwillig beantragen würde.

Dühnfort fuhr nach Starnberg zur Bank, fragte einen jungen Mann hinter dem Schalter nach dem Filialleiter und wurde, nach kurzer Rücksprache, in dessen Büro geführt. Martin Holzhauer war in Dühnforts Alter. Akkurater Seitenscheitel, Button-down-Hemd, Krawatte, Sakko. Fester Händedruck. Einer, der Karriere machte. Egal wo. Ob in einer Partei, einem Unternehmen oder bei einer Bank.

»Sie kommen von der Kriminalpolizei?«

Dühnfort zeigte seinen Ausweis vor. »Es geht um die Seemann-Villa.«

Mit einer Geste bot Holzhauer Platz in einer Besprechungsecke an. »Das Objekt macht uns derzeit wenig Freude.«

»Ich weiß. Die Sanierungskosten sind höher als geplant. Frau Maurer wollte den Kreditrahmen erweitern, und Sie haben abgelehnt.«

»Sie sind ja bereits bestens im Bilde.« Holzhauer wirkte überrascht. »Ich konnte die Zusage nicht erhöhen. Der Eigenkapitalanteil war von Anfang an sehr gering. Frau Maurer ist ebenso gut im Verhandeln wie im Verkaufen.

Ihre Vision der Sanierung war überzeugend, und die Zahlen waren es ebenfalls. Eine erstklassige Rendite.«

»Bis dann das Problem mit dem Fundament zutage trat.«

Holzhauer rückte die randlose Brille zurecht. »An diesem Punkt hat sie einen Fehler gemacht. Sie hätte ihren Plan aufgeben müssen. Den Umbau stoppen, Abriss und Neubau beantragen. Doch sie ist gar nicht gut darin, Pläne aufzugeben. Wir konnten den Kredit nicht erhöhen, nachdem das Budget weit überschritten war. Sie hat eine Unsumme in die Sanierung des Fundaments gesteckt, und der von uns beauftragte Statiker ist sich nicht sicher, ob das Problem nun wirklich behoben ist. Durch den Verkauf der Wohnungen kommt das Geld nicht wieder rein. Es sei denn, sie könnte sie zu Preisen verkaufen, die deutlich über dem Marktwert liegen. Das schafft selbst sie nicht.«

»Wenn sie das Objekt im jetzigen Zustand verkaufen würde, bekäme sie …«

»Bestenfalls den Grundstückswert. Realistischer betrachtet, abzüglich der Abrisskosten. Und etwas anderes wird ihr nicht übrigbleiben.« Holzhauer klang beinahe zufrieden. Vermutlich hatte er bereits einen Interessenten an der Hand.

»Sie verliert also viel Geld.«

»Wir haben uns abgesichert. Sie hat eine Eigentumswohnung.«

»Und die gehört schon beinahe der Bank. Man könnte auch sagen: Frau Maurer steht vor dem finanziellen Ruin.«

»Jeder ist seines Glückes Schmied. Ich habe sie gewarnt, als klar war, dass das Fundament von Grund auf marode ist. Doch wie es scheint, hat sie einen Dummen aufgetrieben, der eine halbe Million investiert.«

38

»Ich habe ja gleich gewusst, dass Sassen nicht unser Mann ist. Es geht also ums liebe Geld. Sehr schön.« Leyenfels war sichtlich erfreut. »Die Frau hat ein Motiv und kein Alibi. Natürlich bekommst du die Durchsuchungsbeschlüsse. Ich kümmere mich sofort darum.«

Doch Dühnfort war sich alles andere als sicher. Hatte Alice Maurer, die nicht gut darin war, einmal gefasste Pläne aufzugeben, wirklich zum letzten Mittel gegriffen, um die finanzielle Katastrophe abzuwenden? Wenn das so war, musste in der Nacht zum Sonntag alles aus dem Ruder gelaufen sein, denn sie konnte nur den Mord an Nina geplant haben.

Warum im Haus, wo sie Nina nicht alleine antreffen würde? Weshalb hatte sie ihre Partnerin nicht in einen Hinterhalt gelockt? Ein Anruf hätte genügt. Wenn Alice Maurer die Morde begangen hatte, war das keine Kurzschlussreaktion, sondern eine von langer Hand vorbereitete Tat, für die sie sich die Waffe auf dem Schwarzmarkt besorgt haben musste. Jedenfalls wenn sie keine Verbindung zu Wanko Radev hatte. Und danach sah es nun ganz und gar nicht aus. Auch das musste überprüft werden. Das sollte Russo mit seinen Leuten übernehmen. Er rief ihn an und informierte ihn über die Entwicklung und die anstehenden Durchsuchungen. Meeting in einer halben Stunde, um sie zu koordinieren.

Anschließend ging er zu Kirsten und Alois. Alois telefonierte. Offenbar mit Evi. »Du schwärmst doch für LaBrass-Banda … Hast du mal gesagt … Aber sicher habe ich mir das gemerkt. Ich habe die Karten schon besorgt, und auf Simon kann Charlie aufpassen ... Ja, am Samstag ... Wieso denn Dienst? Du kannst doch sicher mit einer Kollegin tauschen ... Nicht? ... Schade. Wirklich.« Alois beendete das Gespräch und sah in die Runde. »Ich komme gar nicht mehr an sie ran. Soll ich ihr etwa per SMS einen Heiratsantrag machen?«

»Wie wäre es mit einem Brief?«, schlug Kirsten vor. »Mir würde das gefallen. Ist so schön altmodisch.«

»Einen Brief? Da kann ich ja gleich einen Minnesänger engagieren. Obwohl ... Vielleicht gefällt ihr das.«

»Und sie kann ihn nicht einfach wegklicken«, sagte Dühnfort. »Sieh dir vorher den Film *Cyrano de Bergerac* an. Da kannst du sehen, wie man einer Frau mit Worten den Kopf verdreht. Das erspart den Minnesänger. Aber jetzt geht es im Fall Sassen weiter. Alice Maurer erbt eine halbe Million von Nina, und sie braucht das Geld dringend.«

»Sassen ist raus?«, fragte Alois.

»Im Moment hat er nicht erste Priorität. Oder gibt es etwas Neues? Hast du die Tankstelle gefunden?«

»Ich habe alle abgeklappert. Niemand erinnert sich an ihn. Aber es existiert ein Gerücht über eine illegale Beretta, die er besitzen soll.«

»Was?« Eine illegale Waffe! Dühnfort war elektrisiert. »Von wem hast du diese Information? Wie glaubhaft ist sie?«

»Sassen ist ja ein ziemlicher Angeber und hat auf dem Schützenfest vor einem Nachbarn mit seinen Waffen geprahlt. Max Führauf heißt er. Sassen behauptete, dass er ein Jagdgewehr besitzt und obendrein eine Beretta, von der niemand wissen darf, weil es die offiziell nicht gibt. Gesehen hat Führauf sie allerdings nicht. Das Jagdgewehr schon, das hat er Sassen abgekauft, weil seine Frau das verlangte.«

»Weißt du welches Modell?«

»Das habe ich Führauf auch gefragt. Ob von einer M952 die Rede war? Das Kaliber würde zu den Patronen passen, die am Tatort gefunden wurden. Aber Führauf hatte keine Ahnung. Er hat die Pistole nie gesehen und Sassen die Geschichte nicht wirklich abgenommen. Eigentlich kann sie nicht die Tatwaffe sein. Es sei denn, Sassen hätte auch Jaschke erschossen. Warum sollte er?«

»Bleib da dran, aber erst nach den Durchsuchungen. Kirsten begleitet mich zur Wohnung. Du übernimmst mit zwei von Russos Leuten die Villa. Und Russo und Stahl sollen sich um die Läden kümmern. Wir treffen uns gleich mit ihnen.«

»Wir dürfen also mit.« Eigentlich war Kirsten nicht zickig. Doch nun war ihr Tonfall genau das.

»Wieso nicht?«

»Ich meine ja nur. Derzeit bist du als einsamer Wolf unterwegs.«

Sie hatte ja recht. Er war seinem Bauchgefühl gefolgt. Das tat er meistens allein. »Manchmal geht es nicht anders.« Der anonyme Anruf fiel ihm wieder ein. »Hast du mit Lilly Steinle gesprochen?«

»Die Sache hat sich geklärt. Ein billiger Racheversuch ihres Exfreundes. Er war sauer, weil sie wegen Sassen mit ihm Schluss gemacht hat. Er hat den Anruf zugegeben. An seiner Beschuldigung, dass Sassen kokst, ist nichts dran. Er wollte ihm nur Ärger machen. Aber Lilly scheint ganz schön verknallt zu sein in ihren Chef. Sie hat etliche Fotos von ihm in ihrer Wohnung. Würde mich nicht wundern, wenn er auch sie flachgelegt hat. Liebe, Drama, Wahnsinn – und damit vertue ich meine Zeit.«

Eine halbe Stunde später meldete Leyenfels sich. Die Beschlüsse waren da. Sie stellten die Teams zusammen, zogen Kollegen von der Schutzpolizei hinzu und starteten am späten Nachmittag zeitgleich die Durchsuchungen.

Dühnfort holte Alice Maurer im Geschäft in Starnberg ab. Er präsentierte ihr die Durchsuchungsbeschlüsse und bat sie, ihn zu ihrer Wohnung zu begleiten.

Nachdem sie sich vom ersten Schreck erholt hatte, versteckte sie ihre wahren Gefühle hinter einer Maske von Ironie. »Haben Sie nichts Besseres zu tun, Herr Kommissar?«, fragte sie mit einem Lächeln, das amüsiert sein sollte, dem er aber für einen Augenblick die Verärgerung ansah. Während sie nach ihrer Handtasche griff, wurde der Tonfall süffisant. »Meinen Sie wirklich, ich wäre so dumm und hätte nicht längst alle Spuren verwischt und alles vernichtet, was mich als monströse Mörderin entlarven könnte? Dann würden Sie allerdings einen Fehler begehen. Nämlich mich zu unterschätzen.«

Am Ende eines langen Tages behielt sie mit ihrer Prophezeiung recht. Sie fanden absolut nichts, das sie mit den Taten in Verbindung brachte. Außer den Karton voller Salpetersäureflaschen, der offiziell beschlagnahmt wurde.

Alice Maurers kurzes Intermezzo als Verdächtige war aus Dühnforts Sicht beendet. Sie waren dieser Spur nachgegangen, und das war es. Nun konnten sie sich wieder ganz auf Sassen konzentrieren.

39

Karsten hatte gerade die Praxis verlassen, als sein Handy zu klingeln begann und Toms Bild im Display erschien. Noch immer war Karsten wütend auf ihn und zögerte einen Augenblick, ob er das Gespräch überhaupt annehmen sollte. »Was willst du?«

»Ich sitze am Entwurf für die Trauerrede und brauche deine Hilfe.« Tom überging den verärgerten Tonfall einfach.

»Du willst sie selbst halten?«, fragte Karsten überrascht. Und damit war nun der Moment des Ärgers und der Befangenheit vorüber.

»Der Pfarrer hat Nina und die Kinder kaum gekannt. Wie will er da eine vernünftige Trauerrede halten? Ich muss das also selbst machen. Aber ich kriege meine Gedanken nicht sortiert. Kommst du und hilfst mir?«

Kein Wort der Entschuldigung oder des Bedauerns, sondern die Erwartung, dass Karsten selbstverständlich zur Verfügung stand. Wie immer. *Er ist deine Freundschaft und dein Vertrauen nicht wert.* Irenes Worte. Doch sie hatte zu dieser Situation beigetragen.

Tom bemerkte Karstens Zögern. »Ich wollte schon Conny fragen, aber sie tut bereits so viel für mich. Du willst sicher nicht, dass sie doch noch in einen Burn-out rutscht.«

Tom verhielt sich, als habe es nie Streit gegeben, geschweige denn den Rauswurf aus dem Gästehaus oder seine Affäre mit Irene. Für ihn schien das alles bereits vergeben und vergessen zu sein. Kein wirkliches Zerwürfnis, und plötzlich fragte Karsten sich, ob er das bei Nina genauso gemacht hatte, wenn er mit einem Seitensprung aufgeflogen war. Ein reinigendes Gewitter, gefolgt von blauem Himmel und Sonnenschein, wobei das nächste Unwetter bereits am Horizont heraufzog.

Trotz seines Ärgers auf Tom gab es noch immer diese Kraft in Karsten, die stärker war als Wut und Enttäuschung, als Misstrauen und Eifersucht. Das Gefühl von Schuld und Verpflichtung. Also sagte er zu, schickte Irene eine SMS, dass er später kommen würde, und fuhr nach Pullach zu Connys Wohnung.

Tom ließ ihn ein. Sie umarmten sich, und damit war alles gesagt. Jedenfalls von Toms Seite. Er war nicht der Typ, der sich entschuldigte. Er hatte einen Fehler gemacht. Es tat ihm leid. Das Thema war abgehakt. Für ihn. Für Karsten nicht, der das allerdings nicht ausgerechnet jetzt klären wollte. »Ist Conny nicht da?«

»Sie ist einkaufen.« Tom führte ihn auf die Terrasse. Block und Stift und eine Plastiktüte lagen auf dem Gartentisch.

»Was ist darin?«, fragte Karsten.

»Ein kläglicher Rest von dem, was von meinem Leben übrig ist.« Tom zog einen angesengten Stoffhasen hervor. Hüpsi, Sophies Kuscheltier. Es folgten eine Ritterfigur und die Knieschoner von Leon. Karsten trieb der Anblick beinahe Tränen in die Augen. »Du warst im Haus?«

»Natürlich. Obwohl sie ein Absperrband angebracht haben und ein Schild: *Betreten verboten.* Das ist mein Haus. Niemand schreibt mir vor, wann ich hineindarf. Das Erdgeschoss ist völlig ausgebrannt. Die obere Etage hat es nicht so schlimm erwischt.« Tom zog eines von Ninas T-Shirts aus der Tüte und presste es an sein Gesicht. »Weißt du noch, wie Leon das Seepferdchen-Abzeichen gemacht und gesagt hat, dass er Delphin werden will, wenn er groß ist? Und wie Sophie auswandern wollte, weil sie mit mir böse war? Wie sie ihren kleinen Rucksack gepackt hat und in den Wald marschiert ist? Gott, waren wir froh, als wir sie endlich gefunden hatten. Und sie bestand darauf, bis nach Australien gekommen zu sein. Und nun wird sie nie bis Australien kommen.« In Toms Augen sammelten sich Tränen.

Ein dumpfer Druck setzte sich in Karstens Kehle. Natürlich erinnerte er sich. »Glaubst du wirklich, dass es eine gute Idee ist, die Trauerrede selbst zu halten? Du wirst das nicht schaffen. Engagiere einen professionellen Redner. Wir können gemeinsam seine Fragen beantworten und ihm alle Informationen geben, die er braucht.«

»Vielleicht hast du recht.« Während Tom ein Tempo hervorholte, gab sein Handy den Signalton für eine eingegangene SMS von sich. Er las die Nachricht und knallte das Telefon auf den Tisch. »Noch eine SMS, und ich zeige sie wegen Stalking an!« Toms Gefühle wechselten wie das Wetter im April. Gerade noch Trauer, nun Wut.

»Wen zeigst du an?«

»Lilly. Hast du ihr meine neue Nummer gegeben?«

»Natürlich nicht.« Aber er hatte sie auf der Schreibtischunterlage notiert. Lilly musste sie dort entdeckt haben.

»Sie schickt mir Gedichte. Da, hör dir das an.« Tom griff nach dem Handy. »*Die Hoffnung ist der Regenbogen über dem herabstürzenden Bach des Lebens*. So ein Scheiß!«

»Das ist von Nietzsche«, sagte Karsten verblüfft. Wobei ihm schon mehrfach aufgefallen war, dass Lilly gebildeter war, als man im ersten Moment vermutete. Einmal hatte sie aus dem Stegreif aus einem Gedicht zitiert, und sie las Daniel Kehlmann und Ingo Schulze.

»Das ist trotzdem ein Scheiß. Ich werfe sie raus! Ich kündige ihr fristlos!« Tom stützte den Kopf in die Hände.

»Niemand kann Nina ersetzen. Ich kann das alles nicht glauben. Manchmal hoffe ich, dass das nur ein Albtraum ist und ich aufwache und alles ist gut. Nichts ist passiert.«

»Lilly ist schon weg. Ich habe sie erwischt, als sie Fotos von deinem PC gelöscht hat. Offenbar Aufnahmen, die ihr peinlich waren.« Abwartend sah er Tom an.

»Jetzt schau nicht so prüde. Du wirst doch derartige Aufnahmen schon gesehen haben.«

»Aber nicht von Lilly, und das will ich auch nicht. Könntest du dir angewöhnen, dein Sexualleben und die Arbeit zu trennen? Ich habe ihr jedenfalls gekündigt. Im Hinausgehen hat sie mit dem Arbeitsgericht gedroht, wir werden sehen. Aber eines weiß ich: Ihre Nachfolgerin wird so hässlich sein wie die Nacht finster.« *Scheiß nicht dort, wo du isst.* Karsten war entschlossen, Tom diese Spielregel beizubringen.

Gemeinsam suchten sie im Internet nach einem Trauerredner, und Tom kontaktierte schließlich einen, der ihm kompetent und erfahren erschien. Anschließend notierten sie erste Stichpunkte für die Rede und kamen irgendwann auf die Ermittlungen der Polizei zu sprechen. Karsten fragte, ob es endlich eine Spur gab.

Tom klappte Connys Laptop zu. »Sie treten auf der Stelle. Das ist meine Meinung. Ich erfahre ja nichts. Schließlich glaubt dieser Idiot von Kommissar, dass ich das war. Ich weiß nicht, wie er überhaupt darauf kommt.«

Toms Blick wich aus. Wie neulich ballte er eine Hand zur Faust und umfasste sie mit der anderen. Wie immer, wenn er log. Seit Montag hatte Karsten den Verdacht, dass Tom etwas verheimlichte. Die Frage ließ sich nicht länger unterdrücken. »Was ist los mit dir? Du verschweigst doch etwas.«

»Wieso denkst du das?«

»Deine Hände.«

Tom blickte darauf und löste sofort die verräterische Haltung. »Also gut. Du hast recht. In einem Punkt habe ich nicht ganz die Wahrheit gesagt.« Er sah auf und Karsten direkt in die Augen. »Ich war gar nicht bei Conny.«

»Was?«

»Du hast schon richtig gehört. Ich habe kein richtiges Alibi.« Entschuldigend hob er die Hände. »Ich bin ganz automatisch in die Praxis gefahren. Weil ich so wütend war und die ganze Zeit über der Frage gebrütet habe, ob Nina sich die Mail selbst geschickt hat, habe ich das erst gemerkt, als ich schon in der Stadt war. Wenn sie es nicht war, wer dann? Deshalb habe ich Conny angerufen, von einer Telefonzelle. Ich wollte wissen, ob jemand an ihre Fotos kommt. Conny schließt das aus. Sie hat die Bilder allerdings nicht nur auf dem PC, sondern auch auf ihrem Handy. Es wäre also möglich, dass sich das jemand unbemerkt genommen und die Aufnahmen kopiert hat. Doch wer sollte das tun? Niemand. Nur Nina hatte einen Grund, diesen ganzen Affenzirkus zu inszenieren, damit sie einen Vorwand für die Scheidung hat.«

Tom hatte also kein Alibi. Er hatte nicht nur die Polizei angelogen, sondern auch ihn. Das war eine Neuigkeit, die Karsten erst einmal verdauen musste. »Und warum hast du in der Praxis gepennt? Conny hat dir doch sicher ihr Gästebett angeboten.«

»Ich wollte nicht. Nina hätte es als Beweis ausgelegt, dass doch etwas zwischen mir und Conny läuft. Deshalb bin ich auch nicht ins Hotel gegangen. Wenn sie schon meinen Laptop filzt, überprüft sie garantiert auch meine Kreditkartenabrechnungen. Am Ende hätte sie gedacht, dass ich nach dem Streit mit ihr eine Frau aufgerissen habe. Deshalb habe ich in der Praxis geschlafen.«

»Das hättest du der Polizei doch sagen können.«

»Meinst du wirklich, die hätten das geglaubt? Dühnfort hat mich ja von der ersten Sekunde an wie einen Verbrecher behandelt. Das musst du dir mal vorstellen. Ich komme heim ... mit Blumen für Nina, und dann das ... Ich hatte noch gar nicht verstanden, was passiert war, da fragt er mich nach meinem Alibi und ob ich eine Waffe besitze. Eine Waffe! Verstehst du? Das war der Moment, in dem mir klargeworden ist, dass sie jemand abgeknallt hat, einfach abgeknallt. Erschossen! Meine Frau, meine Kinder, und dieser Idiot von Kommissar denkt, dass ich das war, und fragt mich nach einem Alibi. Das habe ich Conny erzählt, sie hat angeboten, mir zu helfen, und ich habe unter diesen Umständen natürlich nicht abgelehnt.«

Karsten wunderte sich über diese ausführlichen Erklärungen und Begründungen. Normalerweise sagte Tom, was Sache war, und das war es. Außerdem verstand Karsten nicht, wie er nur so dämlich sein konnte, sich ein falsches Alibi zu verschaffen. Wenn er damit aufflog, würde man ihn erst recht verdächtigen. So weit durfte er es nicht kommen lassen. »Es wäre besser, wenn du sagst, wo du warst, Tom. Früher oder später werden sie es herausfinden, und dann wird man dir gar nichts mehr glauben.«

»Ich bin doch nicht verrückt. Und wie sollen sie denn dahinterkommen? Conny wird ihren Mund halten und du hoffentlich auch.«

40

Dühnfort saß auf dem Küchenbalkon und sah in die Nacht. Obwohl er müde war, wusste er, dass es keinen Sinn hatte, ins Bett zu gehen. Er würde nicht schlafen. Die Ermittlungen waren dabei, sich festzufressen wie ein trockengelaufenes Getriebe. Wenn Russo und seine Leute nichts fanden, das Sassen mit der Tatwaffe in Verbindung brachte, und die Sache mit der illegalen Beretta sich als heiße Luft entpuppte, wusste er nicht mehr weiter. Dann bestand die einzige Möglichkeit darin, sich noch einmal jedes Stück Papier anzusehen. Jede Zeugenaussage, jeden Hinweis aus der Bevölkerung, den Tatortbefundbericht, und natürlich mussten sie sich Conny Behrendsen erneut vornehmen.

Er sah nach Gina und fand sie im Bad, wo sie sich die Zähne putzte. »Ich muss noch mal weg.«

Sie spuckte die Zahnpasta ins Waschbecken. »Jetzt? Wohin denn?«

»Nach Schäftlarn. Ich will mir den Tatort bei Nacht ansehen.«

»Auf der Suche nach einer Eingebung.« Sie spülte den Mund aus und griff zum Handtuch.

»Ich will mir ein genaueres Bild vom Tathergang machen. Vielleicht bringt mich das ja auf eine Idee.«

»Ich komme mit.«

»Du weißt, dass das nicht geht.«

»Wir müssen es ja niemandem sagen. In einer Minute bin ich fertig.«

Es wäre wie früher, als sie noch in seinem Team gewesen war. Gina hatte ein Gespür für Menschen und eine gute

Beobachtungsgabe. Den Tatort würde sie anders wahrnehmen als er. Darin hatten sie sich schon immer gut ergänzt. Also stimmte er zu, obwohl es allen Vorschriften widersprach.

Es war kurz vor Mitternacht und der Himmel sternenklar, als Dühnfort den Wagen vor dem Haus der Sassens ausrollen ließ und den Motor abstellte. Das Dorf lag ruhig da. Nur der Westwind trug von der Autobahn ein leises Brausen herüber und aus der Nähe Stimmen und Lachen. Irgendwo saßen zu dieser späten Stunde noch Leute im Garten, während es hinter den meisten Fenstern dunkel war.

Gina nahm die Stabtaschenlampen aus dem Handschuhfach und reichte ihm eine. »Von mir aus kann es losgehen.«

Sie schlüpften unter dem Absperrband hindurch und umrundeten im tanzenden Lichtschein das Haus, bis sie die Terrasse erreichten und Dühnfort stehen blieb.

»Das Drama hat im Garten begonnen.« Er erklärte Gina, wie es am Samstagabend zum Streit zwischen Tom und seiner Frau gekommen war.

»Vermutlich haben sie nicht auf der Terrasse gesessen, sondern im Pavillon, denn Stefanie Wagenbach, die mit ihrem Hund kurz nach zehn hinten durchs Wäldchen ging, hat die Auseinandersetzung nicht nur mitbekommen, sondern Teile davon verstanden. Die Kinder lagen um diese Zeit oben in ihren Betten und schliefen.«

»Es war Samstag, und es sind Ferien. Seid ihr sicher, dass sie schon im Bett waren?«, fragte Gina.

»Beide trugen Schlafanzüge. Die Betten waren zerwühlt. Streitet man sich in Gegenwart der Kinder? Die Sassens sicher nicht. Ich denke, Leon und Sophie haben geschlafen, während sich unten im Garten der Konflikt zwischen ihren Eltern zuspitzte. Nina präsentiert Tom den Beweis seines erneuten Seitensprungs, eine E-Mail mit Fotos, die sie anonym erhalten hat. Tom bestreitet die Affäre nicht. Allerdings handelt es sich um eine länger zurückliegende Beziehung zu Conny Behrendsen, einer guten Freundin seit Studientagen.«

»Uralte Fotos also?«

»Das bestätigt auch Conny. Sie haben die Affäre vor einem Jahr beendet. Tom denkt, dass seine Frau in seinen Sachen geschnüffelt hat und so auf die Fotos gestoßen ist, mit denen sie das Drama selbst inszeniert hat. Das sagt er ihr auf den Kopf zu. Nina lässt das nicht auf sich sitzen. Sie erklärt ihm, dass sie die Scheidung will und bereits einen Termin bei einer Anwältin hat. Er soll seine Sachen packen und verschwinden. Das tut er erstaunlicherweise. Kurz vor elf setzt er sich ins Auto und fährt.«

»Ein Mann wie Sassen lässt sich doch nicht von seiner Frau vor die Tür setzen«, wandte Gina ein.

»Das hat mich auch gewundert. Aber es war nicht das erste Mal. Das kam immer wieder vor und war wohl eine Art Ritual in dieser On-off-Beziehung. Nur dass diesmal der Schalter auf Off stehenbleiben sollte, wenn es nach Nina ging. Ihrer Anwältin gegenüber hat sie keine Zweifel daran gelassen, dass sie die Scheidung durchziehen wollte. Und das hat sie sicher auch Tom gesagt. Diese Nachricht muss für ihn ein Schlag gewesen sein. Er kann es nicht glauben. Doch Nina reicht es. Es ist aus. Tom fährt. Wütend und gedemütigt, vor allem aber in seinen Grundfesten erschüttert. Sie räumt die Gläser rein, schließt die Terrassentür, legt an der Haustür den Sicherheitsriegel vor und stellt für den Hund vielleicht noch eine Schale Wasser hin. Dann sieht sie nach den Kindern und geht zu Bett. Vermutlich kann sie wegen des Streits nicht schlafen.«

Im Lichtkegel der Taschenlampe betrat Dühnfort das

Wohnzimmer. Gina folgte ihm und sah sich um. »Um elf Uhr fährt Sassen, um halb zwölf ruft er Conny Behrendsen von einer Telefonzelle in der Plinganserstraße an, und um Viertel vor zwölf trifft er angeblich bei ihr ein. Zweieinhalb Stunden später zerschlägt hier jemand eine Scheibe der Terrassentür.«

Dühnfort hob die Taschenlampe. In ihrem Licht erschien die Tür mit einem Dutzend weißgerahmter Sprossenfenster. Von dort ließ er den Kegel weiterwandern bis zu der Stelle, an der man Lucky gefunden hatte. Sie war mit Kreide markiert. »Lucky, der Familienhund, liegt hier und bellt vermutlich, als die Scheibe klirrt. Ein Schuss, und er ist tot. Oben im Schlafzimmer wacht Nina Sassen auf. Sie steht auf, um nachzusehen, was los ist.«

»Verstehe ich nicht. Du hast neulich gesagt, dass Sassen seine Frau geschlagen hat. Warum ruft sie nicht die Polizei, wenn sie denkt, dass er zurückgekommen ist?«

»Ich glaube nicht, dass sie das dachte. Tom ist nicht leise. Er ist einer, der tobt und brüllt, wenn es nicht so geht, wie er will. Normalerweise jedenfalls. Sie hat nicht mit ihm gerechnet. Lucky hat nur kurz gebellt, und den Schuss kann sie nicht gehört haben. Es wurde ein Schalldämpfer verwendet. Vielleicht wollte sie nach dem Hund sehen oder sich ein Glas Wasser holen. Jedenfalls hat sie sich nicht gefürchtet, sonst wäre sie nicht nach unten gegangen. Ihr Handy lag oben im Schlafzimmer. Sie hätte die Tür verschließen und den Notruf wählen können, wenn sie Angst gehabt hätte.«

Sie durchquerten das Wohnzimmer, und er rief sich den Tatortbefundbericht ins Gedächtnis. Die Position des Lichtschalters im oberen Flur befand sich auf *eingeschaltet*. Mit der Taschenlampe leuchtete er die Treppe hinauf.

»Nina Sassen fürchtet sich nicht. Sie macht das Licht an

und geht die Stufen hinunter. Oben knarrt eine Tür. Sophie kommt aus ihrem Zimmer. Auch sie hat etwas gehört oder den Lichtschein im Flur gesehen und fragt ihre Mama, was los ist. *Es ist nichts, Liebes*, sagt Nina. *Geh wieder schlafen.* Sie erreicht das Ende der Treppe. Jemand kommt aus dem Wohnzimmer, und sie blickt in den Lauf einer Waffe.«

Dühnfort stockte. Stand wirklich Tom vor ihr? Wurden Worte gewechselt? Oder geschah alles stumm?

Warum? Was soll das? Nina Sassen wird das oder etwas Ähnliches gefragt haben, und sie hat eine Antwort erhalten, denn der Mutterinstinkt besiegte die Schockstarre. Sie will die Kinder warnen. *Lauf weg, Sophie! Versteck dich!* Ihr letzter Gedanke gilt ihren Kindern.

Sie ist auf der zweiten oder dritten Stufe, als das Projektil in den Hinterkopf eindringt, den Schädel durchschlägt, an der Stirn austritt und Fragmente von Schädelknochen, Blut und Hirnmasse mit sich reißt. Der leblose Körper stürzt die Treppe hinunter und bleibt auf dem Vorplatz liegen. Oben steht Sophie und schreit. Sie versteht nicht, was passiert, und versteinert vor Angst. *Lauf weg, Sophie! Versteck dich!* Es gelingt ihr nicht. Ein leichtes Ziel für den Täter. Er steht unmittelbar vor ihr, als er abdrückt. Wieder nur ein Schuss. Sophie ist sofort tot.

Dühnfort atmete durch. »Nina hat versucht, die Kinder zu warnen. Sie wurde von hinten erschossen. Sophie stand oben, an der Treppe. Sie hat nicht mal versucht wegzulaufen. Ein Schuss genügte. Wie bei allen.«

Dühnfort stieg die Treppe nach oben. Gina ging schweigend neben ihm. »Von den Rufen ist Leon aufgewacht. Vielleicht war er auch schon wach und beobachtete durch einen Spalt der Zimmertür, was geschah. Ich weiß es nicht. Jedenfalls hat er die Gefahr erkannt und sich in seinem Zimmer versteckt. Im Schrank.«

»Im Schrank?«, fragte Gina nach.

»Wir haben ihn dort gefunden.« Niemals würde dieses Bild in seinen Erinnerungen verblassen.

Leon erkennt die Gefahr und versteckt sich im Schrank. Er schlottert vor Angst und hofft verzweifelt, dass er nicht gefunden wird. Er kneift die Augen zusammen, hört Schritte. Sie kommen näher und näher, stockend, zögernd. Das Böse sucht nach ihm. Sein Herz pocht in einem rasenden Stakkato, sein Atem geht keuchend. Er wird ihn verraten. Leon hält die Luft an. Die Schranktür öffnet sich. Unwillkürlich reißt er die Hände schützend an den Kopf, duckt sich, macht sich klein und vor Angst in die Hose. Sein letztes Gefühl? Vielleicht Scham, weil er sich eingenässt hat. Sein letzter Gedanke? *Mama!* Das letzte Geräusch, das er hört, ist das Klicken des Abzugs, gefolgt von einem leisen Plopp. Das Projektil durchschlägt die linke Hand, dringt in den Schädel ein. Es tut nicht weh. Es ist gleich vorbei.

»Was war mit dem Jungen? Was lässt dir keine Ruhe?« Gina war ihm in Leons Zimmer gefolgt und stand nun neben ihm vor dem Schrank.

»Leons Hand … Sie war durchschossen.«

»Die Hand? Hast du nicht gesagt, dass der Täter für jeden nur einen Schuss …« Dann verstand Gina. »Der Junge hat die Hände schützend an den Kopf gelegt oder sich die Ohren zugehalten. O Gott, wie kann man nur so unbarmherzig sein?«

Zorn stieg in ihm auf. Er würde diesen Fall lösen! Er würde dafür sorgen, dass der, der das getan hatte, zur Verantwortung gezogen wurde! Verdammt! Was übersahen sie? »Wir werden diesen Mistkerl kriegen. Er wird nicht davonkommen wie Maas. Auch wenn er versucht hat, alle Spuren zu beseitigen.«

»Womit hat er das Feuer eigentlich gelegt?«

»Er hat Benzin verwendet.« Während sie die Treppe hinabstiegen, erklärte er Gina, was die Brandsachverständigen herausgefunden hatten.

»Das sieht nicht nach einer spontanen Tat aus. Was hier passiert ist, hat eine gewisse Vorbereitung gebraucht«, meinte Gina.

»Sassen wird sich für den Fall gerüstet haben, dass seine Frau ihn endgültig abserviert. Außerdem brauchte er nur einen Kanister Benzin, den Ölbehälter einer Gartenfackel und ein Feuerzeug. Alltägliche Dinge.«

»Und eine Waffe.«

»Die hatte er sich längst besorgt. Er liebt Waffen. Er war vorbereitet.«

»Okay. Nehmen wir an, dass er es war. Warum hat er auch das Pony erschossen? Das war nicht nötig. Und wo stand sein Wagen? Vorm Haus hat er sicher nicht geparkt. Dann hätte Nina mitbekommen, dass er zurück war.«

Gute Frage. Bisher war Dühnfort davon ausgegangen, dass es Sassen egal gewesen war, ob die Nachbarn ihn sahen. Er wollte nach der Tat Selbstmord begehen. Er hatte keinen Grund, den Wagen zu verstecken. Doch diese Überlegung war falsch. Er hatte vergessen, Nina mit einzubeziehen. »Du hast recht. Er muss seinen BMW woanders abgestellt haben. Vielleicht weiter vorne an der Straße oder hinten im Wäldchen.«

»Und Caramia?«

»Er wollte, dass nichts übrig bleibt von der Familie und dem Besitz. Auch das Pony nicht. Das ist meiner Meinung nach auch mit ein Grund, weshalb er das Haus angezündet hat. Es ging ihm nicht darum, Spuren zu verwischen. Die Spurenlage konnte ihm egal sein, wenn er sich selbst umbringen wollte.«

»Falls er aus dem Wäldchen kam, war Caramia nach deiner Theorie also das erste Opfer?«

Möglich. Er wusste es nicht.

Im Schein der Taschenlampe folgten sie dem Weg zum Stall. Während Gina sich dort umsah, öffnete Dühnfort das Gartentürchen und ging ins Wäldchen. Ein leises Knacken drang an sein Ohr. Woher war das gekommen?

Ein schwacher Lichtschein drang tanzend durchs Gebüsch. Etwa dreißig bis vierzig Meter entfernt. Dühnfort schaltete seine Taschenlampe aus. Der Schein bewegte sich, kam aber nicht näher und entfernte sich auch nicht. Wieder knackte es. Ein Rascheln gesellte sich dazu. Jemand suchte dort etwas. Dühnfort entschloss sich nachzusehen. Seine Augen hatten sich an die Dunkelheit gewöhnt. Vorsichtig setzte er einen Fuß vor den anderen und bemerkte den Ast nicht. Mit einem Knall barst er unter seinen Sohlen. Schlagartig wurde es hinter dem Gebüsch still, das Licht ging aus. Er beschleunigte seine Schritte, schaltete die Lampe wieder an. Vor ihm verschwand jemand um die Wegbiegung. Mehr als ein Schatten war nicht zu erkennen. Dühnfort lief los, öffnete das Holster und zog die Waffe hervor. »Halt! Stehen bleiben. Polizei!«

Als er die Biegung erreichte, war der Schatten verschwunden. Einfach weg. Verwundert blieb er stehen. Weiter vorne bemerkte er die Silhouette eines Wagens.

Der Schlag kam aus dem Nichts, traf ihn von vorne aufs Stirnbein. Hart, präzise. Er spürte noch, wie er fiel, dann wurde alles schwarz.

41

Beinahe hätte er mich erwischt, dieser Idiot von Kommissar. Dass er sich nachts am Tatort herumtreibt, hätte ich nicht gedacht. Und im Wäldchen hatte ich ihn schon gar nicht vermutet. Ein perfekter Schlag war mir da geglückt. Unter widrigen Umständen. Gelernt ist gelernt, und der zweite Atemi-Punkt ist immer ein zuverlässiges Ziel, um jemanden außer Gefecht zu setzen.

Der Wegweiser zur Autobahn erschien im Scheinwerferlicht. Es war besser, über die Landstraße zu fahren. Falls Dühnfort einen Blick auf den Wagen erhascht hatte und nicht ganz dumm war, würde er eine Verkehrskontrolle anordnen, sobald er aus dem Reich der Träume zurückkehrte.

Unbehelligt kam ich zu Hause an und parkte den Wagen. Auf dem Beifahrersitz lag noch immer die Zeitung. War es der Ehemann? *Seit Tagen widmeten sich die Medien dieser Tragödie. Langsam war es gut. Es reichte. Hatten sie denn keine anderen Themen? Vielleicht stürzte ja irgendwo ein Flugzeug ab oder es gab einen Tsunami. Dann war endlich Ruhe. Ich warf die Zeitung in die Tonne vorm Haus.*

Kriminalhauptkommissar Dühnfort entpuppte sich als Glückstreffer. Wobei sich auch ein besserer Ermittler an diesem Fall die Zähne ausbeißen würde. Was wirklich passiert ist und weshalb, werden sie nie verstehen.

Jeder muss eben lernen, seine Probleme zu lösen. Sie lösen sich nämlich nicht von alleine oder gar in Wohlgefallen oder Luft auf. Manche lernen es früher, manche später. Ich habe meine Lektion sehr früh gelernt, wie schon gesagt, mit zehn. Und es hat nur ein paar Jahre gedauert, bis ich gezwungen war, mich erneut zu wehren. Niemand ist hilflos oder gar machtlos.

Natürlich hat der Tod der doofen Babsi die Familie verändert. Mein Vater und ich kamen wieder wunderbar miteinander aus. Wir unternahmen wieder Ausflüge, die er Exkursionen nannte und bei denen er mir die großen und kleinen Wunder der Natur zeigte. Und dann entdeckten wir den Modellbau. Im Hobbykeller bauten wir unser erstes Schiffsmodell zusammen und wagten uns gleich an etwas Großes, an die Golden Star, das Modell einer englischen Brigantine. Länge über alles zweiundfünfzig Zentimeter. Später kamen Flugzeuge und U-Boote hinzu. Ich genoss die Stunden mit meinem Vater im Keller.

Da ich auch mal an die frische Luft musste und uns die Exkursionen schließlich zu langweilig wurden, kaufte er zu meinem dreizehnten Geburtstag Mountainbikes für uns. Wir trainierten richtig, auch in den Bergen, und radelten in den Ferien über die Alpen bis nach Venedig. Eine herrliche Zeit. Vermutlich ging es meinem Vater dabei nicht nur um mich. Er war auf der Flucht vor meiner Mutter.

Mit ihr war es nämlich ein Elend. Ihr Leben war ganz in Moll gehalten. Ständig war sie traurig, vielleicht auch depressiv. Wer wusste das schon? Die Therapie hat sie irgendwann abgebrochen. Therapeuten konnten ihr nicht helfen. Das hätte ich ihr gleich sagen können. Sie nahm das also selbst in die Hand und begann, sich die Welt schönzutrinken. Jeden Abend eine Flasche Wein. Irgendwann fing sie dann bereits mittags zu trinken an, wenn sie aus dem Büro kam. Mein Vater schien das nicht mitzubekommen, weil er sie gar nicht mehr richtig wahrnahm. Oder er ignorierte es. Während meine Mutter uns ständig im Blick hatte und immer etwas zum Nörgeln fand. Vor allem an mir gab es viel auszusetzen. Deine Haare! Deine Klamotten! Dein

Umgang! *Alles machte ich in ihren Augen falsch. Mein Vater schob es auf die Pubertät.*

Natürlich war es eine Zeit, in der ich viel ausprobierte. Ich habe gekifft, geklaut und gevögelt und gelegentlich die Schule geschwänzt und dafür die Unterschrift meiner Mutter auf den Entschuldigungszetteln gefälscht. Nie bin ich aufgeflogen. Nur Alkohol habe ich nicht angerührt. In diesem Punkt war meine Mutter mir ein Vorbild. Es war einfach nur ekelhaft, wenn sie die Kontrolle über sich verlor. Über ihre Gefühle und über ihren Körper. Wenn sie heulte und jammerte, wenn ihr der Speichel aus dem Mund lief und ihre Augen blutunterlaufen waren. Ob vom Weinen oder vom Alkohol, wer konnte das schon sagen? Es war auch egal. Es war einfach nur widerlich.

Nur eines hatten wir gemeinsam. Niemand sah uns an, wer wir wirklich waren. Meine Mutter hatte sich nämlich hervorragend im Griff. Immer adrett gekleidet, sorgfältig geschminkt und frisiert. Morgens ging sie ins Büro, war freundlich und nett und zuverlässig. Man schätzte sie. Mittags kam sie nach Hause und griff zur Weinflasche. Ich habe sie tatsächlich nie harte Sachen trinken sehen. Immer nur Wein.

Als ich mit ein paar bunten Pillen erwischt wurde und meine Mutter in der Schule antanzen musste, ist sie ausgetickt. Dabei warfen damals alle Pillen ein. Na ja, nicht alle. Die braven Schafe nicht. Wobei ja auch ich als braves Schaf galt. Wie schon gesagt, man sieht mir die Untiefen nicht an. Man sieht niemandem an, wer er ist. Und in jedem steckt ein Mörder, sagt man.

Nach dem Zwischenfall mit den Pillen wollte Mama, dass ich die Schule wechsle. Sie sprach sogar von Internat. Sie wollte mich loswerden. Warum? Damit sie ganz unbehelligt ihre Leber weiter ruinieren konnte? Oder lag es dar-

an, dass sie im Grunde ihres Herzens wusste, was am Tag von Babsis Himmelfahrt wirklich passiert war, und mich nicht länger in ihrer Nähe ertrug?

Manchmal sah sie mich an, als ob sie es wüsste. Vor allem, wenn ich sie ans Grab begleitete. Anfangs besuchte sie es jeden Tag, und ich fragte mich, was sie da wollte. Babsi gab es nicht mehr. Sie war Vergangenheit, Geschichte. Fünf Jahre später ging meine Mutter nur noch sonntags auf den Friedhof. Manchmal kam ich mit, weil sie mich bat, vielleicht auch, um mich an meinen ersten Triumph zu erinnern, den Sieg wieder zu spüren. Einmal riss ich meiner Mutter den Blumenstrauß aus der Hand und trampelte darauf herum, bis er Matsch war. Das war an Babsis erstem Todestag. Ein Fehler, zugegeben. Denn seither war ich sicher, dass sie es nicht nur ahnte, sondern wusste. So, wie sie mich manchmal ansah. Doch das konnte nicht sein, also schob sie diesen Gedanken immer wieder beiseite und trank noch ein Glas. Das eine Kind tot, das andere sein Mörder. Undenkbar. Wobei es ja kein Mord war. Eher ein Glücksspiel, und ich hatte gewonnen.

Beim zweiten Mal war es anders. Da wollte ich es. Es passierte einige Wochen nachdem ein Lehrer mich mit Ecstasy erwischt hatte und meine Mutter sich in der Schule einem peinlichen Gespräch stellen musste. Ihre Pläne für einen Schulwechsel hatte sie inzwischen aufgegeben. Dafür gab es neue.

Eines Nachmittags kam sie in mein Zimmer und wollte mit mir reden. So ein Eltern-Kind-Gespräch. Sie erklärte mir, dass sie meinen Vater nicht einen Tag länger ertrug, seine Gleichgültigkeit, seine Gefühlsarmut, wie er die Zuckerwürfel in den Kaffee warf und dann stundenlang rührte, als wollte er den Tassenboden wegkratzen, seine Mountainbike-Klamotten, in denen er lächerlich aussah, seine

Pulsuhr, mit der er wohl hoffte, sein Leben zu verlängern, dabei würde auch er am Ende sterben, seine kindischen Basteleien mit mir im Keller, wie er sie anfasste, wenn er sie anfasste. Es brach richtig aus ihr heraus, wie sehr sie ihn hasste.

Natürlich hatte sie schon ein oder zwei Glas Wein intus. Es war ja bereits Nachmittag. Kurz und gut, sie brachte mir nicht sehr schonend bei, dass sie die Scheidung wollte. Mein Vater sollte ausziehen. Am besten wäre es, wenn er zurück nach Frankfurt ging, von wo er stammte und wo er eine winzige Wohnung besaß. Die Firma, für die er arbeitete, hatte dort eine Filiale. Er konnte wechseln und so aus ihrem Leben verschwinden. Sie wollte ihn nie wiedersehen. Und ich würde natürlich bei ihr bleiben. Sie wollte nicht beide Kinder verlieren, und falls ich dachte, dass ich mit meinem Vater gehen könnte, würde ich mich täuschen. Sie würde um mich kämpfen wie eine Löwin für ihr Junges. Das hat sie wörtlich so gesagt. Wie eine Löwin für ihr Junges. Dabei wollte sie nicht für mich kämpfen, sondern meinen Vater besiegen.

Ich hatte gar nicht die Absicht, mit ihm nach Frankfurt zu gehen. Ich wollte hierbleiben. Also sagte ich ihr das, und sie verließ erleichtert mein Zimmer.

Meine Mutter wollte mir den einzigen Menschen nehmen, der mich liebte. Verabscheut hatte ich sie schon die letzten Jahre, doch nun hasste ich sie.

Ich hasse sie!

Da waren sie wieder, die Worte, die damals aus mir herausgebrochen waren und Babsis Himmelfahrt zur Folge gehabt hatten. Ich hatte meine Lektion gelernt und ging in den Hobbykeller. Das Modell der Golden Star stand zusammen mit zwei anderen Schiffen in einem Vitrinenschrank, wo sie nicht einstaubten. Unter der Decke hingen die Flugzeuge. Unser neuestes war noch nicht ganz fertig, das Modell einer Stuka JU 87. Es lag auf dem Arbeitstisch. Dahinter befand sich das Werkzeugregal. Etliche Schubladen in unterschiedlichen Größen. Papa und ich waren gewissenhaft und ordentlich, was das Werkzeug anbelangte. Ich musste nicht suchen. Ich wusste, wo alles lag. Der feine Handbohrer, die winzigen Haken und die hauchdünne Nylonschnur.

Natürlich hatte meine Mutter auch ihre guten Seiten. In gewisser Weise war sie berechenbar. So erledigte sie die Hausarbeit zuverlässig. Niemand sollte ihr etwas am Zeug flicken können. Deshalb hatte sie einen Plan, wann sie was erledigte. Die Wäsche war am Donnerstag dran, und es war Donnerstag.

Acht Tage später standen mein Vater und ich an ihrem Grab. Mutter war die Kellertreppe hinuntergefallen, mit dem Wäschekorb in der Hand. Sie war nicht sofort tot gewesen. Fünf Tage Koma. Ein tödlicher Unfall. Dennoch war die Polizei gekommen und hatte sich das mal angesehen. Die Haken und die Schnur hatte ich längst entfernt und die winzigen Löcher in der Treppenwange mit Holzspachtel in der passenden Farbe gefüllt. Nichts war zu sehen. Die meisten Unfälle passierten ja im Haushalt, außerdem hatte meine Mutter ordentlich Alkohol im Blut. Nach fünf Minuten waren die beiden Polizisten wieder verschwunden, und Mama ruhte nun an Babsis Seite. Ich hatte ihr ja gesagt, dass ich nicht die Absicht hatte, mit meinem Vater nach Frankfurt zu gehen.

42

In den folgenden Tagen ging Karsten Tom aus dem Weg. Die Sache mit dem falschen Alibi ließ ihm keine Ruhe und natürlich Toms Affäre mit Irene. Er ertrug seine Nähe kaum noch. Die Wut lag noch immer dicht unter der Oberfläche und wollte raus. Warum ausgerechnet Irene? Am liebsten hätte er sich mit Tom geprügelt, und dann wäre es gut gewesen. Doch er war keine fünfzehn mehr und sie nicht auf dem Schulhof und Gewalt ohnehin keine Lösung.

Sein Entschluss, Irene zu verzeihen, erwies sich als ebenso schwierig umzusetzen. Zweifel begannen ihn zu quälen. Warum hatte sie das getan? Was stimmte in ihrer Ehe nicht, was fehlte? Wonach hatte sie bei Tom gesucht? Etwa nach besserem Sex? War diese Affäre wirklich beendet?

Diese Fragen fraßen sich durch ihn wie Termiten, die einen Baum aushöhlten. In Gedanken ging er die letzten Wochen und Monate durch. War Irene tatsächlich in Bremen zu einer Tagung gewesen? Und bei einem Spezialisten für DNA-Analysen in Frankfurt? Er fand sein Misstrauen beschämend, doch er konnte es nicht abstellen. Einmal ertappte er sich sogar bei der Überlegung, ihr Handy und ihren Kalender nach verräterischen Hinweisen zu durchsuchen, was er natürlich nicht tat. Sollte es jemals so weit kommen, wäre ihre Ehe am Ende.

Und dann gab es noch diesen anderen Zweifel, den Karsten nicht zulassen wollte. Tom hatte kein Alibi. Und außerdem hatte er ihn angelogen. Denn in der Praxis hatte er nicht geschlafen! Sabine hatte ihm von Dühnforts Fragen erzählt, auch von der, ob es Anzeichen für Toms Anwesenheit am Wochenende gegeben hatte. Sie hatte das verneint. Wo war Tom wirklich in jener Nacht gewesen?

Andererseits wusste Karsten, dass Tom kein Mörder war. Niemals. Er kannte ihn. Es war unvorstellbar, dass er Nina, Sophie und Leon erschossen hatte. Erschossen! Tom konnte das nicht getan haben. Selbst dann nicht, wenn er wütend auf Nina gewesen war. So wie damals, als er drohte, die Tür mit der Axt einzuschlagen. Er hatte nur gedroht. Er hatte es nicht getan. Was Tom jetzt brauchte, waren Vertrauen und Unterstützung und keinesfalls Misstrauen und Zweifel.

Kurz vor Praxisschluss rief Tom an. Er saß in Schumann's Tagesbar und fragte, ob sie sich treffen könnten. Er brauchte jemanden zum Reden. Da Irene einen Termin bei einer Klientin in Landsberg hatte und vor neun sicher nicht zu Hause sein würde, sagte Karsten zu.

Als er kurz vor halb sieben kam, entdeckte er Tom an einem der Bistrotische vor dem Lokal. Er verabschiedete sich von einer Frau, die überhaupt nicht sein Typ war. Zu pummelig und zu unmöglich angezogen. Mehrere Lagen bunter Kleidung bauschten sich um ihren Körper. Pinkfarbene Pluderhose, darüber ein Kleid mit Blumenmuster in allen erdenklichen Farben, eine kurzärmlige Leinenjacke in Grasgrün und ein orangefarbener Schal. Zum Abschied gab sie Tom die Hand.

Karsten erreichte den Tisch einen Moment später und setzte sich. »Wer war das denn?«

»Melissa Wittock. Sie schreibt für den Münchner Blick.«

Den Namen kannte Karsten. Einer der Hetzartikel gegen Tom stammte aus ihrer Feder. Oder sagte man heute Tastatur? »Du hast ihr ein Interview gegeben?«

»Aber sicher. Wie diese Ermittlung geführt wird, ist an Dilettantismus nicht zu überbieten. Es ist höchste Zeit, dass Dühnfort der Fall entzogen wird.«

Karsten verstand es nicht. »Dieselbe Frau, die dir unterstellt hat, ein Mörder zu sein …«

»… soll mir nun helfen, Dühnfort abzusägen. Warum nicht? Dafür musste sie ordentlich zurückrudern. Entschuldigt hat sie sich schon bei mir. Das hättest du sehen sollen.« Ein zufriedenes Lächeln breitete sich auf Toms Gesicht aus. Er hob das Glas und trank einen Schluck Gin Tonic. »Für ein Exklusivinterview tut so eine alles. Journalisten sind die reinsten Nutten.«

Der Kellner kam. Karsten bestellte ebenfalls einen Gin Tonic und verkniff es sich, Tom wieder einmal auf die Wirkung von Alkohol in Kombination mit Diazepam hinzuweisen. Er war nicht sein Kindermädchen. »Du brauchst jemanden zum Reden, hast du gesagt. Wie wäre es, wenn du endlich die Therapie beginnst?«

Toms Stimmung wechselte wieder einmal von einer Sekunde auf die andere. Gerade war er noch siegessicher und überheblich gewesen und wurde nun weinerlich und selbstmitleidig. »Vom Reden ändert sich nichts. Nina und die Kinder werden nicht wieder lebendig, nur weil ich mein Seelenleben vor einem dieser Püschologen ausbreite«, sagte er voller Verachtung. »Ich wollte mit dir reden, weil …« Mit einer Geste, die Karsten kannte und wieder einmal als übertrieben, beinahe theatralisch empfand und die ihn in diesem Augenblick richtiggehend aufbrachte, stützte Tom den Kopf in die Hände. »Weil ich ein Schwein bin!«, stieß er schließlich hervor.

Spontan wollte Karsten ihm beipflichten. Warum hatte Tom nicht die Finger von Irene gelassen!

»Ich halte das nicht mehr aus. Ich hab immer nur Nina geliebt. Sonst keine.« Mit einem Ruck hob er den Kopf. »Ich ekle mich vor mir selbst.«

Für eine Sekunde befürchtete Karsten, Tom würde ihm

die Morde gestehen. Bei diesem Gedanken wurde ihm regelrecht übel.

»Meine verfluchten Steinzeitgene. Ich war mit Conny im Bett. Ich weiß auch nicht warum. Nina ist noch nicht ... Sie ist noch nicht unter der Erde, und ich hure schon wieder herum.«

»Ihr habt die alte Geschichte wiederbelebt?«

Dabei hatte Conny die Affäre mit Tom vor über einem Jahr beendet. Eine vernünftige Entscheidung, wie Karsten fand. Für die Rolle der Nebenfrau war sie wirklich zu schade. Sie hatte etwas Besseres verdient.

»Es ist einfach passiert«, sagte Tom und senkte die Stimme. »Wir hatten zu viel getrunken und ein wenig gekokst.«

Karsten glaubte sich verhört zu haben. »Gekokst?«

»Das mache ich hin und wieder. So, jetzt weißt du das auch. Koks macht geil. Mist. Ich hätte das nicht tun sollen. Ich brauche eine Wohnung. Zurück ins Haus kann ich nicht. Ich würde gerne wieder zu euch ziehen, bis ich was Eigenes habe.«

Der Kellner trat an den Tisch und servierte den Gin Tonic.

»Ganz sicher nicht«, entgegnete Karsten. »Ich helfe dir bei der Suche. Aber bei uns ziehst du nicht wieder ein. Solange kannst du bei Conny wohnen. Lass die Finger von ihr. Und wenn du das nicht hinkriegst, dann geh ins Hotel.«

»Du lässt mich also im Stich.«

»Verdammt, nein! Ich helfe dir, eine Wohnung zu finden. Irene will dich nicht im Haus haben und ich dich nicht in ihrer Nähe.« Eine klare Ansage, die überfällig gewesen war. »Du hast eine Grenze überschritten und merkst das nicht einmal.«

»Mein Gott, sie hat mich angemacht.«

»Selbst wenn das stimmen sollte: Sie wird dich nicht

vergewaltigt haben. Du hättest sie freundlich abweisen können. Wobei ich dir nicht glaube, dass das von ihr ausgegangen ist. Du probierst es bei jeder. Du kannst gar nicht anders. Irgendetwas musst du dir beweisen. Keine Ahnung, was. Dass du ein Mann bist vielleicht? Dann verhalte dich wie einer und zerre nicht die Frau deines besten Freundes ins Bett.«

Karsten war laut geworden und merkte, dass die Leute von den Nachbartischen bereits ihrer Unterhaltung folgten.

»Wenn du diesen Begriff schon verwenden willst, dann war sie es, die mich ins Bett gezerrt hat«, konterte Tom. »Sie war richtig scharf darauf, mal was anderes auszuprobieren als euren Blümchensex. Offenbar hat sie *Fifty Shades Of Grey* gelesen.«

Das war zu viel. Karsten sah rot. Er sprang auf, riss Tom am Kragen vom Stuhl. »Du verdammtes Arschloch!« Seine Faust traf Toms Braue, die Haut platzte, ein dünner Faden Blut lief ihm übers Gesicht.

Der Kellner kam angerannt. »Schluss damit! Oder ich rufe die Polizei!«

Grinsend sah Tom Karsten an. »Du machst dich. Hatte ich dir gar nicht zugetraut.« Dann wandte er sich an den Kellner. »Entschuldigung. Es ist alles in Ordnung. Wir benehmen uns schon wieder.« Tom nahm Platz und zog ein Tempo hervor, mit dem er das Blut abtupfte.

»Setz dich, Karsten. Alles ist gut. Du hast recht. Es wäre besser gewesen, mich nicht mit Irene einzulassen. Ich habe eine Grenze überschritten, wie du gesagt hast. Es tut mir leid. Reicht dir das?«

Es war immerhin so etwas Ähnliches wie eine Entschuldigung. Damit tat Tom sich seit jeher schwer. Karsten zog den Stuhl heran und nahm wieder Platz. Mehr als diese halbherzige Entschuldigung würde er nicht bekommen.

Die Aufmerksamkeit der anderen Gäste richtete sich nicht länger auf sie, bis auf ein paar verstohlene Blicke, die ab und zu herüberschweiften. »Akzeptiert. Aber das Häuschen biete ich dir trotzdem nicht an.«

Tom sah auf das blutbefleckte Taschentuch und schüttelte den Kopf. »Hätte ich dir wirklich nicht zugetraut.« Es klang beinahe bewundernd.

Und ich hätte dir auch so einiges nicht zugetraut, dachte Karsten. Nicht nur die Sache mit Irene und auch das Koksen nicht. Wie gut kannte er seinen besten Freund tatsächlich?

Tom kehrte zum eigentlichen Thema zurück. »Es wird nicht einfach werden, eine Wohnung zu finden. Du kennst den Münchner Wohnungsmarkt.«

»Ich bitte dich. Arzt mit eigener Praxis. Jemand wie du ist ein gerngesehener Mieter.«

Eine Erinnerung trieb an die Oberfläche. Am Freitag war Karsten mit Irene bei einer Vernissage gewesen und hatte dort Tobias Fürst getroffen. Sie kannten sich seit Studienzeiten. Er war Radiologe mit einer gutgehenden Praxis und steckte sein Geld in Immobilien. Bei einem Glas Prosecco hatte er vom Ärger mit einem Mieter erzählt, der ein Apartment völlig vermüllt hinterlassen hatte. Die Renovierungskosten wurden von der Kaution nicht gedeckt. Darüber hatte Tobias sich beklagt.

Karsten erzählte Tom von der Wohnung. Zwei Zimmer in Schwabing. Luxussaniert, hatte Tobias gesagt. Mit Balkon, neuem Designerbad und einer Einbauküche. »Ich kann ihn fragen, ob sie noch frei ist.«

»Klingt gut.«

Karsten zog das Handy hervor, suchte sich eine ruhige Ecke im Inneren des Lokals und rief Tobias an. Natürlich hatte er von dem Verbrechen gehört. Karsten erklärte, dass das Haus in Schäftlarn unbewohnbar war und Tom dringend eine Wohnung suchte. »Ich habe an die gedacht, von der du neulich gesprochen hast. Ist sie schon vermietet?«

»So gut wie. Aber Tom kann sie selbstverständlich haben. Er müsste allerdings die Maklerkosten übernehmen.«

»Ich denke, das ist kein Problem. Ich gebe ihn dir. Dauert eine Sekunde.«

Karsten ging wieder nach draußen und reichte sein Handy an Tom weiter. Nach zehn Minuten war alles geregelt und Tom erleichtert. »Wir treffen uns morgen in der Wohnung. Wenn sie mir gefällt, kann ich den Mietvertrag sofort unterschreiben. Alice muss mir beim Einrichten helfen. Ein paar Ausstellungsstücke aus den Läden kann sie locker entbehren.«

Mit einem Mal wirkte er wieder wie ein Mensch, der Pläne hatte. Tom rief Alice sofort an und erklärte ihr, was er sich vorstellte. Es klang weniger wie eine Bitte, sondern wie eine Forderung. Doch zu Karstens Verwunderung erklärte Alice sich bereit, sich um alles zu kümmern. Tom sollte einfach Bescheid sagen, wenn er die Wohnung mietete. Innerhalb eines Tages konnte sie die Räume mit dem Nötigsten ausstatten und den Rest in den folgenden Tagen erledigen. Wenn alles klappte, konnte er also schon morgen Abend einziehen.

Auch mit Alice hatte Tom für einige Zeit eine Affäre gehabt. Als sie begann, Sex mit Liebe zu verwechseln, hatte er die Notbremse gezogen. Nina hatte keine Ahnung gehabt. Und das war gut so, dachte Karsten. Tom hatte eine Frau wie sie gar nicht verdient. Noch vor ein paar Tagen hatte er das anders gesehen.

Wer versteht schon die Beziehung zweier Menschen? Das hatte er zu Irene gesagt. Nina hatte Tom geliebt und ihm vertraut, obwohl er dieses Vertrauen permanent missbrauchte. So wie er auch Karstens Vertrauen missbraucht hatte. So wie er vielleicht jeden nur benutzte und manipulierte, wie Irene ihm unterstellte. Hatte sie am Ende recht?

Tom beendete zufrieden das Gespräch mit Alice. »Conny wird sauer sein, wenn ich ausziehe.«

Das glaubte Karsten nicht. Conny brauchte Zeit für sich und musste zur Ruhe kommen. Er selbst sollte zusehen, dass er die Vertretung für Tom an Bord bekam. Und Tom, dessen Stimmungen ständig schwankten, sollte sich endlich zur Therapie entschließen. Karsten wiederholte diesen Vorschlag, und Tom lehnte ihn natürlich wieder ab.

43

Mit einem weiteren Espresso versuchte Dühnfort die Kopfschmerzen zu vertreiben, die ihn nun schon den zweiten Tag heimsuchten. Vermutlich eine Gehirnerschütterung, denn hin und wieder schwappte Übelkeit in ihm hoch. Gott sei Dank musste er mit Gina keine Diskussionen darüber führen, dass er sich nicht krankschreiben ließ. Mitten in dieser Ermittlung wollte er das nicht. Sie selbst würde nicht anders handeln.

Auf seiner Stirn zeichnete sich ein blauer Schimmer ab, den er mit einem Sturz vom Fahrrad erklärte. Wer auch immer ihn niedergeschlagen hatte, beherrschte Kampfsport, denn er hatte den zweiten Atemi-Punkt getroffen, und das bei beinahe vollständiger Dunkelheit. Vielleicht hat er auch ein Nachtsichtgerät getragen, dachte Dühnfort in einem Anfall von Sarkasmus. Dann wäre allerdings die Taschenlampe überflüssig gewesen. Wer hatte um Mitternacht im Wäldchen wonach gesucht? Dühnfort hatte keine Ahnung.

Als Gina ihn fand, war er gerade wieder zu sich gekommen. Sie hatte niemanden bemerkt und lediglich gehört, wie ein Wagen im Rückwärtsgang aus dem Wäldchen fuhr.

Unwillkürlich musste Dühnfort lächeln. Nun hatten sie beide ein Geheimnis vor den Kollegen. Sie die Schwangerschaft, er die nächtliche Attacke. Denn er konnte nicht erzählen, dass er um Mitternacht mit Gina eine heimliche Tatortbesichtigung gemacht hatte, deren einziges Ergebnis darin bestand, dass er sich mit Sassen nicht mehr sicher war.

Er leerte die Tasse. Dabei fiel sein Blick auf den Münchner Blick, und sein Adrenalinspiegel stieg erneut. Sassen und die Wittock hatten sich verbündet. Die Journalistin, die im vergangenen Jahr den Prügelbullen aus ihm gemacht hatte, erklärte ihn nun zum Versager. Einseitig und voreingenommen würden die Ermittlungen geführt und wichtige Spuren unbeachtet gelassen. Wie die des Unbekannten, mit dem Nina Sassen gesehen worden war. Warum wurde nicht mit Hochdruck nach ihm gesucht? Natürlich veröffentlichte der Münchner Blick das Phantombild auf Seite eins des Lokalteils, als wären sie die Ersten, als wäre es nicht längst durch die Medien gegangen und seit Tagen auf der Webseite der Münchner Polizei abrufbar. Als hätten Kirsten und Alois und die Kollegen der Schutzpolizei, die an der Nachbarschaftsbefragung beteiligt waren, es nicht jedem in Schäftlarn und Inning unter die Nase gehalten.

Leyenfels war stinksauer in Dühnforts Büro aufgekreuzt und hatte verlangt, dass die Suche nach diesem Mann intensiviert wurde. »Was meinst du, was wir getan haben?«, hatte Dühnfort gekontert. »Es gibt ihn nicht. Niemand kennt ihn. Und ich wette mit dir, dass sich auch jetzt niemand bei uns melden wird, nachdem das Phantombild im Münchner Blick blattgroß abgedruckt ist.«

Heigl war ebenfalls sauer. Allerdings auf dieses Drecksblatt. »Ignoriere diesen Mist«, hatte er Dühnfort geraten. »Das ist das Beste, was man tun kann. Ab in die Tonne damit und einfach weitermachen.«

Dühnfort stopfte die Zeitung tiefer in den Papierkorb und griff nach der Ermittlungsakte. *Einfach weitermachen* war leichter gesagt als getan. Etwas übersahen sie. Oder sie mussten diesen Fall aus einer anderen Perspektive betrachten. Oder doch noch Sassens Alibi knacken.

Das hatte Alois versucht und mit Conny Behrendsens Nachbarn geredet. Doch niemand hatte Samstagnacht Beobachtungen gemacht. Wie auch? Die Grundstücke waren von Mauern und Hecken umgeben. Keiner wollte gesehen werden oder sehen, was der Nachbar tat. Alle wollten ihre Ruhe. Um Mitternacht trieb sich in Pullach niemand auf der Straße herum, und das Ehepaar, das in der Wohnung über Conny Behrendsen wohnte, war in Urlaub. Niemand konnte ihre Angaben bestätigen oder widerlegen. Alles war möglich.

Auch Moritz Russo und seine Leute kamen nicht weiter. Bisher bestand keine Verbindung zwischen den Sassens und der Szene ums Hot Miami und Harry Jaschke oder Ivo Petkov.

Dühnforts Stimmung war im Keller, als Kirsten hereinkam. »Es gibt Neuigkeiten. Tom Sassen hat eine Garage in Krailling gemietet.«

Auf dem Drehstuhl schnellte er herum. »Woher hast du diese Info?«

»Ist egal ...«

»Wieso denn?«

Kirsten lachte. »So lautet der Absender. Ist_egal@gmx.net. Eine anonyme Mail. Die Garage befindet sich in der Erika-Mann-Straße 37.« Kirsten lehnte sich an die Kante des Schreibtischs. »Ich habe mit dem Eigentümer schon telefoniert. Ein alter Herr, der seinen Führerschein abgegeben und das Auto verkauft hat und seither die Garage vermietet. Und zwar an Tom Sassen.«

»Sehr schön.« Endlich tat sich etwas. »Wo ist Alois?«

»In Schäftlarn. Er geht dem Hinweis auf die Beretta nach.«

»Du bist sicher nicht scharf darauf, den Durchsuchungsbeschluss zu beantragen. Also mache ich das, und dann fahren wir zu Sassen.« Wieder einmal war Sassen umgezogen. Diesmal in eine eigene Wohnung, wie Dühnfort von Prittwitz erfahren hatte. Da er das Recht hatte, bei der Durchsuchung dabei zu sein, kamen sie um diesen Besuch nicht herum.

Eine Stunde später klingelten sie in der Schwabinger Kaulbachstraße an einer Wohnungstür in der zweiten Etage eines luxussanierten Altbaus. Von drinnen waren Stimmen zu hören. Schritte näherten sich. Alice Maurer öffnete. Sie trug Bermudashorts, ein hautenges Tanktop und hielt einen Inbusschlüssel in der Hand. Irritiert musterte sie ihn. »Verfolgen Sie mich etwa?«

»Ich bin überrascht, Sie hier zu sehen. Ich dachte, sie können den *fabelhaften Tom* nicht ausstehen.«

Sie rang sich ein Lächeln ab. »Das ist Ihre Interpretation meiner Worte.«

Hinter ihr erschien Sassen im Flur, in dem einige Umzugskartons, eine Leiter und eine Werkzeugkiste standen. Die Schrammen an der Stirn waren verheilt. Dafür zierte ein schmales Pflaster die linke Augenbraue. »Sie schon wieder.«

Dühnfort reichte ihm den Durchsuchungsbeschluss. »Wir wollen uns in Ihrer Garage umsehen. Sie können uns begleiten oder sich vertreten lassen. Geben Sie mir den Schlüssel.«

»Was wollen Sie dort?«

»Steht im Beschluss. Wir suchen nach einer Waffe.«

An Sassens Nasenwurzel bildete sich eine Zornesfalte. »Schwachsinn! Sie haben es noch immer nicht kapiert. Ich war es nicht. Aber Sie wollen den Mörder meiner Frau und meiner Kinder ja gar nicht finden!«

Völlig unvermittelt riss er die Fäuste hoch und ging auf Dühnfort los. Er wich dem Schlag aus, packte Sassen am Arm und nahm ihn in den Polizeigriff. Kirsten brüllte: »Aufhören!« Alice Maurer wich zurück.

»Es reicht!«, stieß Dühnfort hervor, während Sassen sich in seinem Griff wand. »Haben Sie sich wieder unter Kontrolle? Oder soll ich Sie festnehmen?«

»Es ist gut. Lassen Sie mich los. Ich ergebe mich der Staatsgewalt!« Rasend schnell schaltete Sassen von Wut auf Sarkasmus um. Dühnfort löste den Griff. »Ich kann die Garage auch öffnen lassen. Kommen Sie nun mit? Oder soll Ihr Anwalt Sie vertreten? Entscheiden Sie sich.«

Sassen rieb sich die Schulter und musterte Dühnfort. »Wie wird ein so unfähiger Trottel wie Sie Leiter einer Mordkommission? Bei einer Frau würde ich ja annehmen, dass sie sich hochgeschlafen hat …«

Unwillkürlich ballte Dühnfort die Fäuste. »Den Schlüssel. Ich frage nicht noch einmal!«

»In der Garage steht nur ein Oldtimer, den ich restaurieren will.«

»Ich bestelle jetzt den Schlüsseldienst.« Dühnfort zog das Handy hervor.

»Also gut.« Sassen fuhr sich mit den Händen übers Gesicht und ließ sich dann auf eine Umzugskiste fallen. »Ich sage Ihnen, was Sie dort finden werden. Koks. Nicht viel. Nur für den Eigenbedarf.«

Sassen kokste also doch. Herrgott! »Von wem beziehen Sie es?«

»Das ist meine Sache, oder?«

»Sie können die Aussage verweigern, und Sie haben das Recht, einen Anwalt hinzuzuziehen. Und jetzt sehen wir uns in der Garage um.«

Sassen rief einen Bekannten an, der Anwalt war. Da auch er die Durchsuchung nicht verhindern konnte, verzichtete Sassen auf seinen Beistand.

Eine halbe Stunde später standen sie vor der Garage einer Doppelhaushälfte aus den sechziger Jahren in Krailling. Drei Straßen weiter wohnte Karsten Prittwitz. Dühnfort sperrte mit dem Schlüssel auf, den Sassen ihm ausgehändigt hatte, und schob das Tor nach oben. Ein rotes Sportcoupé mit einer kantigen Siebziger-Jahre-Silhouette erschien im Blickfeld.

Sassen lehnte sich an die Wand. Ein Versuch, lässig zu wirken, doch die Anspannung war ihm anzumerken. »Das ist ein Fiat X1/9 Bertone Targa.«

Dühnfort und Kirsten zogen Latexhandschuhe an.

»Ziemlich selten. Eine kleine Geldanlage. In fünfzehn Jahren ist er das Doppelte wert. Vielleicht sogar mehr.«

Immer eine große Klappe, dachte Dühnfort. Genugtuung breitete sich in ihm aus. So nervös, wie Sassen war, gab es in dieser Garage mehr zu finden als nur Kokain.

»Das Koks liegt im Handschuhfach. Nehmen Sie es, und dann gehen wir. Alles andere ist Zeitverschwendung.«

»Sie warten hier.« Dühnfort wies auf den Garagenvorplatz und sah sich um. An der Stirnseite stand ein Metallregal. Bis auf eine Werkzeugkiste und einige Pappkartons war es leer.

»Ich das Regal? Du das Auto?«, fragte Kirsten.

»Einverstanden.«

Dühnfort setzte sich in den Wagen. Im Handschuhfach entdeckte er eine Blechdose. *Grether's Pastilles. For Throat and Voice.* Fünf Tütchen mit einem weißen Pulver lagen darin. Er schob die Dose in einen Spurenbeutel. Dann begann er mit der systematischen Durchsuchung des Innenraums. Tastete unter die Sitze, sah in den engen Bereich dahinter, öffnete den Kofferraum und die Motorhaube, unter der kein Motor war. Irritiert sah er zu Sassen, der grinste.

»Der Motor ist hier.« Sassen deutete auf eine schwarze Kunststoffverkleidung mit Lüftungsschlitzen, die zwischen Heckfenster und Kofferraumdeckel angebracht war. »Vorne kommt bei schönem Wetter das Verdeck hinein. Sehen Sie doch noch in den Reifen nach«, schlug er vor, als Dühnfort mit einer Taschenlampe in die Radkästen leuchtete und sie schließlich abtastete. Notfalls mussten Buchholz' Leute den Wagen eben auseinandernehmen. Er kauerte vor dem hinteren linken Radkasten, als seine Finger auf ein Päckchen stießen.

Es klemmte zwischen Reifen und Stoßdämpfer. Die Verpackung bestand aus der Isolierfolie einer Supermarkt-Tiefkühltasche. Als er das Gewicht in seiner Hand spürte, ahnte er, was zum Vorschein kommen würde. Es war eine Sig Sauer P220. Der Schalldämpfer lag daneben in der Tüte.

Yes! Eine Sekunde kostete Dühnfort das Gefühl von Triumph aus. Das war die Tatwaffe. Darauf wettete er einen Zehn-Stunden-Kurs Schwangerschaftsyoga. Zufrieden wandte er sich zu Sassen um. »Die Zeitverschwendung hat sich gelohnt.«

Im selben Moment sagte Kirsten: »Ich hab sie.«

Sassen starrte auf die Pistole. Wieder brach ihm von einer Sekunde auf die andere der Schweiß aus, sammelte sich im Haaransatz und perlte in die Brauen.

»Die gehört mir nicht. Das ist ein einziger Albtraum«, stieß er hervor. »Die hat mir jemand untergeschoben.« Mit zitternder Hand wischte er sich den Schweiß von der Stirn. »Sie müssen mir glauben. Ich habe diese Waffe noch nie gesehen.«

Kirsten kam dazu. »Ja, sicher. Und die auch nicht.« In den Händen hielt sie eine Beretta.

44

Dühnfort teilte Sassen mit, dass er ab jetzt als Beschuldigter galt, belehrte ihn über seine Rechte und nahm ihn vorläufig fest. Am selben Nachmittag kam die Bestätigung. Buchholz überbrachte die gute Nachricht persönlich. Ächzend ließ er sich in Dühnforts Büro auf den Besucherstuhl fallen.

»Die Sig Sauer ist ein Volltreffer. Mit ihr wurden Harry Jaschke und die Sassens ermordet. Die Beretta haben wir ebenfalls beschossen. Die ist jungfräulich. Kein Treffer in der Datenbank. An der Sig Sauer gibt es keine Fingerspuren. Sie wurde gründlich gereinigt. Die Beretta ist ebenfalls gut gepflegt, aber nicht ganz so gründlich. Einen Teilabdruck von Sassens linken Daumen konnten wir sichern. Ich hoffe, dass wir noch DNA finden, und mache mich wieder an die Arbeit.«

Waffennarren hingen an ihren Waffen. Sie trennten sich nur schwer davon. Das war Sassens Fehler. Er hätte sie verschwinden lassen sollen. Dühnfort informierte Heigl und Leyenfels. Danach rief er das Team zusammen. Endlich ging etwas voran. Die Erleichterung war mit Händen greifbar. Alle atmeten auf. Doch es gab noch jede Menge zu tun.

»Sassen kokst. Bisher verweigert er die Aussage, woher er den Stoff bezieht. Ich gehe davon aus, dass wir seinen Lieferanten in Radevs Umfeld finden, und damit hätten wir dann die Verbindung zur Sig Sauer.«

Kirsten hob den Kuli. »Ich nehme mir noch mal Lillys Ex Denny vor. Sieht so aus, als ob er mehr weiß. Sein Tipp war nicht einfach so ins Blaue geschossen.«

»Gut.« Dühnfort wandte sich an Meo. »Kannst du feststellen, woher die Mail mit dem Hinweis auf die Garage kam?«

Meo sah von seinem iPad auf, mit dem er langsam zu verwachsen schien. Ohne sah man ihn nie. Eines Tages würde ein Cyborg in ihrer Runde sitzen. »Ich versuch's.«

»Ich nehme mir jetzt Sassens Alibi vor. Und morgen früh ist er dran. Bis dahin kann er in der Zelle überlegen, wie er sich da rausredet.« Dühnfort beendete das Meeting.

Es war bereits nach sieben, aber dieses Gespräch würde er sich jetzt noch gönnen. Er wählte die Nummer von Conny Behrendsen und bat sie zu kommen. »Wir müssen uns noch einmal über die Tatnacht unterhalten.«

»Ich habe Besseres zu tun.«

»Ich kann Sie auch vorläufig festnehmen lassen, wenn Ihnen das lieber ist.«

Ein verärgertes Schnauben klang durchs Telefon. »Ist das Ihr Ernst?«

»Erschossene Kinder sind kein Spaß.«

»Ist ja gut. Wenn es sein muss. Wann?«

»In einer halben Stunde.«

Dühnfort ging über den Flur ins Büro von Kirsten und Alois. Sie war schon weg. Doch er saß mit gerunzelter Stirn an seinem PC. »Ich kriege das einfach nicht hin. Alles klingt kitschig oder hölzern. Ich lass es bleiben und starte den Treuetest.«

Offenbar brütete er über dem Brief für Evi. »Lies mal vor.«

»Damit du dich schlapplachst.«

»Was willst du ihr denn sagen?«

»Dass ich sie liebe und heiraten will.«

Dühnfort wollte ihm schon raten, das einfach so zu schreiben. Doch er selbst hatte es ja auch nicht getan. Derart große Worte und die unausgesprochene Angst, zurückgewiesen zu werden. Gina hatte auch so verstanden, was er meinte, als er ihr den Ring schenkte. Doch bei Gina und ihm war alles im Reinen gewesen, wohingegen bei Alois alles im Argen lag.

»Sag ihr, was du an ihr magst, warum sie einmalig ist.«

»Weil sie so erdig ist, so kernig. Bodenständig eben. Gediegen altmodisch. Das kann man einer Frau doch nicht sagen. Sie wird es falsch verstehen. Ich mach das doch besser mit der Treuetesterin.«

»Das ist Blödsinn. Wenn sie dahinterkommt, ist sie erst recht sauer auf dich. Weißt du was? Nimm ein Selfie-Video auf und schicke es ihr«, schlug Dühnfort vor. »Aber nicht jetzt. Conny Behrendsen kommt in einer halben Stunde. Damit sie endlich umfällt, brauche ich dich. Trotz der Waffe werden wir richtig *Buh!* machen müssen. Mich kann sie ohnehin nicht leiden, also bin ich der Böse und du der Verständnisvolle, und wir ziehen das im Vernehmungszimmer durch. Das macht mehr Eindruck.«

Sie besprachen die Vorgehensweise. Erst direkte Konfrontation mit der Waffe. Sie sollte erkennen, wem sie so treu zur Seite stand. Wenn das nicht half, Zermürbungstaktik.

Als Conny Behrendsen sich an der Pforte meldete, holte Dühnfort sie nicht ab, sondern ließ sie von einem Uniformierten in den Vernehmungsraum bringen.

»Guten Abend, Frau Behrendsen. Setzen Sie sich doch.« Dühnfort wies auf den Stuhl auf der gegenüberliegenden Seite des Tischs, während Alois das Mikro einschaltete.

Sie sah sich um, nahm zögernd Platz und verschränkte die Arme. »Ein Polizist bringt mich in den Raum, in dem sonst Vergewaltiger, Mörder und Kinderschänder vernommen werden. Das soll mich jetzt wohl verunsichern, damit ich endlich sage, was Sie hören wollen, was aber eine Lüge wäre.«

»Reden wir doch einfach über Fakten.«

Sie zuckte mit den Schultern. Dühnfort nahm die Sig Sauer mit dem aufgesetzten Schalldämpfer aus der Schublade und legte sie vor sich auf den Tisch. »Damit wurde Nina Sassen erschossen.«

Sie würdigte die Waffe nur eines kurzen Blicks.

»Im Flur ihres Hauses. Am Fuß der Treppe. Sie wollte Sophie warnen, die oben stand und nach ihrer Mama schrie. Nina rief, sie sollte weglaufen, sich in Sicherheit bringen. Doch Nina schaffte es nicht bis nach oben. Auf der zweiten Stufe wurde sie erschossen. Hinterrücks abgeknallt. Sophie musste das mit ansehen. Sie verstand nicht, was geschah, und war die Nächste. Sie hat nicht einmal versucht zu fliehen. Im Gegensatz zu seiner Schwester hat Leon die Gefahr erkannt und sich im Schrank versteckt. Die Hände schützend um den Kopf gelegt, die Augen zusammengekniffen, hat er gehofft davonzukommen.«

Conny Behrendsen zog die Arme enger um sich, als ob sie fröstelte. »Was erzählen Sie denn da? Sie malen sich das aus.«

»Nein. Ich male mir nichts aus. Das könnte ich gar nicht. Dafür fehlt mir nämlich die Phantasie. So war es. So ist es abgelaufen. Leon saß schlotternd vor Angst im Schrank, als er erschossen wurde. Er hat sich in die Hose gemacht! Die Hände am Kopf, die linke wurde durchschossen. Und das hier ist die Tatwaffe! Damit hat er es getan. Tom Sassen! Er ist Amok gelaufen, er hat seine Familie einfach abgeknallt, weil er es nicht ertragen hat, dass seine Frau ihn abservieren wollte. Weil er ein narzisstisches Arschloch ist.«

Mit einem Ruck schob Dühnfort die Waffe in die Tischmitte. »Wir haben sie in Tom Sassens Garage gefunden.

Zusammen mit einer anderen. Und jetzt geben Sie es endlich zu: Er war gar nicht bei Ihnen. Er hat Sie um das Alibi gebeten.«

Die angespannte und verschlossene Haltung von Conny Behrendsen hatte sich in den letzten Sekunden verändert. Ihr Blick hielt nicht mehr stand. Die Schultern sanken herab, die Arme lösten sich.

Als er die Waffe zu ihr geschoben hatte, war sie unwillkürlich zurückgewichen. Nun starrte sie darauf. »Das ist wirklich die Waffe, mit der Nina und die Kinder ... Sie linken mich nicht? Sie haben sie wirklich in Toms Garage gefunden?«

»Ja. Das ist so.«

Etwas arbeitete in ihr. Ein stummer Kampf spielte sich in ihrem Gesicht ab. Vertrauen und Loyalität oder Misstrauen und Verrat? Sie rang mit sich. Dühnfort schwieg, ließ ihr Zeit, hoffte, dass sie endlich erkannte, dass Freundschaft Grenzen hatte. Neben ihm änderte Alois seine Haltung. Dühnfort legte ihm die Hand auf den Arm. *Warte.*

Schließlich hob sie den Kopf. »Tom hat mich nicht um ein Alibi gebeten.« Sie atmete durch und suchte Dühnforts Blick. »Ich habe es ihm angeboten, als er mir erzählt hat, dass Sie ihn verdächtigen. Ich wollte ihm doch nur helfen. Ich kenne ihn seit über zwanzig Jahren. Es war unvorstellbar, dass er ... Ich habe ihm vertraut.« Mit einem Finger fuhr sie eine Falte an der Nasenwurzel entlang. »Ich habe ihm geglaubt. Natürlich habe ich ihm geglaubt. Ich blöde Idiotin.«

45

Durch das Zimmer knatterten Maschinengewehrsalven. Dominik riss den Controller herum. »Blöder Wichser! Dich krieg ich!« Und weiter ging es mit dem Gemetzel auf dem Bildschirm, während Moritz oben auf dem Etagenbett saß und die Füße baumeln ließ. Das Spiel interessierte ihn überhaupt nicht.

Am Vormittag war er mit seinen Eltern bei Flori im Krankenhaus gewesen. Wie ein Gespenst hatte sein Bruder ausgesehen, weiß wie das Bettlaken, doch er war auf dem Weg der Besserung. Das hatten die Ärzte gesagt, und darüber war Moritz echt froh. Der kleine Flori packte das wirklich. Er besiegte die Leukämie. Wenigstens ein Lichtblick.

Jetzt waren Papa und Mama bei den Großeltern zum Abendessen. Oma war ja nett, aber Opa hatte immer etwas auszusetzen. Moritz hatte gefragt, ob er wirklich mitmusste, und Mam hatte ihm den Besuch erspart, weil sie wusste, dass sie sich auf ihn verlassen konnte.

Weitere Nahrung für sein schlechtes Gewissen. Denn angeblich saß er jetzt allein daheim und las *Eragon*. Doch er war zu den Zwillingen gegangen, denn er brauchte ihren Rat. Ihm selbst fiel nämlich keine Lösung für sein Problem ein. Vielleicht hatten die beiden eine Idee.

Wie konnte er Kommissar Dühnfort sagen, was er gesehen hatte, und vor allem, ihm das geben, was er im Wäldchen gefunden hatte, ohne seine Eltern zu enttäuschen und ohne die Zwillinge hinzuhängen? Dann konnten sie die Bavaria-Filmtour mit ihrer Mam nämlich vergessen. Es war wie mit der eierlegenden Wollmilchsau. Es ging einfach nicht.

Seit den Morden hatte Moritz keine Nacht mehr richtig geschlafen. Wenn er schlief, suchten ihn Albträume heim. Wenn er wach war, fürchtete er sich vor dem Schatten. Er musste endlich mit der Wahrheit herausrücken. Doch wie?

Kevin kam mit drei Dosen Cola und einer Tüte Chips herein. Zwei warf er nach oben aufs Bett, die dritte Dose stellte er neben seinem Bruder ab, klemmte die Chipstüte zwischen die Zähne und kletterte die Leiter hinauf. Wortlos riss er die Tüte auf, etliche Chips landeten im Bett, eine Handvoll in seinem Mund, dann hielt er Moritz die Tüte hin.

»Danke. Ich habe keinen Hunger.«

»Prima. Bleibt mehr für mich.« Kevin warf die nächste Ladung ein und zog den Ring von der Coladose. »Was ist denn mit dir los? Du bist seit ein paar Tagen der volle Langweiler.«

»Nichts. Was soll schon sein?«

»Geht's deinem Bruder nicht gut? Hoffentlich stirbt er nicht.« Abwartend sah Kevin ihn an. Halb lauernd, halb mitleidig.

»Es geht ihm besser. Es ist nur …« Moritz fasste sich ein Herz und erzählte die Geschichte, die er sich überlegt hatte. »Ich lese grad ein Buch. Total spannend.«

»Ich hab auch mal eines angefangen«, meinte Kevin. »Das war langweilig.«

»Meines ist aber spannend. Es gibt da einen Jungen, der hat ein Verbrechen beobachtet. Doch das kann er der Polizei nicht sagen, denn er hat ziemlichen Mist gebaut, und wenn er das zugibt, würde er auch seinen Freund hinhängen.«

»Okay. Verstehe. Und was ist daran spannend?

»Weil er nicht weiß, was er tun soll. Sagt er nichts, kommt vielleicht ein Mörder davon. Sagt er was, verrät er seinen Freund. Ist doch eine Scheißsituation.«

Kevin nestelte aus der Tasche seiner Trainingshose Zigaretten und Zippo und zündete sich eine an. Hustend hielt er Moritz die Packung hin.

»Ich rauche nicht.« In Kevins Augen war er vermutlich der letzte Spießer. »Was würdest du jetzt an Stelle des Jungen tun?«

»Ist doch kein Problem«, meinte Kevin. »Ich würde eine anonyme Mail an die Polizei schreiben.«

Moritz wedelte den Rauch weg. Er brannte in den Augen. »Das bringt doch nichts. Er ist ein Zeuge. Er hat gesehen, wer es war. Er muss den Täter identifizieren, und außerdem hat er was gefunden, das das beweist. Das geht nicht anonym.«

»Dann muss er die Klappe halten. Ist doch klar. Einen Freund hängt man nicht hin. Sollen die Bullen doch alleine herausfinden, wer es war.«

Super Rat. Wirklich. Ratlos ließ Moritz sich gegen die Wand fallen und trank seine Cola, während Dominik weiter ballerte und ballerte und Kevin das Kinderzimmer vollqualmte. Hätte er sich doch nur nie darauf eingelassen, auf diese doofe Wette.

Es war in der zweiten Ferienwoche gewesen. Alle waren im Urlaub, in den Bergen oder am Meer oder am Gardasee. Nur sie waren daheim geblieben. Papa und Mama waren oft im Krankenhaus, und wenn sie zu Hause waren, hatten sie nur ein Thema. Florian und seine Krankheit.

Moritz wusste nicht, wohin mit sich. Er konnte nicht ständig lesen oder Filme ansehen und stromerte durchs Dorf, sah bei den Bauern rein, durfte einem beim Heumachen helfen, kletterte am Waldrand auf die Hochsitze und lief eines Nachmittags Kevin und Dominik am Fußballplatz über den Weg. Sie fragten, ob er mitspielen wollte. Den beiden war genauso langweilig wie ihm. Ferien daheim fanden auch sie ätzend.

Er hatte mitgemacht, wenn auch mit schlechtem Gewissen, denn seine Eltern hatten ihm den Umgang mit den Zwillingen verboten. Trotzdem war der Nachmittag richtig lustig geworden. Zuerst hatten sie Fußball gespielt und dann *Call of Duty*. Cool. Papa und Mama mussten das ja nicht erfahren.

Er traf sich immer häufiger mit den beiden. Meistens spielten sie Computerspiele, manchmal zogen sie über die Felder und durch den Wald, und einmal ging Moritz mit den beiden in den Supermarkt. Er dachte, sie wollten etwas kaufen. Doch sie sahen sich nur um und verließen ihn wieder. Als sie draußen waren, zog Kevin drei Fläschchen aus den Taschen seiner Hose. Er hatte sie geklaut! Und er, Moritz, war dabei gewesen. Ihm wurde kotzübel. Wenn man sie erwischt hätte. Heilige Hacke! Papa würde ausrasten. Und Mama erst.

»Die trinken wir jetzt unten an der Isar«, sagte Kevin. »Du kommst doch mit. Oder traust du dich nicht?«

Moritz wollte nur schnell weg vom Parkplatz des Supermarkts. Wenn das jemand gesehen hatte. »Ja, klar komme ich mit.« Es klang tatsächlich cool, obwohl er vor Schiss weiche Knie hatte. »Lasst uns abhauen.«

Also hatten sie auf einer Kiesbank an der Isar den Schnaps getrunken. Jeder ein Fläschchen. Er schmeckte ekelhaft, doch Moritz würgte ihn runter, obwohl er in der Kehle brannte. Danach hatten Dominik und Kevin sich auf dem Boden ausgestreckt und gesagt, dass Moritz das nächste Mal dran wäre, Schnaps und Zigaretten zu besorgen. Oder ob er ein Schisser sei?

Der Alkohol zeigte Wirkung. Moritz fühlte sich absolut lässig und souverän. Supercool. Alles war easy. Klar würde er das machen. Aber seinen Schnaps würden sie nicht an der Isar trinken, am hellen Tag. Null Thrill. Er hatte eine bessere Idee. »Wir treffen uns Samstag um Mitternacht am Dorfrand bei der alten Scheune. Ich bringe Schnaps und Zigaretten mit …«

»Geklauten Schnaps und geklaute Zigaretten. Kaufen gilt nicht.« Mahnend reckte Kevin seinen Finger in den blauen Himmel.

»Ja. Klar. Logo.« Für einen Moment verließ Moritz jede Souveränität. Er konnte doch nicht klauen.

»Und weiter?«

»Wir gehen zum Selbstmörderbaum.« Nun war es an ihm zu fragen. »Ihr seid doch nicht feig? Ihr traut euch doch?«

Natürlich beteuerten die beiden, keine Schisser zu sein. Also war es abgemacht. Am Samstag um Mitternacht am Selbstmörderbaum.

Moritz hatte jetzt ein Problem. Er musste klauen. Alles andere galt nicht. Doch man würde ihn erwischen. Ganz sicher. Schließlich fand er einen Kompromiss. Wo er klauen sollte, davon war nicht die Rede gewesen. Bei ihm zu Hause gab es im Keller ein Vorratsregal. Wenn Papa und Mama eine Flasche Wein oder Schnaps geschenkt bekamen, landete sie dort, denn seine Eltern tranken selten Alkohol. Er musste sich nur eine nehmen. Geklaut war das ja auch.

Als Mama am Samstag einkaufen war und Papa den Rasen mähte, holte er eine Flasche Apfelkorn aus dem Keller und versteckte sie unter dem Bett. Bei den Zigaretten half ihm der Zufall. Als er mit dem Rad durchs Dorf fuhr, entdeckte er auf der Bank an der Bushaltestelle eine angebrochene Packung. Vier Stück waren noch drin. War zwar nicht so ganz richtig geklaut, eher Fundunterschlagung, aber auch illegal.

Um Viertel vor zwölf schulterte er seinen Rucksack und kletterte aus dem Fenster aufs Garagendach. Von dort ließ er sich auf den Grünstreifen hinab. Das hatte er schon oft gemacht. Einfach so, aus Spaß. Nur das Hineinkommen war ein Problem. Denn umgekehrt bewältigte er den Weg nicht. Deshalb hatte er am Abend heimlich die Kellertür aufgesperrt.

Als er die Scheune erreichte, warteten die Zwillinge bereits auf ihn. Sie hatten Taschenlampen dabei. Kurz darauf tanzten drei Lichtkegel durch den Wald, glitten über Steine und Moos und den Weg, der zu einer Blutbuche führte, die angeblich hundert Jahre alt war. Letzten Sommer hatte die Polizei dort einen Selbstmörder vom Seil geschnitten. Einen Münchner, der sich aus Verzweiflung über einen Berg von Schulden erhängt hatte. Ein Jahr zuvor schon. Mindestens. Denn die Leiche war total mumifiziert gewesen. Ein gruseliger Ort, den sie bald erreichten.

Es war eine warme Sommernacht. Sie lehnten sich an den Stamm. Moritz zog die Zigaretten hervor und den Apfelkorn. Eine ganze Flasche immerhin. Keine Mini-Fläschchen. Der Schnaps ging reihum. Moritz trank nur ein paar kleine Schlucke. Ihm schmeckte es nicht, im Gegensatz zu Dominik und Kevin. Wenn sie so weitermachten, war die Flasche bald leer, und den beiden würde es gar nicht gutgehen. Unbemerkt kippte Moritz einen Schwall ins Gras und noch einen, als die Flasche wieder bei ihm ankam.

Der Alkohol entfaltete schnell seine Wirkung. Sie wurden albern und ausgelassen, tanzten mit Geheul um den Baum, versuchten, den Geist des Toten zu beschwören, und wurden schließlich müde. Dominik und Kevin legten sich ins Moos und pennten einfach ein. Moritz gelang es nicht, sie aufzuwecken. Sie grunzten nur, drehten sich um und schliefen weiter. Also gut. Sollten sie ihren Rausch ausschlafen. Moritz wollte die beiden nicht alleine lassen, deshalb wartete er. Hoffentlich wachten sie bald auf.

Die Luft wurde kühl und feucht. Irgendwann fror Moritz und sah auf sein Handy. Schon Viertel nach zwei. Er wollte in sein Bett und rüttelte Kevin so lange, bis er aufwachte. Gemeinsam weckten sie Dominik und machten sich auf den Heimweg. An der Scheune trennten sie sich. Die Zwillinge wankten rechts den Hügel rauf. Moritz entschloss sich, hinter dem Haus der Sassens durchs Wäldchen zu laufen. So konnte er sich daheim von hinten anpirschen. Das Schlafzimmer seiner Eltern ging nämlich nach vorne zur Straße raus.

Kaum hatte er das Wäldchen erreicht, begann die Taschenlampe zu flackern, das Licht wurde schwächer und verlosch. Es dauerte eine Weile, bis seine Augen sich an die Dunkelheit gewöhnten. Nicht rasch genug, denn er rannte beinahe gegen etwas, das plötzlich vor ihm auftauchte. Verfluchte Hacke! Hatte er sich erschrocken. Was war das? Ein Auto! Wer parkte denn sein Auto nachts mitten im Wald? Der Weg war nur für Fußgänger. Er umrundete den Wagen und blieb plötzlich stehen. Da war was. Ein Geräusch. Instinktiv spürte er die Gefahr. Ihm wurde vor Angst ganz kalt. Lautlos drückte er sich ins Gebüsch und wünschte sich, unsichtbar zu sein.

46

»Die Beretta, ja. Die gehört mir.« Sassen zog das Mikrophon zu sich. »Fürs Protokoll: Ich räume ein, im Besitz einer illegalen Waffe zu sein. Ich habe sie vor zwölf Jahren aus Italien mitgebracht. Meine Frau wollte sie nicht im Haus haben. Verkaufen konnte ich sie nicht, denn offiziell gab es sie nicht, also habe ich sie in die Garage gebracht.« Mit einem angespannten Zug um den Mund lehnte er sich im Stuhl zurück. »Klagen Sie mich wegen illegalem Waffenbesitz an, wenn Sie keine anderen Probleme haben. Ist mir gleichgültig. Die Sig Sauer habe ich nie gesehen. Sie werden keine Spuren von mir daran finden.« Mit einem Lächeln sah er erst Dühnfort dann Kirsten an, die ihm am Tisch im Vernehmungsraum gegenübersaßen.

Trotz der belastenden Beweise und des geplatzten Alibis versuchte er, sich gelassen zu geben, und war arrogant wie immer. Auf einen Anwalt hatte er verzichtet. Er brauche keinen. Er sei unschuldig und durchaus selbst in der Lage, das zu beweisen. Als wären Anwälte Deppen und nicht Experten auf dem hochkomplexen Gebiet des Strafrechts, als flögen ihnen die Staatsexamen einfach so zu. Doch einer wie Sassen wusste immer alles besser. Seine Arroganz würde ihm das Genick brechen. Gut so. Dühnfort war das nur recht.

Er fühlte sich frisch und ausgeruht und hatte zum ersten Mal seit Tagen gut geschlafen. Auch die Skepsis hatte sich verflüchtigt, die ihm folgte, seit er Gina um Mitternacht den Tatort gezeigt hatte. War Tom Sassen wirklich der Täter? Seit er mit dem Rosenstrauß in Schäftlarn aufgetaucht war, hatte Dühnfort es geahnt. Sein Gefühl hatte ihn nicht getäuscht. Er schob den leisen Zweifel beiseite, von dem er nicht wusste, woher er kam, und den er nicht begründen konnte. Endlich gab es Fakten. Tatsachen. Belastbare Beweise. Zufrieden lehnte er sich zurück.

»Auch an der Beretta haben wir kaum Spuren gefunden. Sie lieben Ihre Waffen und reinigen sie gründlich.«

»Meine Waffe. Singular. Sie hören wieder mal nicht zu. Das ist nicht meine Sig Sauer. Jemand hat sie in meiner Garage versteckt, um mich zu belasten.«

»Wer kann das gewesen sein? Haben Sie eine Vermutung?«, fragte Kirsten. Sassen akzeptierte sie. Mit ihr kam er zurecht, seit sie den Rosenstrauß für ihn ins Wasser gestellt hatte.

Nun lehnte er sich vor und lächelte sie an. »Denken Sie mal scharf nach.«

Kirsten blieb ruhig. »Jemand löscht Ihre Familie aus und will Ihnen die Tat anhängen. Ich habe Sie schon verstanden. Allerdings frage ich mich, wie er in die Garage gekommen ist. Sie war abgeschlossen, und das Schloss ist unbeschädigt. Keine Spuren eines gewaltsamen Eindringens. Wer, außer Ihnen, besitzt einen Schlüssel?«

»Keine Ahnung. Niemand. Vielleicht Herr Stieler, von dem ich die Garage gemietet habe.«

»Wir haben ihn schon gefragt. Seiner ist da. Er hat ihn auch nie aus der Hand gegeben. War Ihrer mal verschwunden?«

Sassen zog die Schultern hoch. »Er hängt am Schlüsselbund. Den trage ich nicht immer bei mir. In der Praxis liegt er oft auf dem Schreibtisch oder in einer Schublade. Daheim liegt er irgendwo herum. Ich suche oft selbst danach. Es muss noch einen dritten Schlüssel geben. Jemand hat meinen entwendet und ihn nachmachen lassen.«

Dühnfort hatte sich das lange genug angehört. »Es wäre besser, wenn Sie ein Geständnis ablegen würden, Herr Sassen. Die Beweislage reicht für eine Anklage. Die Tatwaffe war in Ihrem Besitz, tatrelevante Spuren an Ihrer Kleidung …«

»Bei Ihnen hakt's wohl«, fiel Sassen ihm ins Wort. »Dieser lächerliche Tropfen Blut. Leon hatte am Samstagnachmittag Nasenbluten. Das habe ich gestillt. Dabei muss das passiert sein.«

»Und Sie haben kein Alibi«, fuhr Dühnfort fort. »Frau Behrendsen hat es widerrufen. Wo waren Sie in der Nacht zum Sonntag zwischen halb zwei und drei?«

Sassens Kiefer malten, seine Hände ballten sich zu Fäusten. »Sie wollen den Mörder meiner Frau und meiner Kinder nicht finden. Das haben Sie von Anfang an nicht gewollt.«

»Wo waren Sie?«

»In der Praxis. Ich habe auf der Behandlungsliege gepennt. Morgens habe ich mir einen Kaffee gemacht, dann bin ich zum Bahnhof, habe die Blumen gekauft und bin heimgefahren. Zufrieden?«

Dühnfort zweifelte nicht, dass Sassen in diesem Punkt die Wahrheit sagte. Doch er musste es beweisen können. »In der Praxis gab es keinen Hinweis auf Ihre Anwesenheit. Ich habe mit Ihrer Mitarbeiterin gesprochen.«

Vor Verblüffung blieb Sassen für einen Augenblick der Mund offen stehen. »Das gibt es nicht. Ich war dort. Ich habe die Küche benutzt, die Kaffeemaschine. Das müssen Sabine und Lilly doch gesehen haben. Die Tasse auf dem Tisch. Das Kissen aus dem Wartezimmer. Es lag in meinem Behandlungsraum auf der Liege. Ich habe es nicht aufgeräumt.«

Der Kaffeefilter im Mülleimer fiel Dühnfort ein. Am Montag war die Praxis geschlossen gewesen. Sabine Reiter hatte alleine die Stellung gehalten, Termine verlegt und Patienten abgewimmelt. Neben ihrem Telefon hatte ein Becher Tee gestanden, und im Mülleimer lag eine benutzte Filtertüte aus der Kaffeemaschine. Als er mit ihr gesprochen hatte, war dieses Gefühl plötzlich da gewesen, dass sie log. »Wer außer Ihnen trinkt in der Praxis Kaffee?«

»Was soll die Frage?«

»Antworten Sie einfach.«

»Alle. Bis auf Sabine. Sie trinkt Tee.«

Dühnfort wandte sich an Kirsten und flüsterte ihr ins Ohr, dass sie weitermachen sollte. Er musste kurz etwas klären und ging vor die Tür.

Erst nach dem zehnten Klingeln ging Sabine Reiter ans Telefon. »Praxis Dr. Sassen und Dr. Prittwitz. Mein Name ist Reiter. Was kann ich für Sie tun?«

»Dühnfort. Sie können mir erklären, weshalb Sie mich angelogen haben.«

»Wieso denn angelogen?«

»Dr. Sassen sagt, dass er die Nacht zum Sonntag in der Praxis verbracht hat. Als Sie am Montagmorgen kamen, gab es Hinweise dafür. Richtig?«

»Er war doch bei Dr. Behrendsen.«

»War er nicht, und das wissen Sie oder haben es jedenfalls vermutet. Weshalb haben Sie mir nicht die Wahrheit gesagt?«

Sabine Reiter geriet ins Stottern. »Weil er … weil er dann … Dr. Prittwitz hat mir doch erzählt, dass Dr. Sassen bei Dr. Behrendsen war. Dann hätte er ja gelogen und kein Alibi gehabt. Er hätte plötzlich als Lügner dagestanden, und Sie glauben ja sowieso, dass er es war.«

»Es stimmt also. Was haben Sie gefunden, als Sie am Montagmorgen in die Praxis gekommen sind?«

Kleinlaut räumte Sabine Reiter ein, dass jemand die

Kaffeemaschine benutzt hatte und in Sassens Behandlungsraum ein Kissen aus dem Wartezimmer auf der Liege lag. Dühnfort ging in den Vernehmungsraum und holte Kirsten kurz vor die Tür. »Bingo. Er war in der Praxis und hat die Tat dort ausgebrütet. Er hat sie ausgeführt und ist zurückgekehrt.«

»Und wann hat er die Sig Sauer gereinigt und in die Garage gebracht? Doch nicht in der Tatnacht«, sagte Kirsten. »Und wo hatte er sie überhaupt?«

»In der Praxis, nehme ich an. Wenn er sie zu Hause gehabt hätte, hätte das Drama sofort seinen Lauf genommen. Bereits um halb elf und nicht erst nachts um zwei. Nach der Tat wollte er sich umbringen. Erst als er das nicht hingekriegt hat, ist ihm klargeworden, dass er die Waffe verstecken muss. Irgendwo auf dem Weg zwischen der Ausfahrt Fürstenried und der Praxis wird er das getan haben. Nach seiner Entlassung aus dem Krankenhaus hat er sie geholt und gereinigt. Als er mitbekommen hat, dass wir keine Ahnung von der Garage haben, hat er sie dort versteckt. Zeit genug dafür hatte er weiß Gott.«

Sie kehrten in den Vernehmungsraum zurück. »Und?«, fragte Sassen. »Habe ich nun ein Alibi?«

»Nein.« Dühnfort setzte sich. »Sie waren in der Praxis. Das schon. Doch die Nacht war lang. Hat Sie jemand gesehen? Haben Sie von dort telefoniert? Gibt es irgendetwas, das sich überprüfen lässt und den Zeitpunkt Ihrer Anwesenheit eingrenzt, auf den Zeitraum zwischen halb zwei und drei?«

Er sah, wie Sassen überlegte und schließlich den Kopf schüttelte. »Ich bin niemandem begegnet, und telefoniert habe ich nur einmal, von der Telefonzelle mit Conny. Aber nicht ich muss meine Unschuld beweisen, sondern Sie meine Schuld. Und das werden Sie nicht hinkriegen.«

Dieser arrogante Mistkerl. Dühnfort knirschte mit den Zähnen. »Das Kokain … Bei wem kaufen Sie es?«

»Das hat mit den Morden an meiner Frau und meinen Kindern nichts zu tun.«

Allmählich fand Dühnfort es bemerkenswert, dass Sassen die Namen nicht über die Lippen brachte.

Es war einen Versuch wert. Vielleicht ließ er sich provozieren. *Arrogant* hatte nicht nur Sassen im Repertoire.

Dühnfort lehnte sich zurück, verschränkte die Arme und setzte ein schmales Lächeln auf. »Sie sprechen immer von *Ihrer Frau* und *Ihren Kindern.* Mein Haus, mein Auto, mein Pferd. Den Spruch kennen Sie sicher. Meine Frau, meine Kinder. Etwas, das Ihnen gehörte, das Sie besaßen und das niemand außer Ihnen haben sollte. Sie degradieren die Menschen, die Sie geliebt haben, zu Objekten. Und erst diese Degradierung ermöglicht derartige Taten überhaupt. Herr Sassen, geben Sie es doch einfach zu.«

Sassen sprang auf. Der Stuhl fiel krachend zu Boden. Mit geballten Fäusten und gesenktem Kopf blieb er stehen, jeder Muskel, jede Sehne gespannt, wie ein angriffsbereiter Stier. »Sie verdammtes Arschloch! Ich war das nicht! Soll ich es für Sie in Stein meißeln?«

Der Schutzpolizist, der vor der Tür stand, kam herein. »Alles in Ordnung?«

Dühnfort nickte und gab Kirsten ein Zeichen, dass sie weitermachen sollte. Jetzt war die Verständnisvolle gefragt.

»Setzen Sie sich.«

Erstaunlicherweise folgte Sassen Kirstens Aufforderung. Die Anspannung ließ nach, er schien in sich zusammenzufallen. »Ich war es wirklich nicht.«

Zwischen den Fingern drehte Kirsten den Kuli. »Herr Sassen, so kommen wir nicht weiter. Sie wollen doch auch, dass wir den erwischen, der Ihnen das angetan hat.«

Kirsten war gut. Indem sie Sassens Worte verwendete, signalisierte sie ihm: Ich stehe an Ihrer Seite, ich glaube an Ihre Unschuld.

»Die Tatwaffe ist uns nicht unbekannt«, fuhr sie fort. »Es gibt eine Verbindung ins Drogenmilieu.«

»Sie meinen, mit der Sig Sauer wurde noch jemand erschossen?« Sassen wirkte ehrlich überrascht.

Genau, dachte Dühnfort. Das hast du nicht ahnen können, als du sie dir besorgt hast. Eine heiße Waffe. Warum eigentlich? Du hattest doch die Beretta. Und plötzlich waren die Zweifel wieder da, das ungute Gefühl, das ihn verfolgte, seit er sich nachts den Tatort noch einmal angesehen hatte.

»Richtig«, bestätigte Kirsten. »Verraten Sie mir nun, woher Sie das Kokain bekommen? Ich sehe da durchaus einen Zusammenhang.«

»Dieser langhaarige Widerling. Ich habe es ja gleich gewusst. Er hat meine Frau in etwas hineingezogen ...«

Kirsten seufzte. »Wir sind Ihrem Hinweis nachgegangen. Niemand kennt den Mann. Auch Ihre Aktion mit dem Münchner Blick hat keine Resonanz zur Folge gehabt. Jedenfalls hat sich niemand bei uns gemeldet. Ihre Frau hatte keinen anderen. Das Kokain. Wo kaufen Sie es? Das wird uns hoffentlich auf die richtige Spur bringen.«

Sassen trug einen kurzen Kampf mit sich aus. »Also gut. Aber das sage ich nur Ihnen, mit diesem Arschloch rede ich kein Wort mehr.« Mit dem Kinn wies er Richtung Dühnfort.

Gähnend stand Dühnfort auf. »Ich mache mir inzwischen einen Espresso. Magst du auch einen?«

»Gerne«, sagte Kirsten.

Dühnfort ging in sein Büro. Die Pavoni war noch an – das war sie mittlerweile meistens – und die Packung India Royale beinahe leer. Er öffnete eine neue und bereitete alles vor. Als Kirsten zehn Minuten später kam, waren die Tassen vorgewärmt.

»Rate mal, von wem er das Koks bezieht.«

»Vermutlich von Lilly, und die bekommt es von ihrem Exfreund Denny. Von wegen billiger Racheversuch. Dass der Schuss für ihn nach hinten losgehen kann, hat er erst gemerkt, als du bei ihm aufgetaucht bist.«

47

»Ich hoffe, du denkst jetzt nicht, dass ich dich im Stich lasse. Aber ich kann einfach nicht mehr.« Conny saß Karsten am Schreibtisch seines Sprechzimmers gegenüber. Angespannt und blass hatte sie ihm erklärt, dass sie nicht länger für Tom einspringen konnte. »Mir wird das alles zu viel. Ich habe mich überschätzt.«

»Das ist doch kein Problem, Conny. Bis ich eine Vertretung für Tom habe, schaffe ich das auch alleine.« Irgendwie würde er das schon hinkriegen. Sabine musste Termine verschieben, die nicht dringend waren.

»Vertretung wird nicht reichen. Du wirst dir einen Ersatz suchen müssen. Tom fällt wohl für längere Zeit aus. Vermutlich für Jahrzehnte.« Sie klang enttäuscht und verbittert, und Karsten verstand sie nur zu gut. Auch er war enttäuscht, seit Alice Maurer ihn angerufen und die Neuigkeit mitgeteilt hatte: Tom war verhaftet worden, nachdem man die Tatwaffe in seiner Garage in Krailling gefunden hatte. Karsten fühlte sich wie vor den Kopf geschlagen, belogen und benutzt. Und doch war es für ihn unvorstellbar, dass Tom Nina erschossen hatte und Sophie und Leon obendrein.

»Mach dir keinen Kopf meinetwegen. Sieh zu, dass du zur Ruhe kommst und deine Batterien wieder auflädst.«

Conny lachte bitter. »Und wofür habe ich meine Energie verschwendet? Für einen Mörder.« Mit der Hand fuhr sie sich über die Stirn. »Kannst du dir Tom als Mörder vorstellen? Ich nicht.«

Auch ihm gelang das nicht. »Alice sagt, dass die Polizei

die Pistole bei ihm gefunden hat. Und sein Alibi ist … Aber das weißt du ja selbst. Warum hast du nichts gesagt?«

»Warum wohl, Karsten? Weil ich dich nicht hineinziehen wollte. Du bist eine ehrliche Haut und manchmal geradezu rührend naiv.«

So sah sie ihn? Als gutgläubigen Deppen. Karsten schluckte. »Danke. Aber naiv waren wir wohl beide. Tom hat nicht nur mich hintergangen und benutzt.«

Bei der Durchsuchung der Garage war auch die Beretta gefunden worden. Auch das wusste er von Alice. Sie hatte Tom kurz sprechen dürfen, als sie ihm ein paar Sachen aus der Wohnung brachte. Zahnbürste, Waschzeug, Wäsche.

Seine Vermutung, dass Tom die Beretta nie verkauft hatte, war also von Anfang an richtig gewesen und das Vertrauen in seinen Freund erschüttert. Derart erschüttert, dass er fast so weit war, ihm die Morde zuzutrauen, doch das konnte einfach nicht sein.

»Sei nicht eingeschnappt. So habe ich das nicht gemeint.« Conny legte ihre Hand auf seine. »Du bist einfach ein netter Kerl, ein echter Freund. Und danke, dass du ihm die Wohnung besorgt hast. Ich war wirklich erleichtert, als er ausgezogen ist. Ich weiß, das hört sich jetzt grässlich an, aber die Situation hat mich überfordert. Seine schwankenden Gefühle … Es war anstrengend.«

Auch das verstand Karsten. Er selbst hatte Tom ja auch nicht wieder aufnehmen wollen. »Weshalb hast du ihm das Alibi überhaupt gegeben? Dir muss doch klar gewesen sein, dass du richtig Ärger bekommen wirst, wenn das rauskommt.«

»Ich habe nicht groß darüber nachgedacht. Tom war in Panik, weil die Polizei ihn verdächtigte und er kein Alibi hatte. Mit gutem Grund, wie wir jetzt wissen. Am Sonntag wusste ich das nicht. Ich habe ihm vertraut. Der Vorschlag stammte sogar von mir. Ich war so blöd und habe angeboten, für ihn zu lügen. Hoffentlich komme ich mit einem blauen Auge davon. Ich sollte mir wohl einen Anwalt nehmen.«

Karsten riet ihr zu und begleitete Conny hinunter zu ihrem Wagen. »Vielleicht klinke ich mich einfach mal für drei Monate aus, bevor ich mir eine neue Stelle suche. Trekking in Thailand oder Meditation in Indien. Irgendetwas in der Art.«

»Das ist eine gute Idee.« Karsten umarmte sie und sah ihr noch einen Moment nach, bevor er in die Praxis zurückkehrte.

Der Rest des Tages verflog mit Arbeit, die seine gesamte Aufmerksamkeit forderte und Tom aus seinen Gedanken verdrängte, bis der Trauerredner anrief, weil Tom den Termin hatte platzen lassen. Kein Wunder.

Der Mann war verstimmt und fragte, ob seine Dienste nun gewünscht waren oder nicht. Karsten versprach, das bis zum nächsten Tag zu klären und sich zu melden.

Kurz nach halb sieben fuhr er nach Hause. Er war müde und abgespannt, gleichzeitig aber auch nervös und gereizt.

Irene war schon daheim, als er kam. Ihr Wagen stand auf dem Stellplatz. Er sah nach ihr und fand sie mit der Post am Gartentisch. Schön und anmutig wie immer. Jede Bewegung fließend. Nie war sie fahrig oder hektisch, immer strahlte sie Ruhe aus, sogar dann noch, wenn sie verärgert oder gereizt war. Alles Laute war ihr fremd. »Ich habe dich gar nicht gehört.«

Er beugte sich zu ihr hinunter und gab ihr einen Kuss.

»Stimmt das mit Tom? Sie haben es im Radio gebracht. Hat man ihn wirklich verhaftet?«

Er setzte sich zu ihr. »Die Polizei hat die Waffe in der Garage gefunden, die er vom alten Stieler gemietet hat, und sein Alibi ist falsch. Conny hat für ihn gelogen.«

Irene ließ den Brieföffner sinken. »Er war also gar nicht bei ihr?«

»Er hat in der Praxis geschlafen.«

»Wie er es nur immer schafft, alle einzuwickeln. Ich verstehe es nicht.«

»Conny hat, genau wie wir, an seine Unschuld geglaubt und wollte ihm helfen.«

»Du denkst also auch, dass er es war?«

Karsten wusste nicht, was er denken sollte. Sein Vertrauen in Tom war in den letzten Tagen erodiert wie ein brachliegendes Feld im Sturm. Lügen und Halbwahrheiten und obendrauf, als Krönung, dieser wirklich miese Vertrauensbruch, die Sache mit Irene, die Karsten ihm einfach nicht verzeihen konnte, und das machte ihn wütend. »Ich weiß es nicht. Vielleicht hat er es getan. Vielleicht nicht. Es sieht so aus, als ob du recht behältst: Er ist meine Freundschaft und mein Vertrauen nicht wert.«

Als ob sie fröstelte, umschlang Irene die Oberarme mit den Händen. »Wie du das sagst. Als ob du es mir übelnimmst. Ich habe ihn nicht zu dem gemacht, der er ist. Ich habe es nur vor dir erkannt. Kein Grund, auf mich sauer zu sein.«

»Ja, ich weiß. In deinen Augen ist er ein Lügner und Betrüger, ein Manipulator und ein Macho. Kurz und gut: ein großes Arschloch.« Er stellte die Frage nicht, die ihm auf der Zunge lag. *Ich frage mich allerdings, weshalb du mich ausgerechnet mit ihm betrogen hast.*

»Ich weiß, es sieht für Tom nicht gut aus«, sagte er stattdessen. »Aber der Schein kann trügen. Und so *arrogant und eingebildet* wie er ist, denkt er sicher, dass er keinen Anwalt nötig hat, dass er es alleine schafft, Dühnfort von seiner Unschuld zu überzeugen.« Genau so war Tom. Diese Idee war ihm gerade erst gekommen.

Ein Patient fiel ihm ein. Dr. Hilprant, ein älterer Herr, schon Mitte sechzig und von Beruf Strafverteidiger. Hin und wieder verfolgte Karsten seine Fälle in der Zeitung. Er war gut.

Irene legte die Post beiseite. »Sag nicht, dass du ihm einen besorgen willst.«

»Selbst wenn er ein Mörder sein sollte, hat er ein Recht auf einen Anwalt und auf eine ordentliche Verteidigung. Ich rufe jetzt Dr. Hilprant an.«

48

Kurz nach einundzwanzig Uhr war Dühnfort am Ende mit seinem Latein. An der Sig Sauer befanden sich weder DNA- noch Fingerspuren. Sie war gründlich gereinigt worden. Und Daniel Fried, genannt Denny, räumte zwar ein, hin und wieder für Sassen Kokain besorgt zu haben, doch sein Lieferant gehörte zu den Libanesen. Und damit gab es weder eine Verbindung zu Petkov und den Bulgaren noch zu Jaschke und dem Hot Miami und damit zur Tatwaffe und zu Sassen. Dühnfort ließ Denny gehen. Die Tür schlug hinter ihm zu.

Kirsten sah auf die Uhr an der Wand. »Uns bleiben nur noch zweieinhalb Stunden, um den Haftbefehl für Sassen zu beantragen.«

»Was wir bis jetzt haben, sollte reichen. Mach Feierabend. Ich kümmere mich darum.«

Sie verabschiedeten sich im Treppenhaus. Während sie Richtung Ausgang ging, stieg Dühnfort eine Etage höher. In den Fluren war es ruhig. Er wich einem gelben Plastikaufsteller aus. *Vorsicht, Rutschgefahr.* Dahinter zog eine Putzfrau ihre Kreise und hinterließ mit dem Wischmopp feuchte Spuren auf dem Linoleum.

Der Jourdienst war in zwei nebeneinanderliegenden Räumen mit Ausblick zum Innenhof untergebracht und mit einem Staatsanwalt, einem Richter für Haftsachenentscheidungen und einer Sachbearbeiterin besetzt. Ausgerechnet Christoph Leyenfels tat an diesem Abend Dienst. Er sah von einem Sudoku auf, als Dühnfort eintrat. »So spät noch bei der Arbeit?«

»Ich kann es mir nicht aussuchen, nicht wenn die Uhr tickt.« Dühnfort zog den Stuhl heran und setzte sich.

Leyenfels rückte die elegante Brille zurecht, die er sich erst vor einem Jahr zugelegt hatte. So wie er damals sein gesamtes Erscheinungsbild ein wenig überarbeitet hatte, um Kirsten zu gefallen, die neu ins Team gekommen war. Eigentlich war Leyenfels ein netter Kerl, einer von der eher altmodischen Sorte, der Frauen die Tür aufhielt und ihnen in den Mantel half. Dass er in seinem Frust über die gescheiterte Beziehung Kirstens Kompetenz in Frage stellte und einen Kleinkrieg anzettelte, hätte Dühnfort nie von ihm gedacht.

Leyenfels verschränkte die Hände. »Du willst also einen U-Haftbefehl für Sassen. Lass hören.«

Dühnfort trug den Ermittlungsstand vor, berichtete vom Fund in der Garage, dem widerrufenen Alibi und Leons Blut an Sassens Hose. Leyenfels hörte aufmerksam zu, stellte ein paar Fragen und zog schließlich die Stirn in Falten. »Das ist schon ein wenig dürftig, um derart massiv in die Freiheitsrechte eines Bürgers einzugreifen.«

Was sollte das nun werden? Ärger stieg in Dühnfort auf. »Dürftig? Wir haben die Tatwaffe bei ihm gefunden.«

»Aber ohne Spuren. Du kannst nicht beweisen, dass er sie überhaupt angefasst hat, geschweige denn benutzt. Keine Schmauchspuren an seinen Händen, wenn ich mich recht erinnere. Und Sassen sagt, dass er sie nie gesehen hat.«

»Und das glaubst du ihm? Die Garage war verschlossen. Es gibt nur zwei Schlüssel. Beide sind an ihrem Platz, und der alte Herr, der ihm die Garage vermietet hat, scheidet als Täter wohl aus. Oder denkst du, er war es? Ein rollatorschiebender Greis? Herrgott! Sassen hat nach der Tat Stunden in der Praxis verbracht und hatte genügend Zeit, seine Hände zu reinigen und das Hemd zu wechseln. Er hat nämlich Ersatzhemden dort.«

Leyenfels drehte die verschränkten Hände nach außen und streckte sich. »Schlösser lassen sich mit einem Dietrich öffnen. Und genau genommen hat Sassen ein Alibi. Seine Angestellte bestätigt seine Angaben, dass er in der Praxis war. Deiner Theorie zufolge ist er gegen halb zwölf dort angekommen, hat die Praxis dann um spätestens halb zwei mit der Sig Sauer im Gepäck wieder verlassen und wäre kurz nach drei zurückgekehrt und um halb acht wieder gefahren. Rein, raus, rein, raus, und niemand hat ihn bemerkt? Auch für diese Vermutung hast du keinen Beweis. Keine Bilder einer Überwachungskamera, keine Zeugenaussagen. Nichts. Das ist zu wenig.«

Leyenfels wollte einfach nicht. »Und gleich wirst du mir erklären, dass Sassen nicht lügt, wie das Blut seines Jungen an seine Hose gekommen ist.«

»Ein Blutspritzer. Ich bitte dich. Bei drei Toten. Von Hund und Pony rede ich noch gar nicht. Das ist zu wenig. Damit kommen wir nicht durch.«

Dühnfort unterdrückte den Fluch, der ihm auf den Lippen lag. »Du wirst also keinen Haftbefehl beantragen.«

»Du bekommst ihn, sobald du etwas Belastbares vorlegen kannst. Bis dahin wird Thomas Sassen sich auf freiem Fuß bewegen.«

Dühnfort schob den Stuhl zurück. »Ohne mich. Ich gehe jetzt zum Richter. Du kannst mich begleiten oder auch nicht.«

»Du wirst nicht meinen Job machen.«

»Du machst ihn ja nicht!«

Wütend verließ Dühnfort das Büro, klopfte kurz an der Tür des Nebenraums und trat ein. Hinter einem ramponierten Schreibtisch saß an diesem Abend der Richter Gernot Zinsmeister. Dühnfort hatte schon mehrfach mit ihm zu tun gehabt und knirschte unwillkürlich mit den Zähnen. Heute war sein Glückstag! Zinsmeister traf nicht gerne eigene Entscheidungen. Er verließ sich auf die Staatsanwälte, und er war nicht allein. Ein Anwalt saß bei ihm. Auch ihn kannte Dühnfort. Dr. Herbert Hilprant. Ein kleiner, älterer Herr, dessen Kopf im Laufe der Jahre zwischen die Schultern gesunken war. Er war gut. Sachlich, fair und stets kurz angebunden.

»Herr Dühnfort«, begrüßte Zinsmeister ihn. »Das war jetzt Gedankenübertragung, gerade wollte ich Sie zu mir bitten.«

Hinter ihm ging die Tür. Dühnfort wusste auch ohne sich umzusehen, wer da eintrat.

»Ach, und da ist ja auch Staatsanwalt Leyenfels. Damit sind wir komplett. Reden wir über den Fall Sassen. Dr. Hilprant fragt sich so allmählich, weshalb sein Mandant noch festgehalten wird. Gibt es einen dringenden Tatverdacht und einen Haftgrund?«

Und ob es die gab. Dühnfort wiederholte den Ermittlungsstand. Wieder hielt Leyenfels dagegen. Hilprant schloss sich ihm an. Staatsanwalt und Verteidiger Arm in Arm. Ein nie gesehenes Bild. Es war nicht zu fassen, und Dühnfort wusste, dass er verloren hatte, als er Zinsmeister beobachtete. Es war klar, auf welche Seite der Haftrichter sich schlagen würde. Und so kam es dann auch. Zinsmeister legte die Hände wie zum Gebet aneinander. »Derzeit kann ich keinen dringenden Tatverdacht erkennen und ordne die Aufhebung der vorläufigen Festnahme an. Herr Sassen ist sofort zu entlassen.«

49

Als Dühnfort nach Hause kam, war es halb elf und in der Wohnung still. Im Wohnzimmer brannte Licht. Auf dem Couchtisch lag *Das große Buch zur Schwangerschaft*. Das Kapitel über Pränataldiagnostik war aufgeschlagen und einige Stellen im Text markiert und mit Ausrufezeichen versehen. Dühnfort legte das Buch zurück. So langsam sorgte er sich. Gina begann sich verrückt zu machen.

Auf dem Boden stand die noch immer unvollendete Ritterburg. Er entdeckte einen neuen, schiefen Turm, den Gina angebaut haben musste. Ganz entgegen der Bauanleitung. Lächelnd betrachtete er ihn und vergaß einen Teil seines Ärgers. Schlief sie schon?

Leise öffnete er die Tür zum Schlafzimmer. Ein schmaler Lichtstreifen fiel auf ihr Gesicht, lief über die Wange und die dunklen Haare. Der restliche Zorn fiel von ihm ab, und eine tiefe Ruhe erfasste ihn. Sie war da. Mitten in seinem Leben, und bald würden sie zu dritt sein.

Auf dem Küchentisch lag ein Zettel mit Lippenstiftkuss. *War so müde. Gute Nacht, mein Rebell!* Kurz war er versucht, seinen Mund daraufzudrücken, kam sich dann aber lächerlich vor, wie ein verliebter Fünfzehnjähriger, und heftete die Nachricht ungeküsst mit einem Magneten an den Kühlschrank, aus dem er die angebrochene Flasche Wein nahm.

Er schenkte sich ein Glas ein, als sein Handy zu vibrieren begann. Es war seine Mutter Rita, die anrief. Um diese Zeit konnte das nur bedeuten, dass es Georges nicht gutging. »Hallo, Tino, störe ich euch?«

»Aber nein. Gina schläft schon, und ich sitze mit einem Glas Wein auf dem Balkon.«

»Geht es ihr nicht gut?«

»Uns geht es sogar sehr gut. Wir werden Eltern.« *Eltern* war ein wunderbares Wort. »Wir wollten es euch und Ginas Eltern am kommenden Wochenende sagen. Denkst du, Georges ist fit genug für ein Essen im Familienkreis?«

»Ach, Tino. Wie schön! Ich gratuliere euch. In all diesem Elend ist das eine großartige Nachricht. Wirklich. Hoffentlich reichen Georges' Kräfte dafür aus. Es wäre ein Geschenk, wenn er das noch mit euch feiern könnte. Magst du auch deinen Vater dazu einladen und Julius? Alle auf einem Haufen. Ein Familienfest.«

Wieder einmal klang seine Mutter so, als wäre das Leben nicht sonderlich ernst zu nehmen und der Tod sowieso nicht. Das beruhigte ihn. »Ich werde es versuchen. Vater hat sicher Zeit. Ob aber Julius und Victoria so kurzfristig nach München kommen können ... Ich sehe zu, was ich machen kann. Geht es Georges so schlecht?«

»Die letzte Bestrahlung hat er gar nicht vertragen, und sie hat auch nichts gebracht. Eine weitere wird es nicht geben. Er will nicht mehr. Ich verstehe ihn. Man muss dem Unabänderlichen ins Auge sehen. Er wird sterben. Mit oder ohne Bestrahlungen. Sie werden sein Leben nicht retten oder verlängern. Nur sein Leiden. Du weißt, dass er Hilfe von mir erwartet.«

Diese Klippe hatte Dühnfort bisher erfolgreich umschifft. Er konnte und wollte seine Mutter nicht bei einem Tötungsdelikt unterstützen. Denn das war es, worum sie ihn gebeten hatte. Er sollte ihr sagen, wie sie es am besten machen konnte. Schmerzfrei, schnell und ohne dafür vom Staat zur Rechenschaft gezogen zu werden.

»Hilfst du uns nun?«

»Nicht auf die Weise, die du dir erhoffst. Es gibt andere Möglichkeiten. Es gibt rechtliche Grauzonen. Rede mit seinem Arzt.«

»Das habe ich längst getan. Er ist ganz old school und zitierte Hippokrates. Er fühlt sich dem Leben verpflichtet und nicht den Menschen, und schon gar nicht den Sterbenden.«

»Wenn Georges die Behandlung abbricht, werden sie ihn nicht im Krankenhaus behalten. Steht er schon auf einer Warteliste für ein Hospiz oder eine Palliativstation?«

»Ich habe einen Hospizplatz für ihn ergattert. Das ist genauso schwierig, wie eine Wohnung zu finden in dieser Stadt, in der nur Geld und Schönheit zählen und die keinen Blick übrig hat für die im Schatten. Wie die Verrückten tanzen hier alle ums Goldene Kalb. Ich will zurück nach Sélestat.« Seine Mutter seufzte. »Ein paar Wochen noch. Dann werden wir heimkehren, Georges und ich. Ich werde eine Messe für ihn in Sainte-Foy lesen lassen und seine Urne unter dem alten Birnbaum im Garten beisetzen. Vielleicht hält er es wirklich mit dem Herrn von Ribbeck. Das hat er jedenfalls vor. Aber ich will keine gewisperten Vorhaltungen aus den Zweigen hören. Wie steht es nun? Kann ich auf dich zählen?«

»Mama, ich werde dich nicht bei einer Straftat unterstützen und zusehen, wie du in dein Unglück rennst. Sprich mit den Ärzten im Hospiz. Sie stehen täglich vor der Frage, wie sie helfen können, ohne die Regeln zu verletzen, die nun einmal gelten. Sie werden die Möglichkeiten kennen. Ich mache mich aber mal schlau, was rechtlich zulässig ist.«

»Du bist wie dein Vater, Tino. So schrecklich korrekt. Ein wenig mehr Mumm hätte ich dir schon zugetraut.«

»Hier geht es nicht um eine Mutprobe, Mama.«

»In gewisser Weise schon. Aber lassen wir das. Ich würde mich freuen, wenn wir uns alle noch einmal sehen, bevor Georges geht.«

»Und ich werde versuchen, das möglich zu machen.« Sie verabschiedeten sich. Dühnfort schenkte sich ein zweites Glas Wein ein, schnitt ein Eck vom Munster ab und ein Stück Baguette und setzte sich mit seinem späten Abendessen auf den Balkon. Dann stand er noch einmal auf und schaltete den CD-Player in der Küche ein. Tina Dico, eine dänische Singer-Songwriterin, war Ginas neueste Entdeckung. Eine Stimme wie brechendes Glas. *As far as love goes.*

Liebe. Sie war eine alles gebende Kraft, manchmal auch eine alles vernichtende. Sie war wandelbar wie sonst nichts. Alles steckte in ihr. Selbstlosigkeit ebenso wie Hass. Demut wie Hochmut. Opferbereitschaft wie Rache, Mord und Totschlag. Wie weit war man bereit, für die Liebe zu gehen? Oder für das, was man dafür hielt?

»As far as love goes. That was before we took these gritty roads to where no one would find us«, sang Tina Dico.

Die Wut, die in ihm hochgekocht war, als Leyenfels sich querstellte und Zinsmeister es einfach nicht verstehen wollte, hatte nicht nur mit den beiden zu tun, sondern auch mit ihm selbst. Das erkannte er, während er das Glas Wein leerte und die leise Unruhe bemerkte, die wieder einmal in seinem Innersten saß. Leyenfels' Argumente waren nicht so ohne weiteres von der Hand zu weisen. Nach wie vor fehlte der schlagende Beweis.

»To wash the blood off of our hands, there is nothing more to see. Ohh. Woman, you are still a mystery to me.«

Je mehr er darüber nachdachte, desto stärker wurde das Gefühl von Skepsis, das ihn begleitete, seit er mit Gina nachts am Tatort gewesen war. Hatte er sich verrannt?

Wer hatte die Mail mit dem Hinweis auf die Garage geschickt? Jemand, der von der Garage wusste und Sassen nicht ausstehen konnte. Was nun wirklich keiner großen Anstrengung bedurfte.

Ein Gedankenspiel.

Falls Sassen unschuldig war, hatte der Mailschreiber die Waffe in der Garage versteckt und versuchte so, seine Taten Sassen unterzuschieben. Wenn nicht Sassen, wer hatte dann den Versuch unternommen, alles zu vernichten, was diese Familie ausmachte? Alles. Die Menschen, die Tiere, den Besitz.

Falls Sassen unschuldig war, hatte er dann nur durch Zufall überlebt? Oder sollte er überleben?

Falls Sassen unschuldig war, was war das Motiv?

Die klassischen Motive waren Gier, Eifersucht, Hass und Rache. Seltener war die pure Mordlust der Psychopathen.

Alice Maurer profitierte von Ninas Tod. Er hatte ihr eine halbe Million eingebracht, die sie dringend brauchte. Außerdem war sie neidisch und vielleicht auch eifersüchtig auf Nina gewesen, vorausgesetzt, es stimmte, was ihre Mitarbeiterin sagte. Neben Sassen war Alice Maurer die Einzige, die ein Motiv hatte. Der Hinweis auf die Garage war zu dem Zeitpunkt gekommen, als sie durch die Durchsuchungen in Bedrängnis geraten war. Hatte sie sich so Luft verschafft und den Verdacht von sich auf Sassen gelenkt?

Gier und Eifersucht und ein völlig aus dem Ruder gelaufener Mordplan? Denn sie hätte nur Nina töten müssen, um ans Ziel zu gelangen. Ans Geld. Und vielleicht auch an den Mann? Mit Alice Maurer mussten sie sich intensiver befassen.

Blieben an möglichen Motiven noch Hass und Rache. Niemand hatte Nina Sassen gehasst, geschweige denn die Kinder. Doch in Tom Sassens Leben gab es jede Menge

Frauen, die er benutzt hatte. Ging es am Ende um verletzte Gefühle, die in Hass umgeschlagen waren? Hatte ihm eine Frau aus Rache alles genommen, was er liebte?

Eine Frau, eine gute Schützin, kaltblütig und präzise. Eine Frau, die zwei kleine Kinder ermordet, die Frau ihres Geliebten und dann auch noch den Hund und das Pferd? Weil sie ihn bis ins Mark treffen wollte, den Mann, der sie gedemütigt hatte. Dühnfort atmete durch. Das war kaum vorstellbar. Aber nicht restlos von der Hand zu weisen.

Blieb noch der Psychopath. Doch nichts sprach dafür. Weder Zeugenaussagen noch Spurenlage oder die Tatausführung. Psychopathen genossen ihre Macht, sie wollten sie auskosten, quälten ihre Opfer und inszenierten die Morde. All das war im Fall Sassen nicht geschehen.

50

Wenn jemals herauskommt, dass ich es war, werden mich alle für ein Monster halten. Für krank und abartig, widerwärtig und ekelhaft. Sie werden ihr Urteil fällen, ohne mich zu kennen, und sie werden leugnen, wie faszinierend sie all das finden. Denn sie können nicht anders. Sie sind neugierig, sie wollen mehr erfahren. Dieses wohlige Schauern, mit dem sich diese Spießbürger vergewissern, selbst alles richtig zu machen, um dann auf mich herabzublicken und mit großer Geste ewiges Wegsperren zu fordern oder gar die Todesstrafe.

Das ist es, was ich *widerwärtig finde. Diese Verlogenheit. Ich traue mich, mein Leben zu gestalten, während sie einfach nur feige sind und sich willfährig zum Spielball der Kräfte machen lassen, auf die sie keinen Einfluss zu haben meinen. Irrtum. Sie hätten ihn, wenn sie nicht so grauenhaft mutlos wären.*

Sie verstehen nichts und nehmen sich dennoch das Recht heraus, über mich zu urteilen, während sie selbst gierig die Schlagzeilen und Bilder verschlingen, auf der Suche nach Gänsehaut und Nachschub für ihre Empörung.

Was ist passiert in jener Nacht, als ich alle Verpflichtungen löste? Das wollen sie alle wissen, am liebsten ausgemalt bis ins kleinste grausame Detail.

Doch ich werde sie enttäuschen. Es war nicht grausam. Sie haben nicht gelitten. Es war eine saubere, klare Lösung, und es waren tatsächlich meine ersten Morde. Es war nicht wie bei den anderen vier Unfällen.

Hoppla! Ich erzähle von meinem Leben und meinen Ta-

ten und hätte beinahe Nummer drei und vier ausgelassen. Das geht natürlich nicht. Vier ist der einzige Unfall, den ich bedauere. Manchmal tut es noch weh, wenn ich an ihn denke, denn Marcel habe ich geliebt. Er war meine erste große Liebe. Ein schlaksiger Kerl mit den schmalen Händen eines Musikers, geradezu prädestiniert zum Gitarrespielen. Das wusste er und spielte sich voller Hingabe in die Herzen seiner Mitschülerinnen und gewann meines. Er war einfühlsam, zärtlich, tiefgründig und trug ausschließlich Schwarz. Er kiffte und philosophierte, entwarf imposante Gedankengebäude und löste verbal alle Probleme der Welt. Ich bewunderte ihn grenzenlos und er mich. Wir beide waren ein tolles Paar. Er der brillante Denker, ich die radikale Aktivistin. Er der Theoretiker, ich die Kämpferin. Jedenfalls habe ich mich damals als solche gesehen. Heute lache ich darüber. Ich tarnte mich längst nicht mehr als Schaf, ich zeigte meine Krallen.

Unseren größten Sieg haben wir über Manfred Heinisch errungen. Lehrer für Deutsch und Geschichte und ein echter Nazi, braun wie Scheiße. Marcel lieferte den gedanklichen Unterbau und schrieb den Aufruf. Ich zettelte den Aufstand gegen Heinisch an und organisierte Demos an der Schule und im Ort und informierte die Presse. Am Ende musste Heinisch gehen. Wir haben ihn besiegt. Wir waren die Größten. Wir waren unschlagbar. Wir waren die Kings. Wir waren der Mittelpunkt der Welt. Auch mein Vater war unsagbar stolz auf mich, seine Tochter, der das gemeinsame Basteln im Hobbykeller und die Mountainbiketouren längst zu langweilig geworden waren, die ihren eigenen Weg suchte und ging. Er ließ mich ziehen. Er war ein wunderbarer und verständnisvoller Mann. Seit dem Tod meiner Mutter führten wir ein wirklich glückliches Leben.

Nach der Aktion gegen Heinisch war ich ein begehrter Star. Etliche Jungs umschwärmten mich. Aber keiner konnte Marcel das Wasser reichen. Für mich gab es nur ihn. Doch für ihn gab es plötzlich eine andere. Angela hieß das Miststück. Sie wohnte im Stadtteil Obermenzing, durch den die Würm fließt. Eines Nachts fiel Angela in den Fluss. Wie dumm, dass sie nicht schwimmen konnte und obendrein total bekifft war. Ihre Leiche fand man erst im Morgengrauen.

Sie war Nummer drei und Marcel am Boden zerstört. Mir hatte er ewige Liebe geschworen, und nun heulte er sich wegen dieser Schlampe die Augen aus. Ausgerechnet bei mir. Ich habe nicht rotgesehen, als er mich zurückwies, und ich verstand, dass er mich nur benutzt hatte. Ich habe klargesehen. Erst meine Aktion hatte ihm zum Durchbruch verholfen und seinen Ruhm begründet. Allein durch Denken ändert sich nämlich nichts. Man muss den Worten Taten folgen lassen. Man muss handeln. Wie schon gesagt.

Zum ersten Mal habe ich es richtig geplant. Marcel besaß ein Auto. Seine Eltern waren übers Wochenende verreist, und er war wegen Angelas Tod verzweifelt. Er hatte wirklich guten Grund, sich etwas anzutun. Es war sein Vater, der ihn am Sonntagabend fand. Leblos in seinem Auto in der Garage. Abgase und reichlich Alkohol. Es war geradezu lächerlich einfach gewesen. Und wieder schöpfte niemand Verdacht. Niemand bemerkte, was ich tat. Ich war eine Schauspielerin ohne Publikum. Eine Künstlerin ohne Applaus. Es war irgendwie unbefriedigend.

Die Sache mit Marcel hatte auch etwas Gutes. Sie zeigte mir meine Schwachstelle, meine eigene Verwundbarkeit. Ich hatte mich ganz und gar auf einen anderen Menschen eingelassen, mich ihm restlos geöffnet. Nun ja, beinahe. Meine wirklichen Geheimnisse habe ich nicht mit ihm ge-

teilt und ihm meine dunkle Seite nicht gezeigt, diese Untiefe habe ich vor ihm verborgen.

Jedenfalls zog ich eine Lehre aus dieser Enttäuschung. Behalte die Kontrolle über deine Gefühle. Biete niemandem eine Angriffsfläche. Sei unverwundbar. Daran habe ich mich gehalten. Es ging gut. Lange Zeit. Bis ich Tom traf.

51

Am nächsten Morgen rief Dühnfort seinen Vater in Hamburg an, um ihm die Neuigkeit mitzuteilen, dass er Großvater wurde, und kam dann auf Ritas Wunsch zu sprechen. »Georges geht es schlecht. Mama wünscht sich ein Familienfest. Auch als Abschied für ihn. Magst du kommen?«

Die Stimme seines Vaters klang noch immer jung, obwohl er über siebzig war. »Wir haben uns viel zu lange nicht gesehen. Natürlich komme ich, und ich rede mit Julius, ob er und Victoria auch Zeit haben. Ich sehe ihn ohnehin gleich in der Kanzlei.« Trotz seines Alters arbeitete er noch an drei Tagen pro Woche in der Anwaltskanzlei mit, die er vor Jahren schon an Julius übergeben hatte.

Dühnfort verabschiedete sich gerade von seinem Vater, als Gina in die Küche kam. »Einen Cappuccino für dich?«

Sie winkte ab. »Koffein ist doch nicht gut für den Kleinen. Ich steige auf Früchtetee um.« Aus dem Hängeschrank nahm sie eine Packung und erzählte, dass sie die Asservate im Fall Diana Weigelt in einem muffigen LKA-Keller gefunden hatte, in dem sie laut Verwahrbuch gar nicht sein konnten. »Die waren wirklich gut versteckt. Ich habe sie förmlich ausgegraben unter Stapeln von Kartons, Tüten und Schachteln. Ein Schelm, der Schlechtes dabei denkt.« Zufrieden brühte sie den Tee auf. »Ich habe die Handschuhe, und jetzt wird es eng für den Professor Doktor Doktor.«

Während sie sich zusammen auf den Weg ins Präsidium machten, rief sie Buchholz an, damit er sich Kapazitäten für die Untersuchung der Einweghandschuhe freihielt, die der Täter vor siebenundzwanzig Jahren am Tatort hinterlassen hatte. Mit einem Kuss trennten sie sich im Treppenhaus. Jeder ging in sein Büro. Leider nicht mehr ins gemeinsame, wie Dühnfort wieder einmal mit einem leichten Bedauern dachte.

Es war später Vormittag, als er in der Kaulbachstraße an der Wohnungstür klingelte, die im selben Moment geöffnet wurde. Sassen verabschiedete einen Herrn im dunklen Anzug, der sich für das Gespräch bedankte und Dühnfort im Vorübergehen zunickte, während Sassen ihn mit kaltem Blick musterte. »Was wollen Sie schon wieder?«

»Mit Ihnen reden. Sind Sie allein?«

»Das geht Sie nichts an.«

»Ich würde mich gerne mit Ihnen über Alice Maurer unterhalten, und das nicht in ihrer Gegenwart.«

Tom Sassen schüttelte den Kopf. »Über Alice? Ich verstehe. Jetzt, wo der Richter Ihnen Ihre Grenzen gezeigt hat, soll sie als Verdächtige herhalten.«

»Wir können das Gespräch auch im Präsidium führen.«

»Mit Ihnen muss ich gar nicht reden. Mein Anwalt …«

»Schweigen dürfen Sie als Beschuldigter. Im Moment sind Sie das nicht. Als Zeuge müssen Sie aussagen, und Sie müssen bei der Wahrheit bleiben. Wie machen wir es nun?«

Sassen schob die Hände in die Taschen der Jeans und gab etwas von seinem Widerstand auf. »Sie verdächtigen tatsächlich Alice?«

»Sie hat ein Motiv. Darüber würde ich mich gerne mit Ihnen unterhalten.«

Widerwillig ließ Sassen ihn ein. Verblüfft sah Dühnfort sich um. Es waren keine achtundvierzig Stunden vergangen, seit er zum ersten Mal hier gestanden hatte, mitten in einem Umzugschaos. Nun war die Wohnung fertig eingerichtet, alles war an seinem Platz. Kein Karton stand herum, keine Werkzeugkiste oder Leiter. Lampen und Vorhänge waren aufgehängt, Gardinenstangen montiert, die Möbel aufgebaut und Teppiche ausgerollt. Alice Maurer hatte in Rekordzeit ganze Arbeit für *den fabelhaften Tom* geleistet. Für den Mann, den sie angeblich nicht ausstehen konnte, mit dem sie aber zumindest eine Bettgeschichte verband.

Das Sofa im Wohnzimmer kannte Dühnfort aus dem Laden in Starnberg. Die Regale waren beinahe leer. Die persönlichen Dinge fehlten darin. Bis auf ein paar Habseligkeiten, die Sassen aus Schäftlarn geholt haben musste. Dühnfort entdeckte Fotos und Bücher. Ein Stapel wellig gewordener Ordner lag auf dem Schreibtisch, über der Stuhllehne hing ein sandfarbenes Kleid. »Sie waren im Haus?«

»Natürlich.«

»Der Tatort ist abgesperrt. Das Betreten verboten.«

»Das ist mein Haus. Das betrete ich, wann ich will.«

Dühnfort unterdrückte den aufsteigenden Zorn. Er wollte Informationen von Sassen, und die würde er nicht erhalten, wenn er seinem Ärger Luft machte.

Auf dem Schreibtisch entdeckte er den Bilderrahmen mit den Familienfotos, der vor einigen Tagen noch in der Praxis gestanden hatte. Die Reste eines Familienlebens.

Ohne Platz anzubieten, setzte Sassen sich, was Dühnfort die Möglichkeit gab, von oben herab mit ihm zu reden. Doch ein Gespräch auf Augenhöhe war ihm lieber. Er wählte den Sessel.

»Wussten Sie, dass Ihre Frau eine Lebensversicherung zugunsten von Alice Maurer abgeschlossen hat?«

»Natürlich. Alice hat dieselbe Versicherung für Nina. Als Sicherheit für die Läden. Wenn sie auf diese Weise an das Geld kommen wollte, hätte es gereicht, Nina …« Sassen schluckte. »Sie hätte nicht die Kinder …«

Er konnte die Worte *getötet* und *ermordet* nicht aussprechen oder tat zumindest so. Sassen spielte wieder mal Theater. »Wie gut kennen Sie Alice?«

Rasend schnell schaltete Sassen wieder auf Angriff um. »Wenn Sie wissen wollen, ob ich mit ihr in der Kiste war, dann fragen Sie doch einfach.«

»Dass Sie mit ihr *in der Kiste* waren, weiß ich. Mich interessiert, ob es für Alice vielleicht mehr war als eine rein sexuelle Affäre. War von ihrer Seite Liebe im Spiel? Erwartete sie, dass Sie Nina und die Kinder ihretwegen verließen?«

Während Dühnfort seine Frage formulierte, stützte Sassen die Ellenbogen auf die Oberschenkel und legte die Hände an den Mund. Eine nachdenkliche Geste, die nur einen Moment währte, bis er sich wieder aufrichtete. »Ich lasse es nie so weit kommen und beende das, sobald sich Komplikationen abzuzeichnen beginnen. Schließlich habe ich Verpflichtungen. Meine Frau, zwei Kinder, die Hypothek für das Haus.« Er stockte. »Ich hatte Verpflichtungen. Jetzt nicht mehr.« Seine Kiefer mahlten, bis er sich einen Ruck gab. »Bei Alice war das nicht anders. Allerdings hat es gedauert, bis ich verstanden habe, dass sie sich von unserer Affäre mehr erhofft hat. Sie trägt ihr Herz nicht auf der Zunge wie die meisten Frauen. Bei mir ist der Groschen erst gefallen, als sie eines Abends den Vorschlag machte zusammenzuziehen. Sie wollte in der Seemann-Villa die beiden Erdgeschosswohnungen zusammenlegen. Platz genug für uns beide und auch für die Kinder, wenn sie uns am Wochenende besuchen. Sie hatte das alles schon geplant. Erst da habe ich verstanden, dass es höchste Zeit war, die Notbremse zu ziehen.«

»Wie hat sie reagiert?«

»Gefasst. Verständnisvoll. Wie gesagt, sie hat sich im Griff. Sie gehört nicht zu denen, die einem in aller Öffentlichkeit ein Glas Wein ins Gesicht schütten oder eine Szene machen, auch unter vier Augen nicht. Sie ist sehr kontrolliert. Eine Frau wie sie aus der Reserve zu locken und im Bett an ihre Grenzen zu treiben hat seinen Reiz. Das war es, was ich von Alice wollte. Tollen Sex, und den hatten wir. Ich rechne es ihr hoch an, dass sie Nina damit nicht belastet hat. Das war hin und wieder ein Problem bei meinen Affären, dass die Frauen es an ihr ausließen, wenn ich Schluss machte.«

»Hat sie sich im Griff, oder frisst sie eher alles in sich hinein?«, fragte Dühnfort.

Eine Weile dachte Sassen über diese Frage nach. »Ich weiß es nicht. Sie glauben wirklich, dass sie mir alles genommen hat, damit ich für sie frei bin? Das ist nicht logisch. Es hätte gereicht, Nina zu informieren. Sie hat mit Scheidung gedroht, wenn ich noch einmal fremdgehe. Und sie war im Begriff, es durchzuziehen. Sie hatte ja bereits den Termin bei Nadja Denecke. Und Leon und Sophie ... Sie standen Alice doch nicht im Weg.«

»Wusste Alice von dem Termin bei der Anwältin?«

»Das glaube ich nicht. Nina hat ihn ja erst am Samstagnachmittag vereinbart. Sie, ihre Anwältin und ich waren wohl die Einzigen, die davon wussten. Und vielleicht ein paar Nachbarn, die unseren Streit im Pavillon mitbekommen haben.«

»Den Streit, dessen Anlass die anonyme Mail war, die Ihre Frau am Freitag bekommen hat.«

»Sie hat sie nicht bekommen. Sie hat sie sich selbst geschickt. Sie war ein Vorwand, damit sie sich nicht zugeben musste, dass sie in meinen Sachen schnüffelt.«

»Sind Sie sicher?«

»Ja.«

»Hat sie so etwas schon einmal getan?«

»Einmal ist immer das erste Mal.«

»Sie vermuten es also nur. Gehen wir mal davon aus, dass Ihre Frau es nicht war. Wer könnte die Mail geschickt haben? Denken Sie nach.«

Sassen stützte wieder das Kinn in die Hände. »Vielleicht Lilly. Sie könnte in der Praxis an die Bilder gekommen sein.«

»Lilly Steinle.«

»Sie bildet sich ein, ich wäre der Märchenprinz.«

Kirstens Vermutung war also richtig. Sassen hatte auch Lilly *flachgelegt*. »Mit Ihrer Mitarbeiterin haben Sie also ebenfalls eine Affäre.«

»Jetzt tun Sie mal nicht so prüde.« Sassen schlug die Beine übereinander und wurde plötzlich nachdenklich. »Es gibt noch eine weitere anonyme Mail. Karsten hat auch eine bekommen.« Mit einem Schulterzucken sah er auf. »Sie können es sich ja denken: seine Frau und ich.«

52

Dühnfort kehrte ins Präsidium zurück und suchte Meo in seinem Labor auf, einem abgedunkelten Raum mit mehreren Arbeitstischen, auf denen sich Monitore und PCs reihten. Vor einem saß Meo und versuchte, mit einem Cracker-Tool ein Passwort zu knacken. »Hi Tino. Was gibt's?«

»Weißt du schon, woher die Mail mit dem Hinweis auf die Garage kam?«

»Ich arbeite daran.«

»Und die Mails von Nina Sassen? Gibt es wirklich keine Chance, an sie heranzukommen?«

Meo verzog das Gesicht. »Ich habe es doch erklärt. Der Webserver war so eingestellt, dass die Mails dort gelöscht wurden, sobald sie auf ihrem PC gelandet waren, und der ist hin.«

»Auch Karsten Prittwitz hat eine anonyme Mail erhalten. Vermutlich vom selben Absender. Kannst du das überprüfen?«

»Klar. Mache ich.«

Dühnfort kehrte in sein Büro zurück. Die Soko hatte sich bereits am Morgen getroffen. Nichts ging voran. Sie steckten fest. Nun gab es einen neuen Ansatz, deshalb wollte er das Team noch einmal zusammenrufen. Doch nicht alle waren da. Russo hatte einen Termin mit den Kollegen vom Rauschgift. Alois ging einem Hinweis aus einer Tankstelle nach und Alexander Stahl einem auf ein Fahrzeug, das jemand in der Tatnacht in der Nähe von Sassens Garage gesehen hatte. Dühnfort beschloss, erst einmal etwas zu essen, und schickte Gina eine SMS, ob sie Zeit hätte. Doch auch daraus wurde nichts. Sie hatte einen Zeugen in ihrem Fall aufgetrieben, der mittlerweile in Wasserburg wohnte, und war dorthin gefahren.

Auf Kantine hatte er keine Lust, also stellte er sich in der Kreuzstraße in die Schlange, die sich täglich um diese Zeit vor Idas Milchladen bildete, und kaufte sich, als er endlich an der Reihe war, ein Stück Quiche Lorraine, einen Becher Ananasquark und eine Flasche Wasser. In der Grünanlage um die Ecke fand er eine freie Bank im Schatten. Während er die Quiche aß, ging ihm das Gespräch mit Sassen nicht aus dem Kopf.

Lilly Steinle und Alice Maurer. Für die eine war Sassen der Märchenprinz, für die andere möglicherweise der Mann fürs Leben. Kein Amoklauf? Sondern ein Mord aus Eifersucht, ein kruder Plan, der im Chaos endete? Er konnte sich das nicht vorstellen.

Drei anonyme Mails. Die erste ging an Nina Sassen. Dühnfort glaubte nicht, dass sie sich die selbst geschickt hatte. Sollte sie ein Beweis für einen erneuten Seitensprung sein, der in Wahrheit schon über ein Jahr her war? Wirklich? Dühnfort zog das Handy aus der Tasche und rief Conny Behrendsen an. Sie bestätigte, dass sie im Frühsommer letzten Jahres die Affäre mit Tom beendet hatte. »Es war nichts Ernstes. Eine Erweiterung der Freundschaft, wenn Sie so wollen, ein Versuch, wie es im Bett klappt. Mehr war das nicht.«

»Und die Mail mit den Fotos von Ihnen und Tom ...«

»Ich sehe das wie er. Diese Mail hat Nina sich selbst geschickt. Sie hat gerne das große Drama inszeniert. Rauswurf, gefolgt von Versöhnung. Ich liebe dich, ich hasse dich. Ich kann ohne dich nicht leben und mit dir auch nicht. Sie hat diese Art von Bestätigung gebraucht, und ich glaube nicht, dass sie sich wirklich scheiden lassen wollte.

Es war das alte Spiel, nur in einer radikaleren Inszenierung. Ich verstehe nicht, dass Tom das nicht erkannt hat.«

Dühnfort verabschiedete sich und aß den Rest der Quiche. Wie auch immer. Diese Mail war für Nina Sassen Vorwand oder Anlass gewesen, die Scheidung zu forcieren. Diese Mail war jedenfalls der Grund, weshalb Sassen in der Tatnacht nicht im Haus war. Vielleicht nicht zu Hause sein sollte?

All seine Überlegungen ergaben keinen Sinn. Denn es wäre einfacher gewesen, Nina Sassen aus dem Haus zu locken, um sie zu ermorden. Die Gefahr war zu groß, entdeckt zu werden, weil der Hund bellte und die Kinder aufwachten und mitbekamen, was geschah.

Ein unausgegorener Plan also, der völlig danebengegangen war? Doch das passte nicht zu der eiskalt und präzise ausgeführten Tat. Und plötzlich streifte ihn eine Ahnung. Waren auch die Kinder Teil des Plans gewesen? Sollte allein Tom überleben?

Das Handy klingelte und riss ihn aus dieser Überlegung. Der Gedankenfetzen entwischte ihm. Russo meldete sich. »Ich habe Neuigkeiten in Sachen Harry Jaschke und der Sig Sauer.«

Dühnfort knüllte den Pappteller zusammen und warf ihn in einen Papierkorb. »Lass hören.«

»Ich komme grad von Dirk Heimann, einem Kollegen vom Rauschgift. Gestern haben sie einen Dealer erwischt, der früher seinen Stoff bei Wanko Radev bezog. Mike Büchel heißt er und ist einschlägig vorbestraft. Hat noch Bewährung, und die kann er jetzt vergessen. Will er aber nicht, deshalb hat er über seinen Anwalt einen Deal angeboten. Er weiß angeblich, wer Harry Jaschke erschossen hat und was aus der Tatwaffe geworden ist. Das sagt er aber erst, wenn wir uns auf den Handel einlassen.«

»Wie glaubwürdig ist Büchel?«

»Heimann meint, das wäre keine heiße Luft. Büchel scheint wirklich etwas zu wissen.«

»Gut, wir treffen uns in einer Viertelstunde bei der Staatsanwaltschaft.« Dühnfort machte sich auf den Weg und hoffte, dass Leyenfels nach dem Jourdienst gestern heute zu Hause war. Doch er hatte Pech, Leyenfels war im Büro und lächelte zufrieden, als Russo ihm von Mike Büchel und dessen Angebot berichtete. »Damit scheidet Sassen wohl endgültig aus. Er hat keine Verbindung in diese Szene.«

»Warten wir doch einfach mal ab, was Büchel zu erzählen hat. Können wir ihm nun ein Angebot machen?«

Gemeinsam gingen sie auf dem Flur einige Türen weiter und suchten Gabriel Matthäus auf, den zuständigen Richter. Er war ein schlanker Mann mit scharfen Gesichtszügen. Aufmerksam hörte er zu und legte, als sie fertig waren, die Fingerspitzen aneinander. »Mit mir gibt es keine Deals. Sie können Büchels Anwalt Folgendes mitteilen: Sollten die Angaben seines Mandanten zu Verurteilungen in den Fällen Jaschke und Sassen führen, wird sich das mit an Sicherheit grenzender Wahrscheinlichkeit strafmildernd für ihn auswirken. Inwieweit, ist Sache des Gerichts.«

53

Behalte die Kontrolle über deine Gefühle. Sei unverwundbar. Das war der Plan. Ich habe ihn durchgezogen. Lange Zeit ging es gut, bis ich Tom traf.

Mit ihm war es zunächst nicht anders. Ich hielt ihn – wie alle Männer vor ihm – auf Distanz und hatte meine Gefühle im Griff. An mich kam niemand heran. Auch er nicht, obwohl wir beim Sex alles ausprobierten, was die Spielarten an Dominanz und Unterwerfung hergaben. Es war nichts Ernstes, nur ein Spiel mit wechselnden Rollen. Das wusste er. Doch wir fanden immer mehr Gefallen daran, wurden beinahe süchtig danach. Und irgendwann erreichte er den Punkt, an dem ihn meine Unnahbarkeit beinahe rasend machte. Er bekam nur meinen Körper, und der reichte ihm nicht. Er wollte mehr. Er wollte mich ganz. Mit Haut und Haar und meiner rabenschwarzen Seele. Er wollte meine totale Unterwerfung.

Als er die Worte zum ersten Mal sagte, trafen sie mich wie Peitschenhiebe, wie Schläge und Tritte. Sie öffneten mir die Augen, lösten ein Erdbeben in mir aus, dem ein Tsunami an Tränen folgte.

Es war in der Praxis. Nach Ende der Sprechstunde. Alle waren längst gegangen. Wir waren allein. Wir tranken etwas und zogen eine Line rein. Ein Wortgeplänkel folgte. Er wollte das Geständnis aus mir herauslocken, dass er mir mehr bedeutete, dass er für mich mehr war als nur der Mann, der es mir nach allen Regeln der Kunst besorgte. Ich hielt ihn für eitel und selbstgefällig. Für einen Mann, der nur sich selbst liebt, der andere benutzt und manipuliert und zu wahren Gefühlen und wahrer Freundschaft nicht fähig ist. Er wollte einen Sieg über mich erringen und setzte alle Mittel ein. Darum ging es. Um nichts anderes. Um Macht. An jenem Abend wählte er die romantische Variante und war zunächst ungewohnt zärtlich. Er ließ sich Zeit, verführte mich regelrecht, und ich spielte mit, zierte mich, wies ihn ab, um ihn dann wieder zu locken. Er raunte mir sehnsüchtigen Quatsch zu, einzig und allein, um mich dazu zu bringen, ihm verbal Zugeständnisse zu machen, doch meine Antwort war lediglich ein kleines Lachen, das ich in sein Ohr perlen ließ. Es machte ihn rasend, er flippte regelrecht aus, packte mich, warf mich auf den Tisch, schob mir den Rock hoch und zerrte den Slip herunter. Diese Art ist mir lieber. Wir waren beide total scharf aufeinander.

»Du. Gehörst. Mir.« Diese drei Worte wiederholte er im Rhythmus seiner Stöße. Als er kam, stöhnte er: »Ich liebe dich!«

Eine Schockwelle überrollte mich.

»Sag es! Dass du mich liebst. Sag es!«

Er liebte mich!

Das war eine Finte! Ein Trick! Damit er endlich seinen Sieg über mich erlangte. Dieser Gedanke flammte kurz auf, bis ich erkannte, dass Tom es ernst meinte. Er liebte mich. Und dann verstand ich, dass noch nie jemand diese Worte an mich gerichtet hatte. Noch nie. Weder meine Eltern noch Marcel. Toms Geständnis schüttelte mich durch, etwas in mir geriet ins Rutschen, legte lange Verschüttetes frei. Es war wie ein Erdbeben. Plötzlich heulte ich Rotz und Wasser. Erschrocken trocknete er mir die Tränen, fragte, was denn los sei, und damit hatte er mich dann so weit. Es gelang mir nicht, meine Liebe zu ihm länger zu verleugnen. »Ich liebe dich.« Ich sagte es, und damit war es nun wahr. Ich liebte ihn. Wir liebten uns. Es war wunder-

bar. Ein Traum. Ein Rausch. Wir trafen uns, so oft es ging. Immer heimlich. Er war ja noch verheiratet. Er hatte Familie. Er war gebunden. Doch die Zukunft gehörte uns. Das war uns beiden klar und musste nicht groß thematisiert werden. Es war eine wortlose Übereinkunft. Tom musste den richtigen Zeitpunkt abwarten, um es seiner Frau zu sagen und es den Kindern beizubringen. Damals dachte ich noch, Tom wäre verantwortungsbewusst.

Als Nina das Angebot annahm und sich mit dem Laden selbständig machte, war ich erleichtert. Ein Schritt in die richtige Richtung. Sie wusste längst, dass Tom sie nicht liebte. Schließlich hat er vor mir Affären gehabt, die sie leidend ertrug. Endlich rappelte sie sich auf, um sich ein eigenes Leben aufzubauen. Sie handelte. Das gefiel mir natürlich. Also wartete ich geduldig, bis der Laden lief und Tom sich von ihr trennen konnte.

Ich hatte kein Problem, mir ein Leben mit ihm vorzustellen, obwohl ich seine Schwäche kannte. Denn alles hätte so bleiben dürfen, wie es war. Ich wollte ihn nicht ändern oder zähmen, so wie Nina. Ich wollte ihn nicht an die Leine legen und einen Kettenhund aus ihm machen, der nur noch bellen durfte und nicht beißen. Denn das war es ja gerade, was ihn so interessant für mich machte, was mich so antörnte. Er konnte jede Frau haben. Im Licht ihres Begehrens erstrahlte er erst richtig. Alle wollten ihn. Doch sie bekamen nur einen Teil von ihm, sie bekamen nur Sex. Während ich alles bekam, wonach sie sich verzehrten.

Als er mich zu einem Wochenende in ein Romantik-Hotel am Chiemsee einlud – während Nina glaubte, dass er eine Weiterbildung besuchte –, dachte ich, dass es bald so weit sein würde. Er würde Nina reinen Wein einschenken und den klaren Schnitt vollziehen. Wir verlebten herrliche Tage. Radtour mit Picknick. Bootsfahrt auf dem See. Well-

nessmassage und jede Menge toller Sex. Am letzten Abend gab es ein Candle-Light-Dinner. Jetzt sagt er es, dachte ich. Doch Tom kam nicht auf das Thema zu sprechen. Also schnitt ich es schließlich an und schlug vor, endlich zusammenzuziehen.

Tom reagierte anders als erwartet. Er wich aus. Doch so einfach kam er mir nicht davon. Ich wollte es wissen und ließ nicht locker. Er liebte seine Frau schon lange nicht mehr, nichts band ihn an sie. Warum nicht endlich die Konsequenzen ziehen? Es war ja nicht so, dass dadurch die Welt für Nina und die Kinder unterging. Eine Scheidung war etwas völlig Normales. Die meisten Ehen werden geschieden. Seit der Hochzeit musste sie damit rechnen, dass es eines Tages passieren würde. All das sagte ich Tom. Er griff nach meiner Hand und sah mir in die Augen. In seinen spiegelte sich das ganze Elend seiner Ehe, sein gesamtes Unglück.

»Ich kann sie nicht verlassen«, sagte er und küsste jeden einzelnen meiner Finger. »Sosehr ich mir das auch wünschen würde. Nina schafft das nicht allein. Und die Kinder brauchen mich, bis sie aus dem Gröbsten raus sind. Und dann ist da noch das Haus, das abbezahlt werden muss. Ich muss eine Familie ernähren. Und ein Pony und einen Hund obendrein«, fügte er lächelnd hinzu. »Ich habe Verpflichtungen. Das verstehst du doch?«

Natürlich verstand ich ihn. Er war ein Gefangener.

54

Kurz nach drei führten zwei Polizisten Mike Büchel in den Vernehmungsraum und nahmen ihm die Handschellen ab. Er rieb sich die Handgelenke und setzte sich Russo und Dühnfort gegenüber an den Tisch. Man musste den Mann nur ansehen, um zu wissen, was er einwarf und womit er dealte. Crystal Meth. Büchel war fünfundzwanzig und klapperdürr. Eingefallene Wangen, zahlreiche Pickel und Narben verunstalteten sein Gesicht. Als er gähnte, bekam Dühnfort freie Sicht auf entzündetes Zahnfleisch und Zähne, deren Zahnschmelz sich unter dem Einfluss der Droge bereits aufzulösen begann. Ein Jahr noch, und Büchel würde vollends aussehen wie ein Zombie.

Sein Anwalt folgte ihm auf den Fuß. Ein bulliger Mann mit Stiernacken. Das karierte Sakko trug er offen über einem hellblauen Hemd, das sich über dem Brustkorb spannte. »Olaf Kauer.« Er reichte Dühnfort erst seine Karte und dann die Hand. Dasselbe bei Russo. »Sind wir im Geschäft?«

Sie setzten sich. Büchel demonstrierte Langeweile, indem er erneut gähnte. So als ob nicht er etwas von ihnen wollte, sondern umgekehrt.

Moritz Russo zitierte den Richter. »Sie wissen doch, wie das läuft. Wenn die Aussage Ihres Mandanten zu Klärung einer Straftat führt, wirkt sich das strafmildernd aus.«

»Haben wir das jetzt auf Band, damit es auch ins Protokoll kommt?«

Russo wies auf das Mikro, das eingeschaltet war. »Soll ich es wiederholen?«

»Passt schon.« Kauer lockerte die Krawatte und lehnte sich im Stuhl zurück, während Büchel an einem Pickel kratzte.

»Für den Fall, dass Herr Büchel doch eine Haftstrafe verbüßen muss, hätten wir gerne die Zusage für einen Platz in einer Entzugsklinik vor Haftantritt und außerdem für eine neue Identität.«

»Wir reden also von den Bulgaren?«, fragte Russo.

»Reden wird mein Mandant erst, wenn Sie das abgenickt haben.«

Dühnfort ergriff das Wort. »Wenn seine Aussage zu einer Verhaftung im Fall Harry Jaschke führt und er bereit ist, im Prozess auszusagen, sollte beides kein Problem sein.«

Kauer nickte und blickte zu seinem Mandanten, der noch immer in seinem Gesicht herumkratzte. »Sie sind dran.«

Mit dem Daumennagel pulte Büchel Hautfetzchen unter den Fingernägeln hervor und schmierte sie an die Hose.

Dühnfort wurde ungeduldig. »Sie wissen also, wer Harry Jaschke erschossen hat und wo die Tatwaffe ist.«

Endlich machte Büchel den Mund auf. »Ich sag das nur, wenn ich nicht in den Bau muss.«

»Das haben wir gerade besprochen. Das entscheiden nicht wir. Das ist Sache des Gerichts.«

»Und wenn ich Entzug kriege und eine neue Identität, der Petkov macht mich sonst alle.«

»Das haben wir bereits mit Ihrem Anwalt geklärt. Es geht also um Ivo Petkov. Hat er Jaschke erschossen?«

Büchel schob die Hände unter die Oberschenkel. »Das macht er nicht selbst. Sein Sherpa war es, der Wanko.«

»Wanko Radev?«

Büchel nickte.

»Und das haben Sie gesehen?«

»So gut wie.«

So gut wie! Super! »Können Sie mir erklären, wie man einen Mord *so gut wie* beobachtet?«, fragte Dühnfort.

Aufmunternd nickte Kauer seinem Mandanten zu. »Sie müssen sich nicht selbst belasten. Den Teil, über den wir gesprochen haben, lassen Sie einfach weg.«

Büchel nickte. »Okay. Ist gut. Ich hatte mit Wanko etwas zu klären. Was, sage ich nicht. Deshalb habe ich mich in der Nacht an ihn rangehängt und bin ihm zum Hot Miami gefolgt. Er stellt sich neben die Hintertür, als ob er auf jemanden wartet. Während ich noch überlege, ob das jetzt der richtige Zeitpunkt ist, um ihn anzuquatschen, merke ich, dass er total unter Strom steht. Dann ist er immer so hibbelig, kann keine Sekunde ruhig stehen, tänzelt wie ein Boxer im Ring herum. Ich wollte schon gehen. Wenn er so drauf ist, redet man besser nicht mit ihm. Doch da kommt der Jaschke in den Hof und will zu seinem Auto. Dem wollte ich nicht begegnen, ich ducke mich also hinter die Müllcontainer und sehe, wie der Wanko ihm von hinten eines mit seiner Waffe überzieht. Der Jaschke sackt zusammen. Dann kam die Nummer mit den Kabelbindern. Am Ende hat der Wanko den Jaschke in den Kofferraum gewuchtet. Sah irgendwie alles nicht so gut aus. Da mische ich mich besser nicht ein, dachte ich. Ich habe mich also vom Acker gemacht und dann vor Wankos Wohnung auf ihn gewartet. Es wurde schon dämmrig, als er kam.«

»An welchem Tag war das?«, fragte Russo.

»Am ersten Oktober. Als er auftauchte, war es schon sechs in der Früh.«

»Und was war mit Jaschke?«

»Den hatte er nicht dabei. Der war ja tot.«

»Und woher wissen Sie das?«

»Das stand ein paar Tage später in der Zeitung.«

Dühnfort stöhnte.

Kauer ergriff das Wort. »Harald Jaschkes Leiche lag bereits einige Tage im Wald, als man sie fand. Zuletzt gesehen wurde er am ersten Oktober gegen vier von einer Angestellten im Hot Miami. Und Minuten danach von meinem Mandanten, der beobachtete, wie Jaschke von Radev entführt wurde. Ich habe meine Hausaufgaben gemacht. Wir sollten mal zur Tatwaffe kommen. Herr Büchel, Ihr Part.«

»Na ja, das mit der Waffe war so, dass der Wanko sie verbuddelt hat, und ich hab sie wieder ausgegraben.«

Kauer sah sich bemüßigt einzuschreiten. »Herr Büchel hat in den frühen Morgenstunden des ersten Oktober letzten Jahres beobachtet, wie Wanko Radev eine Waffe vergrub. Hinter dem Haus, in dem er eine Wohnung angemietet hat, verläuft eine Bahntrasse und dazwischen ein Grünstreifen. Dort hat Radev die Waffe vergraben. Herr Büchel hat sie ausgegraben und an sich genommen.«

»Und er hat sie zu Geld gemacht.«

Verblüfft sah Büchel ihn an. »Genau. Woher wissen Sie das? Ist schließlich ein Wertgegenstand. Noch dazu mit Schalldämpfer.«

Genau wie Dühnfort vermutet hatte. Der Täter hatte sich die Waffe auf dem Schwarzmarkt besorgt und keine Ahnung, dass sie brandheiß war. Dühnfort fragte nach dem Modell. Büchel beschrieb die Sig Sauer P220. Dühnfort erkundigte sich nach dem Zustand und erfuhr, dass Büchel sie reinigen musste, bevor er sie verkaufen konnte. Und das hatte er nicht auf dem Flohmarkt in Riem getan, der bekannt für seinen Schwarzmarkt war, sondern übers Darknet. Das war ihm am sichersten erschienen. Man hinterließ keine Spuren, und es gewährte totale Anonymität.

In seinem früheren Leben hatte Büchel Informatik studiert. Er wusste, wie man Zugang zu diesem verborgenen Bereich des Internets und zu den einschlägigen Gruppen erhielt. In einer war er vor einigen Monaten auf ein Kaufgesuch für eine Pistole mit Schalldämpfer gestoßen. »Da habe ich ein Angebot gemacht. Lieferung nach Bezahlung. Das Geld kam am selben Tag.«

»Auf welchem Weg?«, fragte Dühnfort.

»Mit Western Union. Er hat es bar eingezahlt, mir die Transaktionsnummer mitgeteilt, und ich hab es abgeholt. Und dann habe ich ihm die Sig Sauer geschickt. Ganz normal. Mit einem Paketdienst. Das wollte er so. Aber auf keinen Fall mit DHL.«

»Erinnern Sie sich noch an den Namen und die Adresse?«

Plötzlich grinste Büchel. »Der Name war natürlich gefaked. War schon komisch, deshalb weiß ich das noch. Lachnicht. Kauft eine Waffe … Warum wohl, frage ich mich? Und nennt sich Lachnicht. Hat einen schrägen Humor.«

»Und die Adresse?«

Büchel begann wieder, an den Pickeln herumzukratzen. »Das war hier in München. Hm … Irgendwas mit Fluss oder Bach im Straßennamen.«

Dühnfort wusste nicht, was er davon halten sollte. Lachnicht. Hatte ihr Zeuge sich das ausgedacht? Während Büchel versuchte, sich an die Adresse zu erinnern, googelte Dühnfort den Namen und wurde zu seiner Überraschung fündig. Es gab einen Klaus Lachnich in München. Er wohnte in der Aidenbachstraße.

55

Alois trat in Dühnforts Büro. »Klaus und Martina Lachnich. Beide Mitte vierzig. Sie Sachbuchautorin für Reise- und Wanderführer. Er Angestellter in der EDV-Abteilung eines Touristikunternehmens. Kinderlos. Keine Vorstrafen. Seit zwei Jahren in der Aidenbachstraße 238 gemeldet. Mehr habe ich auf die Schnelle über die beiden nicht herausgefunden.«

»Gut. Dann reden wir jetzt mit dem Mann. Ich habe die Bestätigung von DPD. Die Sendung wurde am dritten April zugestellt.« Dühnfort schob die Kopie des Einlieferungsscheins in die Tasche. Kauer hatte ihn tatsächlich in Büchels Wohnung gefunden.

Während der Fahrt in die Aidenbachstraße klingelte Alois' Handy. Nach einem Blick aufs Display nahm er das Gespräch an. »Hallo Alina, lieb, dass du zurückrufst. Hast du es dir überlegt? ... Super! Du bist ein Engel ... Nee, ist nicht schwierig. Ihr seid beide Mitglied im selben Golfclub. Sollte also kein Problem sein.«

Verwundert folgte Dühnfort dem Gespräch.

»Genau. Sehe ich auch so. Manchmal muss man jemandem die Augen öffnen. Und denke an die Fotos, ja? Das vergesse ich dir nie.« Alois steckte das Handy ein und zog eine imaginäre Notbremse. »Yes!«

»Bist du sicher, dass das ein guter Plan ist?«

»Würde ich ihn sonst durchziehen? Demnächst wird Evi den Doc fallenlassen wie die sprichwörtliche heiße Kartoffel und sich an meiner breiten Schulter ausheulen.«

Dühnfort war sich da nicht so sicher. »Wenn du mit diesem *Treuetest* auffliegst, wird sie nie wieder ein Wort mit dir reden. Warum kämpfst du nicht mit offenem Visier?«

»Gute Idee. Ich fordere ihn zum Duell im Morgengrauen. Pistole oder Säbel? Und du bist mein Sekundant.«

Alois war von seiner Idee nicht abzubringen. Er fand nichts falsch daran.

Kurz nach halb sechs parkte Dühnfort den Wagen vor der Doppelhaushälfte der Lachnichs. Grillgeruch lag in der Luft. Lachen und Gesprächsfetzen erklangen von irgendwoher. Dühnfort klingelte an der Haustür.

»Wahrscheinlich sind sie im Garten«, meinte Alois.

Nach einer Weile erklangen Schritte, eine Frau öffnete. Sie trug Shorts und T-Shirt und hielt eine Schüssel mit Kartoffelsalat in der Hand. »Ja bitte?«

Dühnfort stellte sich vor und fragte, ob sie reinkommen könnten. »Es geht um diesen Paketschein. Ist Ihr Mann da?«

»Wir haben Gäste. Aber wenn es sein muss ...« Mit einem Schulterzucken trat sie zur Seite. Sie folgten ihr in den Garten.

Am Grill unterhielten sich zwei Männer. Beide Mitte vierzig. Der Stämmigere der beiden hielt eine Flasche Bier in der Hand, der andere wendete die Steaks. Am Gartentisch saß eine Frau und machte Salat an.

»Klaus, da ist jemand von der Polizei für dich. Es geht um ein Paket.«

Drei Augenpaare richteten sich musternd auf sie. Dühnfort hob entschuldigend die Hände. »Es tut mir leid, wenn wir stören.«

Der stämmige Mann stellte sein Bier ab. »Um welches Paket handelt es sich denn? Ich bestelle viel im Internet.« Mit erhobenem Zeigefinger fügte er hinzu: »Aber nur legale Sachen. Keinen Schmuddelkram.«

»Um dieses hier.« Dühnfort reichte ihm die Kopie des Einlieferungsscheins. »Es wurde am dritten April zugestellt.«

Lachnich studierte den Zettel. »Den Absender kenne ich nicht. Du vielleicht?« Fragend sah er seine Frau an. »Freddy Krüger?«

Sie schüttelte den Kopf. »Nein. Den Namen habe ich noch nie gehört.«

»Was will er mir denn geschickt haben?«

Alois stellte eine Flasche Barbecuesoße zurück, die er interessiert betrachtet hatte. »Eine Sig Sauer P220.«

Schulterzucken. »Keine Ahnung, was das ist. Ich …«

Der Mann am Grill ließ die Fleischgabel sinken. »Das ist eine Pistole, Klaus.«

Hastig gab Lachnich Dühnfort den Zettel zurück, als habe er sich die Finger verbrannt. »Es muss sich um einen Irrtum handeln. Ich habe keine Pistole bestellt und auch keine bekommen.«

Dühnfort faltete die Kopie zusammen. »Die Zustellung wurde bestätigt. Das Paket wurde am dritten April um zehn Uhr siebenundvierzig in Empfang genommen.«

»Aber ganz sicher nicht von mir.«

Martina Lachnich stellte sich neben ihren Mann. »Was soll Klaus denn mit einer Waffe?«

»Anfang April wart ihr doch in Thailand«, rief die Frau herüber, die den Salat anmachte.

»Stimmt, Steffi.« Erleichtert atmete Lachnich durch. »Wir sind Ende März geflogen. Puh, ich dachte schon, ich bin im falschen Film.« Lachend wischte er sich imaginären Schweiß von der Stirn. »Was wurde mit der Waffe denn angestellt? Eine Bank überfallen?«

»Eine Frau wurde damit erschossen und ihre beiden Kinder.«

Schlagartig verschwand das Lächeln aus Lachnichs Gesicht. »Sie meinen die Tragödie in Schäftlarn? Damit habe ich nichts zu tun.«

»Können wir Ihre Reiseunterlagen sehen?«

»Ja, natürlich.« Lachnich wandte sich an seine Gäste. »Fangt ohne uns an. Die Steaks werden sonst zäh.«

Martina Lachnich übernahm das Kommando. »Die Unterlagen sind in der Buchhaltung. Ich schreibe Reiseführer und war beruflich in Thailand. Klaus hat mich begleitet.«

Sie gingen ins Arbeitszimmer in der ersten Etage. Dort nahm sie einen Ordner aus dem Regal und suchte die Flugtickets heraus, während ihr Mann die Pässe aus dem Schlafzimmer holte und sie mit den Visa und den Ein- und Ausreisestempeln vorlegte. Danach war klar, dass weder Klaus noch Martina Lachnich das Paket in Empfang genommen haben konnten. Sie waren vom fünfundzwanzigsten März bis dreiundzwanzigsten April in Thailand gewesen.

»Wer hat sich während Ihrer Abwesenheit ums Haus gekümmert?«, fragte Alois.

»Niemand«, sagte Martina Lachnich. »Bei uns gibt es keine Blumen zu gießen, und im April kommt der Garten vier Wochen ohne Wasser aus. Für die Post haben wir einen Lagerauftrag eingerichtet.«

»Hat außer Ihnen jemand einen Schlüssel?«, fragte Dühnfort.

Die Lachnichs schüttelten synchron die Köpfe.

Martina Lachnich war eine attraktive Frau. Ganz Sassens Fall. »Sagt Ihnen der Name Thomas Sassen etwas? Dr. Thomas Sassen. Er hat eine HNO-Praxis in der Altstadt.«

»Ist das nicht der Ehemann? Angeblich soll er es doch gewesen sein. Ich kenne ihn nicht.«

»Sie waren nie in seiner Praxis?«

»Nein.«

»Und Sie?«

Klaus Lachnich schüttelte den Kopf. »Wir sind beide kerngesund und haben nicht mal einen Hausarzt. Wenn mal was ist, gehen wir in die Ambulanz. Das letzte Mal im Frühling. Hören Sie: Wir haben mit der Sache nichts zu tun. Jemand hat sich die Waffe hierherschicken lassen, als wir in Urlaub waren, und hat den Paketboten abgepasst.«

Das sah Dühnfort ganz genauso. Er fragte noch nach Karsten und Irene Prittwitz, nach Alice Maurer und den Läden in Starnberg und Inning, nach Conny Behrendsen und Lilly Reiter. Das Kopfschütteln der Lachnichs zerrte an seinen Nerven. Es sah so aus, als ob es keine Verbindung zwischen den Lachnichs und dem Fall gab. Doch es musste eine geben.

»Ich brauche eine Liste mit den Namen aller, die Ihre Urlaubspläne kannten.« Dühnfort reichte Klaus Lachnich seine Visitenkarte. »Schaffen Sie das bis morgen um zehn?«

Lachnich kratzte sich am Kopf. »Wir werden es versuchen.«

56

Als Dühnfort nach Hause kam, war Gina noch nicht da. Er wollte sie anrufen und entdeckte erst jetzt ihre SMS.

Bin am Flaucher. Abendessen und Badesachen habe ich dabei. Nur du fehlst. :X

Nicht mehr lange. Bin gleich da!, simste er und zog sich um. Bermudashorts und Segelschuhe. Einen Pulli, falls es später kühl wurde. Er sah nach, ob Gina geradelt oder zu Fuß gegangen war. Ihr Rad war weg. Ob das gut war in ihrem Zustand? Er nahm seines und machte sich auf den Weg.

Es war ein herrlicher Abend und sie nicht die Einzigen, die ihn an der Isar verbringen wollten. Am Flauchersteg und auf der Kiesbank, die sich entlang des Flusses erstreckte, war was los. Dühnfort schob sein Rad zwischen den Menschen hindurch und hielt nach Gina Ausschau. Vermutlich war sie weiter hinten, an ihrem Lieblingsplatz bei dem mannshohen Findling.

Der Wind blies Rauchschwaden übers Wasser. Überall wurde gegrillt. Es roch nach Bratwürsten, Fleischpflanzerl und Sonnencreme. Bierkästen standen zur Kühlung im Fluss. Unmittelbar vor Dühnfort kam ein Hund aus dem Wasser und schüttelte sich, dass die Tropfen nur so stoben. Ein Frisbee flog haarscharf an Dühnforts Kopf vorbei. Er zuckte zurück. Die junge Frau, die es geworfen hatte, schlug sich vor Schreck die Hand vor den Mund und lachte dann. »'tschuldigung!«

»Kein Problem. Ist ja nichts passiert.«

Schritt für Schritt fiel die Anspannung von ihm ab. Weiter hinten baute ein Vater mit seinem Sohn einen Damm. Einen Moment sah er den beiden zu, die ihn in ihrem Eifer nicht bemerkten und Stein auf Stein schichteten. Eine unbändige Freude überkam ihn ganz unerwartet. Vorlesen, Geschichten erzählen, Drachen basteln, Dämme errichten. Sich ein Stück der eigenen Kindheit zurückholen, indem er seinem Sohn ein guter Vater war.

Wie vermutet, hatte Gina die Matten beim Findling ausgebreitet. Ihre Haare waren nass, sie trug einen meerblauen Badeanzug und trank Wasser aus der Flasche. Er lehnte sein Rad neben ihres an einen Strauch, pirschte sich von hinten heran und küsste ihre nackte Schulter. Erschrocken fuhr sie herum. »Huch! Hast du mich erschreckt.«

Er gab ihr einen Kuss und setzte sich neben sie. Die Sonne schien ihm ins Gesicht. Er schloss die Augen, spürte Ginas Wärme, hörte das Rauschen des Flusses und das Stimmengewirr der Menschen.

»Du siehst so zufrieden aus. Geht es mit dem Fall voran?«

Er öffnete die Augen. »Wir sind ein ganzes Stück weitergekommen. Jetzt müssen wir nur noch die Verbindung zwischen den Lachnichs und den Sassens finden.«

Er erzählte ihr von Büchel und der Sig Sauer und dem Mann, an den er sie geschickt, der sie aber nicht in Empfang genommen hatte. »Jemand hat den Paketboten abgepasst. Morgen bekommen wir eine Liste, wer vom Urlaub wusste.«

»Das können unter Umständen hundert Leute sein. Außerdem haben die das vielleicht weitererzählt.« Gina holte die Frischhaltedosen aus dem Korb. »Ich hatte so Lust auf Leberkäs und Kartoffelsalat. Ansonsten habe ich noch Käse, Oliven und Brot im Angebot.«

Er half ihr, fürs Abendessen auf der Matte zu decken,

und kehrte zum Fall zurück. Denn allein von der Reise zu wissen hatte nicht gereicht. »Wer das Paket in Empfang genommen hat, wusste nicht nur von der Reise, sondern auch vom Lagerauftrag für die Post. Er hat Büchel ausdrücklich beauftragt, die Waffe nicht mit DHL zu schicken. Ich denke, das ist jetzt nur noch eine Frage von Tagen.«

Gina schob eine Haarsträhne hinters Ohr. »Sassen ist also raus?«

»Ich weiß es nicht. Alles hängt vom Motiv ab.« Wobei es Dühnfort schwerfiel, sich eine Frau vorzustellen, die eiskalt zwei kleine Kinder erschoss. »Wenn Sassen es war, wird er nie gestehen, auch wenn wir ihm die Tat bis ins letzte Detail nachweisen. Wovon wir allerdings so weit entfernt sind wie Pluto von der Erde.«

»Genau wie bei Maas«, sagte Gina. »Ich habe heute mit den Kollegen von Altfällen in Hamburg telefoniert. Sie werden sich den Fall noch mal vornehmen.«

Etwas in ihm sträubte sich gegen diese Vorstellung. »Warum denn?«

»Warum? Damit der Fall doch noch geklärt wird. Damit du endlich die Gewissheit hast, dass er es war.«

Vielleicht war er es ja nicht. Vielleicht hatte er bei Maas genauso falschgelegen wie nun vermutlich bei Sassen. Er traute seinem Bauchgefühl nicht mehr. Das war es. Deswegen stemmte sich alles in ihm gegen die Vorstellung, dass der alte Fall noch mal aufgerollt wurde und er sich am Ende geirrt hatte und gescheitert war. Das war lächerlich.

Gina schnitt den Leberkäse in zwei Teile, legte sie auf die Teller und häufte Kartoffelsalat daneben. »Du warst beim Motiv. Wenn es kein Amoklauf war, was dann?«

»Vielleicht ein Eifersuchtsdrama. Oder doch Alice Maurer, der es ums Geld ging. Nina Sassen hat am Samstag eine Mail erhalten, die angeblich bewies, dass Tom sie wieder betrog. Es waren Fotos angehängt, die schon anderthalb Jahre alt waren. Doch die Wirkung war die übliche. Sobald Nina von einem Seitensprung erfuhr, setzte sie ihren Mann vor die Tür. Und ich frage mich, ob das das Ziel der Mail war. Sollte Tom in dieser Nacht nicht im Haus sein? Sollte er als Einziger überleben?«

»Eine Frau, die Tom für sich will? Und weil er sich nicht scheiden lässt, bringt sie die Ehefrau um und hofft, den trauernden Witwer trösten zu können? Okay, das ist reichlich schräg, aber denkbar. Doch der Mord an den Kindern passt nicht dazu. Und auch der Hund und das Pferd, das niedergebrannte Haus. Das passt nicht zu Eifersucht, Tino. Da ist Hass im Spiel, eine riesige Portion Hass. Wenn es kein Amoklauf war, dann hat jemand Tom Sassen alles genommen. Alles. Ein Vernichtungsfeldzug, und er sollte überleben, damit er leidet. Sein Leben lang.«

Heute Mittag, auf der Bank bei Idas Milchladen, hatte ihn dieser Gedanke gestreift, das Gefühl, dass es um falsch verstandene Liebe ging, und nun bekam er dieses lose Ende nicht mehr zu fassen.

Plötzlich war er es leid, an diesem schönen Abend über den Fall zu sprechen. Für ein paar Stunden wollte er all das hinter sich lassen, was Menschen einander antaten.

Vor dem Essen ging er erst einmal zum Abkühlen in die Isar. Als er zurück zum Platz kam und sich abtrocknete, fragte Gina, ob er seinen Leberkäs entbehren könnte. »Ich habe derart Lust darauf. Und dein Ding ist er ja eher nicht.«

Er lachte. »Es fällt mir nicht wirklich schwer.«

»Dachte ich mir.« Sie schnappte sich die Scheibe von seinem Teller.

Die Hitze des Tages ließ nach. Der Abend wurde lau. Die Familien mit kleinen Kindern packten die Sachen zusammen und gingen. Als es dämmrig wurde, holte Gina zwei Marmeladengläser mit Teelichtern aus dem Korb und zündete sie an. In Gedanken richteten sie das Kinderzimmer ein und begannen die Hochzeit zu planen.

Irgendwann gelangten sie bei Mira Koch an, die mit den Worten *Risikoschwangerschaft* und *Ersttrimester-Screening* jedes Vertrauen bei Gina verspielt hatte. Sie hatte sich tatsächlich nach einer neuen Gynäkologin umgesehen. Eine, die nicht technikgläubig war und Schwangerschaft und Entbindung als naturgegeben ansah.

»Du willst das Screening also nicht machen lassen?«, fragte Dühnfort nach, obwohl er es bereits ahnte und ihm das nicht gefiel.

Gina griff nach seiner Hand. »Hast du das mal bis zum Ende durchdacht? Ich schon. Wenn es schlecht ausgeht, werde ich vor eine Entscheidung gestellt, die ich nicht treffen kann und nicht treffen will.«

Wenn es schlecht ausgeht. Sie hatte Angst, ihr Kind könnte behindert sein, und wollte den Kopf in den Sand stecken. Das verstand er ja. Einerseits. Doch er hätte gerne die Gewissheit, dass mit dem Kleinen alles in Ordnung war. Und wieso glaubte sie, diese Entscheidung alleine treffen zu müssen? Was war mit ihm? Es versetzte ihm einen kleinen Stich. Plötzlich fühlte er sich ausgeschlossen, obwohl er wusste, dass Gina es nicht so gemeint hatte.

57

Oskar lief voraus und blieb ab und zu schnüffelnd an einem Baum stehen, während Karsten und Irene ihm folgten und sich die Dämmerung herabsenkte. Es hätte ein schöner Abendspaziergang werden können, wenn Irene nicht so aufgebracht gewesen wäre. Mit ausholenden Schritten ging sie neben Karsten her. Sie marschierte geradezu.

»Du besorgst ihm einen Anwalt, der ihn aus der Haft holt, und er bedankt sich nicht einmal. Stattdessen macht er dir den Vorwurf, er wäre da schon von alleine herausgekommen. Und dann schickt er dir die Polizei ins Haus. Ich möchte wissen, was sie mit deinem Computer wollen. Was verheimlichst du? Versucht Tom am Ende, dir etwas anzuhängen?«

Ihr Tonfall ärgerte ihn, brachte ihn richtiggehend auf. Weniger weil sie wieder einmal auf Tom herumhackte, sondern weil sie ihn, Karsten, in die Enge trieb. Er wollte dieses Thema nicht anschneiden. Er hatte das mit sich abgemacht und ihr verziehen und wollte darüber nicht reden. Das brachte doch nichts, außer Ärger und Vorwürfe und Streit, und am Ende stand er vielleicht vor den Scherben seiner Ehe. Das wollte er nicht. Er wollte nicht wissen, was sie in Toms Arme getrieben hatte. Animalische Anziehungskraft? War Tom im Bett besser? Härter, ausdauernder? Was hatte er mit der Andeutung über *Fifty Shades Of Grey* gemeint? Sado-Maso-Spielchen? Er wollte sich das nicht vorstellen und sah doch wieder das Bild von Lilly und Tom vor sich. Ihre totale Unterwerfung, um nicht Erniedrigung zu sagen. In Toms Augen der fiebrige Glanz der Macht, die er genoss.

Es hatte nur eine Sekunde gedauert, bis Karsten die Tür hastig, aber lautlos wieder geschlossen hatte. Sie hatten ihn nicht bemerkt, doch er kriegte das Bild nicht aus dem Kopf, wollte sich nicht Irene an Lillys Stelle denken, und dennoch tat sein Hirn ohne sein Zutun genau das. Seine Kiefermuskeln verkrampften sich. Seine Zähne knirschten.

Irene stellte sich ihm in den Weg, zwang ihn so, stehen zu bleiben. »Karsten, ich denke, als deine Frau habe ich ein Recht, zu erfahren, was los ist. Warum die Polizei bei uns auftaucht und deinen PC beschlagnahmt. Ich will wissen, wonach sie suchen, worauf ich mich gefasst machen muss. Was verheimlichst du vor mir?«

»Falsche Frage!« Es brach einfach aus ihm heraus. »Was verheimlichst *du* vor *mir*?«

Verblüfft sah sie ihn an, doch dann schien es ihr zu dämmern. Langsam veränderten sich ihre Gesichtszüge, wandelten sich von Überraschung in Angst. »Tom. Er hat es dir also gesagt. Er musste unbedingt damit angeben! Dabei hat er mir versprochen, nie darüber zu reden.«

Es stimmte also wirklich. Obwohl er die Fotos gesehen und Tom es zugegeben hatte, war noch ein winziger Funke Hoffnung in ihm gewesen, dass die Bilder nicht bedeuteten, was er befürchtete. Nun verlöschte dieser Funke in finsterer Enttäuschung.

»Er hat sein Versprechen gehalten. Tom hat kein Wort gesagt. Erst als ich ihn darauf angesprochen habe.« Karstens Ärger verrauchte. Übrig war nur noch die Angst, dass ihre Ehe das nicht überstehen würde. Doch es gab kein Zurück mehr. »Ich habe eine Mail bekommen mit Fotos von dir und ihm. Das war der Grund, warum ich ihn aus dem Häuschen geworfen habe. Ich habe mich sogar deinetwegen mit ihm geprügelt.«

»Eine Mail? Von wem denn?«

»Sie kam anonym. Sie ist der Grund, weshalb dieser junge Polizist meinen PC mitgenommen hat. Es gibt offenbar mehrere anonyme Mails in dieser Geschichte. Sie versuchen herauszufinden, wer sie geschickt hat.«

»Mit *Geschichte* meinst du die Morde an Nina und den Kindern?«

Karsten nickte. »Tom sagt, dass die Polizei durch eine anonyme Mail von der Garage erfahren hat. Jemand hat die Tatwaffe dort versteckt und versucht so, ihm die Tat unterzujubeln. Aber er war es nicht.« Erleichtert darüber, dass sie ein Stück von der gefährlichen Klippe zurückgetreten waren, wollte Karsten das Thema weiter in diese Richtung lenken. Doch Irene kam auf die Fotos zu sprechen.

»Was waren das für Bilder? Kannst du sie beschreiben?«

»Warum?«

»Weil ich wissen will, wer sie gemacht hat.«

»Also gut.« Er beschrieb ihr die Aufnahmen. Sie und Tom beim Einchecken im Hotel. Eng umschlungen beim Tanzen in der Bar. Ein Foto des Anmeldeformulars.

Ihre Hand suchte seine. Erstaunt und erleichtert hielt er sie, während sie nebeneinander hergingen. Es fühlte sich gut an. Er wollte sie nie loslassen.

»Es tut mir leid, Karsten. Glaub mir. Ich hab es tausendmal bereut. Es war ein Fehler. Doch ich habe erst hinterher gemerkt, wie dumm ich war, dass der Schuss auch nach hinten losgehen könnte.«

»Und ich hätte nie gedacht, dass du mich betrügst und dann ausgerechnet mit Tom. Du kannst ihn nicht ausstehen. Warum er?« So, nun war die Frage ausgesprochen.

Sie lachte. Es war ein trocknes Lachen, das ein wenig verbittert klang. »Warum er? Weil nur er in Frage kam, Karsten. Du hast es nicht verstanden, oder?«

»Was denn?«

»Der Biopsietermin … Du erinnerst dich?«

Sicher erinnerte er sich. Seither gab es den Sprung. »Natürlich. Ich hätte dich begleiten sollen.«

»Du hast gar nicht mitbekommen, wie übel ich dir das genommen habe. Wieder war Tom wichtiger als ich. Du lässt mich im Stich, lässt mich alleine zu dieser Untersuchung gehen, vor der ich solche Angst hatte und bei der ich nicht allein sein wollte. Doch auch Tom brauchte dich, und du bist gesprungen. Wie immer. Um ihm zu helfen, seine Ehe zu retten, die er selbst ständig in Gefahr brachte. Dieser schwanzgesteuerte Macho. Und ich war wieder mal nur zweite Wahl. Es war so verletzend, und ich hatte eine solche Wut auf euch beide. Vor allem aber auf dich. Ich wollte dir zeigen, dass er deine Freundschaft und dein Vertrauen mit Füßen treten wird, sobald sich eine Gelegenheit bietet. Ich wollte dir beweisen, dass er es nicht wert ist, dein Freund zu sein. Also habe ich einen Plan gefasst. Ich wusste, es würde einfach gehen, denn er hatte es schon mal bei mir versucht. Ich musste nicht viel tun. Nur ein kleiner Stups. Er buchte ein Zimmer in einem Hotel, in dem man ihn offenbar kennt. Ich habe meinen richtigen Namen auf die Anmeldung geschrieben und sie mit dem Handy fotografiert. Ein paar Selfies von uns waren die weiteren Beweise und zwei oder drei Fotos, die eine Angestellte des Hotels von uns beim Tanzen und in der Bar gemacht hat, weil ich sie darum gebeten habe.

Ich habe das alles geplant, und dann habe ich gekniffen. An dem Abend, als ich angeblich aus Köln zurückkam, wollte ich dir zeigen, dass Tom deine Freundschaft einen Dreck wert ist. Und plötzlich hat es klick gemacht, ich habe die ganze Szene vor mir gesehen, aber mit deinen Augen. Aus deiner Sicht. Mit mir als Ehebrecherin, die deine Liebe nicht mehr wert ist. Ich habe plötzlich gesehen, dass sich das als Bumerang für mich entwickeln kann und du dich am Ende von mir trennen wirst, statt Tom endlich als den zu sehen, der er ist. Ich hatte einfach Angst, dich zu verlieren. Deshalb habe ich nichts gesagt und Tom schwören lassen, den Mund zu halten. Was er natürlich nicht getan hat. Es tut mir leid, Karsten. Ich war so dumm …«

Zunehmend bestürzter war Karsten diesem Geständnis gefolgt. Er verstand es nicht. Ihr Plan war kindisch gewesen, lächerlich geradezu, vor allem aber passte er so ganz und gar nicht zu Irene, die sonst so reflektiert und pragmatisch war. Sie war bis zum Äußersten gegangen, um Tom loszuwerden, um einen Keil in diese Männerfreundschaft zu treiben, die sie nicht verstand. Entschieden zu weit! Es war kaum vorstellbar.

Karsten unterdrückte seinen Ärger und seine Enttäuschung. Er wollte ihr verzeihen. Er musste. Es war ein Fehler gewesen, sie alleine zur Untersuchung gehen zu lassen. Das wusste er schon lange. »Es tut mir leid, Irene. Mir war nicht klar, wie sehr dich das verletzt hat.«

Sie drückte seine Hand und sah zu ihm auf. »Lass uns diese ganze dumme Geschichte einfach vergessen.«

Eine wirklich gute Idee. Auch er wollte nicht weiter darüber reden. »Was denn vergessen?«, fragte er, und es gelang ihm sogar ein Lächeln. »Wovon sprichst du?«

Sie nahm seinen Tonfall auf und antwortete leichthin: »Ach, von nichts.« An der Brücke blieben sie stehen und küssten sich. Eine Last fiel von ihm ab. Alles war gut.

58

Die Morgensonne schien zum Fenster herein, und die Luft im Soko-Raum war bereits abgestanden. Es war kurz vor zehn, und Dühnfort trug den aktuellen Stand vor, berichtete von Klaus und Martina Lachnich, von Büchel und dem Versand der Sig Sauer im April.

»Vier Monate vor der Tat. Der Mord an Nina Sassen und ihren Kindern wurde von langer Hand geplant. Und damit scheidet Tom Sassen aus. Es sei denn, er hätte sich für den Fall vorbereitet, dass es seiner Frau irgendwann reichte und sie tatsächlich die Scheidung wollte.«

»Was ja nicht unrealistisch ist. Keine Frau lässt sich das über Jahre hinweg bieten.« Dieser Einwand kam von Anke Frieß.

»Von welchem Motiv reden wir?«, fragte Kirsten. »Eifersucht etwa? Ein gehörnter Ehemann oder Freund hätte doch Sassen erschossen oder die untreue Frau. Aber nicht die Frau des Nebenbuhlers und dessen Kinder und obendrein die Haustiere. Du irrst dich, Tino. Der Einzige, der Grund für diesen Vernichtungsfeldzug hatte, war Sassen. Nina hatte einen Termin bei einer Scheidungsanwältin ausgemacht. Jetzt wurde es ernst. Doch für diesen Fall war er gerüstet. Im wahrsten Sinn des Wortes. Zwei Waffen warteten auf ihren Einsatz.«

Das war auch ein Punkt, der Dühnfort nicht gefiel. »Weshalb hätte er sich im April die Sig Sauer besorgen sollen, wenn er seit Jahren eine Pistole besaß, die sich noch dazu nicht zu ihm zurückverfolgen ließ? Ich habe heute Morgen mit Karsten Prittwitz telefoniert. Er wusste die ganze Zeit von der Beretta. Sassen hat sie vor zwölf Jahren während eines Italienurlaubs gekauft.«

Alois nickte. »Ich glaube auch, dass wir uns von Sassen verabschieden sollten. Er hätte die Tatwaffe nicht aufgehoben und darauf gehofft, dass wir sie nicht finden. Das wäre schon ziemlich dämlich.«

»So kommen wir nicht weiter«, entgegnete Dühnfort. »Wir gehen jetzt der Spur der Tatwaffe nach. Wer das Kaufgesuch aufgegeben hat, kennt sich im Hinterzimmer des Internets aus. Wie man ins Darknet kommt, weiß nicht jeder. Meo, was meinst du dazu?«

Meo sah von seinem iPad auf. »Wenn du kein absoluter Internetdummie bist, kannst du das herausfinden. Es gibt Blogs und Tutorials. Außerdem kann man sich mit Fachbüchern schlaumachen. Es gibt sogar richtig gute. Allerdings muss man dafür fit in Englisch sein. Ihr geht ja davon aus, dass sich der Täter Zeit für die Planung genommen hat. Er muss also kein Nerd oder IT-Crack sein.«

»Gut. Wir konzentrieren uns jetzt auf die Sig Sauer. Wer wusste von den Urlaubsplänen der Lachnichs und vor allem vom Lagerauftrag für die Post? Die Lachnichs werden gleich hier sein und eine Namensliste vorlegen. Wir sollten in ihrer Nachbarschaft herumfragen, ob jemand am dritten April die Zustellung des Pakets beobachtet hat. Wer übernimmt das?«

Kirsten nickte.

»Wer kümmert sich um den DPD-Zusteller? Vielleicht kann der Mann sich ja erinnern.«

Alois hob den Kugelschreiber. »Halte ich zwar für unwahrscheinlich, aber einen Versuch ist es wert. Wie sieht es mit Alice Maurer und Lilly Steinle aus? Sollen wir weiter an den beiden dranbleiben?«

Einen Augenblick überlegte Dühnfort. »Warten wir ab,

was sich mit dem Paket ergibt.« Er sah auf die Uhr. »Die Lachnichs kommen gleich. Gibt es noch etwas?« Abwartend sah er in die Runde.

Meo, der gerade die Folie von einem Energieriegel riss, hielt inne. »Den PC von Prittwitz habe ich gestern abgeholt. Sieht bis jetzt ganz gut aus. Ich denke, ich werde die Mail vollständig tracken können. Außerdem habe ich endlich die Verbindungsdaten vom Festnetzanschluss der Praxis bekommen. Für den siebzehnten August gibt es um null Uhr neunzehn eine Verbindung zu Sassens Privatanschluss in Schäftlarn. Das Gespräch hat achtundzwanzig Sekunden gedauert.«

»Sassen hat von der Praxis seine Frau angerufen?«

»Sieht so aus.«

Achtundzwanzig Sekunden. Keine Aussprache. Eher ein Streit, und einer knallte den Hörer auf. Nicht ein Wort hatte Sassen über dieses Telefonat verloren.

Kirsten zupfte sich am Ohr. »Sassen hat dieses Gespräch nicht erwähnt. Warum wohl? Er ruft an, bittet seine Frau um Entschuldigung, und sie will davon nichts hören, sondern legt einfach auf. Er hat sich vor ihr in den Staub geworfen, und sie tritt ihn mit Füßen. So wird er das verstanden haben. Vielleicht hat dieses Telefonat den Ausschlag gegeben. Er greift sich den Autoschlüssel, fährt nach Krailling zur Garage, holt die Waffe und fährt weiter nach Schäftlarn. Apropos Garage. Dort wird auch der Benzinkanister gestanden haben. Er musste nirgendwo tanken. Er hatte bereits alles vorbereitet.«

Noch gestern hätte Dühnfort ihr zugestimmt. Doch inzwischen hatte er Zweifel. Hätte Sassen dieses Telefonat erwähnt, wäre er mit seinem falschen Alibi sofort aufgeflogen. Und danach, als es eng für ihn wurde, weshalb hatte er da noch geschwiegen?

»Hoffen wir, dass uns das Paket zum Ziel führt.« Dühnfort beendete das Meeting und ging in den Vernehmungsraum auf der zweiten Etage. Die leere Stellwand, um die er gebeten hatte, war inzwischen gebracht worden. Er hatte noch zehn Minuten Zeit und schloss die Tür. Was er tat, entsprach nicht ganz den Regeln. Zeugen wahllos Fotos von Beteiligten einer Ermittlung zu zeigen war unzulässig. Wenn er einen Verdacht hegte, war eine Gegenüberstellung angebracht, an der auch Personen teilnehmen mussten, die dem Verdächtigen ähnelten. Dasselbe galt für Fotos. Doch er wollte nur eine Reaktion beobachten, aufgrund derer er dann gezielt vorgehen konnte.

Er nahm die Ausdrucke aus seinen Unterlagen. Es waren Bilder von Tom und Nina Sassen, Karsten und Irene Prittwitz, Sabine Reiter, Lilly Steinle, Denny Fried, Alice Maurer, Susanne Malik, Harry Jaschke, Maik Büchel, Wanko Radev und Ivo Petkov. Sie stammten teils aus den Akten, teils aus dem Internet. Fotos von der Webseite der Praxis und aus sozialen Netzwerken. Mit Magneten heftete er sie an die Tafel und war gerade fertig, als die Kollegin von der Pforte die Ankunft von Martina und Klaus Lachnich meldete.

Er nahm die beiden im Flur in Empfang, dankte dem Uniformierten, der sie begleitet hatte, und führte sie in den Vernehmungsraum. »Möchten Sie etwas trinken? Einen Kaffee oder ein Glas Wasser?«

»Dauert es länger?«, fragte Klaus Lachnich. »Ich dachte, wir geben die Liste ab und ich kann weiter ins Büro.«

»Ich würde sie gerne gemeinsam mit Ihnen durchgehen. Ein wenig Zeit müssen Sie also einplanen.«

»Also gut, einen Kaffee. Du auch, Tina?«

»Lieber ein Wasser.«

»Ich bin gleich zurück. Nehmen Sie doch solange Platz.«

Er verließ den Raum, ging ins Nebenzimmer und schaltete das Mikro ein, um mithören zu können. Durch den Einwegspiegel konnte er sehen, wie sie die Stühle heranzogen und sich setzten. Lachnich schlug die Beine übereinander. »Ich verstehe nicht, was wir hier sollen.«

»Er wird nachhaken, ob wir auch niemanden vergessen haben. Mir fällt wirklich keiner mehr ein.« Sie ließ ihren Blick durch den Raum wandern, bis er die Stellwand erreichte und dort verweilte. »Guck mal.«

59

Moritz rutschte unruhig auf dem S-Bahn-Sitz herum. Verstohlen sah er sich um. War ihm jemand auf den Fersen?

Er fühlte sich nicht wohl in seiner Haut, und dafür gab es noch einen anderen Grund als Angst. Er log schon wieder. Angeblich wollte er nämlich ins Deutsche Museum. Mit seinen Eltern und Flori war er schon oft dort gewesen und wusste deshalb, wie er hinkam. Mama hatte ihm erlaubt, alleine zu fahren, während sie Florian im Krankenhaus besuchte und Papa in der Arbeit war. Sein Urlaub war nämlich um. Allerdings wollte Moritz gar nicht ins Museum. Er wollte zur Polizei.

Als er gestern bei den Zwillingen gewesen war, hatte Kevin plötzlich nach dem Jungen aus dem Buch gefragt, das Moritz angeblich las. »Was hat er gemacht? Seinen Freund hingehängt?«

»Weiß nicht. Ich habe nicht weitergelesen.«

»Sag ich ja. Langweilig. Aber ich weiß, wie er es machen könnte.«

Moritz wurde hellhörig. Er hatte nämlich schon wieder einen Albtraum gehabt, in dem Catwoman einen Colt auf ihn richtete, und er sah, wie ihr Finger sich am Abzug langsam krümmte. Schreiend war er aufgewacht, bevor es knallte.

Die Angst wurde immer schlimmer. Er fürchtete sich nicht nur allein zu Hause, sondern sah sich neuerdings auch ständig um, weil er glaubte, dass jemand ihn beobachtete. Er war fast schon so weit, mit seinem Vater zu reden. Doch nun zeichnete sich eine Lösung seines Problems ab.

»Und was?«, fragte er Kevin.

»Ganz einfach. Der Junge geht zur Polizei und verlangt Zeugenschutz. Dann dürfen sie niemandem sagen, von wem sie es wissen. Nur dem Richter oder so.«

Zeugenschutz! Das war es. Er hatte mal einen Film gesehen, in dem einem Terroristen Zeugenschutz angeboten wurde, falls er seinen Kumpel verpfiff. Leider hatte er den Film nicht ganz sehen können. Mama hatte ihn ins Bett geschickt.

Wenn er also Zeugenschutz verlangte, dann durfte die Polizei seinen Eltern nichts sagen. Und auch die Mutter der Zwillinge erfuhr nicht, dass sie sich nachts am Selbstmörderbaum betrunken hatten. Die Bavaria-Tour geriet nicht in Gefahr. Niemand bekam Stress. Coole Sache. So konnte er es machen.

Die S-Bahn erreichte die Stadt. Siemenswerke. Harras. Donnersberger Brücke. Von Station zu Station wurde es Moritz mulmiger zumute. Seine Hände wurden schwitzig, und sein Magen verkrampfte sich, wie sonst nur beim Hörvath, wenn der ihn in Mathe an die Tafel holte.

Der Kommissar würde ihn zur Schnecke machen, weil er so lange geschwiegen hatte. Und wenn die Polizei doch seinen Eltern Bescheid sagte? Wenn das mit dem Zeugenschutz nur in Amerika galt? Vielleicht sollte er umkehren? Oder doch ins Museum gehen. Eine Lüge weniger. Der Krampf im Magen ließ nach. Er konnte die Abteilung mit den U-Booten besuchen. Die fand er toll. Doch dann spürte er die Streichholzschachtel in seiner Hosentasche.

Bis jetzt hatten sie den Mörder nicht gefunden. Möglich, dass der Skarabäus den Ausschlag gab und das, was er gesehen hatte. Wenn er jetzt kniff, war es vielleicht seine Schuld, wenn nie herauskam, wer die Sassens erschossen hatte.

»Nächste Station Marienplatz. Aussteigen bitte in Fahrtrichtung rechts.«

Er musste raus. Er musste das hinter sich bringen. Entschlossen stand er auf, auch wenn seine Knie sich anfühlten wie mit Pudding gefüllt und er sich wieder umsah, ob ihm auch niemand folgte.

Mit der Rolltreppe fuhr er nach oben in die Fußgängerzone, tauchte in die Menschenmasse und ließ sich mit ihr durch die Kaufingerstraße treiben. Vorbei an Hirmer, wo Mama ihm den Kommunionanzug gekauft hatte, vorbei am Jagd- und Fischereimuseum mit dem Eber aus Bronze, dessen Schnauze von Millionen Händen ganz glänzend poliert worden war, und dann bog er auch schon in die Ettstraße ein und war da.

Sein Herz schlug schneller. Das Ziehen im Magen war wieder da. Er betrachtete das Tor aus meterhohen Eisenstäben und die zwei Löwen, die auf den Säulen daneben lauerten, als wollten sie jeden Moment herabspringen.

Moritz gab sich einen Ruck, ging zwischen den Säulen hindurch und steuerte den Eingang an. Ein großes Portal aus dunklem Holz mit zwei Türen. Er nahm die rechte, die sich kaum aufstemmen ließ, und gelangte in eine Art Foyer.

Senfgelber Steinboden. Ein paar Holzbänke vor den Wänden. Auf einer saß ein alter Mann, auf einer anderen ein Pärchen, das sich an den Händen hielt. Die Luft roch komisch. Nach Staub und Schweiß und Putzmittel. Rechts und links von einer Pförtnerloge führten zwei Treppen ins Gebäude. Hinter der Glasscheibe saß eine Polizistin. Bestimmt konnte er sie nach Kommissar Dühnfort fragen. Als er ans Sprechfenster trat, blickte sie auf. Sie sah nett aus. Sommersprossen und ein brünetter Zopf. »Zu wem willst du denn?«, fragte sie.

Er reckte die Schultern. Es musste sein. Es ging nicht

anders. »Ich bin der Moritz Schäfer, und ich muss mit Kommissar Dühnfort sprechen.«

»Und weshalb? Was soll ich ihm sagen?«

»Es ist wegen dem Leon und der Sophie und der Frau Sassen.« Es war raus, der erste Schritt war getan, und er fühlte sich ein wenig leichter.

»Ich rufe ihn an«, sagte sie mit einem Lächeln. »Warte solange dort drüben auf der Bank.«

60

»Guck mal.« Martina Lachnich stand auf und ging zur Stellwand, während Dühnfort sie durch den Einwegspiegel beobachtete und hoffte, dass sie oder ihr Mann auf eines der Bilder reagierten. »Ob das Verdächtige sind oder Zeugen?«

»Das geht uns nichts an, Tina. Setz dich wieder.«

»Wenn wir die Fotos nicht sehen sollten, würden sie nicht hier hängen. Schließlich hat jemand unsere Adresse benutzt, um sich eine Pistole schicken zu lassen. Es muss jemand sein, der uns kennt. Also kennen wir ihn auch.«

»Mir fällt beim besten Willen niemand ein, dem ich das zutraue. Jetzt setz dich. Der Kommissar kann jeden Moment zurück sein.«

Sie hörte nicht auf ihren Mann, wofür Dühnfort ihr dankbar war, und musterte eingehend Aufnahme für Aufnahme. »Ich erkenne niemanden. Außer Tom Sassen.« Mit dem Finger wies sie auf das Foto. »Ein Bild von ihm war in der Zeitung. Der Arme. Ich mag mir gar nicht vorstellen, wie er sich fühlen muss.« Sie wandte sich zu ihrem Mann. »Komm doch mal. Vielleicht kennst du jemanden.«

Klaus Lachnichs Neugier gewann die Oberhand. Er sah sich verstohlen um und stand auf. Wie seine Frau betrachtete er Bild für Bild und schüttelte den Kopf. »Ich habe keinen von denen je gesehen.«

Dühnfort fluchte lautlos. Verdammter Mist! Die ganze Aktion umsonst. Nun blieb nur noch die Liste. Sein Handy summte. Claudia Meister von der Pforte meldete sich. »Ein Junge will Sie sprechen. Moritz Schäfer. Er sagt, es geht um den Fall in Schäftlarn.«

»Im Moment ist es schlecht.« Moritz Schäfer. War er der Sohn des Mannes, der den Brand als Erster bemerkt und die Feuerwehr gerufen hatte? »Er soll warten. Es kann allerdings eine Stunde dauern.«

Am Automaten besorgte er Kaffee und Wasser und kehrte in den Vernehmungsraum zurück. Als er eintrat, saßen die Lachnichs auf ihren Plätzen. Er reichte ihnen die Getränke. Die Liste lag bereits auf dem Tisch. Sie war dreiseitig. Mehrere durchnummerierte Tabellen, geordnet nach privatem und beruflichem Umfeld, nach Familie und Verwandten, nach gemeinsamen Freunden und Bekannten und Personen, die jeweils nur einer der beiden kannte. Saubere Arbeit. Dühnfort war verblüfft.

»Das hat uns die halbe Nacht gekostet«, erklärte Lachnich. »Gelb markiert sind die Personen, die von der Reise und dem Lagerauftrag ganz sicher wussten. Orange bedeutet nur Reise. Der Rest wusste nichts, weder vom einen noch vom anderen. Und violett sind die, bei denen wir uns nicht sicher sind, was wir erzählt haben. Die Legende ist auf der letzten Seite.« Er griff nach dem Kaffeebecher und trank.

Unwillkürlich erschauerte Dühnfort. »Sie haben sich viel Arbeit gemacht. Danke.« Er sah die Aufstellung durch. Knapp zweihundert Namen. Keiner war bisher in ihren Ermittlungen aufgetaucht. Das konnte nicht sein. Er ging die Tabellen noch einmal durch. Nichts. Das war unmöglich. »Sind Sie sicher, dass die Übersicht vollständig ist?«

Lachnich nickte, griff nach dem Kaffee und ließ ihn dann doch stehen. »Preisverdächtig grauenhaft, wenn ich das so offen sagen darf.«

Dühnfort zuckte entschuldigend die Schultern. Er hatte Lachnich ja gerne einen richtigen Espresso angeboten, doch dann hätte er die Reaktion auf die Bilder nicht mitbekommen. Manchmal musste man Prioritäten setzen. Oder Opfer bringen.

»Die Liste ist komplett. Wir sind alle unsere Kontakte durchgegangen«, erklärte Martina Lachnich.

Wenn das stimmte, mussten sie tiefer graben. Acht Namen waren gelb markiert. Sechs violett. Mit diesen Personen mussten sie reden. Eine von ihnen hatte über die Reisepläne und den Lagerauftrag für die Post mit jemandem gesprochen, der diese Informationen für seine Zwecke genutzt hatte. Außerdem musste er die Liste Sassen zeigen. Dühnfort dankte den beiden und begleitete sie zur Treppe, danach kehrte er in den Vernehmungsraum zurück und nahm die Bilder von der Stellwand.

Auf dem Weg zum Büro kam ihm Kirsten im Flur entgegen. Die Absätze klackerten auf dem Boden. Schon an ihrer Haltung sah er, dass sie auf etwas gestoßen war. Den Kopf gerade, die Schultern nach vorne gereckt, steuerte sie auf ihn zu.

»Es gibt Neuigkeiten. Eine Nachbarin der Lachnichs kann sich an die DPD-Zustellung erinnern. Ihr Mann hat am dritten April Geburtstag, sie erwartete ein DHL-Paket mit seinem Geschenk und hat immer wieder auf die Straße geguckt, ob der Zusteller endlich kam. Dabei ist ihr ein schwarzer Audi aufgefallen, der gegenüber vor dem Haus der Lachnichs parkte. Darin saß eine Frau mit Basecap und Sonnenbrille.« Kirsten zog ihre Notizen hervor. »Alter zwischen dreißig und vierzig. Schlank, mittelgroß. Keine Angaben zu Haarfarbe oder -länge. Vermutlich waren sie unter dem Cap verborgen. Bestimmt zwei Stunden lang hat sie gewartet. Irgendwann kam ein Lieferwagen. Es war der von DPD. Die Nachbarin hat beobachtet, wie die Frau ein Paket in Empfang nahm, unterschrieb und fuhr. Du hast recht. Sassen ist raus. Es sei denn, er hätte eine Mitwisserin.«

61

Beinahe eine Stunde wartete Moritz nun schon. Ab und zu sah die Polizistin von der Pförtnerloge zu ihm herüber, so wie jetzt. Sollte er ins Museum gehen, wie es mit seinen Eltern ausgemacht war? Doch aus der Nummer kam er nun ohnehin nicht mehr raus. Der Kommissar wusste Bescheid, dass er hier war. Wenn er jetzt abhaute, rief Dühnfort vielleicht daheim an, um zu fragen, was er gewollt hatte.

Die flatternde Unruhe in Moritz' Magen war nach und nach verschwunden. Hunger machte sich breit. Er zog die Brotzeitdose aus dem Rucksack und wickelte das Sandwich aus, das er sich gerichtet hatte. Schinken mit ganz viel Mayo und Ketchup. Er biss hinein und sah im selben Moment Dühnfort die Treppe herunterkommen. Neben ihm ging die Frau, die gar nicht wie eine Kommissarin aussah, eher wie die Nachrichtensprecherin im Fernsehen. Sie trug ein Kostüm und hochhackige Schuhe. Aber sie war Polizistin. Moritz hatte sie zusammen mit dem Kommissar in Schäftlarn gesehen. Die beiden unterhielten sich, steuerten den Ausgang an und bemerkten ihn gar nicht! Gleich würden sie weg sein.

Moritz warf einen hilfesuchenden Blick zur Pförtnerloge. Die Polizistin hinter der Scheibe telefonierte. Dühnfort war schon an der Tür. Moritz legte das angebissene Brot in die Dose, griff sich den Rucksack und rannte hinterher. Auf der Außentreppe holte er die beiden ein. »Herr Dühnfort!«

Der Mann blieb stehen. Zum ersten Mal sah Moritz ihn aus der Nähe. Eigentlich wirkte er nett. Jedenfalls war sein Blick freundlich und nicht abweisend.

»Du bist der Moritz Schäfer, richtig? Entschuldige. Ich habe dich ganz vergessen. Was gibt es denn?«

»Ich muss Ihnen was sagen. Ich hab was gesehen und was gefunden. Aber das geht nur, wenn ich Zeugenschutz bekomme.«

»Zeugenschutz? Mit wem hast du dich denn eingelassen?« Ein Lächeln erschien, das Moritz gar nicht gefiel. Der Kommissar glaubte ihm nicht. Er nahm ihn nicht ernst. Verdammte Hacke. Er hatte das lange genug mit sich herumgeschleppt. Er musste das jetzt loswerden.

»Ich habe in der Nacht etwas gesehen. Jemanden … Wirklich. Ich war draußen, obwohl ich …« Mist! Er verriet ja schon die Hälfte. Der Kommissar wechselte einen raschen Blick mit seiner Kollegin. »Du warst in der Nacht, als die Familie Sassen ermordet wurde, draußen und hast jemanden beobachtet?«

Moritz nickte. »Und deswegen brauche ich Zeugenschutz. Wenn meine Eltern das erfahren … Das dürfen sie nicht.«

»Warum denn? Nachts aus dem Haus zu schleichen, das machen doch alle Jungs mal. Davon geht die Welt nicht unter.«

»Wegen der Leukämie und weil ich ihnen doch mein Wort gegeben habe.« Obwohl Moritz das garantiert nicht hatte erzählen wollen, brach es einfach aus ihm heraus. Florians Krankheit und das Versprechen, das er seinem Vater gegeben hatte, erst einmal alleine klarzukommen und vor allem keinen Mist zu machen. Und genau das hatte er nun getan, und seine Eltern durften das nicht erfahren, denn die hatten echt schon genug Sorgen, und außerdem wollte er sie nicht enttäuschen. Vor allem seinen Vater nicht. All das sprudelte aus ihm heraus, während sie auf der Treppe standen und ständig Leute an ihnen vorbeigingen.

»Okay. Ich verstehe«, sagte der Kommissar schließlich. »Du steckst in einem Dilemma. Doch Zeugenschutz löst dein Problem nicht. Mal abgesehen davon, dass wir das sowieso erst entscheiden könnten, wenn wir wissen, wie gefährdet du bist. Ob dir also jemand nach dem Leben trachtet, weil du gegen ihn aussagen willst. Das Zeugenschutzprogramm schützt Zeugen vor Tätern, nicht vor der Standpauke der Eltern.«

Mist. Verdammte Hacke! Irgendwie hatte er es ja geahnt.

»Weißt du was? Wir gehen jetzt hinein, und du erzählst mir in aller Ruhe, was du beobachtet hast.«

»Aber Sie verraten mich nicht?«

»Das kann ich dir nicht versprechen. Aber ich tue es nur, wenn es nicht anders geht. Können wir uns darauf einigen?«

Hatte er eine Wahl? Ganz sicher nicht. Also stimmte Moritz zu. Dühnfort besprach sich leise mit der Frau, die dann auch mitkam.

Fünf Minuten später saß er mit den beiden an einem Tisch in der Kantine. Ziemlich weit hinten, wo es ruhiger war und die Tische leer.

»Du warst also in der Nacht zum siebzehnten August nicht in deinem Bett, sondern draußen.« Abwartend sah der Kommissar ihn an.

»Es war so eine Art Wette«, begann Moritz, und dann erzählte er die ganze Geschichte mit dem geklauten Apfelkorn und den Zigaretten und wie cool sie es gefunden hatten, sich um Mitternacht am Selbstmörderbaum zu treffen. Nur die Namen der Zwillinge nannte er nicht. Vielleicht gelang es ihm ja, sie herauszuhalten. »Wir haben uns an der Scheune getrennt, und ich habe die Abkürzung durchs Wäldchen genommen. Plötzlich gab es einen Knall, ganz dumpf. Vielleicht ein Jäger, habe ich gedacht und mich erst nicht weitergetraut. Aber ich musste ja heim. Und dann stand da ein Auto im Wäldchen mitten auf dem Weg. Im selben Moment habe ich gehört, dass jemand kommt, und habe mich im Gebüsch versteckt. Direkt neben dem Auto.«

Wieder setzte sich die Angst in seine Brust, genau wie in dieser Nacht. Instinktiv hatte er gewusst, dass Gefahr drohte.

Sein Herz hatte so wild geschlagen, dass ihm das Blut in den Ohren rauschte, während er versuchte, so leise wie möglich zu atmen.

Ein Schatten löste sich langsam aus der Dunkelheit, kam näher. Etwas klackte. Er fuhr vor Schreck zusammen. Die Blinklichter flammten kurz auf, und er sah, mit wem er es zu tun hatte, als sie den Kofferraumdeckel öffnete und die Innenbeleuchtung anging. Mit Catwoman.

Natürlich wusste er, dass er nicht in einen Comic gebeamt worden war. Die Frau war nur so gekleidet. Sie trug einen hautengen schwarzen Overall, Stiefel und Handschuhe und über dem Kopf eine Maske, wie sie Onkel Martin unter den Motorradhelm zog. Ganz schwarz, nur mit Sehschlitzen. Catwoman zog eine Art Rucksack vom Rücken und löste den Gürtel. Beides fiel mit einem dumpfen Schlag in den Kofferraum. Die Sachen mussten ganz schön schwer sein. Als sie sich ein wenig drehte, erschien ein Holster mit einer Waffe in seinem Blickfeld. Sie nahm die Pistole heraus, in ihm pulsierte Angst. Er biss sich auf die Unterlippe, um ja nicht mit den Zähnen zu klappern. Der Kofferraumdeckel schlug zu. Das Licht ging aus. Catwoman zog sich die Maske vom Kopf. Für den Bruchteil einer Sekunde sah er ein schwaches Funkeln. Etwas fiel ins Moos, direkt vor seine Füße, und ließ ihn erstarren. Nur nicht bewegen. Nicht atmen. Er schloss die Augen in der Erwartung, dass sie ihn entdecken würde. Doch als Nächstes hörte er das Schlagen der Tür. Der Motor wurde gestartet. Die Scheinwerfer blieben aus. Catwoman fuhr den Wagen rückwärts aus dem Wäldchen, bald war er nicht mehr zu sehen und zu hören.

Einen Augenblick verharrte er noch in seinem Versteck. Als sie nicht zurückkam, bückte er sich, fand die Kette mit dem Anhänger im Moos und steckte sie ein und lief los. Nur schnell nach Hause! Als er sich dem Grundstück der Sassens näherte, bemerkte er den Feuerschein.

Verdammte Hacke! Das Haus brannte! Er rannte zur Tür und klingelte bei den Sassens Sturm, damit sie aufwachten, falls sie von dem Knall nicht wach geworden waren. Dann flitzte er weiter über die Straße, nach Hause und über die Außentreppe in den Keller. In der Waschküche hing Wäsche an der Leine. Ein Schlafanzug war dabei! Er riss sich die Klamotten vom Leib, stopfte sie in eine Ecke, zog den Pyjama an, stürmte die Treppen nach oben und ins Schlafzimmer seiner Eltern.

Und damit war er nun am Ende seiner Geschichte angekommen und fühlte sich unsagbar erleichtert. »Ich wollte sie wecken, damit sie die Feuerwehr rufen. Doch Papa hatte das schon gemacht.«

Ohne ihn zu unterbrechen, hatten der Kommissar und seine Kollegin zugehört. Moritz nahm die Streichholzschachtel aus der Hosentasche und schob sie über den Tisch. »Die Kette ist da drin.«

Dühnfort nahm sie. »Ich frage jetzt nicht, weshalb du so lange geschwiegen hast. Ich kann es mir denken. Und ich erspare mir die Predigt, denn du bist nicht dumm und weißt selbst, dass der Fall längst geklärt sein könnte. Herrgott!« Der Kommissar war echt sauer. Langsam ließ er die Kette in einen Plastikbeutel gleiten.

»Wir haben noch Fragen, und wir brauchen deine Aussage schriftlich. Da du minderjährig bist, müssen deine Eltern dabei sein. Du weißt, was das bedeutet?«

Moritz ahnte es. »Zeugenschutz kann ich vergessen.«

62

Was ich tun musste, erforderte eine gründliche Planung. Ich durfte keinen Fehler machen. Bis die Choreographie jener Nacht entworfen und alles vorbereitet war und der Tanz beginnen konnte, dauerte es Monate.

Zunächst musste ich Tom aus dem Haus locken und ihn unter Kontrolle behalten. Das war einfach. Was hat man immer bei sich? Schlüssel und Handy. Nina hat ihm mal einen Schlüsselanhänger von Yves Saint Laurent geschenkt. Ich habe den gleichen gekauft, einen kleinen GPS-Sender einarbeiten lassen und die Anhänger ausgetauscht. So hatte ich Tom an der langen Leine. Die kurze wäre mir lieber gewesen. Aber ich konnte den Sender ja schlecht unter seine Haut pflanzen. Auch wenn ich es am liebsten getan hätte. Ein reizvoller Gedanke, ihn ganz unter Kontrolle zu haben. Ein Rest Unsicherheit blieb also. Damit musste ich leben. Nina war zum Glück absolut berechenbar. Die Mail erzielte die beabsichtigte Wirkung. Allerdings warf Nina Tom später raus als gedacht. Nicht schon am Freitag, sondern erst am Samstag. Kein Problem. Das Wochenende war lang. Ich hatte Zeit. Kurz nach elf setzte sich der kleine blinkende Punkt auf der Karte in Bewegung. Tom fuhr Richtung München. Alles lief nach Plan.

Als ich Schäftlarn kurz nach zwei erreichte, lag der Ort still in der Dunkelheit, lediglich vom dürftigen Licht einer schmalen Mondsichel beschienen. Am Ortsende schaltete ich die Scheinwerfer aus, ließ den Wagen über den Feldweg in den Wald rollen, bis hinter das Haus, und stellte den Motor ab.

T minus zehn. Ich war eine Kriegerin vor der entscheidenden Schlacht. Am Ende durfte ich nicht schwach werden und es versauen. Ich warf eine Ladung Amphetamin ein.

T minus sieben. Aus dem Kofferraum nahm ich das Holster mit der Waffe und legte es an. Es folgten Bleigürtel und Tarierweste. Zwölf Kilo zusätzliches Gewicht. Nun die Stiefel. Einige Nummern zu groß. Ich habe geübt, mit alldem zu gehen. Es musste Spuren geben, die ablenkten.

T minus drei. Ich nahm den Benzinkanister und den vorbereiteten Ölbehälter aus dem Kofferraum und steckte das Feuerzeug ein.

T minus eins. Der schwarze Overall lag eng an meinem Körper. Ich fühlte seinen sanften Druck auf meiner Haut und spürte den Flash des Speeds. Yeah. Ich war die Größte. Eine schwarze Königin. Die unerbittliche Gestalterin meines Lebens. Entschlossen, alle Bande zu lösen, den Gefangenen zu befreien, jede einzelne seiner Verpflichtungen zu tilgen, auszulöschen, zu vernichten.

Niemand und nichts stellt sich zwischen mich und den Menschen, den ich liebe. Zertrümmert sei'n auf ewig alle Bande!

Es konnte losgehen. Ich stieg über den Zaun und folgte dem Weg zum Haus. Linker Hand der Stall. Die Tür war nicht abgesperrt, ich trat ein. Das Vieh stand im Stroh und sah mich an. Es war wach. Ich setzte die Waffe mit dem Schalldämpfer an seine Stirn und drückte ab. Ich mag dieses Geräusch, wie knallende Champagnerkorken. In diesen Sound kann man sich richtiggehend verlieben. Plong. Nummer eins: erledigt. Eine Verpflichtung weniger. Ein Lachen stieg in mir auf. Ha ha ha ha ha ha. Ich war die Königin der Nacht und hatte den passenden Soundtrack im Kopf. Die Arie der Königin der Nacht, dieses perlende Lachen, das sich in immer größere Höhen schraubt. Tod und Verzweiflung flammet um mich her. Ha ha ha ha ha ha. *Okay, das mit den Flammen sollte noch dauern. Aber nicht mehr lange.*

An der Terrassentür angekommen, rammte ich den Ellenbogen ins Glas. Klirrend fielen Scherben zu Boden. Der Köter sprang bellend auf. Ich öffnete die Tür, trat ein. Das Gekläffe verstummte. Schwanzwedelnd sah die Töle zu mir auf und hoffte, ich hätte was für sie. Hatte ich auch. Plong. Nummer zwei: erledigt!

Oben ging eine Tür. Das Gebell hatte Nina geweckt. Die Bleikugel an seinem Bein fragte sich, ob Tom nach Hause gekommen war. Ob er es gewagt hatte, in sein Haus einzudringen. Wie er es schon einmal versucht hatte. Alles lief nach Plan. Zögernde Schritte auf den Stufen. »Tom? Bist du das?« Das Licht im Flur ging an. Wir begegneten uns am Fuß der Treppe. Bei meinem Anblick fuhr das Miststück regelrecht zusammen.

Eine Sekunde lang starrten wir uns an. Die Königin der Nacht und das Weib Aug in Aug. Todesangst flackerte darin. Ein neuer Flash. Ich war unbesiegbar, die Größte. Ich hatte die Macht über Leben und Tod, und es war längst entschieden, was ich wählen würde. Ha ha ha ha ha ha.

Oben an der Treppe erschien das eine Gör. »Mama, wer ist das?« Das Miststück fuhr herum. »Lauf weg, Sophie. Versteck dich.« Angst bebte in ihrer Stimme. »Lauf ...« Plong. Nummer drei: erledigt. Sie sackte zusammen, fiel zwei Stufen hinab, direkt vor meine Füße.

Das Kind stand wie aus Stein geschlagen dort oben. Es lief nicht weg. Es schrie nicht. Es starrte mich mit aufgerissenen Augen an, zitternd vor Angst, während ich Stufe für Stufe nahm. »Braves Mädchen.« Plong. Nummer vier:

erledigt! Es war so einfach, Fessel um Fessel zu lösen. Ha ha ha ha ha ha.

Weiter hinten wurde eine Tür ins Schloss gezogen. Nummer fünf dachte, er käme davon. Irrtum, mein Kleiner. Ich trat in sein Zimmer und sah mich um. Du willst also Verstecken mit mir spielen. Von mir aus. »Ich komme!« Sicher liegst du unter dem Bett. Ich bückte mich. Nein, doch nicht. Ganz langsam zog ich das Bettzeug weg, um die Spannung für ihn zu erhöhen. Schade. Wieder nichts. Was klang denn da an mein Ohr? Hörte ich etwa Zähne aufeinanderschlagen? Doch, ja. Ganz leise und gedämpft. Ich lächelte. »Hab dich!« Mit der Linken riss ich die Schranktür auf.

Da war er ja, der Fünfte. Er wusste, was ihn erwartete, und machte es mir leicht. Mit zusammengekniffenen Augen kauerte er auf dem Boden und zitterte wie Wackelpudding, die Hände um den Kopf gelegt, und hoffte wohl, sie wären aus Kevlar. Waren sie natürlich nicht. Plong. Nummer fünf: erledigt.

Es war beinahe geschafft. Nur eines blieb noch zu tun. Ich holte den Benzinkanister von der Terrasse und legte das Feuer. Nicht um meine Spuren zu vernichten, das war nur ein angenehmer Nebeneffekt. Auch dieses verdammte Haus gehörte zu Toms Fesseln.

T plus dreizehn. Es war vollbracht. Ich war die Königin der Nacht. Ha ha ha ha ha ha. Tod und Verzweiflung flammet um mich her. *Wobei* Verzweiflung *nun wirklich das falsche Wort war. Es war eine Befreiung. Auch von seiner letzten Verpflichtung habe ich Tom entbunden. Die Zukunft lag vor uns.*

63

Claudia Meister von der Pforte rief an. »Sie sind heute ein gefragter Mann. Der Vater des Jungen ist hier.« Dühnfort bat sie, Harald Schäfer heraufbringen zu lassen. Wie ein Häufchen Elend saß Moritz auf seinem Stuhl. »Dein Vater ist da.«

Sie hatten es tatsächlich mit einer Frau zu tun. Und sie könnten sie längst haben, wenn nicht ein Zwölfjähriger Angst gehabt hätte, seinen Vater zu enttäuschen. Und wenn er selbst sich nicht zu schnell auf Sassen festgelegt hätte. Das war es, was Dühnfort am meisten ärgerte.

»Wird schon nicht so schlimm werden. Ich versuche, deinem Vater die positive Seite klarzumachen. In Ordnung?« Aufmunternd lächelte er Moritz zu.

Kurz darauf klopfte es. Harald Schäfer trat ein. Ein hagerer Mann um die vierzig, dem man die Angst um seinen kranken Sohn ansah. Sorge und Hoffnung zeichneten sich in diesem Gesicht gleichermaßen ab und gaben ihm so etwas Widersprüchliches und Verzweifeltes. Eine tragische Figur, wie in einem Theaterstück. Wenn es nicht so … wie hatte Moritz vorhin gesagt? Scheißreal. Wenn das Drama nicht so *scheißreal* wäre.

Dühnfort begrüßte den Mann. Schäfer reichte ihm die Hand und wandte sich an seinen Sohn. »Wir hatten eine Vereinbarung: Du machst keinen Unfug. Und jetzt muss ich dich bei der Polizei abholen.«

»Es tut mir leid, Papa. Aber ich habe nichts angestellt. Nicht wirklich.«

Dühnfort deutete auf den Stuhl. »Moritz hat getan, was

alle Jungs mal tun. Es war eine Art Mutprobe. Deshalb war er in der Nacht, als es bei den Sassens brannte, draußen. Ihr Sohn ist ein wichtiger Zeuge.«

Schäfer setzte sich. »Ein Zeuge? Hat er etwa den Mörder …« Moritz' Vater schnellte auf dem Sitz herum und starrte den Jungen an. »Sag, dass das nicht wahr ist. Du bist nicht dem Kerl über den Weg gelaufen, der die Sassens …« Von einem Augenblick auf den anderen wich alle Farbe aus Schäfers Gesicht. Seine Hand begann zu zittern.

»Es war eine Frau, Papa. Sie sah aus wie Catwoman.«

»Was? Verdammt!« Keuchend sprang Schäfer auf, riss den Jungen vom Stuhl und presste ihn an sich. »Tu das nie wieder. Hörst du. Nie wieder! Verflucht! Da hat man Angst, das eine Kind könnte sterben, und dabei läuft das andere einem Mörder in die Arme.«

Moritz war dieser Ausbruch sichtlich peinlich. Er wand sich, bis sein Vater ihn absetzte.

»Warum hast du nichts gesagt?«

»Er hatte Angst, Sie zu enttäuschen.« Dühnfort erklärte Moritz' Beweggründe und kam dann zum Wesentlichen.

Er rief Kirsten wieder dazu, ersparte dem Jungen den Vernehmungsraum und befragte ihn im Büro. In Gegenwart des Vaters musste Moritz seine Aussage wiederholen und anschließend Dühnforts Fragen beantworten.

Wesentlich mehr, als Moritz bereits erzählt hatte, kam dabei allerdings nicht heraus. Er bezeichnete die Frau als schön und meinte damit wohl die Figur, denn ihr Gesicht hatte er nicht gesehen. Als sie die Sturmhaube vom Kopf zog und dabei die Kette verlor, stand sie mit dem Rücken zu ihm. Und danach hatte er die Augen zusammengekniffen. Er konnte nicht einmal ihre Haarfarbe beschreiben, ebenso wenig wie ihr Alter schätzen. Für einen Zwölfjährigen waren alle jenseits der zwanzig alt. Nur zum Auto wusste er mehr zu sagen. Ein VW Polo mit dunkler Lackierung, vielleicht schwarz oder blau, jedenfalls mit Hamburger Kennzeichen. An das doppelte H konnte Moritz sich plötzlich erinnern. Das ließ Dühnfort aufhorchen. Vielleicht ein Leihwagen. Europcar ließ alle Fahrzeuge seiner Flotte in Hamburg zu.

Nach einer halben Stunde verabschiedete Harald Schäfer sich mit seinem Sohn.

Kirsten nahm die Liste der Lachnichs vom Tisch. »Ich schicke sie an Europcar. Es wird langsam Zeit für einen Treffer.«

»Mach vorher eine Kopie. Ich brauche sie für Sassen. Obwohl ich hoffe, dass die Kette reicht. Er sollte wissen, wem sie gehört. Vermutlich einer seiner zahlreichen Freundinnen.«

Dieser notorische Fremdgänger. *Ich bin nur ein Mann. Meine Steinzeitgene besiegen mich.* Vielleicht waren seine Steinzeitgene nun schuld daran, dass sich eine Frau gerächt hatte, wobei Dühnfort noch immer nicht an Rache und Hass als Tatmotiv glauben konnte. Eher an eine verquere Vorstellung von Liebe. Doch so weit, dass aus einer Affäre Liebe wurde, hatte Sassen es nie kommen lassen. Wobei es überheblich war, sich einzubilden, die Gefühle eines anderen kontrollieren zu können.

Ich beende das, sobald sich Komplikationen abzeichnen. Schließlich habe ich Verpflichtungen. Meine Familie. Die Hypothek für das Haus. Sassen hatte gestockt und hinzugefügt: *Jetzt nicht mehr.*

Dühnfort atmete scharf aus. Wenn das seine Standardbegründung war …

»Was ist?«, fragte Kirsten. »Du guckst, als hättest du gerade eine Kröte geschluckt.«

»Catwoman. Was, wenn sie sich nicht gerächt hat, sondern Sassen von seinen Verpflichtungen befreit? Der Mistkerl windet sich immer damit heraus, dass er Verpflichtungen hat. Seine Frau, seine Familie, das Haus. Vermutlich mussten auch Hund und Pferd herhalten, um seine Bettgeschichten abzuservieren.«

Kirsten wirkte skeptisch. »Keine Frau ist so dumm, dass sie die eigentliche Botschaft nicht versteht: Wir hatten eine schöne Zeit, und die ist jetzt vorbei.«

»Falls sie es aber nicht verstanden hat? Dann trennte ihn ein ganzes Bündel an Verpflichtungen von ihr, dann war er eine Art Geisel, die man befreien musste. Ich fahre jetzt zu Sassen.«

64

Zwanzig Minuten später klingelte Dühnfort wieder einmal an Sassens Tür und wurde eingelassen. In den Räumen roch es noch nach Farbe. Die Einrichtung wirkte unpersönlich, da die Spuren fehlten, die das Leben hinterließ. Sassen sank auf das Sofa. In den letzten Tagen war er sichtlich gealtert. Der strahlende und selbstgewisse Blick war trüb geworden.

Dühnfort zog den Spurenbeutel mit der Kette hervor und reichte ihn über den Tisch. »Wissen Sie, wem dieser Anhänger gehört?«

Sassen sah sich den Skarabäus an. »Keine Ahnung.«

»Sind Sie sicher?« Das konnte nicht sein. Er musste ihn kennen.

»Das ist ein ziemlich geschmackloses Schmuckstück. Daran würde ich mich erinnern.« Er hob den Kopf. »Sie bewahren ihn in einem Beutel auf. Ist er ein Beweisstück?«

»Wir haben einen Zeugen, der in der Tatnacht eine Frau beobachtet hat. Sie hat den Anhänger verloren. Denken Sie nach. Wem gehört er?«

»Eine Frau?«, fragte Sassen perplex.

»Wenn Sie eine Affäre beenden, tun Sie das immer mit der Begründung, dass Sie Verpflichtungen haben?«

»Meistens ist von Anfang an klar, dass wir nur unseren Spaß haben wollen. Nur wenn eine mehr will und hofft, dass ich mich scheiden lasse, verwende ich diese Begründung.«

»Welche Frauen haben Sie auf diese Art abserviert?«

»Einige im Lauf der Jahre.«

Auch wenn Catwoman sich für die Planung Zeit genommen hatte, so hatte sie ganz sicher nicht ewig gewartet. Allerdings lag der Waffenkauf vier Monate zurück. »Beschränken wir uns vorerst auf das letzte halbe Jahr.«

Sassen stützte den Kopf in die Hände. »Ich soll also schuld sein! Ich habe eine Frau gekränkt, und sie hat sich gerächt.«

»Sie hat Sie von Ihren Fesseln befreit, von allen Verpflichtungen, die Sie von ihr fernhielten.«

Sassen stöhnte. »Das ist jetzt nicht Ihr Ernst.«

»Doch.«

»Das ist doch krank. Denken Sie, ich lass mich mit einer Psychopathin ein?«

»Psychopathen können sehr charmant sein und sind Meister der Manipulation. Welche Beziehungen haben Sie in den letzten sechs Monaten mit der Begründung beendet, Sie hätten Verpflichtungen?«

»Keine. Ich war meiner Frau treu.« Sassen hob die Hände. »Nun gut ... Beinahe jedenfalls. Ich hab's versucht. Da war nur Alice. Sie wissen ja schon, dass sie mit mir zusammenziehen wollte. Zu ihr habe ich gesagt, dass das nicht geht, weil ich Familie habe. Sie hat es gelassen aufgenommen. Dann noch Anni Berger, die Frau des Elektrikers im Ort. Aber die wollte nicht mehr von mir als ein wenig Abwechslung. Eine Bettgeschichte, die schnell im Sand verlaufen ist. Und Lilly. Sie verfolgt mich. Aber versuchen Sie sich mal Lilly als Killerin vorzustellen. Das ist lächerlich.«

»Im letzten Halbjahr also drei. Alice Maurer, Lilly Steinle und Anni Berger, die Frau des Elektrikers?«

Sassen fuhr sich übers Kinn. »Anni scheidet aus. Sie wollte ihren Mann nie meinetwegen verlassen, außerdem war sie nicht da. Sie macht mit ihrem Mann Urlaub in der Türkei.«

»Dann bleiben Alice Maurer und Lilly Steinle übrig. Sie haben diese Kette nie bei einer der beiden gesehen?«

»Alice hat Geschmack. Sie würde solchen Plunder nicht mal mit der Zange anfassen.«

»Lilly vielleicht?«

»Sie trägt Modeschmuck. Dieser Anhänger ist einfach nur ... der ist so retro wie aus den siebziger Jahren. Ich habe ihn wirklich noch nie gesehen.«

Konnte nicht einmal etwas einfach gehen? Dühnfort reichte Sassen die Liste der Lachnichs. »Kennen Sie einen dieser Namen? Nehmen Sie sich Zeit dafür.«

Dühnfort wartete, während Sassen konzentriert las. Sein Finger glitt Zeile um Zeile hinab, schließlich blätterte er um und las weiter, bis er am Ende angekommen war und den Kopf schüttelte. »Da klingelt nichts. Vielleicht eine Patientin. Ich merke mir nicht alle Namen.«

»Sagt Ihnen der Name Lachnich etwas? Klaus und Martina Lachnich.«

»Nein.«

Natürlich konnten sie die Listen noch mit Patientennamen abgleichen. Doch das würde nichts bringen. Catwoman kannte Sassen. Sie musste eine seiner Geliebten sein. Der Name wäre ihm aufgefallen. Einer fehlte auf der Liste. Wen hatten die Lachnichs vergessen?

Dühnforts Handy begann in der Sakkotasche zu vibrieren. Meo meldete sich. »Rate mal, woher die anonyme Mail für Prittwitz kam.«

»Warte eine Sekunde. Ich such mir einen ruhigen Platz.« Dühnfort ging in den Flur. »Lass hören.«

»Aus der Praxis von Prittwitz und Sassen. Was allerdings nicht heißt, dass sie wirklich aus der Praxis geschickt wurde. Das WLAN ist offen wie ein Scheunentor. Jeder im Umkreis von etwa hundert Metern könnte es genutzt haben.«

Dühnfort dankte Meo für die Information und verabschiedete sich von Sassen, der wie vor den Kopf geschlagen auf dem Sofa saß. Er grübelte wohl darüber nach, ob alles seine Schuld war, weil er sich mit einer Psychopathin eingelassen hatte.

Unterm Scheibenwischer klemmte ein Strafzettel. Dühnfort knüllte ihn zusammen und setzte sich in den Wagen, doch er startete ihn nicht. Zunächst rief er Alois an. Er sollte Anni Berger überprüfen. Mit dieser Frau hatten sie sich noch gar nicht befasst. Dühnfort wollte wissen, ob sie wirklich in der Türkei war.

Auf dem Gehweg pickte eine Taube ein Stück Breze auf. Eine alte Frau ging auf einen Stock gestützt vorbei. Es war später Nachmittag, und Dühnfort fragte sich, was es zu bedeuten hatte, dass die anonyme Mail an Prittwitz aus dem Umfeld der Praxis gekommen war. Sabine Reiter oder Lilly Steinle? Eine Patientin? Ein Name fehlte auf der Liste der Lachnichs, denn auf der Fotowand hatten sie weder Sabine noch Lilly erkannt. Auch Alice nicht und nicht Conny.

Wen hatten die Lachnichs vergessen? Dühnfort startete den Wagen. Etwas arbeitete in ihm und wollte an die Oberfläche. Plötzlich streifte ihn eine Erinnerung, ein Satzfetzen.

65

Die Zukunft lag vor uns. Daran habe ich geglaubt!

Ein böser Witz. Doch das Lachen ist mir im Hals stecken geblieben, gallig und bitter.

Er hat mich abserviert. Eiskalt. Mich, die Königin der Nacht. Das konnte nicht wahr sein!

Und ich erkannte meinen Fehler. Es war derselbe wie damals bei Marcel. Ich habe geliebt! Doch ich wurde nur benutzt! Ich habe vertraut, doch mein Vertrauen wurde missbraucht. Tom hat mich vor seinen Karren gespannt. Die Hände habe ich mir für ihn schmutzig gemacht, seine Dreckarbeit habe ich für ihn erledigt. Dieser Scheißkerl!

Aber so geht man mit mir nicht um. Nicht mit mir!

Der Hölle Rache kocht in meinem Herzen! Ha ha ha ha ha ha. *Diese Melodie summte in meinem Schädel, seit dieser Nacht, in der ich erst jauchzte vor Glück und dann brannte vor Schmerz und Wut. Diese Arie, immer und immer wieder. Sie kreiste in meinem Kopf. Wie eine Platte mit Sprung drehte sie sich und drehte sich und drehte sich.* Der Hölle Rache kocht in meinem Herzen. Ha ha ha ha ha ha.

Ich. Hasse. Ihn.

66

Es war Mittwoch. Die Praxis war nachmittags geschlossen, und Karsten hatte den Bürokram liegenlassen, um für den Abend ein Picknick im Englischen Garten vorzubereiten. Am liebsten beim Amphitheater. Dort war es ruhiger als am Chinesischen Turm oder dem Monopteros, wo sich alle trafen. Es sollte eine Überraschung für Irene werden, vor allem aber eine Erinnerung an ihr erstes Rendezvous. Das würde er nie vergessen und sie sicher auch nicht.

Er hatte sich das damals so romantisch ausgemalt. Ein Picknick im verschneiten Nymphenburger Schlosspark, auf der Freitreppe der Badeburg an einem herrlichen Wintertag, so strahlend blau wie auf einer Urlaubspostkarte. Allerdings hatte er den Wind bei seinen Überlegungen völlig außer Acht gelassen. Kräftig und lausig kalt pfiff er durch den Park. Fingerfood mit Handschuhen zu essen, hatte sich schnell als Herausforderung erwiesen. Der Prosecco war kurz vorm Gefrieren gewesen und Glühwein eigentlich angebrachter. Nach zehn Minuten hatten sie zusammengepackt und sich in die Wärme des Palmenhauses geflüchtet.

Karsten sah auf die Uhr. Es war schon kurz vor fünf. Wenn er Irene im Büro abpassen wollte, war es höchste Zeit, den Trolley zu packen, den er eigens für diesen Zweck gekauft hatte. Keiner wie ihn alte Damen für gewöhnlich hinter sich herzogen, sondern ein edles Stück in britischem Paisleydesign und absolut hip, wie die Verkäuferin ihm erklärt hatte. Als Karsten nun die Frischhaltedosen mit Melone und Schinken, mit Feigen und Oliven, mit Bruschetta-Aufstrich und Ciabatta aus dem Kühlschrank nahm und zusammen mit Prosecco und Wasser im Trolley verstaute, begann sein Handy zu klingeln. Im Display erschien Toms Bild. Einen Augenblick zögerte Karsten. Er wollte Irene nicht verpassen. Doch dann nahm er das Gespräch an.

»Hallo, Karsten. Stell dir vor, endlich hat es dieser Idiot kapiert.«

Toms Stimme klang verwaschen. Hatte er getrunken, obwohl er noch immer Beruhigungsmittel nahm? Eine ungewohnte Gereiztheit stieg in Karsten auf. »Wer hat was kapiert?«

»Dühnfort. Er verdächtigt mich nicht mehr.«

»Gibt es endlich eine Spur?«

»Nichts gibt es. Außer einer verrückten Idee. Er glaubt tatsächlich, dass sich eine Frau gerächt hat, deren Gefühle ich verletzt habe.«

»Was?«

»Na, eine, die mehr wollte als nur guten Sex. Mich, mit Haut und Haaren und ohne Anhang.«

»Das ist doch absurd.« Beim besten Willen konnte Karsten sich nicht vorstellen, dass eine Frau zu einem solchen Verbrechen fähig war. So eiskalt und martialisch. Aus gekränkter Eitelkeit oder Eifersucht!

»Ach ... nein, natürlich nicht gerächt«, fuhr Tom fort. »Sie hat mich ... wie hat er es genannt? Sie hat mich von meinen Fesseln befreit. Und so einer ist leitender Beamter bei der Mordkommission. Einfach irre. Sie werden ihn nie finden, diesen Psychopathen, dieses Tier. Das ist doch kein Mensch! Wenn es nach Dühnfort geht, bin ich aber trotzdem schuld.«

Karsten fragte sich, was Tom eigentlich von ihm wollte. Er kotzte sich weiter aus, und es interessierte ihn nicht wirklich, was Karsten dachte. Er ließ einfach Dampf ab. Vor allem über die Ungeheuerlichkeit, dass Dühnfort ihm die moralische Schuld geben wollte, wenn er ihm schon die strafrechtliche nicht anhängen konnte. Karsten packte Kühlmanschette und Korkenzieher in den Trolley. War es möglich, dass Tom tatsächlich durch seine Art, Frauen zu behandeln, um nicht *benutzen* zu sagen, die Katastrophe heraufbeschworen hatte? Karsten fand diese Überlegung ziemlich abwegig und wollte sich jetzt nicht näher damit befassen. Im Moment wollte er nur eines: diesen Abend mit Irene genießen. Allmählich sollte er los. »Tom, sei mir nicht böse, aber ich will Irene abholen …«

Toms Redefluss stoppte. »Ja, gut … Ich verstehe schon. Du hast sie, und ich … ich habe nichts mehr. Geh nur und mach dir einen schönen Abend mit ihr.«

Tom ging ihm auf die Nerven, auch wenn das nicht fair war. Es war einfach so.

»Warum habe ich überlebt? Ist das meine Strafe? Kannst du mir das sagen?« Toms Stimme klang weinerlich durchs Telefon. Garantiert stand ein Glas Wodka neben ihm.

Karstens Unmut brach sich Bahn. »Ich bin weder Theologe noch Psychologe. Ich weiß nicht, wie du damit zurechtkommen kannst. Du solltest eine Therapie machen. Ich habe mich erkundigt. Dr. Ditz hat einen fabelhaften Ruf. Aber das weißt du sicher selbst.«

»Reden, reden, reden. All das Gelaber bringt doch nichts. Lass uns einen Zug durch die Stadt machen.«

»Morgen. Wenn du dann noch willst. Kipp den Wodka in den Ausguss, lauf zehn Kilometer und geh danach ins Bett. Wir sehen uns morgen. Und jetzt muss ich wirklich los.«

Karsten legte auf und fühlte sich prompt unwohl. Tom ging es nicht gut. Es wäre besser, nach ihm zu sehen. Die Pillen und der Alkohol waren keine gute Mischung. Das Picknick konnte bis morgen warten. Irene ahnte nichts von der Überraschung. Sie konnte ihm keine Vorwürfe machen, wenn Tom wieder wichtiger war als sie. Doch dann ärgerte er sich über diesen Gedanken und kämpfte die Skrupel nieder. Tom war Arzt und wusste, was er riskierte, wenn er seine Tabletten mit Alkohol runterspülte. Er benahm sich wie ein trotziges Kind. Entschlossen griff Karsten nach dem Wagenschlüssel, verstaute den Trolley und fuhr los.

Als er den Pariser Platz erreichte, wurde vor dem Haus, in dem sich die Bürogemeinschaft befand, ein Parkplatz frei. Glück gehabt. Beschwingt stieg Karsten durchs Treppenhaus in die erste Etage und betrat das Büro, das sich Irene mit Annelie und Claudia teilte. Claudia war schon gegangen, und auch Irene saß nicht an ihrem Schreibtisch. Oskar kam um die Ecke getrottet und begrüßte Karsten mit einem Schwanzwedeln. Annelie sah auf. »Hi, Karsten. Willst du zu Irene? Sie musste weg.«

»Schade.« Das Auto stand in der Sonne. Hoffentlich wurde der Prosecco nicht warm. »Wann wird sie denn zurück sein?«

Annelie warf einen Blick aufs Handy und fuhr hoch. »Holla. Schon so spät! Sie wollte eigentlich längst wieder hier sein, und ich muss weg. Gut, dass du gekommen bist. Ich übergebe dir Oskar zu treuen Händen.« Ehe er sichs versah, suchte Annelie ihre Sachen zusammen und verabschiedete sich.

Karsten setzte sich an Irenes Schreibtisch. Oskar legte sich darunter auf seine Decke. Nachdem er eine Viertelstunde gewartet hatte, zog Karsten das Handy hervor und wählte Irenes Nummer. Die Mailbox sprang sofort an, also war sie in einem Kundengespräch, denn dann schaltete sie ihr Handy immer aus. Das war für sie eine Frage der Höflichkeit. Nach einer weiteren Viertelstunde versuchte er es noch einmal und erreichte wieder nur die Mailbox. Wo blieb sie nur?

67

Kipp den Wodka in den Ausguss!

Ganz gewiss nicht! Nur Alkohol machte den Schmerz, den Verlust, dieses schwarze Loch, das ihn verschlingen wollte, einigermaßen erträglich. Tom goss sich noch ein Glas ein, ließ die klare Flüssigkeit über die Eiswürfel laufen, hörte deren leises Knacken. Wie gerne würde er dieses Knacken in seinem Kopf hören. Spüren! Einfach vom Balkon springen. Mit dem Schädel voran auf dem Asphalt aufschlagen. Ein Bersten und Zerplatzen. Aus. Vorbei. Endlich Ruhe. Und dann alle gemeinsam in ein Grab. Im Tod vereint.

Vielleicht sollte er es einfach tun. Springen. Und Ende! Er nahm das Glas, stand auf und wollte die Balkontür öffnen, als es an der Wohnungstür klingelte. Bestimmt Karsten. Dieser verdammte Gutmensch. So selbstgewiss und hochmütig. Woher nahm er nur die Gewissheit, vom Unglück verschont zu werden, von Verrat und Katastrophen? Wie eingebildet. Tom musste lachen, als er daran dachte, wie er es der heiligen Irene besorgt hatte. Vielleicht würde er Karsten mal ausführlich davon erzählen. Kam er also doch noch. Es klingelte erneut.

Ein wenig schwankend ging Tom durch den Flur und öffnete. Überraschung. Es war nicht Karsten. Es war sie.

Hautenges Shirt. Ein Dekolleté, das den Ansatz der Brüste betonte und dabei doch noch züchtig wirkte. Dieser braunrote Lippenstift, wie alter Bordeaux, im Fass gereift, rund und voll, edel und exquisit und dabei lockend und verführerisch. Und doch irgendwie billig. Dieses Kunststück gelang nur ihr. Nonne und Hure in einer Person.

»Ich dachte, ich sehe mal nach dir. Wie geht es dir?«

Beschissen, wollte er eigentlich sagen. Doch er war kein Jammerlappen oder Loser. Er steckte jeden Schlag weg, den das Leben für ihn bereithielt. Wobei es bisher nur wenige gewesen waren. Dafür nun die geballte Ladung, die größte aller unvorstellbaren Katastrophen.

»Gut. Ich komme schon klar damit. Irgendwie. Die Wohnung ...« War grauenhaft. Ein Albtraum. Er wollte nach Hause. Doch für ihn gab es kein Zuhause mehr. »Die Wohnung ist wirklich schön geworden. Komm rein.« Plötzlich hatte er Lust auf sie. Mit ihr hatte es immer Spaß gemacht. Die wechselnden Rollen. Eine völlig neue Erfahrung für ihn, ab und zu der Unterlegene zu sein, sich gehenzulassen, Schwäche zu zeigen, sich fesseln zu lassen und dadurch frei zu werden, ganz bei sich zu sein.

Eine Frau, die Sie von Ihren Fesseln befreit hat, von all diesen Verpflichtungen, die Sie von ihr fernhielten. Dieser Satz Dühnforts geisterte für einen Moment durch seinen Kopf. Total abwegig. Ich sollte Hilprant auf ihn ansetzen. Er muss gegen diesen unfähigen Idioten vorgehen, dachte er. Oder besser noch: Ich hetze die Presse weiter auf ihn, bis man ihm den Fall entzieht. Was den Vorteil hatte, dass es ihn keinen Cent kosten würde und er die Regeln bestimmte.

Sie ging vor ihm her in die Küche. Sein Blick folgte den wiegenden Hüften, saugte sich an den Pobacken fest, die sich unter dem Rock abzeichneten und bei jedem Schritt tanzend hin und her schwangen. Die wohlgeformten Waden, die schlanken Fesseln, diese Beine, die nicht enden wollten, und dazwischen lockte kurzzeitiges Vergessen.

»Ich habe uns etwas mitgebracht.« Lächelnd zog sie eine vor Kälte beschlagene Flasche Veuve aus einer Tüte und ein Paar gepolsterte Lederhandfesseln. Ihm waren Handschellen aus Metall lieber. Sie schnitten ins Fleisch, taten weh, taten gut.

»Lust auf ein Spielchen?«

Ja, genau das war es, was er jetzt brauchte. Ablenkung, Vergessen. Demut, damit er sich wieder spürte. Er schob die Skrupel beiseite, die ihn neuerdings heimsuchten und die er früher nie empfunden hatte, wenn er Nina betrog. Es war nur ein Spiel. Er reagierte sich ab. Es war kein Treuebruch und hatte nichts mit Liebe oder Verrat zu tun. Es gab nur eine Frau, die er je geliebt hatte und deren Platz nie eine andere einnehmen würde, und das war seine Frau, die immer seine Frau bleiben würde, auch wenn sie tot war. Denn ihn verließ man nicht!

Der Champagnerkorken knallte. Sie füllte zwei Gläser und sah ihn abwartend an. Die Handfesseln baumelten an ihrem Zeigefinger, die andere Hand stützte sie in die Hüfte, die Beine hatte sie ein wenig gespreizt. Das Spiel konnte beginnen. Der Gebieterin sah man nicht in die Augen. Er senkte den Blick und nickte.

»So ist es brav. Geh ins Schlafzimmer.«

Warum nahm sie ihm die Entscheidung nicht ab und befahl ihm, aus dem Fenster zu springen? Vielleicht würde er es tun.

Sie folgte mit den Gläsern und den Fesseln und setzte sich in den Ledersessel. »Zieh dich aus.«

Er tat wie geheißen und sah zu Boden, während er Stück um Stück ablegte und sich dieses Räderwerk an Gedanken und Bildern, das in ihm sirrte, stampfte, mahlte, langsam beruhigte und hoffentlich zum Stillstand kam.

»Dreh dich um.«

Er gehorchte und drehte sich auf den Knien, bis er ihr den Rücken zuwandte.

»Deine Hände. Gib sie mir.«

Er streckte die Arme nach hinten, fühlte das weiche Material der Handfesseln an den Gelenken, hörte das Knarren des Leders, als sie den Gurt straffzog, das Klicken des Karabiners, mit dem sie beide Fesseln verband, und spürte Erleichterung, die Bürde der Verantwortung los zu sein, frei zu sein, nicht er sein zu müssen.

»Trink!« In seinem Sichtfeld erschien ihre Hand mit dem Glas. Sie stellte es vor ihn auf den Boden. Er beugte sich vor und begann, daraus zu schlabbern. Ein kaltes Perlen im Mund. Wie Eiswasser, das ein Ertrinkender schluckte.

»Setz dich auf die Bettkante.«

Er gehorchte. Ein zweites Paar Lederfesseln tauchte in sein Blickfeld und mit ihnen ihre schmalen Finger, mit denen sie ihm die Fesseln um die Fußknöchel legte. Nun war er in ihren Händen, und es war ihm recht. Für einen Augenblick schloss er die Augen, hörte, wie sie aufstand und das Zimmer verließ. Ein Rascheln im Flur, wo sie die Handtasche auf der Kommode abgelegt hatte. Kurz darauf kehrte sie zurück. Noch immer hielt er den Kopf gesenkt, sah nur die glatte Haut ihrer Beine, die sanften Bögen zwischen Knöcheln und Waden, die hohen Absätze der schwarzen Sandaletten und dann ihre Hand, bevor sie sich um seine Schulter schloss, ihn festhielt, während sie ihm mit der anderen eine Injektionsnadel ins Fleisch jagte.

68

Seit er Sassen verlassen hatte, versuchte Dühnfort, diesen Gedankenfetzen zu fassen zu bekommen. Den, der ihn gestreift hatte, als er sich ins Auto setzte. Eine Bemerkung, die jemand gemacht hatte. Sie stand im Zusammenhang mit dem Namen, den die Lachnichs auf der Liste vergessen haben mussten. Eine Ahnung, eine Idee, wie Catwoman auf sie gekommen sein könnte. Doch er bekam diesen Fitzel nicht zu fassen. Je mehr er versuchte, sich zu erinnern, umso weniger gelang es ihm. Es war besser, sich nicht weiter zu bemühen, damit der Gedanke sich wieder einstellen konnte.

Alois steckte den Kopf zur Tür herein. »Anni und ihr Mann waren in Antalya. Bleiben noch Alice Maurer und Lilly Steinle. Wie sollen wir vorgehen?«

Oder jemand ganz anderer. Jemand, der noch nicht in den Fokus geraten war. Dühnfort fühlte sich wie ein Schwimmer in einem endlosen Meer. Orientierungslos. Er war müde, und er war frustriert. »Warten wir ab, ob Kirsten etwas über den Leihwagen herausfindet.«

»Oder wir bestellen die beiden ein und konfrontieren sie mit dem Skarabäus.«

»Ich weiß nicht, ob es klug ist, diesen Joker jetzt schon einzusetzen.« Er sah auf die Uhr. Kurz vor halb sechs. »Ich fahre jetzt zu Prittwitz in die Praxis. Die Mail, die er erhalten hat, kam von dort. Wenn Alice Maurer an diesem Tag dort war, dann haben wir etwas in der Hand und können uns ihren Laptop und ihr Smartphone vornehmen. Und wenn wir Glück haben, weiß er vielleicht, wem das hier gehört.« Dühnfort nahm den Beutel mit der Kette vom Tisch und schob ihn in die Tasche.

»Brauchst du mich noch? Wenn nicht, mache ich jetzt Feierabend. Alina hat Neuigkeiten«, sagte Alois mit einem zufriedenen Lächeln. »Genauer gesagt hat sie Tatsachen geschaffen. Ich hab's ja gewusst.«

Dühnfort konnte es nicht glauben. »Sie war mit Evis Freund aus?«

»Yes! Romantisches Dinner im Restaurant am Steinsee, gefolgt von einem Spaziergang im Abendrot, bei dem er ihr auf die Pelle gerückt ist. Alina hat ein paar Selfies gemacht.«

»Und die drückst du jetzt Evi in die Hand? Weißt du, was du ihr damit antust?«

»Ich öffne ihr die Augen. Und ich drücke sie ihr nicht in die Hand. Sie wird sie zufällig finden, oder Alina spielt sie ihr zu. Mal sehen.«

Dühnfort schüttelte den Kopf. Wenn Evi je herausfand, dass Alois diese Falle gestellt hatte, sie würde es ihm nicht verzeihen.

Gutgelaunt verließ Alois den Raum. Dühnfort machte sich auf den Weg zur Praxis am Oberanger. Vom Präsidium war es ein Spaziergang von zehn Minuten. In der Fußgängerzone wimmelte es von Touristen. Es war fast kein Durchkommen. Eine Gruppe Chinesen verstopfte den Fußweg am Alten Rathaus und lauschte andächtig den Worten des Reiseführers, der ein rotes Fähnchen schwenkte. Über den Viktualienmarkt begleitete ihn ein babylonisches Sprachgewirr, und Dühnfort ertappte sich bei dem Wunsch: Wenn doch nur schon Herbst wäre. Doch da war es für sechzehn Tage auch nicht besser, sondern im Gegenteil noch viel schlimmer. Wiesn. Ein kollektives Besäufnis. Zwei Wochen, in denen er jedes Jahr mit dem Gedanken spielte, aus der Stadt zu flüchten. Der eigentliche Grund, weshalb er derart gereizt war, hatte jedoch nichts mit Menschenmassen und Maßkrügen zu tun. Es war der Gedankenfetzen, der sich nicht fassen ließ. Plötzlich hatte sich da eine Möglichkeit abgezeichnet, war kurz aufgeblitzt und sofort wieder verschwunden. Was war es gewesen? Frau Lachnich hatte es gesagt. Etwas wegen der Reise. Gleich …

Das Handy schrillte und riss ihn aus seinen Gedanken ins Hier und Jetzt. Mist!

Es war sein Vater, der sich aufs Familienwochenende freute und die Ankunftsdaten seines Flugs aus Hamburg mitteilen wollte. Julius und Victoria konnten sich leider so kurzfristig nicht freimachen und schickten Grüße. Dühnfort suchte sich weiter einen Weg durch die Menge, während er die Angaben seines Vaters notierte und plötzlich das Gefühl hatte, keine Zeit verlieren zu dürfen. Ein wenig kurz angebunden verabschiedete er sich. »Wir sehen uns am Samstag. Guten Flug.«

Er hatte ihn fast gehabt, und nun war er wieder weg, dieser Fitzel.

Ein paar Minuten später erreichte er das Bürogebäude am Oberanger, ging durch den Hinterhof, fuhr mit dem Lift nach oben zur Praxis und stand dann vor verschlossener Tür. Sprechzeit am Mittwoch von acht bis zwölf Uhr. Er klingelte, doch nichts rührte sich. Wunderbar!

Er wählte die Nummer von Prittwitz. Es meldete sich nur die Mailbox.

»Dühnfort. Rufen Sie mich bitte zurück, wenn Sie diese Nachricht abhören. Es geht um Alice Maurer. War sie an dem Tag in der Praxis, als Sie die Mail bekamen? Das wüsste ich gerne.« Dühnfort legte auf, setzte sich auf die Treppenstufen und versuchte sich zu konzentrieren. Was hatte Frau Lachnich gesagt? Sosehr er sich auch sein Hirn zermarterte, er kam nicht darauf. Der Lift rumpelte zurück ins Erdgeschoss. Dühnfort stand auf. Sein Blick fiel auf das Praxisschild. Dr. Thomas Sassen, Dr. Karsten Prittwitz.

Und plötzlich wusste er es. Es war nicht Martina Lachnich gewesen, sondern ihr Mann. *Wir sind beide kerngesund und haben nicht mal einen Hausarzt. Wenn mal was ist, gehen wir zur Ambulanz. Das letzte Mal im Frühling.*

Das letzte Mal im Frühling.

Dühnfort zog das Handy wieder hervor und wählte die Nummer von Klaus Lachnich.

69

Wo war Irene? Ratlos sah Karsten aufs Display seines Smartphones und wählte erneut ihre Nummer. Wieder erreichte er nur die Mailbox. »Hallo Liebes. Ich wollte dich vom Büro abholen. Schade, dass du nicht da bist. Ich fahre jetzt nach Hause und nehme Oskar mit.«

Als Oskar seinen Namen hörte, stand er auf, streckte sich und lief zur Tür. Da Karsten keinen Büroschlüssel hatte, blieb ihm nichts anderes übrig, als die Tür einfach hinter sich ins Schloss zu ziehen.

Durchs Treppenhaus ging er nach unten und mit Oskar erst einmal um den Platz. Er hatte sich diesen Abend so schön ausgemalt und war nun enttäuscht. Vielleicht wäre es besser gewesen, Irene am Nachmittag anzurufen, um in Erfahrung zu bringen, ob sie Termine hatte. Doch normalerweise erzählte sie ihm beim Frühstück, was sie den Tag über vorhatte. Heute war nur ein Treffen mit einem Klienten am Vormittag geplant gewesen. Außerdem hatte sie zu Annelie gesagt, dass sie bloß mal kurz wegwollte. Hoffentlich war ihr nichts passiert. Unfall, Kreislaufkollaps, Herzinfarkt, Überfall. All diese Möglichkeiten schossen ihm für eine Sekunde durch den Kopf, während er unwillkürlich Ausschau nach ihr hielt. Er entdeckte weder ihr Auto noch sie. Wenn ihr etwas passiert wäre, hätte man ihn längst angerufen, versuchte er sich zu beruhigen. Außerdem waren keine Nachrichten gute Nachrichten, wie seine Großmutter immer gesagt hatte.

Vielleicht hatte Irene Oskar vergessen und war nach Hause gefahren? Das war eher unwahrscheinlich. Karsten rief Annelie an. »Irene ist noch nicht zurück, weißt du, wohin sie wollte?«

»Das ist ja komisch. Sie wollte nur schnell etwas mit einer Klientin besprechen.«

»Normalerweise nimmt sie Oskar mit.«

»Vielleicht hat die Frau Angst vor Hunden. Keine Ahnung.«

»Weißt du, wo sie wohnt?«

Annelie lachte leise durchs Telefon. »Du denkst jetzt aber nicht, dass Irene dich betrügt?«

»Ich mache mir einfach Sorgen.«

»Solltest du nicht. Sicher dauert das Gespräch länger als geplant. Das kommt vor.«

»Ja, vermutlich.« Er verabschiedete sich von Annelie und öffnete die Heckklappe seines Wagens für Oskar. »Fahren wir heim, alter Junge.«

Der Verkehr war dicht, und Karsten gelang es nicht, sich richtig darauf zu konzentrieren. Eine leichte Beunruhigung stieg in ihm auf, und das entsprach nicht seinem Naturell. Irene hatte sich bestimmt mit der Klientin verquatscht. Das Handy schaltete sie bei Kundenterminen grundsätzlich aus, weil sie sich bei diesen Gesprächen nicht stören lassen wollte und es ihrer Meinung nach ein Zeichen von gutem Benehmen war. Weshalb also machte er sich Sorgen?

Er kam schnell darauf. Die Beunruhigung hatte nicht nur mit Irene zu tun, sondern auch mit Tom. Die Pillen und der Alkohol, Toms labile Verfassung. Ganz sicher hatte er den Wodka nicht weggekippt. Wenn er es nun übertrieb und das Beruhigungsmittel weiter mit Alkohol runterspülte? Zuzutrauen war es ihm. Vielleicht war es besser, nach ihm zu sehen.

An einer roten Ampel wählte er Toms Nummer. Beim

Festnetzanschluss sprang der Anrufbeantworter an, und auf dem Handy meldete er sich nicht. Die Beunruhigung verstärkte sich. Karsten war schon beinahe zu Hause, als er in einer Einfahrt wendete und zurück in die Stadt fuhr.

70

Der Hölle Rache kocht in meinem Herzen. Ha ha ha ha ha ha!

Noch immer spielte diese Platte in meinem Schädel. Der Soundtrack zur Abrechnung. Ich tat, was ich musste. Ich jagte Tom die Injektionsnadel in den Oberarm. Die Kanüle bohrte sich in sein Fleisch. Tom riss den Kopf hoch. Überrascht. Verwundert. »Was ist das?«

»Sieh mich nicht an!«

Folgsam senkte er den Blick.

»Etwas, das dir guttun wird«, sagte ich, und er hielt still. So wie er in der Nacht der Erkenntnis plötzlich stillgehalten hat. Einfach aufgehört. Abgebrochen. Zurückgezogen! Noch nie wurde ich so gedemütigt! Ich drückte den Kolben durch den Zylinder, presste die klare Flüssigkeit hindurch und in sein Fleisch. Ich würde ihm schenken, wonach er sich sehnte. Den ewigen Schlaf, das Vergessen. Die Vereinigung mit seiner Frau. Eine Vermählung der Toten. Ein Hochzeitsschmaus für die Würmer!

Tom schwankte und atmete tief durch. Das Telefon begann zu klingeln. Sollte es doch klingeln. Ich beobachtete, wie er sich entspannte, und strich sanft über sein Haar, seine Stirn. Küsste seine Lippen. »Ich habe dich geliebt, Tom«, flüsterte ich in sein Ohr. Noch konnte er mich hören. »Doch du hast mich benutzt, mein Freund. Du hast mich verraten!«

Ich stieß ihn weg, er sackte keuchend nach hinten. So langsam begann er zu ahnen, dass das hier kein Spiel und er mir wirklich ausgeliefert war. Auf Gedeih und Verderb.

Weniger pathetisch gesagt: auf Leben und Tod. Panik flackerte in seinen Augen auf. Er wollte sich aufrichten, ruckte mit den Händen und Beinen. Zerrte an den Fesseln. »Was soll …«

»Schtt.« Ich legte ihm sanft den Finger auf den Mund. Wir hatten nun wirklich keine Zeit mehr, das hier auszudiskutieren. Ich wollte, dass er wusste, warum ihn dieses Schicksal ereilte. Dafür blieben nur noch Sekunden. »Du hast mich zu deinem Werkzeug gemacht. Ich habe deine Verpflichtungen gelöst, so wie du es wolltest, doch du hast unsere Vereinbarung gebrochen.«

Stöhnend versuchte er sich aufzurichten. »Du …?«

»Damit du frei bist. Für mich. Für uns. Jedenfalls hast du mich das glauben lassen. Dabei ging es nie um mich. Nie um uns. Sondern immer nur um alle Mösen dieser Welt. Wie konnte ich nur so dumm sein und denken, du meintest mich!« Ha ha ha ha ha ha! *»Du meintest immer nur dich! Dich! Dich! Dich!«*

Ich bohrte ihm meinen Finger in die Brust, sah das Uhrwerk an Gedanken arbeiten, das hinter dieser schönen Stirn ratterte und sich dabei immer schwerer tat, langsam und träge wurde und es gerade noch schaffte, die Erkenntnis zu produzieren, was ich getan hatte und worauf das hier hinauslaufen würde. Eine Millisekunde Entsetzen und nackte Angst in seinen Augen, bevor er sie verdrehte, bis nur noch das Weiße sichtbar war, das ihm das Aussehen eines unschuldigen Teufels gab, eines gefallenen Engels.

Das Klingeln hörte auf. Der Anrufbeantworter schaltete sich ein. Niemand sprach darauf. Ich löste die Lederfesseln und untersuchte die Handgelenke und Fußknöchel. Kein Kratzer. Keine Male. Dann nahm ich das grobe Sandpapier aus der Handtasche und traktierte damit die Haut an seinem Oberarm. Eine Wunde entstand, als habe er sich irgendwo aufgeschürft. Kann schon passieren, bei einem Umzug. Der Einstich war nicht mehr zu sehen. Ich fühlte seinen Puls – er war gleichmäßig – und betrachtete seinen nackten Körper. Er war schön. Für einen Moment spürte ich Bedauern. Doch sofort kehrte der Hass zurück. Die Wut, die Enttäuschung. Die Scham. Ich hatte mich am Ziel geglaubt. Endlich war Tom frei. Mit einem Schlag waren alle Fesseln gelöst, die ihn an diese Frau, diese Kinder, seinen Besitz gebunden hatten. Er war bei mir.

Wir waren so scharf aufeinander und tanzten eng umschlungen ins Schlafzimmer. Plötzlich konnte es ihm nicht schnell genug gehen. Er riss mir die Kleider vom Leib, warf mich aufs Bett, drang in mich ein, jagte mich dem Höhepunkt entgegen. Als ich kurz davor war, zog er sich zurück. Glitt aus mir heraus, wandte sich ab, begann zu schluchzen, während die unerfüllte Lust zwischen meinen Schenkeln brannte und ein Lavastrom in mir aufstieg und auf halber Strecke stecken blieb.

Tom weinte!

Ich rollte mich auf die Seite und überlegte für einen Moment, ob ich es mir selbst machen sollte. »Was ist denn?«

»Nina!«

Er heulte in meinem Bett um dieses Weib! Zwischen meinen Schenkeln! Ich riss mich zusammen, begann, ihn zu trösten.

»Trauer ist Arbeit. Du wirst Abstand gewinnen, die Zeit wird dir helfen, diesen Verlust zu bewältigen. Das Leben geht weiter.« Was man eben so sagt. »Du wirst eine andere finden. Du kannst wieder heiraten.« Das sagte ich und merkte, wie meine Stimme höher wurde, ängstlicher, als ob etwas in mir bereits die Wahrheit kannte.

Er wandte sich zu mir um und sagte diese Sätze. Er sagte sie mit einer Klarheit und Eindringlichkeit, dass sie mir kalte Schauer über den Rücken jagten und einen Dolch aus Eis ins Herz trieben. Weil er sie genau so meinte, wie er sie sagte. So feierlich, wie ein Schwur. Sie waren die reine Wahrheit. Die Wahrheit und nichts als die Wahrheit, wie ich mit Entsetzen erkannte. »Keine andere Frau wird jemals Ninas Platz einnehmen. Sie war etwas Besonderes. Sie war die Eine, die man nur einmal in Leben trifft. Ich werde mich nie an eine andere binden.«

Ich wollte es nicht glauben und versuchte, den Dolch aus meinem Herzen zu reißen. »Legst du gerade ein Keuschheitsgelübde ab?«, sagte ich und ließ meine Hand langsam über seinen Bauch nach unten gleiten.

»Du wirst doch Sex nicht mit Liebe verwechseln. Du doch nicht.« Er lachte. »Du doch nicht. Und ich auch nicht.«

Er wollte sich also weiter an den Mösen dieser Welt abarbeiten. Unbehelligt von allen Verpflichtungen und von allem Ballast wie Moral und Verantwortung, geschweige denn Liebe! Ich konnte es nicht glauben und versuchte, es ins Lächerliche zu ziehen. »Du willst deine neue Freiheit genießen und alles vögeln, was nicht bei drei auf einem Baum ist?«

»Was weißt du denn schon?« Seine Erwiderung klang bitter. »Aber warum nicht?«, sagte er und stürzte sich auf mich. »Ich will einfach nur vergessen. Und bis jetzt ist noch jede auf ihre Kosten gekommen. Du doch auch.«

Er rammelte drauflos, und ich verstand, was ich für ihn war. Nicht mehr als das Wunderland zwischen meinen Beinen. Ich war nichts. Ich war austauschbar. Beliebig. Ich Idiotin hatte denselben Fehler begangen wie bei Marcel. Ich habe ihm den Weg geebnet, und dann wurde ich abserviert!

Aber nicht mit mir. Dafür würde er bezahlen! Außerdem

musste er die Verantwortung übernehmen für das, was in seinem Namen geschehen war.

Deswegen war ich hier. Ich warf einen Blick auf seinen schönen Leib. Dann stand ich auf, ging ins Bad und ließ die Wanne einlaufen. Nicht zu heiß, nicht zu kalt. Irgendwo klingelte ein Handy. Es war mir scheißegal!

71

Klaus Lachnich meldete sich nach dem zweiten Läuten. »Lachnich.«

Im Treppenhaus des Bürokomplexes am Oberanger hallte seine Stimme nach. »Dühnfort. Haben Sie eine Sekunde für mich?«

»Auch zwei.«

»Sie haben neulich erwähnt, dass Sie keinen Hausarzt haben. Wenn Sie mal einen Arzt brauchen, gehen Sie ins Krankenhaus zur Ambulanz ...«

»Kommt selten vor.«

»In welchem waren Sie im Frühjahr?«

»Ich gar nicht. Aber Martina. Im Rechts der Isar.«

»Darf ich fragen, weshalb?«

»Verstehe ich zwar nicht. Aber Sie werden schon wissen, weshalb Sie das fragen. Meine Frau hatte eine Nebenhöhlenvereiterung mit Fieber.«

»Können Sie sich erinnern, wer sie behandelt hat?«

Eine Weile blieb es still am Telefon. »Eine Ärztin. Doch, es war eine Ärztin. Zuerst hat sich ein Pfleger um Martina gekümmert und dann eine Frau.«

»Der Name ... Wissen Sie ihn noch?«

Wieder blieb es einen Moment ruhig. »Nein. Dazu fällt mir nichts ein. Ich gebe Sie mal an Tina weiter.«

Dühnfort hörte ein Rascheln und gedämpfte Stimmen, dann war Martina Lachnich am Telefon. »Guten Abend, Herr Dühnfort. Tut mir leid. Ich habe ein katastrophales Namensgedächtnis. Ich weiß nur, dass sie nett war. Sehr sympathisch.«

»Sie haben sich gut verstanden und ihr von der Reise erzählt?«

»Ja. Natürlich. Es war ein paar Tage bevor wir nach Thailand wollten, und ich hatte Angst, dass ich nicht fliegen könnte. Mit Fieber und einer Nebenhöhlenentzündung ist das kein Vergnügen.«

»Haben Sie auch über den Lagerauftrag für die Post gesprochen?«

»Kann sein. Beschwören kann ich es nicht.«

Dühnfort fragte nicht, weshalb diese Frau auf der Liste fehlte. Es war klar. Die Lachnichs hatten sie nur einmal gesehen und längst wieder vergessen. Ihren Namen und offenbar sogar ihr Aussehen, denn auf dem Foto hatten sie sie nicht erkannt.

»Sie meinen, diese Ärztin hat sich die Pistole an unsere Adresse schicken lassen?«, fragte Martina Lachnich.

»Dazu darf ich mich nicht äußern.« Dühnfort wusste, welcher Name auf der Liste fehlte. Doch er brauchte den Beweis. *Denn der Deutsche kann nur schlafen hinter einer Hecke Paragraphen*, wie Heinrich Heine sehr richtig bemerkt hatte. Und da diese Hecke in Zeiten von Datenschutz und Persönlichkeitsrechten sehr dicht gewachsen war, würde er ohne richterlichen Beschluss oder eine Befreiung von der Schweigepflicht nicht an die Information gelangen, die er brauchte. Das Bindeglied zur Tatwaffe. Den Namen der Ärztin. Dr. Cornelia Behrendsen.

»Sie können mir einen großen Gefallen tun, Frau Lachnich. Ich muss wissen, wer Sie behandelt hat. Wenn Sie die Klinik von der Schweigepflicht entbinden, bekomme ich den Namen. Können wir uns dort treffen?«

»Wir sind eigentlich mit Freunden verabredet. Aber ja, gut. Ich mache mich gleich auf den Weg.«

72

In der Kaulbachstraße fand Karsten keinen Parkplatz. Nicht mal eine freie Stelle in einem Halteverbot. Er kurvte nun schon seit zehn Minuten durch das Viertel, und seine Sorge, dass Tom es mit dem Wodka und den Pillen übertrieb, nahm stetig zu. Noch einmal wählte er die Handynummer. Wieder sprang nur die Mailbox an. Kurzentschlossen parkte Karsten in der Einfahrt einer Bäckerei. Sollten sie den Wagen doch abschleppen lassen. Mit Tom stimmte etwas nicht. Er ging immer ans Handy. Dieser verdammte Idiot!

Karsten nahm Oskar mit, bei dieser Hitze wollte er ihn nicht im Auto lassen, und eilte die fünfzig Meter bis zu dem Haus, in dem Tom nun wohnte.

Die Eingangstür war nicht verschlossen. Karsten trat in den Vorraum mit Briefkästen und Fahrstuhl. Da er gerade unten war, stieg er ein und fuhr nach oben, während irgendwo eine Tür schlug und Schritte im Treppenhaus erklangen. Einen Moment später stand er mit Oskar vor Toms Wohnung und legte den Finger auf die Klingel. Leise drang der Glockenton des Big Ben in den Flur und verhallte. In der Wohnung blieb es still. Oskar wurde unruhig. Er begann hin und her zu tänzeln und leise zu fiepen. Schließlich kratzte er mit einer Pfote an der Tür. Als ob er etwas spürte oder roch, das sich Karstens Wahrnehmung entzog. Jedenfalls jagte Oskars Verhalten Karstens Puls in die Höhe. Er schlug gegen die Tür. »Tom! Mach auf!« Dahinter blieb alles ruhig. Oskar tänzelte weiter, das Fiepen wurde lauter. Schlüsseldienst, überlegte Karsten. Dauert zu lange. Polizei? Die würden den Schlüsseldienst rufen. Feuerwehr? Die Jungs würden sich Zutritt verschaffen. Doch blieb dafür noch genug Zeit? Alk und Diazepam! Scheiße!

Karsten nahm Anlauf und warf sich mit voller Wucht gegen die Tür. Das Türblatt bebte, hielt aber stand. Zweiter und dritter Versuch. Mit demselben Ergebnis. Weiter hinten im Flur wurde eine Tür geöffnet. Ein Kerl erschien, der so aussah, als ob man besser keinen Streit mit ihm suchte. Typ Türsteher oder Wachmann. Bullig. Stiernacken. Stoppelfrisur. »He! Was soll das?« Einen Kopf größer. Karstens Chance.

»Helfen Sie mir. Ein Freund von mir ... Er versucht wohl, sich umzubringen. Ich muss da rein. Ich bin Arzt.«

Der Mann musterte ihn vom Scheitel bis zur Sohle, dann Oskar, der noch immer fiepend an der Tür kratzte. Das Verhalten des Hundes schien ihn zu überzeugen. »In Ordnung. Aber ich habe die Polizei schon gerufen. Wenn Sie mich also verarschen ...«

»Tue ich nicht.«

»Machen Sie Platz.« Der Mann trat einige Schritte zurück, drehte sich zur Seite, zog das rechte Bein an und ließ es vorschnellen. Der Fuß traf das Schloss mit ungeheurer Wucht, Holz splitterte, die Tür sprang auf. »So macht man das.«

»Danke.« Karsten folgte Oskar in die Wohnung. Die Tür zum Bad war offen. Bellend blieb der Hund stehen. In der Wanne lag Tom nackt und bewusstlos im Wasser, das sich zusehends rot färbte. Ein Arm hing über den Rand. Aus der Wunde am Handgelenk quoll pulsierend Blut. Die Lache auf dem Boden erschien Karsten riesig.

»Helfen Sie mir!«, rief er in den Flur. Er zerrte Tom aus dem Wasser und wäre beinahe in der Blutlache ausgerutscht. Der Mann packte kommentarlos mit an. Sie legten Tom auf den Boden. Tom hatte ganze Arbeit geleistet und sich beide Pulsadern aufgeschnitten. Mit einem Ruck zog Karsten einen Stapel Handtücher aus dem Regal und warf seinem Helfer eines zu. »Draufdrücken. Wir müssen die Blutungen stoppen.«

Karsten benutzte sein Knie und sein Gewicht, um Druck auszuüben, zog das Handy hervor und forderte einen Notarzt an. Toms Nachbar presste unterdessen beide Hände auf das Handtuch, das sich rasend schnell vollsog.

Der Verbandskasten war im Auto. Zu weit entfernt. Sie mussten warten, bis der Notarzt kam. So fest er konnte, drückte Karsten das Tuch auf die Wunde und beneidete seinen Helfer um dessen stoische Gelassenheit.

Mit der freien Hand schlug Karsten Tom ins Gesicht. »Aufwachen, Arschloch!« Doch er zeigte kein Anzeichen von Bewusstsein. Am Blutverlust konnte es nicht liegen. Dafür war er noch zu gering. Tom hatte also auch noch etliche Tabletten mit Wodka runtergespült. Die ganz sichere Nummer. Dieser Idiot!

Während sie weiter die Handtücher auf die Wunden pressten, drehte Karsten Tom um neunzig Grad, lagerte die Beine am Wannenrand hoch und hoffte, dass das genügte, damit das Gehirn ausreichend mit Sauerstoff versorgt wurde.

Überall war Blut. Es roch danach, metallisch und süß. Es klebte an seinen Händen, an der Kleidung und an den Fliesen. Es färbte die Badematte und die Handtücher, die sie noch immer auf die Wunden pressten.

»Liebeskummer?«, fragte der Nachbar.

»Schlimmer.«

Ein Poltern erklang im Flur. Ein Notarztteam und zwei Polizisten kamen gleichzeitig in die Wohnung gestürmt.

Die Kollegen übernahmen. Karsten verließ das Bad und ging in die Küche.

Einer der Polizisten gesellte sich zu ihm. Polizeihauptmeister Linus Scheidt. Er hatte Fragen. Karsten erklärte, was geschehen war. Toms Nachbar bestätigte die Angaben, soweit er das konnte, und stellte sich als Bodo Mencke vor, Exsoldat. Am Spülbecken wusch Karsten sich das Blut von den Händen und dankte Mencke für seine Hilfe, während Scheidt sich den Laptop ansah, der auf der Arbeitsfläche neben dem Herd stand, und dann seinen Partner zu sich rief. »Sieh dir das an. Das wird die Kollegen interessieren.«

Tom hatte also einen Abschiedsbrief geschrieben. Er hatte es ernst gemeint.

Im Flur erschienen die beiden Rettungsassistenten mit der fahrbaren Trage. Tom lag darauf. Druckverbände an den Handgelenken. Sein Körper blutverschmiert. Elektroden kontrollierten Atmung und Puls. Der Notarzt erschien in der Küche. »Der wird wieder. Die Blutungen sind gestoppt. Aber er ist noch immer ohne Bewusstsein. Wir bringen ihn ins Schwabinger. Wollen Sie hinterherfahren?«

»Natürlich. Oder brauchen Sie mich noch?«

Scheidt schüttelte den Kopf. »Wir haben ja Ihre Personalien.«

Karsten lief über die Treppe nach unten. Der Notarztwagen fuhr in dem Moment los, als er aus dem Haus trat. Sein Auto stand noch in der Einfahrt der Bäckerei. Gott sei Dank! Er verfrachtete Oskar in den Laderaum und folgte dem Rettungswagen.

In der Notaufnahme musste er warten. Erschöpft nahm er auf einer Bank im Wartebereich Platz. Außer ihm saß dort ein weißhaariger älterer Herr, der ihn verstohlen musterte, und eine korpulente junge Frau, die das ganz ungeniert tat. Mit seiner blutbesudelten Kleidung sah er aber auch zum Fürchten aus. Nach einer Weile stand er auf, holte sich am Automaten eine Flasche Wasser und zog sich damit in eine ruhige Ecke zurück.

Sein Handy klingelte. Es war Irene. Ihr Kundentermin hatte sich in die Länge gezogen, deshalb hatte sie seine Nachricht gerade erst abgehört.

Er erzählte ihr, was passiert war, und sagte, dass er noch abwarten wollte, bis Tom auf die Station verlegt wurde, dann würde er mit Oskar heimkommen. Erst nachdem er sich verabschiedet hatte, entdeckte er eine neue Nachricht in der Mailbox. Von Dühnfort. Er hörte sie ab. Der Kommissar wollte wissen, ob Alice Maurer an dem Tag in der Praxis gewesen war, als er die Mail mit den Fotos von Tom und Irene erhalten hatte. Richtig. Sie war da gewesen, und er hatte sie an Toms PC überrascht. Hatte etwa sie ihm die Mail geschickt? Karsten hatte keinen Nerv zurückzurufen. Dühnfort würde Toms Suizidversuch als Geständnis werten. Deswegen schrieb er ihm nur eine SMS mit der Antwort auf die Frage: *Ja, Alice Maurer war da.*

Zu guter Letzt wählte er Connys Nummer und informierte sie über Toms Selbstmordversuch. Sie reagierte verstört und erschüttert. »Ach, Karsten. Wir hätten uns besser um ihn kümmern müssen. Ich mache mir Vorwürfe … Er wird doch durchkommen?«

»›Der wird wieder‹, hat der Notarzt gesagt. Noch ist Tom nicht bei Bewusstsein. Sieht so aus, als ob er auf Nummer sicher gehen wollte und auch noch Alkohol und Tabletten geschluckt hat. Aber Atmung und Kreislauf sind stabil. Er packt das. Mach dir keine Sorgen.«

»Wohin hat man ihn gebracht?«

»Ins Schwabinger Krankenhaus. Er ist noch in der Notaufnahme.«

Karsten verabschiedete sich von Conny, trank einen

Schluck vom Wasser, das er sich am Automaten gekauft hatte, und setzte sich wieder in den Wartebereich.

Während er dort saß und das Vorrücken des Minutenzeigers an der Uhr über dem Behandlungszimmer beobachtete, spürte er, dass etwas geschah, sich veränderte, zur Ruhe kam. Eine Last fiel von ihm ab, und es dauerte eine Weile, bis er wusste, was es war. Woher diese Erleichterung rührte: Die Schuld war beglichen. Tom und er waren quitt, und er war endlich frei.

73

Ja, Alice Maurer war da. Dühnfort las die SMS von Karsten Prittwitz und schob das Handy zurück in die Tasche. Dieser Verdacht hatte sich soeben erledigt.

Gemeinsam mit Martina Lachnich verließ er den Verwaltungstrakt des Klinikums Rechts der Isar und reichte ihr die Hand zum Abschied. »Danke für Ihre Unterstützung.«

»Ich hoffe, dass es eine war.«

»Eine große sogar.«

Eine Frau hatte dieses Verbrechen begangen. Kaltblütig. Präzise. Bar jeder Emotion. Eine Psychopathin? Vermutlich. Doch das festzustellen war Sache der Gutachter. Seine Aufgabe war es, Conny Behrendsen zu verhaften, ohne dass es aus dem Ruder lief. Sie würde sich der Festnahme zu entziehen versuchen. Bei ihr war alles denkbar. Geiselnahme, Amoklauf, Selbstmord oder, noch schlimmer, Suicide by Cop, indem sie sich von einem Polizisten erschießen ließ.

Noch ahnte sie nichts. Am besten war es, wenn er sie zu einem Gespräch ins Präsidium bestellte. Sie hatte versucht, ihre Tat Sassen unterzuschieben. Das sollte er nutzen. Unter dem Vorwand, dass sich der Verdacht gegen ihn erhärtete und sie den zeitlichen Ablauf durchgehen wollten, konnte er sie wegen des falschen Alibis und Sassens Anruf in der Tatnacht noch einmal befragen. Damit wog er sie in Sicherheit. Sie würde kommen und bereitwillig Auskunft geben, gewillt, den Verdacht gegen Tom zu stützen.

»Sie war das, oder? Diese Ärztin hat die Familie in

Schäftlarn ermordet?« Abwartend sah Frau Lachnich ihn an.

»Dazu darf ich nichts sagen. Und Sie behalten unser Treffen hier für sich. Vorerst jedenfalls.«

»Natürlich. Ich halte meinen Mund. Ich will nicht, dass sie am Ende davonkommt und ich bin schuld. Machen Sie es gut.«

Einen Augenblick sah er ihr nach, wie sie durch den Eingangsbereich des Klinikums ging. Dann zog er das Handy wieder hervor. Es war Zeit, das Team zu informieren. Im selben Moment begann es zu vibrieren. Es war Kirsten, die sich atemlos meldete. »Der Polo ist ein Volltreffer. Er wurde am fünfzehnten August bei Europcar am Flughafen gemietet. Rate mal, von wem?.

»Von Conny Behrendsen.«

Eine Sekunde verblüfftes Schweigen. »Beinahe. Von ihrem Vater. Dieter Behrendsen. Wie bist du auf sie gekommen?«

»Durch eine Bemerkung von Klaus Lachnich.« Er erklärte es ihr. »Noch ahnt sie nichts. Am besten wird es sein, wenn wir so tun, als ob wir an dem Verdacht gegen Sassen festhalten und deswegen noch ein paar Fragen an sie haben. Sie wird erscheinen, um ihn weiter zu belasten, und dann nehmen wir sie fest.«

»Klingt gut. Wissen die anderen schon Bescheid?«

»Ich wollte gerade das Team zusammenrufen. Wir treffen uns in einer halben Stunde im Soko-Raum.«

Dühnfort legte auf. Sofort begann sein Handy wieder zu vibrieren. Es war Alois, der sich meldete. »Hallo, Tino. Das wird dich interessieren: Ich hatte gerade einen Anruf von den Kollegen der Polizeiinspektion Schwabing. Sassen hat einen Selbstmordversuch unternommen. Es gibt einen Abschiedsbrief, in dem er die Morde gesteht. Du hast recht gehabt. Von Anfang an.«

Einen Dreck hatte er. Er hatte sich verrannt. Von Anfang an! Sassen hatte also versucht, sich umzubringen. Und es existierte ein Geständnis! Das konnte nur … Merde! Mist! Verdammt! »Er war es nicht. Conny Behrendsen hat sich die Waffe schicken lassen. Erkläre ich dir später. Das Geständnis hat nicht er geschrieben, sondern sie. In welchem Krankenhaus liegt er?«

»Im Schwabinger. Wenn das stimmt …«

»… ist der angebliche Suizidversuch ein Mordversuch. Ich rufe sie jetzt an und bestelle sie zu einem Gespräch ein.« Er erklärte Alois den Plan. »Hoffentlich weiß sie noch nicht, dass Sassen überlebt hat. Er braucht jedenfalls Personenschutz.«

»Ich kümmere mich darum.«

»Gut.« Dühnfort legte auf und setzte sich ins Auto. Bei diesem Gespräch wollte er keine Klinikgeräusche im Hintergrund haben. Er wählte die Nummer von Conny Behrendsen. Sie meldete sich nicht.

74

Auch auf dem Festnetzanschluss erreichte Dühnfort Conny Behrendsen nicht. Er startete den Wagen und war einen Moment unentschlossen. Nach Pullach oder ins Schwabinger Krankenhaus? Ins Krankenhaus. Sassens Sicherheit hatte jetzt erste Priorität.

Der Feierabendverkehr war dicht. In der Von-der-Tann-Straße gab es einen Stau. Dühnfort hangelte das Blaulicht aus dem Fußraum, ließ die Seitenscheibe runter und knallte es aufs Dach. Zögernd bildeten die Fahrer der Autos, die sich zweispurig vor der Ampel Ecke Ludwigstraße stauten, eine Gasse und ließen ihn durch. Weiter ging es am Siegestor vorbei über die Münchner Freiheit und die Leopoldstraße nach Norden. Er bog in die Parzivalstraße ein, stoppte in dem Rondell vor dem Haupteingang und betrat das Krankenhaus.

Hinter einem Tresen saß ein junger Mann und guckte Löcher in die Luft. Dühnfort steuerte ihn an und fragte nach Thomas Sassen. Im Computer war er nicht zu finden. Doch er musste irgendwo in diesem Krankenhaus sein. »Vielleicht ist er noch in der Notaufnahme. Versuchen Sie es dort.«

Dühnforts Schuhe quietschten auf dem Kunststeinboden, während er durch ein Labyrinth von Gängen eilte, das Hauptgebäude am rückwärtigen Zugang verließ und über das Klinikgelände die Notaufnahme ansteuerte. Ein Rettungswagen fuhr vor, als er eintrat. Hektisches Treiben rund um ihn herum. Wo war Sassen? Wo war der Personenschutz für ihn?

Auf einer Bank im Wartebereich entdeckte Dühnfort Karsten Prittwitz. Zwischen den Beinen hindurch starrte er auf den Boden. Seine Kleidung war blutbesudelt. Eine fürchterliche Ahnung stieg in Dühnfort auf. »Guten Abend, Herr Prittwitz. Haben Sie ihn gefunden?«

Überrascht sah Prittwitz auf. »Er wollte sich umbringen.«

»Weiß Conny Behrendsen Bescheid, dass er lebt, dass er hier ist?«

»Ich habe sie informiert. Natürlich. Warum?«

Verfluchter Mist. »Wo ist er?«

»Noch im Untersuchungsraum. Warum fragen Sie?«

Gut. Im Untersuchungsraum konnte ihm nichts geschehen. Dühnfort holte das Handy hervor, zog sich in eine ruhige Nische hinter dem Getränkeautomaten zurück und rief Alois an. »Ich bin jetzt im Schwabinger Krankenhaus. Conny Behrendsen weiß, dass Sassen überlebt hat. Ich befürchte, sie ist kaltblütig genug, um es noch einmal zu versuchen.«

»Die Kollegen sollten eigentlich längst da sein.«

Während Alois das sagte, sah Dühnfort, wie sich die Glasschiebetür der Notaufnahme für zwei Uniformierte öffnete. »Sie kommen gerade. Ich will wissen, wo Conny Behrendsen ist. Meo soll versuchen, ihr Handy zu orten. Ich will nicht, dass sie dieses Krankenhaus betritt. Wir müssen sie vorher abfangen. Kümmere dich darum. Ich lasse Sassen in Sicherheit bringen.«

Dühnfort legte auf und machte den Kollegen ein Zeichen. Sie gesellten sich zu ihm. »Polizeiobermeister Stefan Körber«, stellte sich der Kleinere vor, ein gedrungener junger Mann mit breitem Brustkasten.

»Dirk Volker. Polizeihauptmeister.« Er war der Ältere der beiden. »Auf wen sollen wir aufpassen?«

Dühnfort erklärte die Situation und gab ihnen eine Personenbeschreibung von Conny Behrendsen. »Diese Frau ist kaltblütig. Sie hat drei Menschen erschossen. Unterschätzen Sie sie nicht, falls sie hier auftaucht, was ich nicht hoffe, aber befürchte.«

Währenddessen hatte Prittwitz den Wartebereich verlassen und trat zu ihnen. »Was soll der Auftrieb? Wollen Sie Tom etwa verhaften? In seinem Zustand?«

»Das habe ich nicht vor.«

»Und die Frage nach Conny …«

»Kann ich Ihnen nicht erklären. Am besten fahren Sie nach Hause.«

»Erst wenn Tom versorgt ist und ich weiß, dass es ihm gutgeht. Etwas stimmt hier nicht.«

»Wie meinen Sie das?«

Prittwitz fuhr sich mit der Hand über die Stirn. »Tom hat sich die Pulsadern aufgeschnitten. Derartige Wunden sind schnell versorgt. Vermutlich hat er aber auch noch Beruhigungsmittel und reichlich Alkohol genommen. Das macht mir Sorgen. Er ist schon viel zu lange da drin.«

In diesem Moment wurde die Tür des Untersuchungsraums aufgeschoben, eine Schwester kam heraus und marschierte mit eiligen Schritten davon. Im Behandlungszimmer befand sich keine Menschenseele. Auf der gegenüberliegenden Seite gab es eine weitere Schiebetür. Sie stand ebenfalls offen.

Dühnfort eilte der Schwester nach und holte sie ein. »Entschuldigung. Dühnfort, Kripo München.« Er hielt ihr den Ausweis hin. »Wo ist Herr Sassen?«

»Wurde fürs CT abgeholt.«

»Und wo ist das?«

Mit dem Daumen wies sie über die Schulter. »Im Parallelgang. Letzte Tür links.«

»Danke.« Er wandte sich zum Gehen, als die Frage plötzlich da war. »Wieso ein CT? Er hat sich die Pulsadern aufgeschnitten.«

»Fand ich auch komisch.«

»Wer hat ihn abgeholt? Eine Schwester?«

»Ja. Eine Neue. Jedenfalls kannte ich sie nicht.«

Verdammt! Auf dem Absatz machte Dühnfort kehrt und winkte die beiden Kollegen zu sich. »Sie ist hier. Kommen Sie!«

Er rannte durch den Behandlungsraum auf den Flur, der dahinter verlief, Körber und Volker hinter ihm her.

Kaltes Neonlicht, Kunststoffboden. Weit und breit war niemand zu sehen. Bis auf einen alten Mann, der auf einem Stuhl neben einer Tür mit der Aufschrift *Röntgen* saß. »War hier gerade eine Schwester, die ein Bett geschoben hat?«

Bedächtig nickte er. »Sie ist da lang.« Mit einer Hand wies der Alte den Flur hinunter. »Niemand kommt. Ich warte hier schon eine Stunde.«

Sie spurteten weiter, stießen Türen zu Untersuchungsräumen auf, störten Ärzte und Patienten. Der Flur kreuzte einen Verbindungsgang zu einem Nebengebäude. Atemlos blieb Dühnfort stehen und sah sich um. Weiter hinten ein Mann im Rollstuhl. Im anderen Gang eine Putzfrau mit Wischmopp. Am Ende eine Glastür, die ins Freie führte. Nirgendwo eine Schwester, die ein Bett schob.

»Sie nehmen diese beiden Gänge«, wies er Volker und Körber an. »Ich nehme den.«

Er rannte weiter, erreichte die Putzfrau. »Kam hier gerade eine Schwester mit Krankenbett vorbei?«

Sie nickte.

»Wo ist sie hin?«

»Wohin?« Sie sah ihn an, als wäre das die dämlichste Frage, die man stellen konnte. »Zum Lift natürlich.«

Zum Lift! Mist! Dühnfort hetzte weiter, hörte ein Geräusch und blieb abrupt stehen. *Materiallager* war auf dem Schild neben einer Tür zu lesen, die einen Spalt weit offen stand. Er öffnete das Holster, zog die Heckler & Koch hervor und trat leise ein.

Vor ihm tat sich ein großer, halbdunkler Raum auf. Regalreihen voller Bettwäsche, Decken und Kartons unterteilten ihn in einzelne Bereiche und versperrten ihm die Sicht. Möglichst lautlos bewegte er sich durch einen der Gänge, sah in Areal für Areal, nahm ein Geräusch weiter hinten wahr und den Schatten einer Bewegung. Im selben Moment schwankte das Regal, vor dem er stand, und stürzte auf ihn zu. Er sprang zur Seite, splitternd krachte es zu Boden, riss das nächste mit sich. Ehe er sichs versah, preschte Conny Behrendsen durch den Mittelgang an ihm vorbei und hinaus auf den Flur. Verdammte Scheiße! Das Bett mit Sassen kam hinter dem umgestürzten Regal zum Vorschein. Ein Kissen lag auf seinem Gesicht. Dühnfort riss es fort, suchte den Puls. Der Mann lebte!

Mit drei Sätzen war er raus aus dem Raum, sah die Glastür nach draußen hinter Conny Behrendsen zuschlagen, rannte hinter ihr her und hörte Schritte hinter sich. Körber und Volker waren da.

»Körber, Sie kümmern sich um Sassen!«, rief er. »Volker, Sie kommen mit mir. Wir schnappen sie uns.«

75

Das Ende nahte. Anders als geplant. Völlig anders.

Die Glastür schlug hinter mir zu. Vor mir der Parkplatz.

Wohin?

Falsche Frage. Ich konnte nicht entkommen. Früher oder später würden sie mich erwischen. Eine Frage der Zeit. Dieser Kommissar. Ich habe ihn unterschätzt. Wie hat er es herausgefunden? Vermutlich durch die Waffe. Es war ein Fehler, sie in die Garage zu legen. Oder Karsten hat den Skarabäus erkannt. Babsis Talisman. Papa hat ihn mir nach ihrem Tod geschenkt. Er hat ihr kein Glück gebracht. Mir auch nicht.

Mir blieb kaum Zeit für meine Flucht.

Die richtige Frage lautete: Wie?

Ich rannte über den Parkplatz. Hinter mir hörte ich Rufe. »Stehen bleiben!« Schlagende Schritte. Ich erhöhte mein Tempo.

Wie?

Besucher steuerten den Ausgang an, sahen sich um, wichen mir aus. Ein Mann stellte sich in den Weg. Ich stieß ihn weg.

Wie?

Ein Auto rollte an mir vorbei. Weiter vorne der Ausgang zur Isoldenstraße. Mein Herz schlug gegen die Rippen. Eine Idee. Nicht wirklich sicher. Würde schon klappen. Mich kriegt ihr nicht. Nie, nie, nie. Ich erhöhte das Tempo. Nie, nie, nie.

»Frau Behrendsen! Polizei! Bleiben Sie stehen!«

Ha ha ha ha ha ha. Tod und Verzweiflung flammet um

mich her! *Alles umsonst. Vergebens. Mein Atem ging keuchend. Ich habe dich geliebt, Tom! Geliebt! Sieh dir an, was du aus mir gemacht hast! Eine Mörderin! Was hast du uns nur angetan! Mir. Deinen Kindern. Deiner Frau. Doch dich wird man bedauern. Aus mir wird man das Monster machen! Nicht mit mir!*

Sirenengeheul. Noch weit entfernt. Schweiß perlte auf meiner Stirn.

»Polizei! Stehen bleiben! Oder ich schieße!«

Leute sprangen zur Seite. Tu es doch, du Memme. Tue es! Nein. Machst du nicht. Zu viele Menschen. Das riskierst du nicht!

Ich rannte weiter. Den Durchgang fest im Blick. Dühnfort kam näher und näher. Ich konnte ihn hören. Seinen abgehackten Atem, den rhythmischen Tritt seiner Schritte. Er holte auf. Ich musste es schaffen. Er sollte mich nicht kriegen. Ich hetzte unter dem Torbogen durch.

Gehweg. Grünstreifen. Straße. Links Menschen an einer Bushaltestelle. Von rechts fuhr ein knallgelber Betonmischer in mein Sichtfeld. Mein Fluchthelfer! Ha ha ha ha ha ha! *Ich schlug einen Haken, rannte über den schmalen Rasenstreifen. Asphalt unter meinen Füßen, ein Rauschen in meinem Schädel, Bitternis im Mund.*

Das Gelbe wurde größer und größer. Gleich würde es mich verschlingen, mit sich nehmen und aus!

Metallisches Kreischen. Etwas riss mich zu Boden, warf sich auf mich. Das Gelbe schoss vorbei.

76

Stunden später saß Conny Behrendsen Dühnfort im Vernehmungsraum gegenüber und schwieg. Außer zu ihren Personalien hatte sie nur eine Angabe gemacht, nämlich die, dass sie ihr Recht zu schweigen wahrnehmen würde. Daran hielt sie sich. Kein Wort kam über ihre Lippen.

In ihren Augen lag eine Kälte, die Dühnfort an diesem warmen Sommerabend frösteln ließ. Was ging in diesem Kopf vor sich?

Weshalb hatte sie den Subtext, die eigentliche Botschaft in den Worten ihres Geliebten nicht verstanden, sondern sie für bare Münze genommen? *Ich habe Verpflichtungen.* Er würde es gerne verstehen, doch er verstand es nicht. Wieder baute sich das Bild des toten Jungen in ihm auf. Die durchschossene Hand. Der nach hinten gekippte Kopf. Wieder spürte er das Grauen in sich, die Angst, die Panik und das Entsetzen, das Leon in seinen letzten Sekunden erfüllt haben musste, seine Hilflosigkeit und seine Einsamkeit.

Warum?

Darauf würde er wohl nie eine befriedigende Antwort erhalten. Er hatte genug. Er hatte es satt, wandte den Blick ab und ließ Conny Behrendsen zurück in die Haftzelle bringen. Nicht ohne auf die Suizidgefahr hinzuweisen. Keine Minute sollte man sie aus den Augen lassen. Auf diese Art würde sie nicht entkommen! Sie würde sich dem stellen müssen, was sie getan hatte. Sie würde es ertragen müssen, dass man über sie urteilte!

Noch immer erfüllte ihn grimmige Genugtuung darüber,

dass er ihren Selbstmord gerade noch verhindert hatte. Sich von dem Betonmischer überfahren zu lassen, wäre die sichere Nummer gewesen. Das hätte sie nicht überlebt. Nicht bei diesem Tempo und der Wucht von zehn Tonnen Ladung.

Morgen war auch noch ein Tag. Morgen würden sie weitermachen. Die Durchsuchung der Wohnung stand an. Sie durften nichts übersehen, mussten noch etliche Puzzleteile zusammentragen, um diesen Fall gerichtsfest abzuschließen. Wenn es ihnen nicht gelang, sie zu einem Geständnis zu bewegen, und danach sah es wahrlich nicht aus, würde es auf einen reinen Indizienprozess hinauslaufen. Die Beweisführung musste schlüssig und lückenlos sein. Jede Menge Arbeit lag noch vor ihnen. Aber für heute war es gut.

Und endlich fühlte auch er die Erleichterung, die das Team sofort erfasst hatte. Alle hatten aufgeatmet. Heigl hatte sie beglückwünscht und wollte gleich am nächsten Morgen eine Pressekonferenz geben. Leyenfels hatte gratuliert, sich aber dennoch die Spitze nicht verkneifen können, dass bei dieser Ermittlung einiges *suboptimal* gelaufen war. Er hatte ja gleich gewusst, dass Sassen unschuldig war.

Dühnfort nahm das Handy vom Tisch und steckte es ein. Es war Zeit, nach Hause zu gehen. Gina hatte er angerufen, um ihr Bescheid zu sagen, dass es bei ihm spät wurde, während ein Sanitäter die Schürfwunden an Arm und Knie desinfiziert und verbunden hatte. Die Hose war hin. Aber es hatte sich gelohnt!

Dühnfort verließ das Präsidium und schlenderte durch die laue Sommernacht. In die hell erleuchteten Schaufenster, die sich an seinem Weg reihten wie Perlen einer Kette, blickte um diese Zeit kein Mensch. Auf den Stufen der Asamkirche hatte sich ein Penner zusammengerollt und schlief, bewacht von einem struppigen Hund. Dühnfort zog zwei Euro aus der Hosentasche und legte sie auf den Pappteller mit getrockneten Senfresten.

Die Tore des Alten Südfriedhofs waren um diese Zeit längst geschlossen, ein Abstecher an das Grab des Musikers daher nicht möglich. Ob wieder frische Blumen dort lagen?

Über den Stephansplatz erreichte Dühnfort die Pestalozzistraße. Vor einigen Lokalen saßen noch Leute bei einem Glas Wein oder Bier. Kerzen flackerten in den Windlichtern. Es war beinahe Mitternacht, als er durchs Treppenhaus nach oben ging und die Wohnungstür aufsperrte.

Im Flur brannte Licht. Aus Ginas Teil der Wohnung klang Musik. Tina Dico. *As far as love goes.* Mit untergeschlagenen Beinen saß sie auf dem Sofa und blickte von einem Buch auf, als er eintrat.

»Meine Güte, Tino. Du siehst ganz schön ramponiert aus. Was ist denn passiert?«

Er gab ihr einen Kuss und ließ sich neben sie auf die Couch fallen. »Ist nicht so schlimm, wie es aussieht. Conny Behrendsen wollte sich vor einen Betonmischer werfen. Das habe ich verhindert.«

»Conny Behrendsen? Sie war das?«

»Ich erzähle es dir gleich. Aber vorher muss ich etwas essen.« Er ging in die Küche, holte Käse, Wein und ein Stück Baguette aus dem Kühlschrank und kehrte mit dem Tablett zu ihr zurück. »Was liest du?«

Gina hob das Buch hoch. *Das große Buch zur Schwangerschaft.*

Er hatte es sich schon gedacht. Mit einer Hand strich er über ihren Bauch und legte schließlich den Kopf darauf und verstand zum ersten Mal, dass Vatersein auch Angsthaben bedeutete. Angst vor dem Verlust. Tausend

Gefahren lauerten. Krankheiten, Unfälle, Verbrechen ... Für einen Moment spürte er den Abgrund in sich, vor dem Tom Sassen stehen musste. Für einen Augenblick wirbelten Bilder von Leon und Sophie durch seinen Kopf, die Bilder aus dem Silberrahmen und Bilder, die er nie gesehen hatte. Wie ging man mit einem solchen Verlust um? Mit einer derartigen Tragödie? In dem Bewusstsein, einen Teil dazu beigetragen zu haben. *Ich habe Verpflichtungen!* Doch Sassen hatte nicht ahnen können, dass seine Geliebte das wörtlich nehmen würde. Oder doch? Wenn er nicht nur um sich selbst kreisen würde, vielleicht. Wie gut kannte er Conny? Hätte er erkennen müssen, welche Katastrophe da am Horizont dräute, bevor sie über seiner Familie hereinbrechen konnte?

Ginas Finger gruben sich durch seine Haare. »Und? Was hörst du?«

Er setzte sich auf. »Er schläft und schnarcht.«

Sie lachte. »Ich sag's ja: ganz der Papa. Was ich ihm wohl mitgeben werde?«

»Deinen Humor würde ich ihm wünschen und deine Beharrlichkeit.«

»Wie schön, dass du nicht Sturheit gesagt hast. Mein lieber neuer Kollege hält mich nämlich für stur. Ich muss ihm bei Gelegenheit mal den Unterschied erklären. Aber jetzt bin ich neugierig. Conny Behrendsen also? Wie bist du auf sie gekommen?«

Er erzählte es ihr. Der Gedanke, der plötzlich da gewesen war. Der fehlende Name auf der Liste der Lachnichs. Das Gespräch mit Karsten Prittwitz und dessen Information, dass Conny Behrendsen bis vor ein paar Monaten als Ärztin im Rechts der Isar gearbeitet hatte. Plötzlich waren diese Teile zusammengerutscht, hatten eine Frage ergeben, der er nachgegangen war. Alles passte. Conny hatte sich die Waffe schicken lassen, sie musste die Mail an Nina Sassen gesendet haben, die dafür sorgte, dass geschah, was in diesem Fall immer geschah. Das alte Spiel. Nina hatte Tom aus dem Haus gejagt. Und er hatte mitgespielt. Wie immer. Der Plan war aufgegangen. Doch diesmal war etwas anders: Am selben Nachmittag hatte Nina Sassen einen Entschluss gefasst. Sie wollte dieses Spiel nicht länger spielen und hatte einen Termin bei einer Scheidungsanwältin vereinbart.

Tom wäre in absehbarer Zeit frei gewesen. Doch Conny hatte das nicht gewusst.

77

In den folgenden Tagen überschlugen sich die Medien und vollzogen dabei eine Kehrtwendung um hundertachtzig Grad. Tom Sassen, den sie bis dahin – auf subtile Weise und mit jeder Menge Fragezeichen garniert – fertiggemacht und zum Monster von Schäftlarn hochgeschrieben hatten, war nun das tragische Opfer einer unseligen Affäre, vor allem aber einer Psychopathin. Denn auf diese Rolle wurde Conny Behrendsen schnell festgelegt. Eine Frau, die kaltblütig ihre Nebenbuhlerin und deren Kinder erschoss und auch nicht vor den Haustieren haltmachte, konnte psychisch nicht gesund sein, so die einhellige Meinung. Lediglich der Münchner Blick musste diese Wendung nicht hinlegen. Melissa Wittock hatte sich ja rechtzeitig auf Sassens Seite geschlagen und hoffte wohl auf ein weiteres Exklusivinterview.

Die Journalistin eines Wochenmagazins grub tiefer und fand heraus, dass die Schwester und die Mutter von Conny Behrendsen bei Unfällen gestorben waren, ebenso eine Schulkameradin. Außerdem hatte Connys erster Freund Selbstmord begangen. Tatsächlich tragische Todesfälle, oder mordete der *Todesengel von Schäftlarn* bereits seit Jahrzehnten unbemerkt?

Diese Familientragödie erwies sich als Glücksfall für die Medien in der an Nachrichten armen Sommerzeit. Dühnfort versuchte die Meldungen zu ignorieren, so gut es ging.

Sie hatten alle Hände voll zu tun. Bei der Hausdurchsuchung fanden sie den von Moritz beschriebenen Gürtel und die Weste. Beides Taucherzubehör und mit Blei beschwert.

Als Meo in den Mails die Bestellbestätigung eines Internethändlers für Herrenwanderstiefel in Größe fünfundvierzig entdeckte, war klar, wie die Abdrücke am Wassertrog und in den Staudenbeeten entstanden waren. Ein Ablenkungsmanöver. Diese Rechnung war nicht aufgegangen, da sie diese Spur nie als relevant eingestuft hatten.

Als wahre Goldgrube erwies sich der PC. Conny Behrendsen hatte die Mails nicht gelöscht. Alle waren da. Die erste an Nina. Die zweite an Karsten Prittwitz. Dühnfort nahm an, dass sie die geschickt hatte, damit Karsten Tom hinauswarf und er endlich zu ihr zog, so wie sie das bestimmt von Anfang an gewollt hatte. Wie sie an die Bilder von Tom und Irene gelangt war, mussten sie noch klären. Vermutlich von Sassens Handy oder PC kopiert.

Endlich war Tom bei ihr. Doch dann musste etwas schiefgelaufen sein. Ihr Plan war nicht aufgegangen. Tom musste sie zurückgewiesen haben. Und diesmal eindeutig. So, dass sogar sie es verstand. Das war die einzige Erklärung, die Dühnfort für ihren Rachefeldzug gegen Sassen einfiel. Sie hatte ihm die Waffe untergeschoben und, als das nicht ausreichend war, versucht, ihn zu töten und diesen Mord als Selbstmord zu inszenieren.

Es gab eine ganze Reihe von Fragen, die Dühnfort Tom Sassen stellen wollte. Doch er war noch immer ohne Bewusstsein. Die Folge von Alkohol und Diazepam in Kombination mit einem Narkosemittel, das Conny Behrendsen ihm injiziert haben musste. Die Wirkung war verheerend. Dühnfort musste sich also gedulden, bis Sassen zu sich kam. Sein Arzt war zuversichtlich, dass das bald der Fall sein würde.

Was Dühnfort zu schaffen machte, war seine eigene Fehleinschätzung in Bezug auf Sassens Täterschaft. Er hatte sich zu früh festgelegt und so den Fall beinahe gegen die

Wand gefahren. Ein Fehler, der Sassen um Haaresbreite das Leben gekostet hätte.

Gina wusste, wie sehr ihn das belastete. Er traute seinem Instinkt nicht mehr. Am Freitagnachmittag kam sie zu ihm nach oben in die dritte Etage des Polizeipräsidiums. »Machst du mir einen Cappuccino?«

»Ich dachte, Kaffee wäre nichts für den Kleinen.«

»Es gibt koffeinfreien.« Aus einer Plastiktüte nahm sie ein Päckchen und reichte es ihm. Dühnfort erschauerte. Eigentlich wollte er gar nicht wissen, was mit den Bohnen alles angestellt werden musste, um das Koffein herauszulösen.

Während er den Kaffee zubereitete, lehnte sie sich ans Fensterbrett. Etwas war mit ihr. Sie strahlte Zufriedenheit aus. »Geht es mit deinem Fall voran?«

»Ja, das auch. Für den Professor wird es eng. Frank hat seine DNA an den Einweghandschuhen nachgewiesen. Bin mal gespannt, wie er mir das erklären will.«

»Vielleicht damit, dass der Täter sich die von ihm benutzten Handschuhe aus dem Müll geholt hat, um damit falsche Spuren zu legen.«

»Genau. Damit rechne ich. Nur hat der Prof dann Pech. Denn 1987 haben wir noch gar keine DNA-Analysen durchgeführt. Da gab es gerade mal den ersten Fall in England, der auf diese Weise gelöst wurde. Bei uns war diese Methode noch gar nicht bekannt.«

Dühnfort reichte ihr die Tasse. »Und was noch?«

»Dein Bauchgefühl war richtig.«

»Nicht bei Sassen.«

»Aber bei Maas. Ich habe gerade eine Mail von den Kollegen aus Hamburg bekommen. Maas ist vor einem Jahr gestorben. Ziemlich elendes Nervenleiden. Als es zu Ende ging, hat er seiner zweiten Frau die Morde gebeichtet und ihr ein Kuvert mit einem umfassenden Geständnis in die Hand gedrückt. Er wollte sein Gewissen erleichtern. Ein halbes Jahr später ist sie damit zur Polizei gegangen. Es gibt eine Aktennotiz, dass man dich darüber informieren soll. Hat wohl keiner gemacht. Deshalb hole ich das nun nach.«

So etwas wie Genugtuung streifte ihn. Doch Maas hatte sich für diese Tat nie verantworten müssen. Außer nun vielleicht vor seinem Schöpfer, an den Dühnfort allerdings nicht glaubte.

»Ich muss wieder.« Gina leerte die Tasse. »Ach ... da fällt mir noch ein: Meine Mutter meint, wir sollten das Familienfest bei ihnen in der WG machen. Da ist genügend Platz. Was meinst du?«

»Das ist eine nette Idee. Aber dir scheint sie nicht so recht zu gefallen.«

Gina zog die Stirn kraus. »Es ist wegen meiner Schwangerschaft. Kirsten wird davon erfahren, und dann wissen es bald alle. Ich will den Fall Diana Weigelt noch abschließen, bevor ich das publik mache. Du verstehst?«

Natürlich verstand er das. Kirsten wohnte mit ihrer Tochter Kathi in der WG von Ginas Eltern. »Selbst wenn wir woanders feiern, wird deine Mutter denn dichthalten?«

»Ich werde ihr ein Schweigegelübde abnehmen müssen. Nur für zwei Wochen oder drei.« Sie reichte ihm die leere Tasse. »Ich muss wieder an die Arbeit. In einer Viertelstunde kommt der Prof. Ich habe ihn vorgeladen. An solchen Tagen macht der Job richtig Spaß.« Vergnügt verließ sie den Raum.

Kurz vor halb sechs schaute Alois herein und verabschiedete sich ins Wochenende. Es sah ganz danach aus, als ob sein Plan mit dem Treuetest aufging. Er hatte eine Verabredung mit Evi. »Sie wird sich bei mir ausheulen und dann in meine Arme werfen«, vermutete er siegesgewiss. »Alles wird gut.«

Hoffentlich, dachte Dühnfort, suchte seine Sachen zusammen und machte sich auf den Heimweg. Als er durchs Foyer ging, winkte ihm der Kollege aus der Pförtnerloge zu. »Herr Dühnfort. Besuch für Sie.«

Ein langhaariger Mann mit Rollkoffer sah sich nach ihm um. Sandfarbene Lederhose, passende Lederjacke, die er offen über dem T-Shirt trug. Über den Nacken zog sich eine Tätowierung. Dühnfort glaubte, nicht richtig zu sehen. Den Unbekannten gab es wirklich.

»Thies Blank«, stellte der Mann sich vor. »Ich komme grad aus London zurück. Ein Freund hat mir ein Phantombild gemailt, das eine gewisse Ähnlichkeit mit mir hat. Suchen Sie etwa nach mir?«

»Nicht mehr.« Die Sache war rasch geklärt. Thies Blank war Musikproduzent aus Köln und lebte die meiste Zeit des Jahres in London. Vor acht Wochen hatte er sich eine Ferienwohnung in Berg am Starnberger See zugelegt und so Nina Sassen kennengelernt, die ihm beim Kauf einer Wohnlandschaft beraten hatte. Er hatte die Frau nur einmal gesehen. Kurz darauf war er nach London geflogen und eben erst zurückgekehrt.

78

Am Samstagmorgen war Sassen noch immer nicht zu sich gekommen. Dühnforts Fragen mussten weiter warten. Gina überraschte ihn mit zwei Eintrittskarten für die Neo-Rauch-Ausstellung. »Ich habe die Wette schließlich verloren.«

Während draußen das Thermometer langsam auf die Dreißig-Grad-Marke kletterte, herrschte in den Räumen des Museums eine angenehme Kühle. Es war wie das Eintauchen in eine andere Welt. Eine Welt erdiger Farben, weiter Himmel und Räume. Eine reale und gleichzeitig mystische Welt, in der die Menschen wie verloren erschienen. Die Bilder strahlten eine Sehnsucht nach Weite und Freiheit aus und eine Melancholie, die Dühnfort berührte. Sie hatten etwas nach außen Drängendes. Obwohl die Bildsprache durchaus ins Surreale ging, fand er, dass die Gemälde etwas Romantisches in sich trugen.

Gina ließ sie ruhig auf sich wirken. Erst beim Mittagessen im Café Klenze sprachen sie darüber. Sie konnte mit dem Stil von Neo Rauch nichts anfangen. Ihr gefielen seine Bilder nicht, waren ihr zu *realsozialistisch*. Dühnforts höchst subjektive Einschätzung, dass Rauch eigentlich ein verkappter Romantiker war, konnte sie nicht teilen.

Beim Dessert wechselten sie das Thema, und Dühnfort fragte nach, wie lange Gina ein Geheimnis um die Schwangerschaft machen wollte. Er kannte sie und befürchtete, dass es mit ein paar Wochen nicht getan war. Ihm gefiel das nicht. Aus gutem Grund sollten schwangere Beamtinnen keinen Außendienst leisten. Es war zu gefährlich. Man wusste nie, mit wem man es zu tun hatte, in ihrem Job kamen tätliche Angriffe vor. Doch Gina konnte nicht nur beharrlich sein, sondern auch stur.

Sie legte ihre Hand auf seine. »Du machst dir zu viele Gedanken. Ich werde unseren Dienstherren schon rechtzeitig informieren. Spätestens wenn ich in den Mutterschutz gehe, werde ich auffliegen«, sagte sie lachend.

Doch er fand das nicht so lustig wie sie. »Ich mache mir einfach Sorgen.«

»Ja, ich weiß. Musst du aber nicht. Jetzt steigere dich nicht auch noch hinein.«

»Wohinein steigere ich mich denn sonst noch?«

Sie schob eine Strähne hinters Ohr. »Die ganze pränatale Diagnostik. Du willst, dass ich das mitmache.«

Damit waren sie nun wieder bei ihren unterschiedlichen Auffassungen zu diesem Thema angelangt, das sich langsam zum Streitpunkt entwickelte.

»Ich vertraue der Medizin und denke, dass diese Untersuchungen sinnvoll sind. Sie geben uns ein Stück Sicherheit.«

Gina rammte die Kuchengabel in die Apfeltarte. »Sicherheit, wovor denn? Nennen wir das Kind doch endlich beim Namen. Schlimmstenfalls wird uns diese ganze Diagnostik eine Entscheidung aufzwingen. Könnte ja sein, dass unser Kleines behindert ist. Abtreiben oder nicht? Ich will das nicht entscheiden müssen.«

»Ich meinte die Sicherheit, dass genau das nicht der Fall ist. Dass alles in Ordnung ist. Gewissheit statt Sorge. Und selbst wenn eine Behinderung vorliegen sollte, würde das doch nicht zwangsläufig auf einen Abbruch hinauslaufen.«

»Ach nein?«

Eigentlich wollte er darüber nicht nachdenken müssen. Auch er wollte nie vor eine derartige Entscheidung gestellt werden. Es war eine rein theoretische Überlegung. »Selbst wenn es so wäre, käme es schließlich auf die Art der Behinderung an.«

Mit Gina ging eine Veränderung vor sich. Seit sie schwanger war, fuhren ihre Gefühle an manchen Tagen Achterbahn. Heute war ein solcher. Er sah das ärgerliche Funkeln in ihren Augen heraufziehen. »Ach. Du denkst an Selektion. Dies und das an Behinderung würden wir noch mitmachen. Das andere nicht. Das ist ja wie an den Rampen von Auschwitz.«

Ihre Worte trafen ihn. Er zuckte förmlich zusammen und brauchte einen Moment, um sich zu fangen und sich klarzumachen, dass sie das so nicht gemeint haben konnte.

Ihr tat es sofort leid. Erschrocken griff sie nach seiner Hand. »Entschuldige, Tino. Ich weiß auch nicht, was mit mir los ist. Immer wenn du auf diesem Thema herumreitest, schalte ich auf stur. Können wir es nicht einfach lassen?«

Er wollte nicht, dass sein Bedürfnis nach Sicherheit einen Keil zwischen sie trieb und zum Dauerstreitthema wurde. Auch er wollte die Zeit der Schwangerschaft genießen.

»Du hast recht. Lassen wir es einfach auf uns zukommen. Einverstanden.« Er beugte sich über den Tisch und gab ihr einen Kuss, dabei fiel sein Blick auf die Uhr hinter dem Tresen. »So langsam sollten wir los. Vaters Flugzeug landet in einer Stunde.«

Er freute sich, ihn zu sehen und seine Mutter. Die beiden Menschen, die ihn seinen Platz im Leben hatten finden lassen. Seine Familie. Sie würden feiern, reden, essen, lachen. Ein letztes Fest mit Georges. Ein erstes für den kleinen weißen Klecks, ihr Kind. Anfang und Ende.